낯선 승객

낯선 승객

2003년 12월 20일 초판 1쇄 발행

지은이 패트리셔 하이스미드
옮긴이 심상곤
펴낸이 이경선
편　집 홍인영, 김선자
펴낸곳 해문출판사
주　소 서울시 마포구 합정동 392-2 써니힐 101호
전　화 325-4721
팩　스 325-4725
등　록 1978. 1. 28. 제3-82호

값 11,000원

ISBN 89-382-0360-3 04840
ISBN 89-382-0355-7 (세트)

※잘못 만들어진 책은 교환해 드립니다.

Patricia Highsmith
낯선 승객

패트리셔 하이스미드 / 심상곤 옮김

해문출판사

'버지니아'라는 이름을 가진 모든 이들에게

제 1 장

　열차는 성이라도 난 듯 불규칙적인 리듬으로 달려나갔다. 때때로 조그마한 역에 정차해서 잠시 초조하게 기다린 뒤, 열차는 다시 움직임을 감지하기 어려울 정도로 대초원으로 달렸다. 이따금씩 흔들리는 핑크빛과 황갈색이 섞인 커다란 담요마냥 대초원은 조용히 물결쳤다. 열차가 빨리 달리면 달릴수록 물결은 더 활기차게 높아졌다.
　거이는 창문에서 눈을 떼고 다시 자리에 털썩 주저앉았다.
　미리엄은 기껏해야 이혼이나 미루겠지 하고 그는 생각했다. 어쩌면 이혼을 원하지 않는지도 모른다. 단지 돈만 원하는지도. 대체 그녀와의 이혼을 상상이나 해보았던가?
　미움으로 마비된 그의 사고(思考)는, 막다른 골목처럼 꽉 막혀서 더 나아가지 못했다.
　그는 미리엄을 느낄 수 있었다. 미리엄은 마치 그의 앞에 새치름하게 앉아 있는 듯했다. 그것도 그다지 멀지 않은 곳에. 핑크빛과 황갈색의 주근깨가 가득한 얼굴로. 그녀는 마치 창 밖의 대초원처럼 건전치 못한 열을 발산하면서 뿌루퉁하고도 잔혹한 표정으로 앉아 있었다.
　무의식중에 담배를 찾다가 풀먼 열차(설비도 잘 갖추어져 있고 침대도 있는 특별 열차)에서는 금연이라는 사실이 생각났다. 벌써 10번째다. 마침내 그는 무턱대고 한 개비를 뽑았다. 그는 손목 시계의 유리에 대고 담배를 두어 번 톡톡 두드렸다. 5시 12분. 오늘따라 그 시간이 무척이나 중요한 의미를 갖는 양 그는 담배를 물고 성냥을 그었다. 그리고 느릿하고도 차분하게 담배를 빨았다. 그 단순한 동작을 몇 번이고 되풀이하면서 그는 창 밖의 매혹적인 땅으로 시선을 옮겼다. 그의 셔츠 칼라의 깃이 치켜올라갔다. 땅거미가 지고 있는 유리창에 구식 스타일의 하얀 칼라 끝이 비쳤다. 그의 머리의 위는 많이 자라 흐트러지고 뒤는 짤막했다. 앞에서 보면 굵고 수평적인 눈썹과 입 때문에 그는 과묵하고 내성적으로 보였다. 하지만 치켜올라간 머리카락과 기다란 코의 경사는 건방지다는 느낌과 함께 집념이 강하다는 인상을 주었다. 그는 다림질하지 않은 플란넬 바지와 희미한 자줏빛을 반사하는 어두운 색깔의 윗도리를 홀쭉한 몸에 헐겁게 입고 있었으며, 아무렇게나 묶어 맨 듯이 보이는 토마토색 모직 넥타이를 매고 있었다.

그는 미리엄이 아이를 원하지 않았다면 가지지도 않았을 거라고 생각했다. 이 사실로 미루어 거이는, 미리엄의 애인이 미리엄과 결혼할 작정이라는 것을 알 수 있었다. 그런데 왜 그녀는 그에게 와달라고 했을까? 그녀는 이혼하는 데 굳이 자기를 필요로 하지 않았다. 그는 그녀의 편지를 받기 나흘 전에 했던 재미없는 추리를 되풀이했다.

미리엄이 둥글고 또박또박하게 쓴 대여섯 줄의 글은 그녀가 아이를 갖게 되었고, 그를 만나 보고 싶다는 것뿐이었다. 그녀가 아이를 가졌다는 사실은 이혼을 확실시하는 것이었다. 그런데 무엇 때문에 안절부절못해하는 것이지? 미리엄이 다른 남자의 아이를 갖게 되었고, 자신의 아이는 유산시켰기 때문에 질투를 느끼는 건가? 이 생각은 그의 마음속 깊은 곳을 휘저으며 고통스럽게 했다. 아니다! 비록 한때나마 미리엄 같은 여자를 사랑한 적이 있었다는 수치감일 뿐이다! 그는 자신에게 타이르듯 중얼거렸다. 히터의 뜨거워진 덮개 위에 그는 신경질적으로 담배를 짓이겼다. 담배꽁초가 발 아래로 굴러 떨어지자 그는 그것을 히터 아래로 차 넣어 버렸다.

이제 앞으로 펼쳐질 일이 많았다. 이혼과 플로리다 주에서 할 일— 이사회에서 그의 설계도가 통과될 것은 거의 확실했다. 이번 주 안에는 어떻게 될지 알게 될 것이다. —그리고 앤, 이제 그와 앤은 미래를 설계할 수 있게 되었다. 1년 이상 동안이나 그는 자유롭게 되기를 기다려 왔고, 또 안절부절못했다. 그는 마음속에서 기분좋은 행복감 같은 것이 솟구쳐 올라오는 것을 느끼면서 플러시 천으로 덮여 있는 의자 한구석으로 몸을 뻗었다. 지난 3년 동안 그는 정말 이런 일이 일어나기를 손꼽아 기다려 왔었다. 물론 돈으로 이혼을 가능하게 할 수도 있었지만, 그는 그 정도로 많은 금액을 모아 본 적이 한번도 없었다. 어떤 한 회사에 소속되지 않은 채 건축가로서의 경력을 쌓는다는 것은 쉬운 일이 아니었고, 그것은 지금도 마찬가지였다. 미리엄은 한 번도 자기의 수입을 가지고 왈가왈부한 적은 없었지만 다른 쪽으로 그를 괴롭혔다. 메트카프에서 그들이 사이가 여전히 좋은 것처럼 떠들고 돌아다녔던 것이다. 뭐 그가 뉴욕에 가서 출세라도 하면 그녀를 데리러 오지 않겠느냐는 둥 하면서 말이다. 가끔씩 그녀는 그에게 돈을 보내 달라는 편지를 썼는데, 적은 액수이기는 했지만 그래도 짜증스러웠다. 왜냐하면 그 돈으로 그녀가 메트카프에서 그에게 안 좋은 짓거리를 하고 다닐 것이 너무도 뻔했기 때문이다. 게다가 그의 어머니가 바로 메트카프에 살고 있었다.

갈색 옷을 입은 키가 큰 금발머리 청년 하나가 거이의 맞은편 빈자리로 와서 다정한 미소를 지으며 슬며시 앉았다. 거이는 청년의 창백하고 조그마한 얼굴을 힐끗 쳐다보았다. 이마 한가운데에는 커다란 여드름이 하나 나 있었다. 거이는 다시 창 밖을 내다보았다.

맞은편의 청년은 말을 걸어 볼 것인지, 아니면 낮잠이나 잘 것인지를 망설이고 있는 것 같았다. 청년의 팔꿈치는 계속해서 창문턱을 따라 미끄러져 내렸다. 짧고 두터운 속눈썹을 치켜 뜰 때마다 회색의 충혈된 눈이 거이를 바라보고는 부드러운 미소를 지었다. 청년은 약간 취해 있는 모양이었다.

거이는 책을 펼쳤으나, 반 페이지도 못 읽어 딴 생각을 하기 시작했다. 그는 줄지어 있는 흰 형광등들이 열차의 천장을 따라 불이 켜져 가는 것을 올려다보면서, 의자 너머 좌석의 누군가의 앙상한 손 안에서 빙글빙글 돌아가고 있는, 불이 붙여지지 않은 여송연을 보았다. 그런 다음, 시선을 맞은편 청년의 넥타이 위로 옮겼다. 넥타이를 가로지르고 있는 가느다란 황금줄 위로 이름의 머릿글자가 흔들리고 있었다. CAB. 넥타이는 녹색 비단으로 오렌지색의 종려나무가 기분나쁘게 그려져 있었다. 청년은 갈색의 몸을 이제는 나 몰라라 하고 죽 펴고 있었다. 머리를 뒤로 젖힌 탓에 이마 위의 커다란 여드름인지 부스럼인지 하는 것이 화산의 분화구처럼 눈에 두드러졌다. 재미있어 보이는 얼굴이었다. 어려 보이지도 늙어 보이지도 않았고, 똑똑해 보이지도 않았으며, 그렇다고 멍청해 보이는 것도 아니었다. 좁게 솟은 이마와 홀쭉하게 빠져있는 턱 사이에 입이 그럴 듯한 윤곽을 파놓고 있으며, 조그만 가리비 같은 눈꺼풀은 더욱 깊숙한 곳에 자리잡고 있었다. 피부는 처녀만큼이나 보드랍고, 심지어 창백하다 할 정도로 투명했다. 마치 모든 불순물들을 죄다 그 여드름을 통해 분출시키는 것 같았다.

잠시 동안 거이는 책을 다시 읽었다. 내용이 머릿속에 들어오기 시작했고, 걱정거리들이 차차 사라져 갔다. 그러나 아무리 플라톤을 읽는다 해도 미리엄과 관련된 문제에 무슨 좋은 도움이 되겠느냐는 의문이 그의 내부에서 솟구쳐 올랐다. 뉴욕에서도 똑같은 의문이 맴돌긴 했지만, 어쨌든 그 책을 들고 왔다. 고등학교 철학 시간에 교재로 썼던 오래된 책이었는데, 미리엄에게 가는 중에 보기에는 알맞은 책 같았다. 그는 창 밖을 내다보다가, 창에 비친 자기 모습을 보고는 비뚤어진 칼라를 바로 세웠다. 앤이 항상 그 일을 해주곤 했었다. 갑자기 그는 자기가 그녀 없이는 무기력해진다고 느꼈다. 자세를 바꾸다가 잠자고 있던 청년의 내뻗어진 다리를 건드렸다. 청년의 속눈썹이 비틀렸다가 떠지는 것을 그는 꼼짝 않고 지켜보았다. 청년의 충혈된 눈이 눈꺼풀 사이로 자신을 쏘아보는 것 같이 느껴졌다.

"미안합니다."

거이가 낮은 소리로 말했다.

"괜찮아요."

그는 바로 앉아서 머리를 심하게 흔들었다.

"여기가 어디죠?"

"텍사스 주에 가까워지고 있소."

금발의 청년은 안쪽 주머니에서 황금빛 술병을 꺼내더니, 뚜껑을 열고 다정하게 내밀었다.

"아뇨, 괜찮습니다."

거이는 통로 건너편의 여자가 자기를 힐끗 쳐다보는 것을 보았다. 그녀는 세인트 루이스에서부터 줄곧 눈도 떼지 않고 뜨개질만 하고 있었다.

"어디까지 가십니까?"

청년의 미소는 활기 없는 가느다란 초승달 모양으로 바뀌었다.

"메트카프에 갑니다."

"아, 참 좋은 곳이지요. 사업차 내려가시는 모양이죠?"

청년은 무거워 보이는 눈을 부드럽게 깜박였다.

"그렇소."

"무슨 일을 하고 계시는데요?"

거이는 마지못해 책에서 눈을 떼고 고개를 들었다.

"건축갑니다."

청년은 못내 재미있다는 듯이, "아, 집이나 뭐 그런 것들을 짓는 것 말이군요?" 하고 물었다.

"그렇습니다."

"내 소개를 아직 못했군요. 브루노. 찰스 앤소니 브루노입니다."

청년은 반쯤 일어서며 말했다.

"거이 하인즈라고 합니다."

거이는 가볍게 악수를 했다.

"만나서 반갑습니다. 댁은 뉴욕에 사시는가요?"

청년은 마치 졸음을 쫓기 위해 이야기하는 것처럼 쉰 듯한 바리톤 음성을 일부러 내며 말했다.

"그렇습니다."

"나는 롱아일랜드에서 살고 있지요. 짧은 휴가를 보내러 산타 페로 가는 중이랍니다. 산타 페에 가 보신 적이 있습니까?"

거이는 고개를 흔들었다.

"쉬기에는 아주 좋은 곳이지요."
그는 볼품 없는 이를 드러내며 웃었다.
"대부분의 인디언 건축물들이 그곳에 있는 것 같더군요."
그때, 차장이 좌석표를 훑어보면서 통로에 멈추어 섰다.
"그곳이 손님 자리가 맞습니까?"
차장이 브루노에게 물었다.
브루노는 그렇다는 듯이 구석으로 기댔다.
"다음 칸 콤파트먼트(열차 내의 칸막이 방)요."
"3번 말입니까?"
"그런 것 같은데요."
차장은 하던 일을 계속해 나갔다.
"에이, 자식들!"
브루노는 혼잣말을 하듯 중얼거리며 앞으로 몸을 구부리고는 재미있다는 듯이 창 밖을 내다보았다.
거이는 다시 책으로 시선을 돌렸지만, 언제 또 말을 걸어올지 모른다는 생각 때문에 집중할 수가 없었다. 거이는 저녁을 먹으러 갈까 하고 생각해 보다가 그냥 앉아 있었다. 열차가 다시 느려지고 있었다. 브루노가 말을 걸 것만 같아서 거이는 얼른 일어나 다음 객차로 건너가서는, 열차가 채 멈추기도 전에 바삭바삭한 땅 위로 뛰어내렸다.
황혼과 함께 묵직한 공기가 마치 숨막히게 만드는 베개처럼 그를 내리 덮쳤다. 태양열로 데워진 자갈은 먼지로 뒤덮였고, 기름에 달구어진 금속 냄새가 코를 찔렀다. 그는 배가 고팠다. 손을 호주머니에 넣은 채 천천히 걸으면서, 달갑지 않은 공기이긴 하지만 깊숙이 들이마시면서 그는 식당차 근처에서 어슬렁거렸다. 붉고 푸르며 흰 빛이 남쪽 하늘 한구석에 몰려 있었다. 어제 앤이 멕시코로 가는 길에 이곳에 왔을지도 모르겠다는 생각이 들었다. 그녀와 함께 올 수도 있었는데. 그녀도 메트카프까지는 함께 가자고 했었다. 미리엄만 없었다면 그녀더러 어머니도 만나고 하루 정도 묵고 가라고 할 수도 있었을 것이다. 미리엄이야 상관하지 않는다 치더라도, 자기 자신이 좀더 다른 종류의 인간이었다면—좀더 단순히 무관심하게 여길 수 있기만 했어도 그럴 수 있었을걸. 그는 미리엄에 관하여, 아니 거의 모든 것에 관하여 앤에게 이야기했지만 그녀들이 만나는 것은 생각하기조차 싫었다. 그는 곰곰이 생각해 보기 위해서 혼자 열차로 여행하고 싶었던 것이다. 그런데 지금까지 무엇을 생각했지? 미리엄에 관한 한, 생각이고 논리적 사고고 간에 그런 게 다 무슨 소용이 있담?

열차가 떠난다고 차장이 소리쳤지만 거이는 마지막 순간까지 거닐다가 식당차 뒤의 객차로 뛰어올랐다.

웨이터가 거이의 주문을 받고 있을 때, 그 금발의 청년이 짤막한 담배를 입에 물고 몸을 흔들면서 어딘지 도전적인 표정으로 식당차에 나타났다. 거이는 그에 대한 생각을 까맣게 잊고 있었다. 청년은 거이의 기억 속에서 키 큰 황갈색의 형체로 어렴풋이 기분나쁘게 남아 있을 뿐이었다. 거이는 그가 자기를 보고서 미소짓는 것을 보았다.

"당신이 기차를 놓친 줄 알았어요."

브루노는 의자를 끌어당기면서 쾌활하게 말했다.

"브루노 씨, 미안합니다만, 괜찮으시다면 잠시 혼자 있고 싶은데요. 생각해야 할 게 좀 있거든요."

브루노는 태우고 있던 담배를 짓뭉개고는 거이를 멍하니 바라보았다. 그는 아까보다 더 취해 있었다. 얼굴은 더러웠고 가장자리의 윤곽은 흐릿했다.

"자리에 돌아가서도 혼자 생각하실 수 있지 않습니까? 거기서 저녁을 먹을 수도 있고요. 어떻습니까?"

"감사합니다만, 나는 여기 있고 싶군요."

"오, 하지만 내 말대로 하시지요. 웨이터!"

브루노는 손바닥을 두드렸다.

"이분이 주문하신 것을 3호실로 갖다 주겠소? 내게는 프렌치 프라이하고 애플 파이, 고기는 약간 구운 것을 가져다 주시오. 그리고 가능한 한 빨리, 스카치 위스키와 소다수 두 병도 함께. 알겠소?"
 그는 거이를 바라보며 미소를 지었다.
 "괜찮죠?"
 거이는 잠깐 생각해 본 다음 일어나서 그와 함께 갔다. 뭐 문제될 게 없잖아. 게다가 그는 자기 자신에게 넌더리가 나서 죽을 지경이 아니었던가?
 유리잔과 얼음이 없어서 그렇지 스카치는 사실 주문할 필요도 없었다. 악어 가죽으로 된 여행용 가방 위에 노란색 상표가 붙은 스카치 위스키 4병이 줄지어 있어서 그 조그마한 방을 그럴 듯하게 꾸며 주고 있었다. 여행용 가방과 옷가방들이 마루바닥 한가운데 있는 조그만 미로 같은 장소를 제외하고는 온통 흐트러져 있었다. 그 가방들 위에는 운동복과 운동기구, 테니스 라켓, 골프채 주머니, 카메라 2대, 고리버들로 만든 과일 바구니와 종이로 둘둘 만 포도주 병들이 늘어져 있었다. 거기에다 최근의 잡지, 만화책, 소설책들이 창가의 의자 위를 잔뜩 덮고 있었다. 붉은 리본을 맨 사탕 상자도 있었다.
 "좀 어수선한 것 같죠?"
 브루노가 미안하다는 투로 말했다.
 "좋은데요."
 거이는 천천히 미소를 지었다. 방 분위기가 재미있어서 맘에 들었다. 미소가 떠오르자 그의 어두운 눈썹이 펴지면서 얼굴 전체의 표정이 바뀌었다. 그는 눈을 돌려 밖을 내다보았다. 그리고는 호기심 많은 고양이처럼 바닥에 흩어진 것들을 살펴 가며 가방 사이의 좁은 길 사이로 몇 발자국 걸었다.
 "최신 상품이랍니다. 아직 한 번도 공을 쳐본 적이 없지요."
 브루노는 거이가 만져 볼 수 있게 테니스 라켓을 집어 주면서 말했다.
 "우리 어머니는 내가 술집에 드나들지 못하게 이런 자질구레한 것들을 사주었답니다. 어쨌든, 돈이 바닥이 났을 때 저당잡히기엔 아주 좋죠. 나는 여행하면서 술 마시는 걸 좋아한답니다. 모든 걸 더 멋지게 해주거든요. 그렇게 생각하지 않으세요?"

하이볼(소다수 따위를 타고 얼음을 넣은 술)이 도착했다. 브루노는 술병 하나를 따서 위스키를 더 부어 강하게 만들었다.

"앉으세요. 외투를 벗으시죠."

그러나 그들 둘은 앉지도 않았고 외투를 벗지도 않았다. 어색한 몇 분이 지났다. 거이는 하이볼을 한 모금 마시고는 어수선한 마룻바닥을 내려다보았다. 브루노의 발이 괴상하게 생겼거나, 아니면 신발 탓이리라. 브루노의 홀쭉한 턱처럼 생긴, 기다랗고 평범한 밝은 갈색 구두가 눈에 띄었다. 다소 구식으로 보이는 구두였다. 브루노는 생각했던 것만큼 마르지는 않았다. 그의 기다란 다리는 육중했고, 몸은 통통했다.

"당신을 귀찮게 한 게 아니기를 바랍니다."

브루노가 조심스레 이야기했다.

"내가 식당에 갔을 때 말입니다."

"아, 아닙니다."

"쓸쓸했거든요, 아시겠지만."

거이는 콤파트먼트에서 혼자 여행하는 외로움에 관해 몇 마디 말을 하다가, 하마터면 무언가에 걸려 넘어질 뻔했다. 롤라이리플렉스 카메라의 끈이었다. 그 가죽 케이스의 한쪽에는 새로 생긴 듯한, 깊게 긁힌 자국이 있었다. 그는 브루노가 쑥스러워하며 바라보는 것을 의식했다. 그는 지루했다. 이곳엔 왜 왔지? 마음이 불편해져서 그는 식당으로 돌아가고 싶었다. 그때 웨이터가 쟁반을 가지고 와서는 테이블에다 놓았다. 숯불에 구운 고기 냄새가 그를 기분좋게 해주었다. 브루노가 계산은 자기가 하겠다고 하는 바람에 거이는 내버려두었다. 브루노는 커다란 버섯을 덮은 스테이크를 먹었고, 거이는 햄버거를 먹었다.

"메트카프에서 무엇을 짓고 있는 중입니까?"

"아무것도. 어머니가 그곳에서 살고 계십니다."

"아, 그래요?"

브루노는 흥미가 있는 듯이 말했다.

"어머니를 만나 뵈러 가시는 겁니까? 그곳이 고향인가요?"
"예, 그곳에서 태어났죠."
"당신은 텍사스 인처럼 보이지 않는데요."
브루노는 스테이크와 프렌치 프라이 위에다 토마토 케첩을 잔뜩 쏟아붓고는, 조심스레 파슬리를 집어서 평평하게 해놓았다.
"집에 가시는 게 얼마 만입니까?"
"거의 2년 됩니다."
"아버지도 그곳에 계시는가요?"
"아버지는 돌아가셨습니다."
"아, 그러세요? 어머니하고는 잘 지내시나 보군요?"
거이는 그렇다고 대답했다. 위스키는 맛이 없었지만, 앤을 생각나게 해주어서 그런 대로 괜찮았다. 그녀는 늘 스카치만 마셨다. 그 술은 그녀와 비슷했다. 섬세한 솜씨를 가지고 만들어진 그 황금빛이.
"롱아일랜드 어디에서 살고 있습니까?"
"그레이트 넥이라는 곳입니다."
앤은 롱아일랜드보다 훨씬 더 먼 곳에 살고 있었다.
브루노는 계속 이야기해 나갔다.
"우리 집을 나는 개집이라고 부르지요. 주위가 온통 층층나무로 둘러싸여 있고, 그 속에 있는 사람들이 마치 개집 같은 곳에서 살고 있거든요. 운전사에 이르기까지 말입니다."
브루노는 갑자기 정말 재미있다는 듯이 웃고 나서, 다시 음식을 먹으려고 몸을 구부렸다.
거이는 가느다란 머리카락이 무성한, 브루노의 좁은 머리통과 삐죽이 나온 여드름밖에는 볼 수 없었다. 거이는 브루노가 잘 때 그것을 보고 난 뒤로는 한 번도 여드름을 의식한 적이 없으나 새삼 다시 그것에 주목하게 되었다. 여드름은 정말 괴물같이 괴상하게 보였다. 거이는 그것을 자세히 내려다보며, "왜요?" 하고 물었다.
"아버지 때문이죠, 제길. 나는 어머니랑은 잘 지낸답니다. 어머니는 이틀 내로 산타 페에 올 겁니다."

"그거 잘되었군요."

"그렇죠."

브루노는 마치 반박하는 투로 말했다.

"어머니하고는 재미있게 지내지요. 마주앉기도 하고 골프도 치고 하면서. 함께 파티에도 가지요."

그는 웃어댔다. 반은 쑥스러운 듯이, 반은 자랑하듯이. 그런 모습을 보니 갑자기 그가 변덕스럽고 어리게 보였다.

"웃긴다고 생각하십니까?"

"아뇨."

"나는 사실 돈을 갖고 싶답니다. 보세요, 올해부턴 수입이 생기게 될 텐데, 아버지는 내가 돈을 갖게 내버려두지 않는 겁니다. 자기 금고 속으로 넣어 버린단 말입니다. 당신은 그렇게 생각하지 않을지 모르겠지만, 나는 학교 다닐 때보다도 오히려 더 적은 돈을 만지게 되었답니다. 가끔 어머니에게 100달러 정도 부탁해야 될 처지라고요."

그는 힘있게 미소지었다.

"내가 지불할 걸 그랬군요."

"아이고, 아닙니다! 나는 단지 그런 상황이 얼마나 지옥 같은지를 말했을 뿐입니다. 그렇잖습니까? 당신의 아버지가 당신에게 강도짓을 한다면 말입니다. 게다가 자기 돈도 아니고 우리 어머니 친정의 돈이거든요."

브루노는 거이가 무어라 말해주기를 기다렸다.

"당신 어머니는 그 일에 관해서 아무 말씀도 않으시던가요?"

"내가 어렸을 때 아버지는 그 돈을 자기 명의로 만들어 버리고 말았지요."

브루노는 거칠게 소리쳤다.

"오, 왜 그랬을까요?"

거이는 브루노가 얼마나 많은 사람들을 만나서 저녁을 사주고는 자기 아버지에 관해 똑같은 이야기를 해왔는지 궁금했다.

브루노는 손을 벌리고 힘없이 어깨를 으쓱하더니 주머니 속에다 재빨리 찔러 넣었다.

"아버지는 정말 강도 같아요! 아버지는 자기가 할 수 있는 한 모든 사람을 약탈하지요. 지금은 내가 일을 하지 않기 때문에 내게 돈을 줄 수 없다고 하고 있지만, 그것은 거짓말이랍니다. 아버지는 나와 어머니가 짝짜꿍이 잘 맞는다고 생각하고 있거든요. 그래서 언제나 훼방을 놓을 계획이나 짜고 있지요."

거이는 이 젊은이와 그의 어머니를 그려 볼 수 있었다. 마스카라를 진하게 칠하고, 자기 아들처럼 약간 건들건들한 남자들과 앉아서 조잘거리는 꽤 젊어 보이는 롱아일랜드의 사교계 여성이 연상되었다.

"대학은 어디를 다녔소?"

"하버드 대학. 2학년 때 쫓겨났죠. 음주와 도박 때문에."

그는 좁은 어깨를 뒤틀면서 어깨를 으쓱했다.

"당신과는 다르죠, 예? 그래요, 나는 건달이지요. 그래서 뭐가 어떻단 말이죠?"

그는 스카치를 두 사람의 잔에다 더 부었다.

"누가 어떻다고 했소?"

"우리 아버지가 그랬지요. 아버지는 당신 같은 얌전하고 착한 아들을 두었어야 했는데……. 그랬다면 모두가 행복하게 되었을 테죠."

"무얼 보고 내가 얌전하고 착하다고 생각하시오?"

"당신은 진지해 보이고, 또 직업까지 가지고 있잖습니까? 건축가라고 했죠? 나로 말할 것 같으면, 일이란 도대체 하고 싶지가 않거든요. 일을 할 필요가 없단 말이죠, 아시겠어요? 나는 작가도 아니고, 화가도 음악가도 아니죠. 일할 필요가 없는데도 꼭 일을 해야만 되는 이유 같은 게 있나요? 나는 내 결점들을 그대로 내버려둘 겁니다. 우리 아버지도 그렇거든요. 하! 아버지는 여전히 내가 자기 사업을 도와 주기를 바라고 있지요. 하지만 아버지의 사업만이 아니라 모든 사업이 마치 결혼이 법으로 인정된 간음인 것과 마찬가지로 합법화된 착취라고 아버지에게 이야기했답니다. 사실 사업이란 그런 것 아닙니까? 안 그렇습니까?"

거이는 얼굴을 찌푸리면서 그를 바라보고는 포크에 꽂혀 있는 튀긴 감자 위에다 소금을 뿌렸다. 그는 맛을 음미해가며, 마치 멀리 떨어져 있는 무대 위의 희극을 보는 것처럼 브루노를 재미있게 바라보면서 천천히 저녁을 들었다. 하지만 실은 그는 앤을 생각하고 있었다. 상상하는 것은 때론 현실 세계보다 그녀의 존재감을 더욱 뚜렷하게 느끼게 했다. 롤라이리플렉스 카메라 케이스 위에 난 자국이나, 브루노가 조그마한 버터 덩어리 속에다 던져넣은 기다란 담배나, 그가 방금 바닥에 내동댕이쳐서 산산조각을 내버렸다고 한 그의 아버지의 사진을 담은 유리 조각 등과 같은 날카로운 파편이나, 단속적으로 이어지는 영상들보다 더욱 더 강한 실제감이…….

거이는 미리엄을 만나 보고 나서 플로리다 주로 가는 도중에 멕시코에서 앤을 만날 수 있을지도 모르겠다고 생각했다. 미리엄과의 일을 빨리만 처리해 버린다면 멕시코로 가서 팜 비치로 비행기를 타고 갈 수 있으리라. 그럴 만한 여유가 없었기 때문에 이전에는 이런 생각이 떠오르지 않았었다. 그러나 만일 팜 비치 계약만 이루어진다면 그렇게 할 수 있다.

"도대체 이보다 더 모욕적인 일을 상상이나 하실 수 있겠습니까? 내 차가 있는 차고를 자물쇠로 잠가 버리다니……."

브루노의 목소리가 갈기갈기 찢어지는 듯이 퍼지며 날카롭게 그의 가슴에 꽂혔다.

"왜 그랬는데요?"

"단지 그 날 밤 내가 그 차를 대단히 필요로 했다는 것 때문이었지요. 결국엔 친구들이 나를 태워 갔지만요. 하지만 그렇게 해서 아버지는 내게 뭘 얻어내는 걸까요?"

거이는 뭐라고 대꾸해야 좋을지 몰랐다.

"아버지가 열쇠를 가지고 계시나요?"

"아버지가 내 열쇠를 집어갔죠. 내 방에서 말입니다! 그러고는 아버지는 내가 무서워서 그 날 밤 집을 나가 버렸답니다. 아마도 내가 너무 두려웠기 때문일 거예요."

브루노는 거칠게 숨을 내쉬고는, 손톱을 물어뜯으면서 의자에 앉은 채 몸을 뒤틀었다. 땀 때문에 더 짙은 갈색으로 보이는 머리카락 한 움큼이 그의 이마 너머에서 안테나처럼 위아래로 움직였다.

"어머니는 집에 없었죠. 물론 그렇지 않았더라면 그런 일은 결코 일어나지 않았을 겁니다."

"물론이라고요?"

거이는 무의식적으로 되풀이했다. 그들의 모든 대화는 바로 이 이야기로 종착해 가고 있다고 거이는 생각했다. 이제 겨우 절반 정도를 들었을 뿐이다. 풀먼 열차에서 그를 바라보고 있던 붉게 충혈된 눈과 그 일그러진 미소 뒤에 또 다른 증오와 부정의 이야기가 숨어 있는 것이다.

"그래서 아버지의 사진을 바닥에 던져 버린 거군요?"

거이는 의미 없이 물었다.

"난 그것을 어머니의 방에서 떼어내어 던져 버렸지요."

브루노는 '어머니의 방'을 강조하면서 말했다.

"아버지가 어머니의 방에다 그것을 걸어두었거든요. 어머니도 나만큼이나 캡틴을 싫어하죠. 캡틴! 나는 그 이상으로는 부르고 싶지 않아요."

"아버지가 당신에게 무엇을 잘못한 겁니까?"

"내게도 어머니에게도 다 잘못했어요! 그는 우리와는 다르답니다. 아니, 어떤 다른 사람들하고도 다르지요. 아버지는 돈밖에는 아무것도 좋아하지 않아요. 그리고 많은 돈을 벌기 위해 지독한 짓을 꽤나 해댔답니다. 그게 전부예요. 물론 아버지는 똑똑하지요! 그건 좋아요! 그러나 양심이 지금은 아버지를 좀먹고 있는 게 분명해요! 그렇기 때문에 바로 내가 자기 사업에 끼여들기를 원하는 거예요. 그래서 나 또한 자기처럼 무자비한 짓을 해서 지독한 인간이 되도록 말입니다."
 브루노는 뻣뻣하게 굳은 손을 꽉 쥐고는 입을 다물고 눈을 감았다.
 거이는 브루노가 울지 않을까 하고 생각했다. 하지만 브루노는 부풀어 오른 눈을 갑자기 뜨며 입가에 미소를 지었다.
 "지루하시죠, 예? 나는 단지 왜 그토록 내가 빨리 집을 떠나 어머니보다 먼저 왔는지를 설명하려고 했을 뿐입니다. 실은 내가 얼마나 쾌활한 놈인지 선생님은 모르실걸요. 아주 솔직하답니다!"
 "왜 집을 나왔죠? 어머니와 함께 있기 위해선가요?"
 브루노는 처음에는 무슨 말인지 이해하지 못한 듯 하더니, 이윽고 조용히 대답했다.
 "분명히 그래요. 나는 어머니와 함께 있고 싶을 뿐이지요."
 아마도 그의 어머니는 돈 때문에 머물러 있는 것이라고 거이는 짐작했다.
 "담배 드릴까요?"
 브루노는 웃으면서 거이에게서 한 개비를 받았다.
 "아시겠지만, 아버지가 집을 떠난 그 날 밤은 아마 10년 만에 처음이었을 겁니다. 도대체 아버지가 어디로 갔는지 통 모르겠더군요. 나는 그 날 밤 아버지를 죽이고 싶을 정도로 화가 나 있었고, 아버지도 그것을 알았지요. 누군가를 죽이고 싶었던 적이 있었나요?"
 "아뇨."
 "나는 있어요. 때때로 정말로 아버지를 죽이고 싶었던 때가 있었죠."
 브루노는 멍청한 미소를 지으며 자기 접시를 내려다보았다.
 "아버지가 취미로 무얼 하셨는지 아시겠어요? 한번 맞춰 보세요."
 거이는 그러고 싶지가 않았다. 갑자기 지루하다고 느꼈고, 혼자 있고 싶었다.
 "쿠키를 자르는 절단기를 모았다고요!"
 브루노는 폭발하듯이 킬킬거리며 웃어댔다.

"쿠키 절단기, 그래요! 아버지는 모든 종류를 가지고 있었지요. 온 방안 가득히 펜실베이니아제, 네덜란드제, 영국제, 프랑스제, 헝가리제! 애니멀 크래커 쿠키 절단기도 아버지의 책상 위에 있었죠. 아시겠어요? 아이들이 몇 상자씩이나 먹어대는 것 말입니다. 아버지가 그 회사 사장에게 편지를 써 보냈더니, 그들이 온갖 종류를 다 보내 주었던 겁니다. 기계 만능 시대잖습니까!"

브루노는 한바탕 웃고 나서는 머리를 푹 숙였다.

거이는 그를 빤히 바라보았다. 브루노가 말하는 내용보다 브루노가 더 재미있었다.

"아버지가 그것들을 사용하신 적이 있나요?"

"예?"

"아버지가 쿠키를 만드신 적이 있었느냐고요?"

브루노는 탄성을 질렀다. 그는 몸을 꼼지락거리면서 윗도리를 벗어서는 가방 위에다 홱 집어 던졌다. 잠시 동안 너무 흥분해서 아무런 말도 할 수 없는 것처럼 보였다. 그러더니 갑자기 침착하게 입을 열었다.

"어머니는 항상 아버지에게 쿠키 절단기한테나 가라고 말했지요."

그의 매끈한 얼굴에 땀이 얇은 기름막처럼 덮였다. 브루노는 조금 염려스러운지 테이블 너머로 미소를 던졌다.

"저녁 식사는 맛있게 드셨나요?"

"예, 대단히."

거이는 진심으로 말했다.

"롱아일랜드의 '브루노 변형 상자'에 관해 들어 본 적이 있나요? AC-DC(교류-직류)변환 장치를 만드는 회사 말입니다."

"아뇨. 못 들어 본 것 같은데요."

"아, 그러세요? 그 회사는 많은 돈을 벌고 있답니다. 당신은 돈버는 일에 관심이 없으신가요?"

"뭐, 그다지는."

"나이가 얼마나 되는지 물어 봐도 되겠습니까?"
"스물 아홉입니다."
"예? 난 더 되는 줄 알았는데요……. 저는 몇 살로 보입니까?"
거이는 예의 바르게 찬찬히 그를 바라보았다.
"대략 스물 넷, 아니면 다섯 정도."
훨씬 더 어리게 보였지만 그를 기분좋게 해주려고 그렇게 대답했다.
"예, 그래요. 스물 다섯이지요. 이것 때문에 스물 다섯으로 보였단 말이죠. 내 머리 한가운데에 있는 바로 '요것' 말입니다."
브루노는 아랫입술을 깨물었다. 그의 눈이 번쩍였다. 브루노는 갑자기 강렬하고 쓰린 수치감이 일어 이마 위를 손으로 덮었다. 그는 벌떡 일어나서는 거울 쪽으로 갔다.
"이 위에다 무언가를 덮으려 했었지요."
거이는 무어라 안심시키는 말을 했지만, 브루노는 계속해서 거울 속의 자기를 자학하며 바라보고 있었다.
"이건 여드름이 아닙니다."
그는 콧소리를 내며 말했다.
"일종의 끓어오르는 감정이지요. 내 속에서 끓고 있는 내가 '싫어하는' 모든 것들입니다. 이건 직업이라는 더러운 병균이지요!"
"오, 저런."
거이는 웃었다.
"이건 그 난리를 치고 난 뒤인 월요일 밤부터 생겼답니다. 점점 심해지고 있지요. 아마 상처 자국이 남을 겁니다."
"그렇지는 않을 겁니다."
"아뇨. 그럴 거예요. 산타 페까지 함께 데리고 갈 훈장이지요!"
브루노는 주먹을 불끈 쥐고 한쪽 다리를 무겁게 끌면서, 마치 비극이라도 생각하는 것처럼 의자에 앉았다. 거이는 창가로 가서 의자 위에 놓여 있는 책들 가운데 하나를 펼쳤다. 추리 소설이었다. 모든 책들이 추리 소설이었다. 몇 줄 읽어보려 하자 문장들이 빙글빙글 도는 것 같아서 거이는 그냥 덮어버렸다. 많이 취한 게 틀림없었다. 하지만 오늘 밤엔 괜찮다고 그는 생각했다.

"산타 페에서는, 그곳에 있는 모든 걸 갖고 싶어요. 술, 여자, 그리고 노래, 하!" 하고 브루노가 말했다.

"무얼 원하는데요?"

"아무거라도."

브루노의 입은 냉담한 듯이 흉하게 일그러지면서 다물어졌다.

"모든 것을, 나는 한 가지 철칙을 가지고 있지요. 누구나 죽기 전에 할 수 있는 가능한 한도의 모든 것을 해야만 된다는 것, 그리고 정말 불가능한 무언가를 해내기 위해 애쓰다가 죽어야 한다는 것 말입니다."

거이의 마음속에서 무언가가 세차가 튀어나오려다가 조심스럽게 슬그머니 물러났다. 그는 부드럽게 물었다.

"이를테면?"

"로케트로 달 여행을 가는 것과 같은 거죠. 속도 기록기를 차에 설치해 두고는 눈가리개를 하는 거죠. 전에 한 번 해본 적이 있답니다. 기록기를 설치해 두지는 않았지만 160까지는 갔었지요."

"눈을 가린 채 말이오?"

"게다가 강도짓까지 했지요."

브루노는 거이를 똑바로 바라보았다.

"꽤 많았죠. 아파트를 털었거든요."

마음속으로는 그 말을 믿었지만, 거이는 입가에 믿을 수 없다는 미소를 지었다. 브루노는 난폭해질 수도 있었다. 그는 또한 미쳤을지도 모른다. 거이는 미친 것보다도 상태가 더 나쁠지도 모른다고 생각했다. 앤에게 늘 말하곤 했던 부유한 자들의 끔찍한 권태인지도 모른다. 권태는 창조하기보다는 파괴하는 경향이 있다. 그리고 가난 이상으로 쉽게 범죄를 이끌어냈다.

"뭐, 궁핍해서 그런 것은 아닙니다."

브루노는 계속했다.

"내가 집어온 것은 필요치도 않은 거였습니다. 나에겐 조금도 필요 없는 걸 집어왔단 말입니다."

"무엇을 집어왔는데요?"

브루노는 어깨를 으쓱했다.

"담배, 라이터, 테이블 모형, 그리고 벽난로 장식용 동상, 색유리, 뭐 그런 거죠."

그는 한 번 더 어깨를 으쓱했다.

"당신이 이 사실을 알고 있는 유일한 사람입니다. 나는 말을 많이 하지 않는답니다. 내가 무슨 일을 하는 사람 같습니까?"

그는 미소지었다.

거이는 담배를 꺼냈다.

"어떤 식으로 그 일을 했습니까?"

"적절한 시기가 올 때까지 아스토리아에 있는 아파트 한 채를 지켜보고 있다가, 창문으로 들어갔을 뿐입니다. 그리고는 비상 계단으로 내려왔지요. 꽤 쉬운 일이었습니다. 하느님께 감사하며 나의 목록에서 지워버려야 할 것들 중의 하나죠."

"왜 '하느님께 감사'하는 겁니까?"

브루노는 쑥스러운 듯이 씩 웃었다.

"왜 그런 말을 했는지 나도 모르겠네요."

그는 자기 잔을 다시 채웠다. 그런 다음 거이의 잔도 채웠다.

거이는 도둑질을 한 적이 있는 뻣뻣하고 흔들리는 손을 바라보았다. 손톱 밑의 속살에는 깨물린 자국이 있었다. 손은 성냥갑을 가지고 괴상하게 움직이더니, 곧 갓난아이가 집은 물건을 힘없이 떨어뜨리는 것처럼 성냥갑을 스테이크 위에다 떨어뜨렸다. 범죄란 참으로 끔찍한 거라고 거이는 생각했다. 도대체 누가 브루노의 손이나 그의 방, 혹은 흉하게 일그러져 있는 그의 얼굴을 보고 그가 도둑질한 적이 있다고 생각하겠는가? 거이는 다시 의자 깊숙이 앉았다.

"당신에 관한 이야기를 좀 해주시죠."

브루노는 부드럽게 물어왔다.
"이야기할 만한 게 별로 없답니다."
거이는 윗도리 주머니에서 담배 파이프를 끄집어내어 발뒤꿈치에다 대고 털었다. 그는 카펫 위에 떨어진 재를 내려다보았다. 그리고는 얼른 얼굴을 돌렸다. 알콜 기운이 그의 살 속으로 깊숙이 젖어 들어왔다. 만일 팜비치 계약이 이루어진다면, 작업이 시작되기 전까지의 2주일이 바쁘게 지나가 버릴 거라는 생각이 들었다. 이혼이란 오래 끌 필요가 없다. 완성된 설계도 속의 푸른 잔디 위에 세워진 나지막한 하얀 건물의 모형이 애써 생각해내려고 할 필요도 없이 세부적으로 그의 머릿속에 낯익은 듯이 떠올랐다. 그는 자부심을 느꼈고, 갑자기 아주 아늑함을, 그리고는 축복받았다는 느낌까지 받았다.
"어떤 종류의 집을 세우고 있나요?"
브루노가 물었다.
"오, 좀 현대적인 것이지요. 상점 두 채와 작은 사무실 건물 하나를 세웠답니다."
사람들이 자기가 하고 있는 일에 관해 물었을 때 어쩐지 귀찮다고 느끼며 입을 다물어 버리곤 했던 거이는 이번에는 미소를 지으며 대답했다.
"결혼은 하셨습니까?"
"아뇨. 아니, 했지요. 별거중입니다만."
"저런, 왜요?"
"서로 안 맞기 때문이죠."
거이가 대답했다.
"얼마나 오랫동안 별거를 했었는데요?"
"3년 됩니다."
"이혼하고 싶지는 않으신가 보죠?"
거이는 얼굴을 찌푸리면서 약간 머뭇거렸다.
"부인도 역시 텍사스 주에 있습니까?"

"예."
"부인을 만나 보러 가는 길입니까?"
"그럴 생각입니다. 이제는 이혼 문제를 결말지어야 해서요."
그의 입이 다물어졌다. 자기가 왜 그런 말을 다 했을까?
브루노는 조소하는 듯했다.
"그곳에서 당신이 결혼한 여자는 어떤 종류의 여자인가요?"
"대단히 예쁘지요. 그곳의 여자들 몇몇은 말입니다."
거이는 대답했다.
"하지만 대부분은 멍청하겠군요?"
"그럴지도 모르죠."
그는 브루노에게 미소지었다. 미리엄은 아마도 브루노가 의미하고 있는 그런 종류의 남부 여자일 거다.
"당신 부인은 어떤 사람인가요?"
"꽤 예쁘지요."
거이는 조심스럽게 말했다.
"붉은 머리에 약간 통통한 편입니다."
"이름이 뭐죠?"
"미리엄. 미리엄 조이스라고 합니다."
"음. 똑똑한가요, 아니면 멍청한 편인가요?"
"아내는 똑똑하고 지적인 여자는 아닙니다. 나는 똑똑한 여자와 결혼하고 싶지는 않았거든요."
"그런 여자한테 홀딱 빠졌었군요, 예?"
왜지? 자기가 그렇게 보였단 말인가? 브루노의 눈이 그에게 고정되었다. 아무것도 놓치지 않으려는 듯이 눈도 깜박거리지 않고, 마치 이제는 피로로 인한 잠이 다 달아나기라도 한 듯이. 거이는 저 회색눈이 몇 시간 동안 자신을 관찰하고 있었다는 느낌을 받았다.
"왜 그런 말을 하시죠?"
"당신은 점잖은 사람이죠. 모든 것을 진지하게 생각합니다. 여자 또

한 당신은 힘든 방식으로 다룰 테죠. 그렇잖습니까?"

"힘든 방식이라뇨?"

거이는 반박했다. 그러나 그는 막연히 브루노에 대한 호감을 느꼈다. 왜냐하면 브루노는 자기가 생각하고 있는 것을 말했기 때문이다. 대부분의 사람들이 자기가 생각하고 있는 것들을 말해 주지 않는다는 것을 거이는 알고 있었다.

브루노는 공중에다 자기 손으로 조그마한 부채꼴 모양을 만들고는 한숨을 쉬었다.

"힘든 방식이라는 게 뭡니까?"

거이가 다시 물었다.

"커다란 기대를 가지고 달라붙는 거죠. 그런 다음에는 이빨 사이로 걷어채이는 거죠, 맞습니까?"

"아니, 그런 것만은 아닙니다."

그렇지만 일련의 자기 연민의 감정이 고조되어 그는 브루노와 함께 잔을 들이키면서 일어섰다. 그 방안에서는 움직일 틈도 없었다. 기차의 흔들림으로 인해 똑바로 서 있기조차 힘들었다.

게다가 브루노는 다리 한쪽을 다른 쪽 다리 위에 포개어 얹은 채 흔들면서, 손가락으로는 접시 위에 걸쳐놓은 담배를 가볍게 쳐대며 계속해서 그를 쳐다보고 있었다. 다 먹지 않고 남긴 분홍색과 검은색이 섞인 스테이크는 천천히 떨어지는 재로 덮여가고 있었다. 자신이 결혼했다는 것을 말한 이후로는 브루노가 좀 덜 다정한 듯이 보인다고 거이는 생각했다. 반면에, 더 호기심을 가진 듯도 했다.

"당신 부인이 무슨 짓이라도 했나요? 남자들과 난잡하게 관계를 맺었나요?"

브루노의 정확한 예상이 그를 곤혹스럽게 만들었다.

"아뇨, 이제는 다 지난 일인걸요."

"하지만 당신은 여전히 그녀와 결혼한 상태 아닙니까. 이전에는 이혼하실 수 없었던가요?"

거이는 순간적으로 수치심을 느꼈다.
"나는 이혼에 관해서는 별로 신경을 쓰지 않았거든요."
"이번엔 어떻게 된 건데요?"
"아내가 이혼하자고 마음먹었습니다. 아마 아이를 갖게 된 것 같아요."
"아, 결정짓기에 좋은 시기로군요, 그렇잖아요? 3년 동안이나 난잡하게 생활하고는 마침내 누군가에게 정착하려고 하는 것 아닙니까?"
물론 갑작스레 생긴 일이었고, 아마도 그러기 위해서 아이를 가졌겠지. 브루노는 어떻게 알았을까? 거이는 브루노가 자기를 알고 있는 다른 사람들의 일과 그에 대한 증오를 미리엄에게 돌리고 있다고 느꼈다. 거이는 창 쪽으로 고개를 돌렸다. 창문은 그 자신의 모습밖에는 보여 주지 않았다. 그는 심장의 고동 소리가 기차의 진동보다 더 크다고 느꼈다. 아마도 전에는 미리엄에 관해서 어느 누구에게도 이만큼 많이 이야기해 본 적이 없기 때문에 가슴이 이렇게 두근거리는 것이리라. 앤에게조차도 지금 브루노에게 말한 것만큼 이야기한 적이 없었다. 미리엄이 한때는 달랐다는 것을 제외하고는—미리엄도 한때는 사랑스럽고 충실했으며, 외로워했고, 극도로 그를 필요로 했으며, 그녀의 가족들에게서 자유로웠다. 그는 내일이면 미리엄을 보게 될 것이고, 그가 손을 뻗는다면 그녀를 만져 볼 수도 있을 것이다. 거이는 한때는 사랑했었던 미리엄의 부드러운 살을 만진다는 생각을 하니 참기가 힘들었다. 갑자기 패배감이 그를 엄습해 왔다.
"결혼할 때 무슨 일이 있었나 보죠?"
브루노의 목소리가 바로 그의 뒤에서 부드럽게 물었다.
"나는 당신의 친구로서 대단히 관심이 있습니다. 부인은 몇 살이었습니까?"
"18살이었죠."
"그 직후에 부인이 난잡하게 잠자리를 갖기 시작했나요?"
거이는 미리엄의 죄를 짊어지기라도 할 것처럼 반사적으로 돌아섰다.
"아시겠지만, 그게 여자들이 하는 유일한 짓은 아니잖소."
"하지만 부인은 그랬잖아요, 아닌가요?"
거이가 성가시다는 듯이, 동시에 무언가에 매혹당하기라도 한 듯이 먼 곳을 바라보았다.
"맞습니다."
그 조그만 단어가 그의 귓가를 스치고 지나가며 참으로 추하게 들렸다!
"나는 남부의 붉은 머리 여자들을 잘 알고 있죠."
브루노는 애플 파이를 찌르면서 말했다.
거이는 또다시 예민하게 수치심을 의식했다. 쓸데없는 감정이었다. 왜냐하면 미리엄이 한 행동이나 말이나, 그 밖의 어떤 것이라도 브루노를 당황하게 하지도 놀라게 하지도 않을 것이기 때문이다. 브루노는 그런 종류에는 놀라는 것 같지도 않았다. 그는 단지 흥미만을 느끼는 것 같았다.
브루노는 야릇한 흥미를 가지고 접시를 내려다보았다. 그의 눈이 크게 떠졌고, 충혈된 눈과 파르스름한 눈 가장자리가 꽤나 밝게 빛났다.
"결혼이라."
그는 한숨을 쉬었다.
'결혼'이라는 단어가 거이의 귓전에서 맴돌았다. 그에게 있어서 그것은 엄숙한 단어였다. 그것은 '성스러움, 사랑, 죄'와 같은 원초적인 엄숙함을 지니고 있었다. 그것은, "당신을 위해서 무엇 때문에 내가 물러나야만 하지요?" 하고 말하는 미리엄의 둥근 적갈색 입이기도 했으며, 또한 크로커스를 심어 놓은 자기 집 잔디 위에서 머리를 뒤로 젖히고 그를 바라보던 앤의 눈이기도 했다. 그것은 또한 시카고의 어떤 방의 좁고 길다란 창문에서 돌아서며, 거짓말을 할 때마다 늘 그러했듯이 주근깨투성이의 방패같이 생겨먹은 얼굴을 거이 앞에 들이대는 미리엄이기도 했다. 그리고 도전적으로 미소짓고 있던 스티브의 길고 검은 머리카락이기도 했다. 여러 기억들이 무더기로 밀려오기 시작하자, 거이는 손을 들어올려 휘저어서 그 모든 것을 쫓아 버리고 싶었다. 모든 일이 벌어졌던 시카고의 그 방……. 그는 그 방의 냄새를 맡을 수 있었다. 미리엄의 땀내와 페인트칠해 놓은 라디에이터에서 나오는 열기를. 그는 몇 년 만에 처음으로 미리엄의 얼굴을 핑크빛 얼룩 속으로 밀어넣지 않은 채 어정쩡하게 서서 보았다.

설사 그 기억들이 한꺼번에 그에게 밀려온다 한들 이제 와서 그게 무슨 상관이 있겠는가? 그녀에 대항하여 자기를 무장시킬 것인가, 아니면 자기를 약하게 만들어 버리겠는가?

브루노의 목소리가 멀리서 들렸다.

"난 그걸 말하는 거죠. 무슨 일이 있었죠? 별로 꺼리지 않으시는 모양이군요, 그렇죠? 흥미로운데요."

스티브가 보였다. 거이는 자기 잔을 집어들었다. 그는 시카고에서의 그 날 오후를 그려 보았다. 마치 사진을 들여다보기라도 하듯이 그 방의 문이며, 회색의 검은 영상들이 보였다. 다른 날 오후와는 달리 거이가 아파트에서 그들을 발견한 그 오후는 마치 무시무시한 예술 작품처럼 그 나름대로의 색, 맛, 소리, 그리고 그것만의 세계를 가지고 있었다. 마치 시간 속에 고정되어 버린 역사 속의 어떤 날처럼. 아니면, 그 반대였던가? 항상 그를 따라 다니던 그 기억. 지금 이곳에서도 그 장면이 그때와 마찬가지로 선명하게 눈에 보였다. 게다가 더욱 안 좋게 돌아가는 것은 브루노에게 모든 것을 말해 버리고 싶은 충동을 느낀 것이다. 죄다 듣고 나서는 동정해 주다가는 싸그리 잊어버릴 기차에서 만난 이 낯선 사람에게. 브루노에게 털어 버리자는 생각이 그를 편안하게 만들어 주었다. 브루노는 결코 기차에서 만나는 평범한 사람은 아니었다. 그는 자신의 첫사랑 이야기를 신나게 들을 정도로 잔인하고 타락해 있었다. 게다가 스티브는 나머지 이야기를 적당하게 만드는 하나의 결과일 뿐이잖는가. 스티브가 최초의 배신은 아니었다. 그 날 오후 그의 얼굴에서 화산처럼 터져나온 것은 단지 26살 먹은

제1장 31

자존심뿐이다. 거이는 수천 번이나 자기의 모든 어리석음을 극화한 고전적인 스토리를 자기 자신에게 들려주었었다. 그의 바보스러움이 그 이야기에 유머를 가미해 주었다.

"난 그녀에게 너무도 많은 것을 기대했었죠. 그럴 권리도 없으면서. 그녀는 남의 관심을 끌려고 무던히도 애썼답니다. 아마 어느 누구와 함께든 상관 않고 평생을 히히덕거리며 살걸요."

거이는 아무런 감정 없이 말했다.

"알겠어요. 영원한 고등학교 학생 타입이군요."

브루노는 자기 손을 내저었다.

"한 사람에게 속해 있다는 걸 의식하지도 않고서 말이오."

거이는 그를 쳐다보았다. 물론 미리엄도 그런 적이 한 번은 있었다.

거이는 갑자기 브루노에게 이야기해야겠다는 생각을 떨쳐버렸고, 자기가 이야기를 꺼냈다는 사실 자체가 창피스럽게 여겨졌다. 사실 이제 브루노는 거이가 계속 이야기를 하건 말건 관심없는 듯이 보였다. 브루노는 의자에 푹 파묻혀서 성냥을 가지고 자기 접시에다 그림을 그리고 있었다. 옆에서 그 모습을 바라보니, 브루노의 아래로 벌어진 입의 절반이 노인처럼 코와 턱 사이에서 푹 들어가 있었다. 그 입이 마치 어떤 이야기이든 자기가 들어줄 만한 가치가 없다고 말하는 것처럼 보였다.

"그런 부류의 여자들이란 늘 남자를 끌어들이게 마련이죠."

브루노가 중얼거렸다.

"마치 쓰레기가 파리 떼를 끌어 모으듯이."

제2장

브루노가 한 말에 거이는 정신이 번쩍 들었다.
"당신도 그런 불쾌한 경험을 해본 적이 있나 보군요?"
하지만 브루노가 여자 문제로 괴로움을 당했으리라고는 상상하기가 힘들었다.
"오, 우리 아버지가 그런 여자를 한 명 데리고 있었죠. 역시 붉은 머리였답니다. 카로타라고 했지요."
그는 거이를 올려다보았다. 아버지를 향한 증오심이 가시처럼 브루노의 몽롱한 의식 속을 꿰뚫고 들어왔다.
"우리 아버지 같은 남자들은 그런 여자들을 일에다 끌어다 넣죠."
카로타. 어째서 브루노가 미리엄을 그토록 싫어했는지 이해할 수 있겠다고 거이는 생각했다. 그것이 브루노의 성격과 그의 아버지에 대한 증오, 그리고 늦게 찾아온 듯한 사춘기 등에 관하여 알 수 있는 열쇠처럼 보였다.
"두 종류의 남자들이 있지요."
브루노는 끓어오르는 듯한 목소리로 말하고는 입을 다물었다.
거이는 벽에 걸린 좁다란 거울 속에 비친 자기 모습을 힐끗 바라보았다. 눈은 겁에 질린 듯했고 입은 냉혹하게 보인다고 생각되었다. 그는 조심스럽게 긴장을 풀어 보려고 했다. 골프채가 뒤에서 그를 건드렸다. 차가운 광택이 나는 표면을 따라 손가락을 움직여 내려갔다. 어두운 색깔의 나무에 파 넣어진 금속이 앤의 요트에 있는 나침반을 연상시켰다.
"그리고 본질적으로 여자는 한 종류뿐이지요."
브루노가 입을 열었다.
"사기꾼들이랍니다. 한편으로는 속이고, 다른 한편으로는 창녀들이죠! 아무거나 선택하십시오."
"당신 어머니는 어때요?"
"나는 여지껏 우리 어머니 같은 여자는 결코 본 적이 없답니다."
브루노는 내뱉듯이 말했다.
"한 번도 어머니 같은 여자는 본 적이 없어요. 어머니는 미인인 데다 남자 친구들도 많지만, 그들과 바보 같은 짓은 하지 않죠."
잠시 침묵이 흘렀다.
거이는 다른 담배를 꺼내어 시계 위에다 대고 다시 두드렸다. 시계는 10시 30분을 가리키고 있었다. 그는 이제는 가야 했다.
"어떻게 당신 부인에 관한 일을 알게 되셨나요?"
브루노가 거이를 훔쳐보며 물었다.
거이는 담배를 빨며 시간을 보냈다.
"그녀가 얼마나 많은 사람과?"
"꽤 많았죠. 내가 덜미를 잡기 전에도."
이제 그것을 말해도 별 상관없다고 생각하자, 거이의 내부에서 조그마한 소용돌이와 같은 묘한 감정이 일어나 그를 혼란시키기 시작했다. 조그마하기는 하지만, 그가 이미 언급해 버렸기 때문에 다른 기억들보다도 훨씬 더 실체적인 것이었다. 자존심인가? 증오인가? 아니면 지금까지 계속해서 느껴 왔던 모든 감정들이 죄다 부질없는 것이기에 초조해진 것일까? 거이는 화제를 바꾸려 했다.
"당신이 죽기 전에 어떤 것을 하고 싶은지 말해 주시겠소?"
"죽어요? 누가 죽는다는 것에 관하여 말한 적이 있나요? 나는 절대로 풀 수 없는 트릭을 벌써 몇 개 구상해 놓았죠. 언젠가는 시카고나 뉴욕에서 시도해 볼 수도 있을 테고, 그렇지 못하면 그 아이디어만 팔 수도 있을 겁니다. 그 밖에도 완벽한 살인에 관한 아이디어를 많이 가지고 있답니다."
브루노는 도전하는 듯이 대담하게 시선을 고정시키고 올려다보았다.
"날더러 이곳에 오라고 한 것이 그러한 당신 계획들 중의 일부가 아니길 바랍니다."

거이가 자리에 앉았다.

"오, 저런! 나는 당신을 좋아한다고요! 진정으로 좋아합니다!"

브루노의 찡그린 얼굴은 거이도 자기를 좋아한다고 말해 주기를 바라고 있었다. 고통당하고 있는 듯한 조그마한 두 눈 속에 잠겨 있는 저 고독감! 거이는 당황해하며 자기 손을 내려다보았다.

"당신이 가진 생각들은 모두 범죄에 관한 건가요?"

"그렇지만은 않습니다! 내가 하고 싶은 것들은……, 이를테면 어떤 사람에게 1000달러를 주는 거랍니다. 거지에게 말이죠. 돈을 손에 넣게 되면 그것이 내가 제일 먼저 하고 싶은 일 중의 하나지요. 그런데 당신은 한 번도 뭔가를 훔치고 싶다고 느껴 본 적이 없었습니까? 혹은, 누군가를 죽이고 싶다는 생각 같은 거라도? 분명히 있었을 겁니다. 누구든지 그와 같은 감정들을 느끼거든요. 어떤 사람들은 전쟁터에서 사람을 죽일 때 통쾌감을 느낄 거라고 생각하지 않으세요?"

"아뇨."

거이가 말했다.

브루노는 머뭇거렸다.

"오, 물론 다들 결코 인정하려 들지는 않겠죠. 두려우니까! 하지만 당신도 일생 동안에 죽여 버리고 싶은 사람이 있었을걸요, 아닌가요?"

"아닙니다."

거이는 갑자기 스티브를 기억해냈다. 그를 죽여 버리려는 생각을 한 번 해본 적이 있긴 했던 것이다.

브루노는 머리를 치켜들었다.

"분명히 있었을걸요. 나는 알아요. 왜 인정하려 하지 않는 겁니까?"

"그냥 지나가는 생각으로 해본 적은 있겠지요. 하지만 결코 그 이상까지는 가본 적이 없었는걸. 나는 그런 사람이 아닙니다."

"바로 그것이 당신의 잘못된 점이지요! 어떤 부류의 사람도 살인은 할 수 있어요. 순전히 상황 때문이지요. 성격과는 결코 아무런 상관이 없는 겁니다! 사람들은 인내의 한계까지 갑니다. 그들이 그 선을 넘게끔 밀어 버리는 데는 아주 조그마한 것만 있으면 됩니다. 누구든지 말입니다. 심지어는 당신의 할머니까지라도 말이죠. 나는 그걸 잘 압니다."

"난 도저히 찬성할 수 없군요."

거이는 간단히 말했다.

"솔직히 고백합니다만, 나는 천 번도 더 아버지를 죽일 뻔했었다고요! 당신은 누구를 죽여 버리고 싶었나요? 당신 아내와 함께 놀아난 그 작자들?"

"그들 중 한 명이오."

거이는 낮은 소리로 말했다.

"어느 정도까지 갔는데요?"

"전혀 근처에도 안 갔죠. 단지 생각만 했을 뿐이었습니다."

거이는 잠을 이루지 못한 밤들을 기억해냈다. 그 수많은 밤들을. 그리고 복수하지 않는 한 계속 갖게 될 마음속의 절망들을. 그 어떤 것들이 한계선을 넘도록 그를 밀 수 있었을까? 거이는 브루노가 중얼거리는 것을 들었다.

"당신은 생각한 것보다는 훨씬 가까이 갔을 겁니다. 이것이 내가 말할 수 있는 전부지요."

거이는 어리둥절한 듯이 그를 바라보았다. 그는 탁자 너머에서 셔츠 바람의 팔뚝 위로 몸을 구부리고 있어서, 머리가 마치 크루피에(노름판에서 판돈을 모아 이긴 사람에게 건네 주는 사람)처럼, 병든 야행성 동물처럼 보였다.

"추리 소설을 너무 많이 읽었군요."

거이는 자신이 말하는 것을 들으면서도 그 말이 어디에서 나오는 것인지를 알지 못했다.

"멋진 작품들이죠. 모든 종류의 사람들이 살인을 할 수 있다는 것을 보여주거든요."

"바로 그 점이 나쁘다고 나는 항상 생각해 왔었습니다."
"또 잘못되셨군요!"
브루노는 화난 듯이 말했다.
"살인의 몇 퍼센트가 신문에 실리는지 아십니까?"
"모릅니다. 그리고 상관하지도 않고요."
"1/12입니다. 1/12. 생각해 보십시오! 나머지 11/12은 누구라고 생각하세요? 많은 사람들이 문제 밖에 있습니다. 경찰에서는 모든 범인을 결코 잡지 못할 거라는 사실을 잘 알고 있죠."

그는 스카치를 더 붓기 시작했다. 병이 비었다는 것을 알고는 뒤척거리며 일어섰다. 금으로 된 주머니칼이 그의 바지 주머니에서 순금으로 된 줄에 매달린 채 빛을 번뜩였다. 그것은 마치 보석처럼 거이에게 아름다움을 던져 주었다. 브루노가 스카치 병마개를 따는 것을 보면서 언젠가는 저 조그마한 주머니칼로 살인을 저지를지도 모르겠다는 것과 그가 잡히든 안 잡히든 별 상관 않기 때문에 아마도 꽤나 마음이 자유로울 거라고 생각하고 있는 자신을 발견했다. 브루노는 씩 웃으면서 새 스카치 병을 들고 돌아섰다.

"산타 페에 나랑 함께 갑시다, 예? 한 이틀 정도 쉬는 거죠."
"고맙습니다만, 나는 그럴 수 없군요."
"내겐 돈이 많이 있어요. 나의 손님이 되어 주시겠습니까, 예?"
그는 탁자 위에다 스카치를 엎질렀다.
"미안합니다."
거이가 말했다. 거이는 브루노가, 자기가 입은 옷을 보고 아마도 돈이 그다지 많지 않은 모양이라고 생각했을 거라고 추측했다. 거이가 가장 좋아하는 바지는 바로 지금 입고 있는 회색 플란넬 바지였다. 그는 메트카프에서도 이 바지를 입을 작정이었고, 덥지만 않다면 팜 비치에서도 역시 이것을 입으려고 생각중이었다. 그는 뒤로 기대어 손을 주머니에 넣다가 오른쪽 주머니 바닥에 구멍이 나 있는 것을 느꼈다.

"왜 안 되는 겁니까?"

브루노가 그의 잔을 건네 주었다.
"나는 당신이 무척 좋습니다, 거이 씨."
"왜죠?"
"왜냐하면 당신은 좋은 사람이거든요. 점잖다는 말이지요. 나는 많은 사람들을 만났었지만 당신 같은 사람은 그다지 많지 않더군요. 당신을 존경합니다."
브루노는 불쑥 한마디 내뱉고는 자기 잔에 입술을 가져갔다.
"나도 당신이 맘에 듭니다."
거이가 말했다.
"나랑 함께 가시죠, 예? 난 어머니가 오실 때까지 2~3일은 할 일이 없거든요. 우린 멋진 시간을 가질 수 있을 겁니다."
"다른 사람을 찾아보도록 하십시오."
"거이 씨, 왜 이러십니까? 내가 함께 여행할 대상이나 찾으러 돌아다닌다고 생각하시는 겁니까? 난 당신이 좋습니다. 그래서 당신에게 나와 함께 가주십사 하고 부탁드리는 거고요. 단 하루라도요. 나도 엘파소로 가지 않고 메트카프에서 내리죠, 뭐. 그랜드 캐년을 볼 작정입니다."
"감사합니다만, 메트카프에서 일을 끝마치는 대로 다른 일감을 얻어야 하거든요."
"오, 건물을 짓는 일인가요?"
브루노는 얼굴을 찌푸린 채 존경어린 미소를 지었다.
"그래요. 컨트리 클럽이지요."
그것은 두 달 전에 그가 지으려고 했던 것 중의 마지막 건물이었다. 거이는 자기 목소리가 이상하게 들리고, 자신의 것이 아닌 것처럼 느껴졌다.
"팜 비치에 있는 새로운 파미라죠."
"예?"
물론 브루노도 파미라 클럽에 관해서는 들었었다. 그 건물을 새로 세운다는 사실까지도 들은 적이 있었다. 그는 옛날 건물에는 두 번 정도 가 본 적이 있었다.
"당신이 설계하시는 겁니까?"
그는 거이를 영웅을 숭배하는 어린 소년처럼 바라보았다.
"내게 그림을 그려 주실 수 없으세요?"
거이는 브루노의 수첩 뒤에다 원하는 대로 그 건물의 대략적인 스케치를 그려 주고 자기 사인을 써 주었다. 거이는 아래층을 테라스에 이어지도록 길게 뻗어 있는 거대한 무도회장으로 만드는 벽과, 에어컨을 없애는 대신 루브르식 창문을 설치하는 것을 허가받아야 한다는 것을 설명해 주었다. 그는 말을 하면서 점점 기분이 좋아졌고, 비록 목소리는 낮았으나 흥분으로 인해 눈물이 그의 눈에 어렸다. 어떻게 해서 브루노에게 그토록 친밀하게 말해 줄 수 있었을까? 어떻게 그의 모든 비밀을 죄다 털어놓을 수 있었을까? 그는 정말로 의아해했다. 브루노만큼이나 이해하기 힘든 사람이 또 어디에 있을까?
"굉장하게 들리는군요."
브루노가 말했다.
"그게 어떤 모양인지 그 사람들에게 말해 주었습니까?"
"아뇨. 누구든지 많은 사람들을 즐겁게 해주어야 하지요."
거이는 머리를 갑자기 뒤로 기대고는 웃었다.
"당신은 유명해지시겠네요, 예? 지금도 유명한 거 아닙니까?"
뉴스 잡지에 사진이 실렸을지도 모르고, 뉴스 영화 속에 끼여들어갈 수도 있다. 하지만 아직은 많은 사람들이 그의 설계도에 별로 주의를 기울이지 않았을 거라고 그는 확신했다. 하지만 뉴욕에서 사무실을 함께 사용하고 있는 건축가 마이어즈는 거이가 유명하게 될 거라고 말했었다. 앤도 긍정적이었다. 그리고 브릴하트 씨도 그러했다. 이번 일은 그의 생애에 있어서 가장 큰 일거리였다.
"이 일 다음에는 내가 유명해질지도 모르지요. 그 건물은 그쪽 사람들이 마구 자랑할 종류의 것이거든요."

제2장 39

브루노는 그의 대학 생활에 관한 장황한 이야기를 늘어놓기 시작했다. 그리고 한때는 아버지와 좋지 않은 일만 터지지 않았더라면 사진 작가가 되었을지도 모른다는 이야기도 꺼냈다. 거이는 별로 귀를 기울이지 않았다. 그는 술잔을 다 비우고서 팜 비치에서의 일이 끝난 뒤에 생길 일거리를 생각하고 있었다. 아마도 뉴욕에 있는 사무실 건물 정도는 짓게 될 테지. 그는 뉴욕에다 사무실 빌딩을 짓고 싶다고 늘 생각해 왔었다. 거이 다니엘 하인즈. 그의 이름을 딴 건물을. 그렇게 되면 자신이 앤보다 돈이 없다는 따분하고 결코 떨쳐 버릴 수 없는 생각도 더 이상 필요없게 되리라.

"······그렇잖습니까, 거이 씨?"

브루노가 물었다.

"뭐 말입니까?"

브루노는 깊은 한숨을 내쉬었다.

"만일 당신 부인이 이혼에 관한 문제에 말썽을 부린다면 말입니다. 당신이 팜 비치에 있는 동안에 그 문제로 싸우고는 당신 일거리를 빼앗기게 만든다고 생각해 보시죠. 그러면 살인하는 충분한 동기가 될 수 있지 않을까요?"

"미리엄을?"

"그럼요."

"안 됩니다."

거이가 말했다. 그러나 그 질문이 그를 혼란스럽게 만들었다. 그는 혹시 미리엄이 그의 어머니를 통해 파미라에 관한 이야기를 들은 건 아닌지, 그리하여 거이를 고통스럽게 만듦으로써 얄팍한 승리감을 맛보려고 하지는 않을까 하고 은근히 걱정스러워졌다.

"부인이 당신을 배신했을 때, 그녀를 죽여 버리고 싶진 않았습니까?"

"아뇨. 그런 이야기는 이제 그만할 수 없겠소?"

잠시 동안 거이는 자신이 이전에는 결코 돌아본 적이 없었다고 느끼면서, 나란히 함께 존재해 왔던 결혼과 일이라는 그의 삶의 양면을 동시에 바라보았다. 어떻게 그가 한편에서는 그토록 어리석었고, 다른 편에서는 그토록 유능할 수 있었는지 생각하면 할수록 머릿속은 병이 날 정도로 빙글빙글 돌았다. 거이가 브루노를 바라보자, 그는 여전히 거이를 주시하고 있었다. 거이는 약간 혼미해짐을 느끼면서 자기 잔을 탁자 위에 놓고 손가락 길이만큼 밀었다.
"당신은 한 번쯤은 그러고 싶었을 겁니다."
브루노는 부드럽고 취기 어린 목소리로 억지를 부리며 말했다.
"아닙니다."
거이는 밖에 나가서 잠시 걷고 싶었지만, 기차는 계속해서 마치 결코 멈출 수 없는 운동체처럼 나아갔다.
미리엄이 그의 일자리를 빼앗기게 만든다면 어떻게 하나 하고 생각해 보았다. 그는 거기서 몇 달은 지내게 될 것이고, 감독직 같은 일거리를 얻으려 이리 뛰고 저리 뛰고 하게 되겠지. 그는 그런 일을 대단히 잘 알고 있었다. 그는 축축한 이마를 손으로 훔쳤다. 물론 미리엄을 만날 때까지는 그녀가 마음속에 무슨 생각을 품고 있는지 알 수 없는 터이다. 그는 심신이 지쳐 있는 상태이고, 바로 이러한 때 미리엄이 군대처럼 그에게 쳐들어올지도 모른다. 거이는 2년 동안에 그런 일을 너무도 자주 겪었기에 그녀에 대한 그의 사랑은 완전히 매말라 버리고 말았다. 그건 지금도 마찬가지였다. 그는 브루노에게 넌더리가 났다. 브루노는 미소짓고 있었다.
"우리 아버지를 죽이려는 내 계획의 하나를 말씀드릴까요?"
"아뇨."
거이가 말했다. 브루노가 다시 채우려는 잔 위를 거이는 손으로 막았다.
"어떤 것을 원하시오? 목욕탕 속에 부서진 전구 소켓을 집어넣는 건가요, 아니면 일산화탄소로 채운 차고인가요?"
"일을 저지르더라도, 지금은 그에 관한 이야기는 그만 두시오!"

"나는 할 겁니다. 내가 안 할 거라고 생각지는 마세요! 언젠가 내가 할 또 다른 일이 뭔지 압니까? 그건 내가 자살하고 싶어졌을 때 자살을 하고는, 마치 내가 가장 미워하는 녀석이 나를 죽인 것처럼 꾸미는 겁니다."

거이는 구역질을 느끼며 그를 쳐다보았다. 마치 용해 과정에 의한 것처럼 브루노의 형체는 점점 불분명해져 가고 있었다. 단지 지금은 목소리와 혼령만으로, 그것도 악의 혼령으로 보일 뿐이었다. 거이는 자기가 경멸하는 모든 것을 브루노가 나타내고 있다고 생각했다. 그가 결코 되고 싶지 않은 모든 것들이 바로 브루노였고, 또 브루노는 더욱 더 그렇게 되어가고 있었다.

"내가 당신을 위해 부인을 완벽하게 죽여 버릴까요? 당신도 언젠가는 원할지도 모르죠."

브루노는 거이가 지켜보는 앞에서 의식적으로 몸을 뒤틀었다.

거이는 일어섰다.

"잠깐 나가고 싶소."

브루노는 손바닥을 탁 쳤다.

"헤이! 이것 보세요. 기찬 생각이 났어요. 우리가 서로를 위해 살인을 하는 겁니다, 어때요? 나는 당신 아내를 죽이고, 당신은 내 아버지를 죽이는 거예요! 우리는 기차에서 만났어요, 아시겠어요? 아무도 우리가 서로 안다는 사실을 모르잖아요! 완벽한 알리바이죠! 알아듣겠어요?"

거이의 눈앞의 벽이 마치 산산조각 나듯이 리드미컬하게 고동쳤다. 살인! 그 단어가 거이를 넌더리나게 했고, 두렵게 만들었다. 그는 브루노에게서 벗어나고 싶었다. 이 방을 나가 버리고 싶었다. 그러나 악몽 같은 육중함이 그를 붙들어 매고 있었다. 그는 벽을 똑바로 바라보면서 중심을 잡으려 했다. 브루노가 말하고 있는 의미를 제대로 이해해 보려고 애썼다. 왜냐하면 그 속 어딘가에는 논리적인 면이 있었고, 해결해야 할 문제나 수수께끼 같은 것이 들어 있다는 것을 느낄 수 있었기 때문이다.

담배로 얼룩진 브루노의 손이 불쑥 나오더니 그의 무릎 위에서 떨렸다.

"꼭 맞는 알리바이예요!"

그는 소리쳤다.

"내 일생 중 가장 좋은 생각이에요! 무슨 말인지 모르겠어요? 당신이 마을에 없을 때 내가 해치워 버리고, 내가 마을을 떠나고 없을 때 당신이 해치워 버리는 겁니다."

거이도 알아차렸다. 그것은 어느 누구도 결코 알아낼 수 없을 것이다.

"미리엄과 같은 여자를 끝장내 버리고, 당신 같은 사람을 계속 살아나가도록 하는 것이 내게 커다란 즐거움을 줄 겁니다."

브루노는 킬킬거렸다.

"그녀가 많은 사람들의 인생을 망치기 전에 끝장내 버려야 한다는데 동의하지 않으세요? 앉으시죠, 거이 씨!"

거이는 그녀가 자기를 망치지는 않았다는 것을 상기해 보고 싶었으나, 브루노는 그럴 시간을 주지 않았다.

"난 단지 대충 그런 걸 한번 생각해 보자는 말입니다. 당신은 하실 수 있겠어요? 그녀가 어디 살고 있는지에 관한 한 모든 것을 내게 알려 주고, 나도 마찬가지로 당신이 우리 집에서 살았던 것이나 다름없을 정도로 당신에게 자세히 말해 줄 수 있지요. 우리는 모든 곳에다 지문을 남겨놓고는 경찰이 아주 환장하게 만들 수도 있다고요!"

그는 계속 킬킬거렸다.

"물론 몇 개월간 떨어져 지내면서 엄격하게 서로 접촉하지 않도록 해야겠죠. 이건 너무도 쉽고 확실한 일입니다!"

브루노는 자기 잔을 마시면서 일어나다가 하마터면 쓰러질 뻔했다. 그리고 나서는 거이의 얼굴에 바짝 대고 숨막힐 듯한 자신감으로 말을 하는 것이었다.

"당신도 해낼 수 있어요, 거이 씨. 아무런 장애 없이 잘 될 겁니다. 맹세하지요. 맹세합니다만 내가 모든 것을 준비할게요, 거이 씨."

거이는 자기가 의도했던 것보다 더 세게 그를 밀쳐 버렸다. 브루노는 다시 조용히 창가 자리에서 일어났다. 거이는 허공을 둘러보았다. 벽들은 부서지지 않은 표면을 보여 주었다. 방이 마치 작은 지옥같이 느껴졌다. 나는 여기서 무엇을 하고 있었지? 그리고 어느 새 이렇게 술에 취해 버렸나?

"당신도 해낼 수 있으리라 확신해요!"

브루노는 얼굴을 찡그렸다.

너의 그 빌어먹을 생각은 집어치워 하고 소리지르고 싶었지만, 거이의 목소리는 속삭이는 것처럼 흘러나왔다.

"난 그 말에 넌더리가 날 지경이오."

거이는 브루노의 좁은 얼굴이 괴상하게 비틀어지는 것을 보았다. 약간은 놀란 듯하면서, 소름끼칠 정도로 오싹하고 무시무시한 표정으로 바뀌는 것을. 브루노는 표정을 상냥하게 바꾸고는 어깨를 한번 으쓱했다.

"좋아요. 난 그것이 좋은 생각이라는 것과 우리가 굉장히 완벽한 계획을 짰다는 것을 말할 뿐입니다. 그것은 내가 써먹을 아이디어거든요. 물론 다른 사람과 함께 말이지요. 어디 가십니까?"

거이는 문을 생각했다. 그는 복도로 나가서 플랫폼으로 이어지는 다른 문을 열었다. 차가운 공기가 꾸중이라도 하듯이 그를 때렸고, 기차 소리는 힐책하는 듯이 크게 울려 퍼졌다. 거이는 바람과 기차소리에다 그 자신에 대한 저주를 퍼붓고는 토악질이라도 해버리고 싶었다.

"거이 씨?"

돌아보니 브루노가 무거운 문을 미끄러지듯이 지나오는 것이 보였다.

"거이 씨, 미안합니다."

"아닙니다, 괜찮아요."

거이는 얼른 대답했다. 브루노의 얼굴이 그를 깜짝 놀라게 했기 때문이다. 그는 자기 비하에 빠져 마치 개처럼 보였다.

"고마워요, 거이 씨."

브루노가 머리를 숙일 때 기차 바퀴의 덜컹거리는 소리가 사라져 가기 시작해서 거이는 균형을 잡아야만 했다.

기차가 멈춰 서고 있었다. 그는 다행이라고 여기며 브루노의 어깨를 톡톡 두드렸다.

"자, 내려가서 바람이나 쐽시다!"

그들은 침묵과 칠흑 같은 어둠의 세계로 뛰어내렸다.

"미친 생각이었죠?"

브루노가 소리쳤다.

"빛이 전혀 없군요!"

거이는 하늘을 올려다보았다. 달조차 없었다. 냉기가 그의 몸을 딱딱하고 긴장하게 만들었다. 그는 어디선가 나무문이 탁 하고 열리는 소리를 들었다. 조그만 불씨가 그들 앞에서 등불로 커져갔고 어떤 남자가 그것을 들고, 문이 활짝 열려 불빛이 사방으로 흩어져 나오는 화차의 뒤쪽으로 달려갔다. 거이는 천천히 불빛 쪽으로 걸어갔고 브루노도 뒤따랐다. 평평하고 시커먼 초원 저 멀리서 기관차가 우는 소리가 한동안 들리더니 다시 더 멀리로 사라져 버렸다. 그 소리는 어린 시절부터 기억해 왔던 아름답고 순수하고 고적한 소리였다. 백인들을 뒤흔드는 야생마의 울부짖음처럼. 갑자기 감상적인 느낌이 들어 거이는 자기 팔을 브루노의 팔에 끼었다.

"난 걷고 싶지 않은걸요!"

브루노가 팔을 비틀어 **빼**내며 멈춰 서면서 소리질렀다. 신선한 공기가 그를 생선처럼 무기력하게 만들고 있었다.

기차가 다시 떠나려 했다. 거이는 브루노의 커다랗고 축 늘어진 몸을 기차 위로 떠밀었다.

"나이트캡(자기 전에 마시는 알콜 음료)을 드릴까요?"

브루노는 잠에 떨어질 것 같이 피곤해 보이면서도 자기 방문 앞에서 풀이 죽어 중얼거렸다.
"감사합니다만, 괜찮습니다."
녹색 커튼이 그들의 속삭임을 감싸 주었다.
"아침에 부르러 오는 걸 잊지 마십시오. 문을 잠그지 않은 채 두겠습니다. 만일 대답이 없으면 그냥 들어오세요, 아시겠죠?"
거이는 녹색 커튼의 벽을 짚고 비틀거리며 자기 침대로 걸어갔다. 그는 자리에 누우면서 습관적으로 자기 책을 생각했다. 그 책을 브루노의 방에다 두고 왔던 것이다. 그의 플라톤 책을. 그는 그 책이 브루노의 방에 하룻밤 놓여 있다는 것과 브루노가 만지고 펼쳐 본다고 생각하니 괜히 싫었다.

제 3장

   그는 즉시 미리엄에게 연락을 했고, 그녀는 그들의 집 사이에 있는 고등학교에서 만나자고 했다.
   지금 그는 그녀를 기다리면서 아스팔트 경기장 한 모퉁이에 서 있었다. 물론 그녀는 늦을 것이다. 왜 그녀가 이 고등학교를 택했는지 그는 의아해했다. 그녀가 나온 학교이기 때문이었을까? 그가 이곳에서 그녀를 기다리곤 했을 때는 그녀를 사랑했었다.
   머리 위로 하늘은 청명하고 짙푸르게 펼쳐져 있었다. 태양은 몽땅 녹여 버릴 듯이 쏟아져 내렸고, 자기 자신의 열로 하얗게 변하는 물체처럼 아무 색도 띠지 않고 있었다. 나무들 너머로 처음 보는 가느다랗고 붉은색 건물의 꼭대기가 보였는데, 그것은 2년 전 그가 메트카프에 왔다 간 이후에 지어진 것이었다. 그는 뒤돌아섰다. 마치 더위가 모든 사람에게 학교도 버리고, 심지어는 이 근처의 집마저 몽땅 버리게 만들어 버린 것처럼 눈에 띄는 사람이 하나도 없었다. 그는 학교의 어두운 아치 문에 이르는 넓은 회색빛 계단을 바라보았다. 그는 미리엄의 대수학(代數學) 책의 하늘거리던 가장자리에 묻어 있던 잉크 자국과, 희미하게 나던 땀냄새를 여전히 기억해낼 수 있었다. 그가 그녀의 문제를 풀어 주려고 책을 펼쳤을 때 페이지의 한쪽 끝에 '미리엄'이라고 써 있던 것과 책 끝의 백지에 그려져 있었던 소녀의 그림 등을 그는 여전히 기억할 수 있었다. 어째서 미리엄이 다른 사람들과는 다르다고 그는 생각했었을까?
   그는 십자형 무늬의 쇠 울타리 사이의 넓은 교문을 걸어나오며 칼리지 가(街)를 다시 올려다보았다. 그러자 보도를 구분시키는 누르스름한 녹색 나무들 아래에 있는 그녀가 눈에 띄었다. 가슴이 점점 심하게 고동치기 시작했으나, 그는 의식적으로 냉담한 체하며 눈을 껌벅였다.

그녀는 시간을 끌면서 보통 때와 같은, 그러나 다소 더딘 속도로 걸어왔다. 곧 그녀의 머리가 보였는데, 그녀는 널따랗고 밝은 색의 모자를 쓰고 있었다. 그림자와 태양이 그녀의 모습을 어지러울 정도로 얼룩덜룩하게 만들고 있었다. 그녀는 다소 긴장이 풀린 듯이 손을 흔들어 보였다. 거이는 주머니에서 손을 빼내어 흔들어서 답해 주고는 마치 소년처럼 긴장하고 수줍어하며 운동장으로 되돌아갔다. 나무 아래의 낯선 소녀 같은 그녀가 팜 비치에 관한 일을 알 거라고 그는 생각했다. 30분 전에 그의 어머니가 미리엄이 지난번에 전화했을 때 그 이야기를 해주었다고 말했기 때문이다.

"안녕하셨어요?"

미리엄은 미소를 짓고는 크고 오렌지 빛이 어린 핑크빛 입술을 얼른 다물어 버렸다. 그녀의 앞니 사이에 난 틈 때문이라는 것을 거이는 기억해냈다.

"잘 있었소?"

무의식중에 그는 그녀를 훑어보았다. 통통했지만 임신한 것처럼 보이지는 않았기에 그녀가 거짓말을 했을지도 모른다는 생각이 번뜩 스쳤다. 그녀는 밝은 꽃무늬 스커트와 짧은 소매의 흰색 블라우스를 입고 있었다. 거기에다 에나멜 가죽을 뒤집어 씌워 놓은 커다랗고 하얀 포켓용 책을 들고 있었다.

그녀는 그늘에 있는 돌로 된 벤치에 얌전하게 앉아서는 그의 여행이 어떠했는지에 대해 몇 마디 따분한 질문을 늘어놓았다. 언제나 풍만한 듯한 그녀의 얼굴은 더욱 통통해져 볼 아래의 턱이 더욱 각지게 보였다. 그녀의 눈 아래에 약간의 주름이 져 있는 것을 거이는 보았다. 그녀는 22년이라는 오랜 세월을 살았던 것이다.

"1월이에요."

그녀는 단조로운 목소리로 말했다.

"1월에 아이를 낳게 돼요."

그러면 두 달이 지났다는 말이 된다.

"나는 당신이 그 사람과 결혼하고 싶어한다고 생각하는데."
그녀는 머리를 약간 돌리더니 아래를 바라보았다. 그녀의 좁은 볼 위에 난 가장 커다란 주근깨 하나를 햇빛이 똑바로 비추자, 거이는 그가 알고 있던 주근깨의 모습을 다시 볼 수 있었다. 그녀와 결혼한 이후로는 별로 주의를 기울여 보지 않았던 그 모양을……. 한때는 그녀를 소유했다고, 그녀의 조그마한 생각에 이르기까지 몽땅 자기 거였다고 그는 확신했었지! 갑자기 모든 사랑이란 단지 감질나는 것, 아니면 지식 다음으로 끔찍한 것처럼 느껴졌다. 이제 그는 미리엄의 머릿속에 있는 가장 조그만 부분의 세계조차도 알지 못했다. 앤과도 그런 일이 일어날 수 있을까?
"미리엄, 그렇지 않아?"
그는 대답을 재촉했다.
"지금 당장은 아니에요. 약간 복잡한 문제가 있거든요."
"이를테면 어떤 것?"
"저, 우리가 원하는 만큼 빨리는 결혼할 수 없을 거예요, 아마."
"오."
'우리'라. 거이는 미리엄의 애인이 어떤 얼굴일지 알고 있었다. 기다란 얼굴에 키가 크고 검은 얼굴. 스티브와 비슷하겠지. 그것은 미리엄이 언제나 매혹당하는 타입이었다. 그녀가 아이를 낳고 싶어하는 유일한 타입이었다. 그리고 그녀가 그런 아이를 원한다고 그는 장담할 수 있었다. 아마도 그 남자와는 무관하겠지만, 그녀가 아이를 원하게끔 만든 무슨 일인가가 있었겠지. 그녀가 벤치 위에 얌전히, 그리고 굳은 듯이 뻣뻣하게 앉아 있는 모습에서 그는 언제나 임신한 여자들의 얼굴에서 보아 왔고, 또 상상해 왔던 자포자기한 듯한 상태를 볼 수 있었다.
"하지만 그것 때문에 이혼을 늦출 필요는 없다고 생각하는데."
"예, 나도 그렇게 생각지는 않았어요. 적어도 이틀 전까지만 해도요. 난 이 달에 오웬이 자유롭게 되어 결혼할 수 있으리라 생각했었거든요."

"오, 그가 결혼했었나?"

"그래요, 결혼했죠."

그녀는 약간 한숨을 쉬며 희미한 미소를 지으면서 말했다.

거이는 약간 당황한 듯이 아래를 내려다보며 아스팔트 위에서 한두 발자국 천천히 떼었다. 그는 그 남자가 결혼했었으리라는 것을 알고 있었다. 그 사람이 강요당하지 않는 한 그녀와 결혼할 마음이 없기를 거이는 바랐었다.

"그는 어디 있지? 이곳에?"

"휴스턴에 있어요."

그녀는 대답했다.

"당신 앉지 않을래요?"

"아니."

"당신은 언제나 앉는 것을 좋아하지 않았죠."

그는 아무 말도 하지 않았다.

"여전히 반지를 끼고 있나요?"

"응."

졸업 반지였다. 그가 대학 출신이라는 것을 말해 주었기에 미리엄이 항상 감탄해 마지않았던 그 반지였다. 그녀는 자의식적인 미소를 띠고 반지를 바라보고 있었다. 거이는 손을 주머니 속에 집어넣어 버렸다.

"내가 여기 있는 동안 그 문제를 해결지어 주었으면 좋겠어. 이번 주에 할 수 있겠지?"

"난 멀리 가 버리고 싶어요."

"이혼 때문에?"

그녀의 뭉뚝한 손이 흐늘흐늘하고 모호한 동작으로 벌려지자, 거이는 문득 브루노의 손이 생각났다. 오늘 아침 기차에서 내리면서 그는 완전히 브루노를 잊어버리고 말았다. 그리고 자기 책도.

"난 이곳에 있는 게 이젠 지쳤어요."

그녀가 말했다.

"원한다면 댈러스에 가서 이혼할 수도 있지."

'이곳에 있는 친구들이 다 알았기 때문이군.' 하고 그는 생각했다.

"거이, 난 기다리고 싶어요. 안 되나요? 얼마 동안만?"

"난 당신이 꺼릴 거라고 생각했는데. 그는 당신과 결혼할 작정이 아닌가?"

"그는 9월에야 나와 결혼할 수 있어요. 그때는 자유의 몸이 돼요. 하지만……."

"하지만이라니, 뭐가 문제야?"

그녀의 침묵에서, 또 아이처럼 혀를 윗입술에 갖다 대는 것을 보고 거이는 그녀가 어려운 처지에 있음을 알았다. 그녀는 이번 아이를 무척이나 원했기에 아이가 태어나기 네 달 전까지는 그 아이의 아버지와 결혼하기 위해 메트카프에서 기다려야 하는 수고를 치르고자 하는 것이다. 거이는 그녀가 은근히 안됐다고 생각했다.

"거이, 난 멀리 가 버리고 싶어요. 당신과 함께 말이에요."

그녀의 얼굴에 진지해지려고 노력하는 흔적이 역력히 보여서 그는 미리엄이 무슨 말을 하고 있고, 또 왜 그러고 있는지를 거의 잊어버렸다.

"미리엄, 당신이 원하는 게 뭐지? 어디 멀리로 가는 데 필요한 돈이야?"

그녀의 회색빛이 도는 녹색 눈동자에 어린 빛이 안개처럼 흩어졌다.

"어머니 말로는 당신이 팜 비치에 갈 거라고 그러더군요."

"아마 그곳으로 가게 될 거야. 일 때문에."

그는 갑자기 아차 하는 위기 위식을 느끼면서 파미라를 생각했다. 하지만 이미 그것은 미끄러져 내려가고 있었다.

"날 데리고 가 주시겠어요? 당신에게 드리는 마지막 부탁이에요. 12월까지만 당신과 함께 머문 다음에 이혼을 할 수 있다면……."

"오."

그는 차분히 말했지만, 그의 가슴은 부서질 것처럼 방망이질해대고 있었다. 그는 갑자기 그녀에게서 혐오감을 느꼈다. 그녀뿐만 아니라, 그녀가 알았고 매혹시킨 주위의 모든 사람들이 혐오스러워졌다. 다른 남자의 아이를 낳을 때까지 함께 멀리 가서 남편이 되어 달라고?

"당신이 데리고 가지 않는다면, 나 혼자라도 가겠어요."

"미리엄, 난 지금 당장에라도 이혼할 수 있어. 아이를 낳을 때까지 기다릴 필요는 없잖아? 법적으로도 그렇고."

그의 목소리가 떨렸다.

"당신은 내게 그럴 수 없을걸요."

그가 그녀를 사랑했을 때 그의 분노와 사랑 양쪽에 작용했던 협박과 애원을 섞어서 말을 하자 거이는 당황하고 말았다.

그는 그 말이 지금 자기를 당황하게 하고 있음을 느꼈다. 그리고 미리엄이 옳았다. 그는 지금 당장은 그녀와 이혼하지 않을 것이다. 그러나 그녀를 사랑하기 때문도 아니고, 그녀가 여전히 자기 아내여서 보호해 줘야 할 의무를 느끼기 때문도 아니었다. 단지 그녀를 불쌍히 여기고, 한때 그가 사랑한 적이 있다는 기억 때문이었다. 그는 자기가 뉴욕에 있었을 때, 심지어는 미리엄이 돈 때문에 편지를 보냈을 때조차도 그녀를 가엾게 생각했던 것을 생각해 보았다.

"당신이 그곳에 간다면, 난 그 일을 맡지 않겠어. 그 일을 맡을 필요가 없어지거든."

그는 침착하게 말했다. 하긴, 이미 다 지나간 일인데 왈가왈부할 게 뭐 있느냐고 자신을 타일렀다.

"당신이 그런 일을 포기해 버리라고는 생각되지 않는데요."

그녀는 도전적으로 나왔다.

거이는 미리엄의 승리에 찬 뒤틀린 미소를 외면하고 돌아섰다. 그 점은 그녀가 잘못 생각하고 있는 것이지만 그는 내버려두었다. 모래 같은 아스팔트에 서서 두 발자국 정도 옮긴 뒤 거이는 다시 돌아섰다. 머리를 똑바로 들고 '침착해야지' 하고 자신에게 타일렀다. 화를 낸다고 될 일이 아니잖은가? 미리엄은 떠들썩하게 말다툼하는 것을 좋아했었기에 거이가 이런 식으로 나올 때는 그를 미워하곤 했었다. 그녀는 오늘 아침까지만 해도 그런 점을 좋아했으리라. 그녀는 이렇게 행동하는 것이 그를 더 괴롭게 한다는 사실을 알게 되기 전에는 그가 이런 반응을 보일 때마다 그를 싫어했었다. 거이도 자기가 이제 그녀를 위하는 방향으로 나가리라는 것을 알고 있었지만, 그 밖에 달리 다른 방식으로 반응할 수도 없다는 사실을 깨달았다.
"당신도 알겠지만, 아직 일거리를 따낸 건 아니야. 내가 원하지 않는다고 전보를 보내기만 하면 되는데 뭐."
나무 꼭대기 너머로 미리엄이 오기 전에 보았던, 붉은 새 건물을 그는 다시 쳐다보았다.
"그런 다음엔 무얼 하시겠어요?"
"많은 것을. 하지만 당신은 그것을 알지 못할걸."
"달아나려고요?"
그녀는 조롱조로 말했다.
"빠져나가는 가장 저질스러운 방법이군요."
그는 다시 걸었다. 그리고 돌아섰다. 그래, 앤이 있어. 앤과 함께 있기에 거이는 참을 수 있었고, 어떤 것도 견뎌낼 수 있었다. 그리고 사실 그는 이상하게도 체념이 되었다. 그의 청춘의 실패의 상징인 미리엄과 함께 있기 때문인가? 그는 혀끝을 깨물었다. 보석의 홈처럼 곁에서는 보이지 않는 그의 내부에 결코 떨쳐 버릴 수 없는 실패에 대한 두려움과 기대가 있었다. 때때로 실패는 그를 매혹시키는 하나의 가능성이기도 했다. 마치 고등학교나 대학에서 그가 합격할 수 있는 시험에 떨어지게 내버려두었을 때처럼. 그리고 양쪽 집안과 친구들의 반대에도 불구하고 그가 미리엄과 결혼했을 때도 마찬가지였다고 거이는 생각했다. 성공하지 못하리라는 것을 그가 알지 못했을까? 그리고 이제는 별다른 고민 없이 그의 최대의 일자리를 포기해 버렸다. 거이는 멕시코로 가서 앤과 며칠을 함께 지내야겠다고 생각했다. 그가 가진 모든 돈이 다 들지도 모르나, 안 될 것도 없잖은가? 그가 앤을 만나지도 않은 채 뉴욕에 돌아가서 일을 한다는 건 도무지 있을 법한 일이 아니었다.
"그 밖의 또 다른 문제는?"
그가 물었다.
"난 이미 말했는걸요."
그녀가 벌어진 이빨 사이로 말했다.

제4장

그는 천천히 집으로 걸어갔다. 그늘진 고요한 트래비스 가(街)를 지나서 그가 살던 앰브로스 가(街)로 가고 있었다. 트래비스 가와 델런시 가(街)의 모퉁이에 조그만 과일 가게가 있었는데, 장난감 가게처럼 가정집 앞 잔디 바로 오른쪽에 자리잡고 있었다. 앰브로스 가의 서쪽 끝을 막고 있는 거대한 워서토리움 건물에서 하얀 유니폼을 입은 여자와 소녀들이 수다를 떨며 쏟아져 나오면서 점심을 먹으러 집으로 가고 있었다. 거이는 가는 도중에 그에게 말을 거는 사람을 아무도 만나지 않아 기분이 괜찮았다. 그는 느리고 조용하고 허탈감을 느꼈고, 심지어는 행복감마저 느꼈다. 미리엄과 5분간 이야기한 뒤 그녀가 대단히 멀리 떨어져 있는 듯해 보였으며, 모든 것이 정말로 무척이나 사소한 듯이 여겨졌다. 이제 거이는 기차 속에서 그가 했던 걱정들이 부끄럽게 여겨졌다.

"어머니, 그다지 나쁘지는 않았어요."

집에 들어가서 거이는 미소를 띠면서 말했다. 그의 어머니는 눈썹을 걱정스러운 듯이 치켜올리면서 그를 맞았다.

"그 소리를 들으니 기쁘구나."

그녀는 그의 이야기를 들으려고 흔들의자를 끌어와서 앉았다. 그녀는 밝은 갈색 머리에다 여전히 아름답고 아주 멋있게 오똑 솟은 코를 지니고 있으며, 몸집은 조그마했다. 지금은 머리카락에서 은빛이 반짝이고 있어서 건강하게 보였다. 그녀는 거의 항상 쾌활했다. 바로 이 점이 거이가 어머니와 꽤나 다르다고 느끼게 만들었다. 또한 그가 미리엄의 일로 괴로워한 이후로 다소 어머니와의 사이를 멀어지게 만든 원인이기도 했다. 그의 어머니는 잊어버리라고 충고해 주었지만, 거이는 자기의 슬픔을 일부러 찾아내어서는 달래고, 또 그러기 위해서 그가 할 수 있는 모든 것을 찾아냈다.
 "미리엄이 뭐라 그러던? 별로 오래 있지 않았구나. 난 네가 그 애하고 점심이라도 같이 먹고 올 줄로 생각했었단다."
 "아니에요, 어머니"
 그는 한숨을 쉬고는 무늬를 넣어 짠 소파 위에 몸을 던졌다.
 "모든 일이 다 잘되고 있어요. 그러나 파미라 일은 아마도 못 맡게 될 것 같아요."
 "오, 저런, 얘야, 왜? 그 애가……, 미리엄이 아이를 갖게 될 거라는 게 사실이냐?"
 어머니가 실망하는 것 같았으나, 그 일이 정말 어떤 건가를 알게 된다면 이 정도 실망 갖고는 어림도 없으리라. 그는 어머니가 그게 어느 정도로 큰 일인지 모르는 걸 다행으로 여겼다.
 "예, 사실이에요."
 이렇게 대답하고는 소파의 나무 댄 부분의 냉기가 그의 목덜미에서 느껴질 때까지 머리를 밀어올렸다. 그는 자기의 삶을 어머니의 삶과 분리시키고 있는 만(灣) 같은 것을 생각했다. 어머니에게는 미리엄과 그의 생활에 관해서는 거의 이야기를 하지 않았었다. 어머니는 미시시피 주에서 편안하고 행복하게 교육을 받았고, 지금은 메트카프의 커다란 집과 정원에서 재미있고 다정한 친구들과 지내느라 바빴다. 그런 어머니가 어떻게 미리엄이 한 짓을 이해할 수 있겠는가? 또한, 일과 관련된 단순한 한두 가지 아이디어 때문에 뉴욕에서 기꺼이 살아가고 있는 그의 불확실한 삶에 대해서 이해할 수 있겠는가?
 "그런데 대체 팜 비치의 일이 미리엄과 무슨 상관이 있는 게냐?"
 어머니는 마침내 이렇게 물어 보았다.
 "미리엄이 그곳으로 함께 가자고 해요. 당분간 좀 돌봐 달라는 거죠. 하지만 난 싫단 말예요."
 거이는 주먹을 쥐었다. 그는 갑자기 미리엄이 팜 비치에, 그것도 파미라 클럽의 매니저인 클라런스 브릴하트를 만나고 있는 장면이 머릿속에 떠올랐다.

"난 그런 건 정말이지 견딜 수 없어요."

그는 되풀이해서 말했다.

"오."

어머니는 단지 이 말만 했을 뿐이다. 어머니의 침묵은 알아들었다는 뜻이었다. 만약 그녀가 무슨 말이라도 덧붙인다면, 옛날의 자기들의 결혼을 반대했었다는 걸 되새겨 주는 것일 뿐이라고 거이는 생각했다. 하지만 어머니는 그러지 않았다.

"그렇다면 너로선 참을 수 없겠구나."

"정말이지 참을 수 없어요."

그는 일어나 어머니의 부드러운 얼굴을 양손으로 감쌌다.

"어머니, 난 괜찮아요."

그녀의 이마에 입을 맞추면서 말했다.

"난 정말 조금도 상관하지 않아요. 눈꼽만큼도요."

"나도 네가 속상해하리라고는 믿지 않는다. 그런데 왜 그러는 거니?"

거이는 방을 가로질러 수형 피아노(현이 수직으로 되어 있는 피아노) 쪽으로 갔다.

"난 앤을 만나러 멕시코로 갈 거거든요."

"오, 그럴 작정이냐?"

그녀는 미소를 지었다.

"넌 정말 재미나 보러 나다니는 녀석이구나!"

"멕시코로 오시겠어요?"

거이는 어깨 너머로 웃어 보였다. 그는 어렸을 적에 배운 사라반드(스페인의 장중한 옛춤) 곡을 치기 시작했다.

"멕시코!"

그의 어머니는 장난조로 두려운 체하며 말했다.

"야생마들도 나를 멕시코로 데려가진 못할걸. 네가 돌아오는 길에 앤을 데리고 와서 날 만나 보게 하려무나."
"알겠습니다."
그녀는 그에게 다가와서 손을 살며시 어깨 위에 놓았다.
"거이 난 가끔씩 네가 다시 행복해진 것 같다고 느껴진단다. 아주 즐거워할 땐 말이야."

제5장

　무슨 일이 생겼나요? 즉시 편지해 주세요. 아니, 전화를 해주신다면 더 좋겠고요. 2주일간을 보내려 우리는 리츠 호텔에 와 있답니다. 여행 중에도 당신이 보고 싶었어요. 우리가 함께 내려가지 못한 게 아쉽기는 하지만 난 이해해요. 당신이 매 순간 순간을 즐겁게 보내길 바라고 있어요. 그 일은 곧 끝나게 될 테고, 우리는 이겨낼 수 있을 거예요. 무슨 일이 일어나든지 내게 이야기해 주세요. 함께 부딪쳐 보도록 해요. 난 가끔씩 당신이 그러지 않는다고 느껴져요. 과감하게 부딪쳐 보는 게 어떻겠어요?

　당신이 너무나도 가까이에 있는데 하루나 이틀쯤 오실 수 없다니 정말 속상해요. 난 당신이 그러길 바라고 있어요. 그럴 시간이 있게 되기를 바라요. 사랑이 당신을 이곳으로 데려다 주겠죠. 가족들도 좋아할 거예요. 내 사랑, 난 정말 당신의 그 설계도들도 사랑하고, 또 너무나도 당신을 자랑스럽게 여기고 있어요. 앞으로 몇 달을 당신이 건물을 짓는 동안 서로 떨어져 있을 생각을 하니 견딜 수 없어요. 우리 아빠도 역시 강한 인상을 받으셨나 봐요. 우리는 언제나 당신 이야기만 한답니다.

내 모든 사랑을 드리며
즐겁게 지내세요, 내 사랑
A로부터

　거이는 파미라 클럽의 매니저인 클라런스 브릴하트에게 다음과 같은 전보를 보냈다.

　"피치 못할 사정으로 인하여 나로서는 이번 일을 맡기가 불가능하게 되었습니다. 깊은 유감과 끝까지 밀어 주시고 격려해 주신 데 대한 감사를 표합니다. 곧 편지를 드리도록 하겠습니다."
 갑자기 거이는 자기 것 대신에 저쪽에서 사용할 도면에 관해 생각해 보았다. '윌이엄 하크니스 어소시에이트'의 모방꾼 프랭크 로이드 라이트. 거이는 전화에 대고 전보 내용을 부르면서 더욱 나쁜 경우가 생각났다. 이사회에서는 아마 하크니스에게 자기의 아이디어를 그대로 본따서 만들어 달라고 요청하겠지. 그리고 물론 하크니스야 기꺼이 그렇게 할 테고.
 거이는 앤에게 월요일에 비행기로 가게 될 거고, 며칠 동안은 시간이 있다고 전보를 보냈다. 앤이 있었기 때문에 거이는 앞으로 몇 달 뒤에, 아니 몇 년 뒤에라도 파미라 건만큼 커다란 일거리가 자기 수중에 떨어질 수 있을지에 대해 걱정하지 않았다.

제 6 장

그 날 저녁 찰스 앤소니 브루노는 엘 파소의 어느 방에 벌렁 누워서, 꽤나 뾰족한 코 위에다 금으로 된 만년필을 세워 보려고 애쓰고 있었다. 마음이 싱숭생숭하여 잠을 자기도 뭐했고, 근처에 있는 술집으로 내려가 둘러볼 만큼 힘이 남아 있지도 않았다. 그는 오후 내내 돌아다녔으나 엘 파소에 있는 것들이 그다지 맘에 들지 않았다. 그랜드 캐년에 관해서도 마찬가지로 별로 마음이 내키지 않았다. 그는 전날 밤 기차에 떠올랐던 아이디어를 곰곰이 생각하고 있었다. 거이가 그 날 아침에 깨워 주지 않은 것이 좀 섭섭하게 여겨졌다. 거이가 함께 살인을 공모할 수 있을 만한 사람이었기 때문이 아니라, 한 인간으로서 브루노는 그가 좋았던 것이다. 거이는 알고 지낼 만한 가치가 있는 사람이었다. 게다가 거이가 책을 두고 가 버려서 그 책을 되돌려 줄 핑계도 가지고 있었다.

천장의 선풍기가 네 개의 날개 중 하나를 잃어버렸기에 괴상한 소리를 내고 있었다. 그 날개가 있었다면 약간은 더 시원했을 텐데 하는 생각이 들었다. 화장실의 수도꼭지 하나는 새고 있었고, 침대 위의 독서용 전등은 나사로 죈 부분이 망가져 버려 대롱대롱 매달려 있었다. 그리고 문이란 문은 온통 손때투성이였다. 이 마을에서 제일 좋은 호텔이라고 그러더니! 왜 꼭 언제나 이렇게 잘못되어 가는 것일까? 그가 지금까지 묵어 왔던 모든 호텔의 방은 적어도 한 가지씩은 잘못되어 있었다. 언젠가 완벽한 호텔 방을 발견하게 되면, 설사 그것이 남아프리카에 있다 하더라도 사 버리고 말아야지. 그는 침대 끝에 걸터앉아서 전화 쪽으로 손을 뻗었다.

"장거리 전화요."

브루노는 그의 구두가 하얀 침대 커버 위에다 만든 붉은 얼룩을 멍하니 바라보았다.

"그레이트 넥 166 J 부탁합니다. ……예. 그레이트 넥."

그는 기다렸다.

"롱아일랜드……. 뉴욕에 있는데, 들어 본 적이 없어요?"

1분도 채 못 되어 그의 어머니가 받았다.

"나 여기 왔어요. 일요일에 오실 거죠? 그렇게 하는 게 더 나을 거예요……. 아, 노새 등을 타고 여행한 것 같았어요. 응, 그랜드 캐년은 봤어요…… 좋아요, 그러나 색은 흔해 빠졌어요. ……그건 그렇고, 어머니는 어때요?"

그는 웃음을 터뜨리기 시작했다. 그는 구두를 벗어 던지고 웃어대면서 전화를 든 채 침대에서 굴렀다. 어머니는 캡틴이 자기 친구들 둘을 접대하고 있는 장면을 본 이야기를 브루노에게 해주고 있었다. 전날 밤에 두 남자가 집으로 찾아왔는데, 그들은 캡틴을 그녀의 아버지로 착각하고는 엉터리 같은 이야기들을 지껄여댔다는 것이다.

제 7 장

침대 속에서 팔꿈치로 기댄 채 거이는 자기에게 온 연필로 쓴 편지를 읽고 있었다.
"애야, 더 멋있고 긴 세월을 위해서 꼭 한 번만 더 널 깨워야겠구나."
그의 어머니가 말했다.
거이는 팜 비치에서 온 편지를 집었다.
"아마 그다지 오래 걸리진 않을 거예요, 어머니."
"언제 비행기가 떠나기로 되어 있니?"
"1시 30분요."
그녀는 침대 발치에서 상체를 기울여 구겨진 것을 집어 올렸다.
"애야, 넌 거기 가서 에델을 만나고 올 시간이 없겠구나."
"오, 어머니, 꼭 만나 뵙고 올게요."
에델 피터슨은 어머니의 가장 오랜 친구였다. 그녀가 거이에게 처음으로 피아노를 가르쳐 주었던 것이다.
팜 비치에서 온 편지는 브릴하트 씨가 보낸 것이었다. 그가 그 일을 맡았었던 것이다. 브릴하트 씨는 또한 이사회에서 루브르식 창을 설치하자고 설득하기도 했었다.
"오늘 아침엔 아주 맛있고 진한 커피를 만들었단다."
어머니가 문 앞에 서서 말했다.
"침대에서 아침을 먹을래?"
거이는 어머니에게 미소를 지었다.
"그러고 싶은데요!"
그는 브릴하트 씨의 편지를 조심스레 다시 읽고는 봉투에 넣은 뒤, 그것을 천천히 찢어 버렸다. 그런 다음, 그는 다른 편지를 뜯어 보았다. 연필로 휘갈겨 쓴 한 장 짜리 편지였다. 아래 쪽에 육중한 장식체로 쓴 서명을 보고 거이는 다시 미소를 지었다. 찰스 A. 브루노였던 것이다.

거이 씨에게

나는 기차에서 만났던 당신의 친구랍니다. 기억나십니까? 그 날 밤 내 방에다 책을 두고 가셨더군요. 그 책 속에서 틀림없으리라고 믿는 당신의 텍사스 주 주소를 발견했답니다. 당신에게 책을 보내 드리겠습니다. 나도 그 책의 몇 구절을 읽었는데, 플라톤 속에 그토록 많은 대화가 있는 줄은 몰랐습니다.

그 날 밤 당신과 저녁을 함께 한 것이 대단히 즐거웠습니다. 나는 당신을 친구 명단 속에 넣고 싶군요. 산타 페에서 당신을 만나 볼 수 있다면 좋을 텐데요. 그리고 만일 당신이 마음을 바꾸게 된다면 내 주소는 다음과 같습니다. 뉴 멕시코 주, 산타 페, 라 폰다 호텔. 적어도 앞으로 2주일은 여기에 머물 겁니다.

나는 우리가 두 개의 살인에 대해 얘기했던 그 아이디어를 곰곰이 생각해 보았습니다. 나는 성공할 수 있으리라 확신합니다. 내가 얼마나 그 아이디어를 믿고 있는지는 당신에게 표현할 수 없을 정도입니다! 비록 그러한 일이 당신에게는 흥미를 주지 못한다는 것을 알지만 말입니다.

당신 아내와의 일은 어떻게 되었는지요? 아무쪼록 내게 답장을 주셨으면 합니다. 엘 파소에서 지갑을 잃어버린 일밖에는 그다지 별다른 일은 없었답니다. 나는 애당초부터 엘 파소를 별로 좋아하지 않았지요. 당신에게 사과의 말을 함께 보내 드립니다.

곧 답장을 받게 되길 바라며,
당신의 친구
찰스 A. 브루노

추신 : 늦게까지 자느라 그 날 아침에 당신을 보지 못하고 헤어져 죄송합니다.

C.A.B.

이 편지는 다소나마 그의 마음을 달래 주었다. 브루노의 자유분방한 모습을 생각해 보니 재미있었다.

"그리츠(껍질만 벗기고 빻지 않은 귀리나, 굵게 빻은 오트밀)로군요!"
그는 신나는 듯이 어머니에게 말했다.
"북쪽에서는 달걀 프라이와 그리츠를 함께 먹어 보질 못하죠!"
그는 날씨에 비하여 더울 듯했지만, 자기가 제일 좋아하는 오래된 로브(잠옷이나 속옷 위에 그대로 걸치는 길고 품이 큰 겉옷)를 입고는 아침 식사를 받칠 침대용 쟁반과 신문을 들고 침대로 다시 가서 앉았다.
그런 뒤 마치 꼭 해야만 할 일이 있기라도 한 것처럼 샤워를 하고 옷을 갈아입었지만, 실은 아무 일도 할 게 없었다. 카트라이트 씨 댁은 어제 다녀왔다. 그의 어린 시절의 친구인 피터 리그스를 찾아가 볼 수도 있었지만, 피터는 지금 뉴올리언즈에서 직장에 다니고 있었다. 미리엄이 무엇을 하고 있을지 거이는 궁금했다. 아마 뒷베란다에서 손톱에다 매니큐어나 칠하고 있겠지. 아니면 자기를 따르고 앞으로 자기처럼 되길 원하는 이웃집 조그만 여자애들과 카드놀이나 하고 있는 중일 테지. 미리엄은 자기 계획대로 일이 잘 되지 않는다 해도 걱정하며 앉아 있을 여자가 아니었다. 거이는 담뱃불을 붙였다.
부드럽게 쨍그랑거리는 소리가 이따금 아래층에서 들려 왔다. 그의 어머니와 요리사인 어슬린이 은그릇을 씻어서 하나씩 쌓고 있는 중이었다.
왜 오늘 멕시코로 떠나지 않았지? 앞으로 빈둥거릴 24시간이 끔찍할 거라는 사실을 그는 알고 있었다. 오늘 밤에 그의 아저씨가 다시 올 테고, 아마 어머니의 몇몇 친구분들이 들를 것이다. 그들은 모두 거이를 만나 보고 싶어했다. 그가 지난번에 다녀간 이후로 이곳의 신문인 '메트카프 스타' 지에서는 거이와 그의 일에 관한 칼럼을 실었었다. 칼럼에는 그가 받은 장학금과 전쟁 때문에 써먹을 수 없었던 '프리 드 롬'상(賞)과, 피츠버그에서 그가 설계한 상점과 시카고에 있는 병원의 조그만 부속 진료실에 관한 이야기가 쓰여져 있었다. 그것도 아주 인상 깊게 실렸었다. 그가 뉴욕에서 외로운 나날을 보내고 있을 때 그의 어머니가 편지와 함께 그 기사를 오려서 보내 주었는데, 그걸 읽고 거이는 자기가 중요한 인물인 것처럼 느꼈었다.

브루노에게 편지를 써야겠다는 갑작스런 충동에 책상에 앉았는데, 막상 펜을 들고 보니 아무것도 할 말이 없었다. 적갈색 옷을 입고는 어깨에다 카메라 끈을 두르고 산타 페에 있는 메마른 언덕을 터벅터벅 오르내리며, 볼 만한 것이 눈에 뜨이면 그다지 좋지 못한 이빨을 드러내며 씩 웃어 가며 카메라를 끊임없이 찰칵거릴 브루노를 거이는 그려 볼 수 있었다. 주머니 속에는 언제든지 쓸 수 있는 1000달러를 가지고 술집에 앉아 어머니를 기다리고 있을 그의 모습도 거이는 그려 볼 수 있었다. 브루노에게 무슨 말을 해야 하지? 거이는 만년필 뚜껑을 다시 닫고 책상 위에다 팽개쳐 버렸다.

"어머니?"

그는 아래층으로 뛰어 내려갔다.

"오늘 오후에 영화를 보러 가는 건 어때요?"

이번 주에 이미 두 번이나 영화를 보러 갔었다고 어머니가 말했다.

"넌 영화를 좋아하지 않잖아?"

그녀는 거이를 나무랐다.

"어머니, 난 정말로 보고 싶은걸요!"

그는 미소를 지으면서 고집을 부렸다.

제 8 장

그 날 밤 11시경에 전화벨이 울렸다. 어머니가 받았는데, 거실에 들어와서 그를 불러냈다. 그는 아저씨와 아주머니와 사촌인 리치하고 타이와 함께 앉아 있었다.
"장거리 전화구나."
그의 어머니가 말했다.
거이는 고개를 끄덕였다. 좀더 설명해 주기를 바라는 브릴하트가 전화를 건 모양이었다. 거이는 그 날 답장을 보냈던 것이다.
"거이 씨, 안녕하세요?"
상대방이 말했다.
"찰스예요."
"찰스 누구죠?"
"찰스 브루노입니다."
"오! 안녕하세요? 책 고마워요."
"아직 부치지는 않았지만 보내 드릴 작정입니다."
브루노는 거이와 기차 속에서 나누었던 술취한 듯한 쾌활한 목소리로 말했다.
"산타 페로 오시겠어요?"
"미안하지만, 못 가게 될 것 같은데요."
"그럼, 팜 비치는 어때요? 2주일 이내에 그곳에서 당신을 만날 수 있을까요? 그 건물이 어떻게 생겼는지 가서 보고 싶거든요."
"죄송합니다만, 이미 끝난 일인걸요."
"끝나다뇨? 아니, 왜요?"
"복잡하지요. 마음을 바꿨답니다."
"당신 부인 때문입니까?"

"아, 아닙니다."
거이는 은근히 화가 났다.
"그녀가 당신이 함께 있어 주길 원하는군요?"
"예, 그런 종류죠."
"미리엄이 팜 비치에 가고 싶어하나요?"
거이는 그가 미리엄의 이름을 기억하고 있는 것에 놀랐다.
"그럼, 아직 이혼도 못 하셨겠군요, 그렇죠?"
"하게 될 겁니다."
거이는 간단하게 말했다.
"예, 이 전화는 내가 지불할 겁니다!"
브루노가 전화기 너머로 누군가에 대고 소리질렀다.
"젠장!"
그는 불쾌한 듯이 내뱉었다.
"거이 씨, 그럼 그 여자 때문에 그 일을 포기하신 겁니까?"
"꼭 그런 것만은 아닙니다. 그 일은 이제 상관하지 않기로 했습니다. 끝난 일인걸요."
"이혼하기 위해서는 아이가 태어날 때까지 기다려야만 합니까?"
거이는 아무 말도 하지 않았다.
"다른 남자가 그녀와 결혼할 작정이 아니었나요, 예?"
"그래요, 그럴 겁니다."
"허?"
브루노는 냉소적으로 말을 가로막았다.
"더 이상 계속 이야기할 수 없군요. 실은 오늘 밤 손님이 몇 분 와 계시거든요. 즐거운 여행이 되길 바랍니다, 찰스."
"우리 언제 이야기 좀 할 수 있을까요? 내일 어때요?"
"난 내일 이곳에 없을 텐데요."
"오."
브루노는 이제 할 말을 잃었고, 거이도 그러기를 바랐다. 그러자 다시 그 목소리는 시무룩하면서도 친밀한 투로 말했다.

"거이 씨, 들어 보세요. 만일 당신이 원하기만 한다면, 사인만 보내시면 됩니다. 아시겠어요?"

거이는 얼굴을 찌푸렸다. 한 가지 질문이 그의 머릿속에 자리 잡았고, 즉시 그 대답이 떠올랐다. 그는 브루노의 살인 계획을 기억해낸 것이다.

"어쩌실래요?"

"아무것도. 난 지금 대단히 만족하고 있습니다, 아시겠어요?"

그러나 브루노가 술에 취해서 허세를 부리고 있다고 거이는 생각했다. 왜 자기가 그 말을 심각하게 받아 줘야만 하지?

"거이 씨, 내 말은요."

목소리가 불분명해지고 전보다 더 취한 듯했다.

"안녕, 찰스." 하고 거이는 말해 버리고는 브루노가 전화를 끊기를 기다렸다.

"만사가 잘 되고 있는 것처럼 들리진 않는데요."

브루노가 도전적인 투로 말했다.

"당신이 상관할 바가 아니라고 생각하는데요."

"거이 씨!"

찢어지는 듯한 소리가 길게 끌리며 울려 나왔다.

거이는 뭐라 말하려고 했으나, 딸깍 소리가 나더니 끊겨 버렸다. 거이는 교환에게 전화를 다시 연결시켜 달라고 부탁하고 싶은 충동을 느꼈다. 그러나 곧 허세라는 생각이 들었다. 아마도 심심한 탓이겠지. 브루노가 자기 주소를 알고 있다는 것이 다소 걱정스러웠다. 거이는 머리를 거칠게 쓸어 올린 뒤 거실로 돌아갔다.

제 9 장

　미리엄에 관하여 앤에게 방금 해준 모든 이야기들이, 그들 둘이 함께 자갈길 위에 있다는 사실만큼이나 별것 아니라고 거이는 생각했다. 그는 걸으면서 그녀의 손을 잡았고, 모든 것이 낯선 자기 주위의 광경을 둘러보았다.
　파리의 샹젤리제 거리처럼 거대한 나무들이 양옆에 늘어서 있는 넓고 평탄한 거리며, 자갈 위의 군인 동상들, 그리고 그 너머로는 거이가 모르는 건물이 있었다. '엘 파소 드 라 레포마'였다. 앤은 고개를 여전히 숙이고 거이의 느린 걸음에 보조를 맞추며 옆에서 걷고 있었다. 그들의 어깨가 스치며 닿았고, 그는 그녀가 무어라고 말을 하려는지 들어 보려고 그녀를 힐끗 쳐다보았다. 그가 결정한 것이 옳다고 말해 주지나 않을까 하고 바라보았지만, 그녀의 입술은 여전히 생각에 잠긴 듯했다. 그녀의 옅은 노란색 머리는 목 뒤에서 가는 줄에 묶인 채, 뒤에서 부는 바람에 따라 한가롭게 흔들거렸다. 태양이 그녀의 얼굴을 갈색으로 그을리기 시작하여, 피부가 그녀의 머리 빛깔과 거의 똑같이 물들게 되는 것을 본 이후로 두 번째로 맞는 여름이었다. 곧 그녀의 얼굴은 머리 빛깔보다 더 어둡게 될 테지만, 거이는 백금으로 만든 물건처럼 지금 이 무렵의 그녀가 가장 마음에 들었다.
　거이가 그녀를 계속 바라보고 있었기 때문에, 그녀는 입가에 의식적으로 가벼운 미소를 띠며 그를 향해 몸을 돌렸다.
　"거이, 당신은 참을 수 없었겠군요."
　"응, 이유는 묻지 말아 줘. 난 견딜 수 없었어."
　앤의 미소가 당황한 듯한, 아마도 속상한 듯한 빛을 띤 채 머물렀다.
　"포기해 버리기엔 정말 큰 일이었어요."

이제 그는 다 귀찮아졌다. 끝내 버리고 싶었다.
"난 완전히 미리엄에게 넌더리가 나 버렸어."
그는 차분히 말했다.
"하지만 당신은 어떤 것에도 넌더리를 내서는 안 돼요."
그는 신경질적인 태도를 보였다.
"난 그녀에게 아주 질려버렸어. 이 길을 걸어오면서도 줄곧 그녀 이야기만 하게 되었을 정도잖아."
"거이, 정말!"
"그 여자는 넌더리 덩어리야."
그는 자기 앞을 바라본 채 계속해서 말했다.
"때로는 내가 이 세상에 있는 모든 것을 혐오하고 있다는 생각이 들어. 예외도 양심도 없이 말이야. 미국이 결코 커나갈 수 없고, 또 부패를 자초하고 있다고 사람들이 말할 때의 의미 그대로. 그 여잔 그런 타입이야. 저질 영화나 보러 가고, 그걸 행동으로 옮기고, 연애나 다룬 잡지를 읽으면서 방갈로에서 살지. 게다가 돈을 더 벌도록 남편을 독촉하지. 그래서 분할 판매하는 것을 살 수 있게끔 말이야. 또 이웃집 결혼이나 훼방놓으면서 다니고. 그녀는 그런 여자야."
"그만 두세요, 거이! 당신은 마치 어린애처럼 말하고 있군요!"
앤은 그에게서 몸을 빼냈다.
"게다가 내가 한 때 그런 여자를 사랑했고, 그녀의 모든 것을 사랑한 적이 있었다는 사실 때문에 구역질이 날 지경이야."
그들은 멈추어 서서 서로를 바라보았다. 그는 말을 해야만 했다. 자기가 말할 수 있는 가장 추한 사실을 지금 이 자리에서, 그는 앤이 기분 나빠하며 돌아서서 가 버리고, 자기 혼자서 산책을 마쳐야 하는 고통을 받고 싶었다. 그녀는 그가 한두 번 터무니없는 행동을 할 때, 그를 혼자 내버려둔 적이 있었다. 그녀는 조금 떨어져서 그를 두렵게 만드는 무감각한 목소리로 말했다. 그녀가 자기를 버리고 가서 다시는 돌아오지 않을는지도 모른다고 느꼈기에, 그녀의 그와 같은 목소리는 거이를 두렵게 만들었다.

"난 가끔씩 당신이 여전히 그 여자를 사랑하고 있다고 생각할 때가 있어요."

그가 웃어젖히자 그녀도 다소 누그러졌다.

"미안해."

그가 말했다.

"오, 거이!"

앤은 마치 용서라도 구하는 듯한 태도로 다시 손을 내밀었고, 거이는 그 손을 잡았다.

"당신은 좀더 어른이 되어야겠어요!"

"난 어디선가 사람들이 감정적으로는 성장하지 않는다는 것을 읽은 적이 있어."

"난 당신이 무얼 읽었든지 상관하지 않아요. 물론 그럴 수도 있겠죠. 하지만 나는 그렇지 않다는 것을 당신에게 증명해 보일 거예요."

그는 갑자기 마음이 안정되는 것을 느꼈다.

"지금 내가 그 밖에 다른 무엇을 생각할 수가 있겠어?"

그는 목소리를 낮추면서 고집스럽게 물었다.

"거이, 당신이 지금만큼 미리엄에게서 자유로웠던 것을 생각해 보세요. 당신은 이 사실에 관해 어떻게 생각하죠?"

그는 머리를 더 높이 들어 올렸다. 어떤 건물의 꼭대기에 커다란 핑크빛 표시가 있었다. '톰 20'이라고 적혀 있었다. 갑자기 그 말이 무엇을 의미하는지 궁금해져서 앤에게 물어 보고 싶었다. 거이는 자기가 앤과 함께 있을 때면 모든 것이 왜 그토록 수월해지고 단순해지는지 알고 싶었지만, 자존심 때문에 그만두어 버렸다. 게다가 그 질문은 미사여구만 될 뿐이고, 앤도 말로 대답을 하지는 못할 것이다. 왜냐하면 그 대답은 앤 때문이니까. 거이가 그녀를 만난 이후로 죽 그래 왔다. 비 오는 날 예술 협회의 음침한 지하실에 거이는 터벅터벅 들어가서는 그가 볼 수 있었던 유일한 살아 있는 물체인 중국식 붉은 레인코트와 머플러를 두른 사람에게 말을 걸었었다. 그 붉은 레인코트와 머플러를 쓴 사람이 돌아보더니 대답했다.

"1층에서부터 9A까지 오셨어요? 이곳으로 내려오실 필요가 없었는데."

그런 다음 그녀의 빠르고도 재미있다는 듯한 웃음이 이상하게도 그의 화를 돋구고 말았다. 그는 그녀를 다소 어려워하면서, 그녀의 새로 산 짙은 녹색의 컨버터블(뚜껑을 접을 수 있는 자동차)을 약간 경멸하며 가까스로 미소를 지을 수 있었다.

"롱아일랜드에서 살려면 승용차가 훨씬 편할 거예요." 하고 앤이 말했다.

"연줄을 통하지 않고는 어떻게 끼여들 수 있다고 생각하세요? 만일에 자기들이 좋아하지 않는다면, 그들은 당신을 쫓아내 버릴 수도 있는걸요."

그는 그것이 그녀가 늘 하는 방식임을 알았고, 또 옳은 방식이기도 하다는 것을 알았다. 그래서 그녀의 아버지가 알고 있는 중역 한 사람을 통하여 1년 동안 브루클린에 있는 일류의 '딤스 건축 아카데미'에 가서 공부하게 되었다.

앤은 한동안 입을 다물고 있다가 말했다.

"거이, 당신 마음속에는 행복해질 수 있는 가능성이 있다는 걸 나도 알아요."

앤이 자기를 바라보지 않고 있었지만, 거이는 고개를 얼른 끄덕였다. 그는 약간 쑥스러워졌다. 앤은 행복해질 수 있는 힘이 있었다. 지금도 그녀는 행복해하고 있으며, 그를 만나기 전에도 행복했었다. 잠시 동안 그녀의 행복을 꺾어 놓은 것은 그였고, 또 그가 지닌 문제들이었다. 앤과 함께 산다면, 그 또한 행복해질 것이다. 그는 그녀에게 그렇게 말을 한 적이 있었지만, 지금은 차마 다시 그 말을 할 수가 없었다.

"저게 뭐지?"

제9장 73

그가 물었다.

셔펄테팩 공원의 나무 아래에 커다란 유리로 된 둥그런 집이 보였던 것이다.

"식물원이에요."

그 건물 안에는 아무도 없었으며, 심지어 관리인까지도 보이지 않았다. 따뜻하고 상쾌한 흙냄새가 났다. 다른 별에서 온 듯한 식물의 읽기도 힘든 이름들을 훑어보며 그 주위를 걸었다. 앤이 가장 좋아하는 식물도 있었다. 그녀는 아버지와 여름마다 3년 동안 매년 이곳에 와서 그것이 자라고 있는 모습을 보아 왔다고 말했다.

"이 이름들은 기억할 수조차도 없어요."

"기억해야 할 필요가 뭐 있어?"

그들은 앤의 어머니와 함께 산본에서 점심 식사를 하고, 포크너 부인이 낮잠을 잘 시간이 될 때까지 상점 주위를 걸어다녔다. 포크너 부인은 마르고 신경질적인 건강한 여자인데, 앤만큼 키가 컸고 나이에 비해서 상당히 매력적이었다. 그녀가 거이에게 아주 잘 대해 주었기 때문에 거이도 그녀에게 호감을 느끼고 있었다. 처음에 거이는 앤의 부유한 부모님 때문에 열등의식을 가졌었지만, 점차로 그것을 떨쳐 버릴 수 있게 되었다. 그 날 저녁 그들 넷은 벨라스 아티스에 있는 음악회에 갔고, 그런 다음 리츠 호텔 건너편에 있는 레이디 발티모어 레스토랑에서 늦은 저녁을 먹었다.

포크너 부부는 자기들과 함께 거이가 아카풀코에서 여름을 지낼 수 없는 것을 섭섭하게 여겼다. 수입업자인 앤의 아버지는 그곳에 있는 부두에다 창고를 하나 세울 작정이었다.

"만일 이 사람이 컨트리 클럽 전체를 짓고 있는 중이라면, 창고 같은 하찮은 것에 관심을 두기 어렵지 않을까요?"

포크너 부인이 말했다.

거이는 아무 말도 하지 않았다. 그는 앤을 쳐다볼 수조차 없었다. 그는 자기가 떠난 뒤까지는 팜 비치에 관하여 부모님에게 말씀드리지 말라고 부탁했었던 것이다. 다음 주에 그는 어디로 가야하지?

시카고로 가서 두 달 정도 공부를 할 수는 있다. 그는 뉴욕에 있는 자기 물건들을 창고에다 넣어 버리라고 말해 두었었고, 집주인 여자는 그의 아파트를 다른 이에게 줄 것인지 아닌지 거이의 연락만을 기다리고 있는 처지였다. 만일 그가 시카고로 간다면, 에반스톤에서 아직 인정은 받지 못했지만 거이가 믿고 있는 젊은 건축가인 팀 오플라허티를 만날 수 있을 것이다. 시카고에 한두 개의 일거리가 있을는지도 모른다. 반면에 앤이 없는 뉴욕은 너무나도 쓸쓸할 것이다.

포크너 부인이 거이의 팔에다 손을 올려놓고는 웃었다.

"뉴욕 전체를 다 세우고 나서도 웃지 않을걸요. 그렇죠, 거이?"

그는 듣지 않고 있었다. 거이는 나중에 앤이 자기와 산책을 나가 주길 바랐으나, 앤은 그녀의 사촌 테디에게 주려고 산 실크 화장용 가운을 보내기 전에 한 번 꼭 봐야 한다며 리츠 호텔에 있는 방으로 올라가자고 고집을 부렸다. 그런 다음 산책을 하기에는 너무 늦어 버렸다.

그전에 어느 장군의 집이었던 것처럼 보이는 커다랗고 남루한, 리츠 호텔에서 10블럭 정도 떨어져 있는 몬테카를로 호텔에서 그는 머무르고 있었다. 그 호텔은 넓은 차도를 통해 들어가게 되어 있는데, 차도는 목욕탕 바닥처럼 검은색과 흰색의 타일로 포장이 되어 있었다. 차도는 역시 타일을 바닥에 깔아놓은 커다랗고 어두운 로비로 이어져 있었고 항상 텅 비어 있는 동굴 같은 술집과 레스토랑이 있었다. 안뜰은 때가 낀 대리석 계단으로 둘러져 있었다. 어제 보이를 따라 올라가면서 거이는 열려진 문과 창문들을 통해 카드놀이를 하는 일본인 두 명, 기도하느라 무릎꿇고 앉아 있는 여자, 책상에서 편지를 쓰고 있는 사람, 납치당해 있기라도 한 듯이 이상한 태도로 그냥 서 있는 사람들을 보았다. 남성적인 묵직함과 초자연적인 기약들이 그곳 전체를 내리누르고 있어서 거이는 그곳이 상당히 마음에 들었다. 비록 앤을 포함하여 포크너 가족들은 거이가 이 호텔에 묵으려 하는 것을 놀랐지만, 그는 아랑곳하지 않고 이곳을 택했다.

뒤쪽 모퉁이에 있는 그의 조그만 싸구려 방은 핑크색과 갈색으로 칠해진 가구들로 꽉 차 있었고, 침대는 떨어뜨린 케이크 같았으며, 욕실은 홀 아래쪽에 있었다. 안뜰 어디에선가 물이 끊임없이 뚝뚝 떨어지는 소리가 들렸고, 변기의 물을 씻어내리는 소리가 억수로 쏟아붓는 폭우 소리 같았다.

거이는 리츠 호텔에서 돌아와 앤이 선물로 준 손목 시계를 핑크색 침대 책상 위에 놓고, 돈지갑과 열쇠는 흠집투성이인 갈색 책상 위에 놓았다. 집에서라도 그렇게 했을 것이다. 멕시코 신문과 그 날 오후에 알라미다 서점에서 산 영국의 건축에 관한 책을 들고 침대 속으로 들어가자 거이는 마음이 뿌듯해졌다. 머리를 베개에 기댄 채 비위에 거슬리는 방을 바라보며 건물 곳곳에서 사람들이 움직이며 내고 있는, 희미한 쥐소리 같은 울림들에 귀를 기울였다. 이곳 어디가 좋았던 걸까? 추하고 불편하고 너저분한 환경 속에 자신을 파묻고, 자기가 하는 일 속에서 그것과 싸울 만한 새로운 힘을 얻기 위해서였을가? 아니면 미리엄에게 도피하고자 하는 생각 때문이었을까? 리츠 호텔에 있는 것보다는 이곳이 훨씬 찾기가 힘들 테니······.

다음 날 아침 거이에게 전보가 와 있다고 앤이 전화를 했다.

"지금 막 받아 보았어요."

그녀가 말했다.

"그들이 당신을 포기하려나 봐요."

"내게 좀 읽어 줄 수 있겠어?"

앤이 읽어 주었다.

"'미리엄이 어제 유산했다. 널 만나고 싶어하는구나. 집에 올 수 있겠니? 엄마.' 오, 거이!"

그는 모든 것이 역겨웠다.

"그 여자가 잘못한 걸 거야." 하고 그는 중얼거렸다.

"거이, 당신은 모르잖아요."

"난 알아."

"그녀를 만나 보는 게 좋지 않을까요?"
그의 손가락이 전화를 꽉 눌렀다.
"파미라의 일거리를 다시 얻도록 해야겠군. 전보는 언제 보낸 거지?"
"9일이에요. 화요일 오후 4시"
그는 즉시 브릴하트 씨에게 먼젓번 일을 재고해 봐 달라는 전보를 보냈다. 물론 그가 맡게 되리라는 생각이 들었지만, 이번 일이 얼마나 자기를 바보로 만들어 버렸는지! 모든 게 다 미리엄 때문이었다. 그는 미리엄에게 편지를 썼다.

물론 그 일로 인해 우리 두 사람 모두의 계획이 변경되겠지. 당신 계획과는 상관없이 난 당장 이혼할 생각이오. 며칠내로 텍사스에 가겠소. 그때까지 당신이 무사하길 바라오. 만일 그렇지 못한다면 난 혼자서라도 필요한 조치를 다할 생각이오.
거듭해서 말하지만, 당신이 빨리 완쾌되길 바라요.

거이가

추신 : 일요일까지는 이곳에 머물 거요.

그는 편지를 속달로 보냈다.
그리고 나서 앤에게 전화를 했다. 그 날 밤 가장 훌륭한 레스토랑으로 그녀를 데려가고 싶었다.
"당신 정말로 기쁘세요?"
마치 그를 못 믿겠다는 듯이 앤이 웃으면서 물었다.
"물론이지. 그리고 좀 이상하기도 하고."
"왜요?"
"난 그 일을 운명적인 것으로는 생각하지 않았었어. 파미라 일 말이야."
"난 그렇게 생각했었는걸요."
"오, 그랬어?"
"어제 내가 당신에게 왜 그토록 화가 났는지 아세요?"

거이는 정말 미리엄에게서 답장이 오리라고는 기대하지 않았지만, 앤과 코치밀코에 있던 금요일 아침에 문득 그는 전갈이 온 게 있는지 호텔로 전화해 보고 싶은 마음이 들었다. 연락해 보니 전보 하나가 그를 기다리고 있었다. 나중에 가져가겠다고 말하긴 했지만 도저히 기다릴 수가 없었다. 그래서 일단 다시 멕시코 시티로 돌아와, 소칼로에 있는 약국에서 호텔에다 전화를 걸었다. 몬테카를로의 사무원이 전보를 읽어 주었다.
"먼저 당신과 이야기를 해야겠어요. 빨리 와 주세요. 사랑하는 미리엄."
"아마도 말썽을 좀 부릴 모양이군."
거이는 앤에게 전보 내용을 이야기해 주고 나서 이렇게 말했다.
"그 남자가 미리엄과 결혼하려고 하지 않는 게 분명해. 그 남자는 지금 아내가 있거든."
"오, 저런."
그는 걸으면서 앤을 힐끗 쳐다보았다. 그에 대하여, 미리엄에 대하여, 그리고 이 일에 관한 모든 것을 참아 달라는 말을 은근히 바라면서……
"잊어버립시다."
그는 미소를 짓고 더 빨리 걷기 시작했다.
"당신, 지금 돌아가고 싶으세요?"
"결코 아냐! 월요일이나 화요일쯤에 가도록 하지. 난 며칠 동안 당신과 함께 지내고 싶어. 다음 주에 플로리다에 갈 것도 아니고. 만일에 그들이 처음 얘기한 대로 예정하고 있다면 말이야."

"미리엄이 이제는 당신 말을 들으려고 하지 않을 텐데요, 안 그래요?"

"다음 주 이맘때쯤에는, 그녀는 내게 이러쿵저러쿵 뭐라 말할 처지가 아닐 거야."

제 10 장

　산타 페에 있는 라 폰다 호텔의 화장대 앞에서 엘시 브루노는 화장지로 건성 피부용 나이트 크림을 닦아내고 있었다. 그녀는 이따금 커다랗고 멍청한 푸른 눈으로 거울 쪽으로 몸을 더 가까이 기울여 눈썹 아래의 잔주름과 코 밑부분에 웃을 때 생기는 선을 살펴보았다. 그녀의 턱은 조금 들어가긴 했지만, 얼굴의 아래쪽은 튀어나와 브루노의 얼굴과는 달리 꽤 두툼한 입술을 내밀고 있었다. 그녀는 산타 페가 화장대 앞에서 뒤쪽으로 물러나 앉아 있어도, 웃을 때마다 생기는 선을 거울을 통해 볼 수 있는 유일한 곳이라고 생각했다.
　"이곳의 빛은 차라리 X-레이 광선이었으면 좋겠구나."
　그녀는 아들에게 말했다.
　브루노는 잠옷을 입은 채 생가죽으로 만들어진 의자에 푹 파묻혀, 잔뜩 부어오른 눈을 창문 쪽으로 돌렸다. 그는 너무나도 지쳐 있었기에 일어나서 차양을 내릴 수조차 없었다.
　"어머니, 예뻐보이는데요." 하고 그는 음울한 소리로 말했다.
　그는 자기의 털 없는 맨 가슴 위에다 올려놓은 물잔으로 몸을 구부려서, 입술을 잔에 갖다대고는 사색이라도 하는 듯이 얼굴을 찌푸렸다.
　연약하고 놀란 다람쥐의 손 안에 들어 있는 굉장히 큰 호두처럼, 그가 지금까지 알아 왔던 어떠한 것보다도 더 크고 더 가까이 있는 생각이 며칠 동안 그의 머릿속에서 빙빙 돌고 있었다. 어머니가 마을을 떠나면, 그는 그 생각에 관해 진지하게 고민해 볼 작정이었다. 그 생각은 미리엄을 처치해 버리는 것이었다. 때는 무르익어서, 바로 지금이 최적기였던 것이다. 거이에게는 지금 그것이 필요하리라. 며칠 뒤, 아니 1주일 뒤면 팜 비치 건이 너무 늦어 버리게 될지도 모르고, 그러면 거이는 그 일을 맡을 수 없게 될 것이다.

엘시는 산타 페에서 보낸 요 며칠 동안에 자기 얼굴이 더 살이 쪘다고 생각했다. 자기 코의 조그맣고 팽팽한 삼각형에 비교되는 통통한 양볼을 보고 그것을 알 수 있었다. 그녀는 웃을 때 생기는 선을 미소로 감춰 버리고, 자기의 금발 고수머리를 비스듬히 한쪽으로 넘기고서 눈을 깜박거려 보았다.

"찰스, 오늘 아침에는 저 은 벨트를 매 볼까?"

마치 혼자서 자기에게 이야기라도 하고 있는 것처럼 그냥 물어 본 것이다. 그 벨트는 2,000달러하고도 50센트가 더 나가는 물건이었다. 캡틴은 캘리포니아로 100달러 정도는 될 또 다른 물건을 보내 줄 것이다. 뉴욕에 있는 어떤 것보다 훌륭해 보이는 벨트였다. 은말고는 그 밖에 다른 무엇에 산타 페가 도움이 되겠는가?

"그가 그 밖에 또 어떤 도움이 되죠?"

브루노는 낮게 중얼거렸다.

엘시는 비올 때 쓰는 모자를 집어들고는, 그전과 똑같이 환한 미소를 띠며 브루노 쪽으로 돌아섰다.

"애야."

그녀는 달래듯이 불렀다.

"예?"

"내가 가고 없는 동안에 네가 해서는 안 될 일을 하지는 않겠지?"

"안 할게요, 어머니."

그녀는 모자를 머리 위에다 올려놓고는 길고 좁다란 붉은 손톱을 바라본 다음 사포(砂布) 스틱을 잡으러 손을 뻗었다. 물론 프레드 윌리는 너무 기뻐 그녀에게 은 벨트도 사줄 수 없을 것이다. 그는 아마도 형편없는, 그렇지만 두 배는 비싼 물건을 들고 역에 나타날 테지. 그러나 그녀는 프레드가 캘리포니아에서 그녀의 목을 감싸는 것을 원하지 않았다. 아주 조금의 격려만으로도 그는 캘리포니아까지 그녀와 함께 가려 할 것이다. 그녀는 프레드가 역에서 영원한 사랑을 맹세하며 눈물을 약간 찔끔거린 다음, 곧바로 자기 아내가 있는 집으로 돌아가기를 바랐다.

"하지만 어젯밤엔 재미있었다고 말을 해야만 하겠구나. 프레드는 이것을 처음 봤어." 하고 엘시는 말했다.

그녀가 웃어대자 사포 스틱이 희미하게 보였다.

브루노는 차갑게 말했다.

"난 그것과는 아무런 상관이 없어요."

"좋아, 애야. 넌 그것과 아무런 관계가 없어!"

브루노의 입이 비쭉 나왔다. 그의 어머니는 새벽 4시에 히스테릭하게 그를 깨워서는, 플라자 호텔에 죽은 황소가 있다고 했다. 가 보니 모자를 쓰고 외투를 입은 황소가 신문을 읽으며 벤치에 앉아 있었다. 윌슨이 대학생 같은 못된 장난을 친 것이었다. 윌슨은 오늘 더 할 말이 생각나지 않을 때까지 과장해서 그 이야기를 늘어놓을 거라는 사실을 브루노는 짐작하고 있었다. 어젯밤 그는 호텔 바 라 플레이시와에서 살인을 계획했고 그동안 윌슨은 죽은 황소에 옷을 입혔다. 윌슨은 군복무에 관한 장황한 이야기에서조차도 누군가를 죽였다고 한 적은 결코 없었으며 심지어는 일본놈조차도 죽였다고 말해 본 적이 없었다. 브루노는 어젯밤의 일을 만족스럽게 생각하면서 두 눈을 감았다. 10시경에 프레드 윌리와 다른 대머리들이 그의 어머니를 파티에 데려가기 위해서 쳐들어왔다. 그도 역시 초대를 받았지만, 여러 가지로 생각할 시간이 필요했기에 윌슨과 만나기로 되어 있다고 어머니에게 꾸며댔다. 어젯밤에 그는 행동으로 옮기기로 결심했다. 거이에게 이야기했던 그 토요일 이후로 줄곧 생각해 왔었다. 그는 이곳에서 다시 토요일을 맞게 되었다. 내일이면 그의 어머니는 캘리포니아로 떠날 것이다. 그는 이제 자신이 그 일을 할 수 있는지 하고 스스로에게 묻는 데 지쳐버렸다. 얼마나 오랫동안 이 질문이 그와 함께 했던가? 그가 기억하는 것보다 더 오래 되었으리라. 그는 할 수 있으리라고 느꼈다. 시간이고 상황이고 동기고 간에 뭐든지 이보다 더 나을 수는 없을 것이라고 무엇인가가 계속해서 그를 부추기는 것이었다. 순수한 살인.

개인적인 동기조차 없는 살인! 그는 거이가 자기 아버지를 살인하게 될 동기를 가질 가능성에 관해서는 생각지 않았다. 왜냐하면 자기도 동기에 매달리지는 않았기 때문이다. 어쩌면 거이는 자기 말을 따라 줄 것이고 어쩌면 그러지 않을 수도 있었다. 문제는 지금이 바로 행동으로 옮길 때라는 것이다. 모든 배경은 절대적으로 완벽하다. 어젯밤 거이의 집에 다시 전화하여 그가 멕시코에서 아직 돌아오지 않았다는 것을 확인했다. 거이가 일요일 이후로 죽 멕시코에 있다고 거이의 어머니가 얘기를 해줬다.

목을 손가락으로 죄는 듯한 기분 때문에 그는 칼라를 찢어내어 버리려 했다. 잠옷 윗도리는 계속 앞쪽이 열려 있었다. 브루노는 꿈을 꾸듯이 단추를 잠갔다.

"얘, 생각을 바꿔서 나랑 같이 안 갈래?"

일어서면서 어머니가 물었다.

"난 르노에 가 봐야겠다. 헬렌이 지금 그곳에 와 있고, 조지 케네디도 와 있거든."

"어머니, 내가 르노에서 어머니를 만나려고 하는 데는 딱 한 가지 이유가 있어요."

"찰스."

그녀는 머리를 한쪽으로 기울이더니 다시 똑바로 했다.

"좀 참을 수 없니? 만일 아버지가 없었더라면, 우리는 여기에 있지도 못했을 거야, 그렇지 않니?"

"그야 물론 그렇죠."

그녀는 한숨을 쉬었다.

"넌 생각을 바꾸지 않을 작정이구나?"

"난 이곳에서 재미있게 지낼 거예요."

그는 신음소리를 내듯 말했다.

그녀는 다시 자기 손톱을 바라보았다.

"네가 무척이나 심심해하고 있다고 들었는데?"

"그건 윌슨과 함께 있을 때만 그렇죠. 난 이제 다시는 그 사람을 만나지 않을 거예요."

"넌 뉴욕으로도 돌아가지 않을 참이냐?"

"내가 뉴욕에서 뭘 하게요?"

"만일 네가 올해도 또 기대에 어긋나게 한다면, 할머니는 정말 실망할 거야."

"내가 언제 어긋나게 했던 적이 있었나요?"

브루노는 농담조로 말을 했다. 갑자기 그는 격하게 올라오는 메스꺼움을 느꼈다. 너무 구역질이 나서 토하지도 못할 만큼. 그런 느낌은 잠깐밖에 지속되지 않았다. '제발, 하느님, 기차 시간 전에 아침식사 시간이 되지 않도록 해주십시오. 어머니가 아침이라는 말을 꺼내지 않도록 해주십시오'라고 그는 속으로 중얼거렸다. 그의 몸이 굳어졌다. 근육 하나도 움직이지 않고, 그는 벌어진 입술 사이로 가까스로 호흡을 했다. 한쪽 눈은 감은 채 그는 어머니가 자기 쪽으로 다가오는 것을 보았다. 그녀는 옅은 푸른색 실크 실내복을 입고는 손은 엉덩이 위에 올려놓은 채, 너무 동그랗게 생겨서 조금도 날카로워 보이지 않는 눈을 가능한 한 찢어지게 보이려고 애쓰고 있었다. 어머니는 옆에서 웃었다.

"너와 윌슨이 소매를 걷어붙이게 된 건 무엇 때문이니?"

"그 썩어빠진 놈 말인가요?"

그녀는 브루노의 의자 팔걸이에 앉아서 그의 어깨를 가볍게 흔들어 주면서 말했다.

"그가 널 망쳐놓고 있어. 얘야, 너무 무시무시한 짓은 하지 말아라. 네 뒤치다꺼리를 하기 위해 내던질 돈이 이제는 남아있지 않단다."

"좀더 얘기해 보세요. 내게도 1,000달러 정도는 갖게 해주시고요."

"얘야, 네가 보고 싶을 거야."

그녀는 차가운 손등을 브루노의 이마에 갖다 댔다.

"난 아마 모레쯤에 거기 가게 될 거예요."

"캘리포니아에서 재미있게 보내도록 하자꾸나."
"그럼요."
"그런데, 넌 오늘 아침에 왜 그렇게 심각하니?"
"어머니, 그렇지 않은걸요."
그녀는 브루노의 이마에서 대롱거리고 있는 가는 머리카락을 한 번 꼬집어 비틀어 주고는 목욕탕으로 들어갔다.
브루노는 벌떡 일어나서는 어머니가 목욕하면서 내고 있는 시끄러운 소리에다 대고 소리질렀다.
"어머니, 난 이곳에서 계산서를 지불할 돈 정도는 있어요!"
"애야, 뭐라고?"
그는 더 가까이 가서 한 번 더 말하고는 지쳐서 의자에 털썩 주저앉았다. 브루노는 메트카프에 장거리 전화를 한 사실을 어머니가 알게 되는 걸 원치 않았다. 그녀가 모른다면 만사는 잘되어 가는 거였다. 그가 호텔에 계속 머무르지 않는 것을 어머니는 그다지 신경쓰지 않았고, 정말로 눈여겨보지도 않았다. 어머니는 정말 기차나 뭐 그런 데서 그 바보 같은 프레드를 만날 건가 보다. 프레드 윌리에 대한 반감이 천천히 끓어오르고 있음을 느끼면서 그는 비척거리며 몸을 일으켜 세웠다. 그는 어머니에게 자기가 일생 중 최고의 경험을 쌓기 위해 산타 페에 계속 머무르는 것이라고 말하고 싶었다. 만일 그녀가 이 사실이 의미하는 것을 조금이라도 안다면, 지금처럼 아들에게 주의를 기울이지도 않은 채 물을 퍼부으며 목욕을 하고 있지는 않을 것이다. 그는 이렇게 말해 버리고 싶었다.
"어머니, 곧 우리들의 인생은 훨씬 더 나아질 거예요. 내가 캡틴을 없애버리려고 하고 있거든요."
일단 자기가 미리엄을 없애버리는 데 성공한다면, 거이가 이 거래에서 맡은 자기 역할을 해낼지 안 할지를 알게 될 것이다. 완전 범죄. 언젠가는 그가 모르는 어떤 사람이 나타나서, 또 다른 종류의 거래가 이루어질 수도 있다. 브루노는 갑작스런 고통으로 턱을 가슴에 파묻었다. 그의 어머니에게는 어떻게 말하지? 살인과 그의 어머니는 거리가 멀었다. "아휴, 소름 끼치기도 해라!" 하고 그녀는 말할 것이다. 그는 고통스러우면서도 냉담한 표정으로 목욕탕 문을 바라보았다. 아무에게도 결코 말할 수 없다는 사실이 브루노의 머릿속에서 분명해지기 시작했다. 거이를 제외하고는. 그는 다시 앉아 버렸다.

"졸지 마, 애야!"

그의 어머니가 손바닥을 쳤을 때 그는 눈을 껌벅거렸다. 그런 다음 미소지었다. 스타킹을 바로 신으면서 어머니가 다리를 굽히는 것을 지켜보았다. 다시 그 다리를 보게 되기 전에 많은 일들이 일어나리라는 것을 막연히 느끼면서 브루노는 물끄러미 바라보았다. 그 다리의 가는 선이 브루노를 항상 만족스럽게 해주었고, 자랑스럽게 만들어 주었다. 나이를 불문하고 그의 어머니의 다리는 자기가 지금껏 보아 온 그 누구의 다리보다도 멋졌다. 지그펠드가 그녀를 골라잡았다. 지그펠드는 그런 것까지도 알고 있었을까? 어머니는 자기가 달아나고자 했던 생활로 곧바로 결혼해서 들어와 버렸다. 하지만 이제 곧 그가 그녀를 자유롭게 해줄 것이다. 어머니는 그 사실을 모르고 있지만.

"저걸 부치는 것을 잊지 말아라."

그의 어머니가 말했다.

브루노는 두 개의 방울뱀 머리가 자기 쪽으로 기울어져 뒤집혀진 채 있는 걸 보고 움찔했다. 캡틴을 위해서 산 넥타이 걸이였는데, 중간중간 쇠뿔로 만들어져 있고, 거울 너머로 두 마리의 박제된 방울뱀이 혀를 날름거리며 서로 꼭대기에서 바라보고 있었다. 캡틴은 넥타이 걸이를 싫어했고, 뱀을 싫어했으며, 개도 고양이도 새도 다 싫어했다. 그가 싫어하지 않는 것은 무엇이지? 흔해빠진 넥타이 걸이도 싫어할 걸. 그래서 브루노는 어머니더러 저걸 사주라고 말했던 것이다. 브루노는 넥타이 걸이를 만족스럽게 바라보며 미소지었다. 어머니더러 저걸 사라고 말하는 것은 힘든 일이 아니었던 것이다.

제 11 장

 그는 빌어먹을 자갈에 걸려 넘어질 뻔했다. 그런 다음에는 몸을 오만하게 바로 세우고는 셔츠를 바지 속에다 집어넣으려고 했다. 거리로 지나오지 않고 골목을 지나온 것이 천만다행이었다. 그렇지 않았으면 경찰과 마주쳤을 테고, 기차도 놓치게 되었을 것이다. 그는 멈추어 서서 지갑을 더듬어 찾았다. 지갑이 있는지 확인하려고 아주 난폭하고 초조하게 주머니를 뒤졌다. 그의 손이 너무도 떨리는 바람에 기차표에 적힌 '10시 20분'이라는 글도 제대로 읽을 수가 없었다. 부근에 있는 시계를 몇 개 보니 8시 10분이었다. 일요일이었으면 좋으련만. 아, 물론 일요일이었고, 모든 인디언들은 깨끗한 셔츠를 입고 있었다. 브루노는 윌슨이 있는지를 살폈다. 어제 하루 종일 그를 보지 못했지만, 지금 그가 나올 것 같지는 않았다. 브루노는 자기가 마을을 떠나려 하는 것을 윌슨이 알게 되지 않기를 바랐다.
 갑자기 플라자 호텔이 눈앞에 나타났는데, 호텔은 조무래기 아이들과 아침으로 피농을 먹고 있는 노인들로 들끓고 있었다. 그는 똑바로 서서 자기가 17까지 헤아릴 수 있는지 알아보려고 주지사 관저의 기둥을 세어 보았다. 17까지는 충분히 헤아릴 수 있었다. 기둥들도 더 이상은 좋은 판단 기준이 못 되었다. 브루노는 과음으로 인해 기분이 나빴고, 자갈 바닥에서 잤기 때문에 몸 여기저기가 몹시 쑤셨다. 왜 자기가 그토록 마셔댔는지, 몸이 조각날 정도로 그렇게 퍼마신 이유가 뭔지 브루노는 궁금했다. 하지만 언제나 혼자였었고, 그는 항상 혼자 있을 때 더 많이 마셔댔다. 브루노는 어젯밤 텔레비전으로 방송된 원판 굴리기 경기를 보다가 떠오른 생각을 기억해냈다. '세상사를 아는 길이란, 모든 게 다 술취해 있다고 여기는 것이다.' 설마, 그게 사실일까? 아니, 어쨌든 알게 뭐람. 모든 것은 취한 것처럼 보이게끔 창조되어 있다. 하지만 눈을 돌릴 때마다 머리가 깨어질 정도로 퍼마시는 것이 세상사를 아는 방법은 아닐 것이다. 어젯밤 그는 산타 페에서의 마지막 밤을 축하하고 싶었다. 오늘은 메트카프에 있게 될 테고, 정신차리고 민첩하게 일을 해야만 한다. 단지 술 몇 잔으로 비틀거리는 것을 과음이라고 할 수는 없다.

브루노는 과음이 오히려 도움이 될 수도 있다고 생각했다. 그는 과음한 뒤에는 일을 차분하고 신중하게 처리하는 버릇이 있었다. 아직까지도 여전히 아무런 계획도 짜지 않았다. 기차에서 계획을 세워야 했다.

"내게 뭐 온 것이 있나요?"

기계적으로 프런트에 가서 물어 보았는데 아무것도 없다고 했다.

그는 엄숙하게 목욕을 했고, 뜨거운 차와 날달걀을 주문하고는 벽장으로 가서 무엇을 입어야 할지 이리저리 궁리하면서 한참 동안 서 있었다. 그는 거이를 생각하고 그때 입었던 적갈색 양복을 고르기로 결정했다. 그 옷을 입으면 남의 눈에 잘 띄지 않았다. 그런 이유로 무의식중에 그 옷을 택한 건지도 모른다는 사실이 브루노를 기분좋게 만들어 주었다. 그는 달걀을 꿀꺽 삼키고는 팔을 굽혔다. 그런데 갑자기 그 방의 인디언 장식품과 괴상한 주석 램프, 벽에 매달려 아래로 드리워져 있는 줄들이 역겨워졌다. 그래서 브루노는 빨리 짐을 싸들고 떠나려고 서두르면서 온통 방안을 휘젓고 다녔다. 짐은 무슨 짐! 그는 정말 아무것도 필요하지 않았다. 미리엄에 관해 알고 있는 모든 것을 적어 놓은 종이 한 장이면 끝난다. 여행 가방 뒷주머니에서 꺼내어 윗도리 안쪽 호주머니에 꽂아 넣었다. 이렇게 하니 그는 마치 자기가 사업가나 된 것처럼 느껴졌다. 하얀 손수건을 양복의 가슴 호주머니에 찔러 넣은 다음 방을 나가 문을 잠갔다. 내일 밤이면 돌아오게 되리라고 생각했다. 만일 오늘 밤에 해치워 버리고 침대차로 돌아오는 것이 가능하다면, 더 빨리 올 수도 있다.

오늘 밤이라!

버스 정류장으로 걸어가면서도 도저히 믿기지가 않았다. 거기서 열차 종점인 라미로 가는 버스를 탔다. 자기가 신나고 흥분해 있으리라. 아니면, 차분하고 냉혹해 있든지 하겠지 하고 생각했었는데 그는 전혀 그렇지가 않았다. 그는 찌푸린 얼굴이었다. 창백하고 그늘진 눈은 훨씬 더 어려 보였다. 이 일이 재미있게 될까? 그는 무엇을 얻게 될 것인가? 지금까지는 그가 해온 모든 것에서 항상 조금씩은 재미를 보곤 했었다. 이번에는 그렇지 못할 것이다. 그는 웃어 보았다. 그가 의심을 갖게 된 것은 아마 바로 과음 때문이었으리라. 그는 술집으로 들어가 아는 점원에게서 다섯 번째로 술병을 사서 잔을 가득 채우고는, 나머지를 담아 갈 조그만 빈병 하나를 부탁했다. 술집 점원은 찾아보았지만 하나도 없었다.

라미에서 브루노는 아무런 무기도 없이 반쯤 빈 술병을 넣은 종이가방 하나를 들고 역으로 나갔다. 아직껏 계획을 세우지 못했다. 그는 계속해서 생각했지만 계획을 여러 번 세운다고 해서 살인이 성공하리라는 것은 아니었다.

"헤이, 찰스! 자네, 어딜 가는 거야?"

윌슨이었다. 그는 한 패거리의 사람들과 함께 있었다. 브루노는 머리를 지겨운 듯이 흔들며 그들 쪽으로 걸어갔다. 방금 기차에서 내린 모양인지 모두 지치고 초라해 보였다.

"이틀 동안 어디 있었어?"

브루노는 윌슨에게 물었다.

"라스베이거스에. 난 그곳에 있을 때까지도 내가 라스베이거스에 있는 줄 몰랐었어. 그렇지 않았으면 네게도 부탁했을 텐데, 조 하노버 일세. 내가 언젠가 자네에게 조에 관해서 이야길 한 적이 있지?"

"안녕하시오, 조."

"무엇 때문에 그렇게 우울해하고 있는 건가?"

윌슨은 친밀하게 물었다.

"오, 찰스가 어젯밤 과음을 했나 봐요!"

여자 하나가 날카롭게 소리를 지르며 말했는데, 그의 귀에는 자전거 벨 소리처럼 들렸다.
"술 취한 찰스가 조 하노버를 만나다!" 하고 조가 수선을 떨며 말했다.
"하하."
브루노는 목에다 화환을 건 여자에게서 자기 팔을 점잖게 뺐다.
"제길, 난 이 기차를 타야 해."
그가 탈 기차가 서 있었다.
"오, 자네 어딜 가나?"
윌슨은 검은 두 눈썹이 붙을 정도로 얼굴을 찌푸리고는 물었다.
"털사에서 만날 사람이 있었어." 하고 브루노는 얼버무렸다. 그는 얼른 가야만 한다고 생각하면서도 말을 과거형으로 했음을 깨달았다. 이런저런 방해물 때문에 브루노는 울고 싶었다. 윌슨의 더럽고 붉은 셔츠를 주먹으로 한 방 쳐주고 싶었다.
윌슨은 브루노를 향해 마치 칠판의 분필 자국을 닦아내는 것 같은 동작을 했다.
"털사라고!"
씩 웃어 보려고 애쓰면서, 브루노는 천천히 뭐 그렇다는 제스처를 하고는 돌아섰다. 그는 그들이 쫓아오리라 여기면서도 계속해서 걸었다. 하지만 그들은 쫓아오지 않았다. 그가 기차 가까이에서 뒤를 돌자 그 패거리는 역사 지붕 아래의 어둠 속으로 빨려들어가듯이 사라졌다. 그들이 저렇게 붙어 다니는 것이, 뭔가 음모를 꾸미는 것처럼 느껴져서 브루노는 얼굴을 찌푸렸다. 그들이 뭔가 의심한 건 아닐까? 지금 자기에 대해서 뭐라고 소곤거리는 것은 아닐까? 그는 기차에 올라탔다. 자리에 앉기도 전에 기차가 움직이기 시작했다. 잠깐 졸다가 깨어나자, 세상은 변해 있는 것처럼 느껴졌다. 기차는 차갑고 푸른빛 도는 산지를 지나 매끄럽게 달려나갔다. 짙은 녹색의 계곡들은 온통 그늘져 있었고 하늘은 잿빛이었다. 에어컨디셔너가 설치된 열차에서 차갑게 보이는 바깥 광경은 얼음주머니만큼이나 상쾌하게 느껴졌다. 그는 배가 고팠다. 식당차에서 점심으로 양고기와 프렌치 프라이 샐러드, 스카치 소다수 두 잔과 함께 신선한 복숭아 파이를 먹고는, 브루노는 100만 달러짜리 점심이었다고 여기면서 자리로 어슬렁거리며 돌아왔다. 한 가지 목적 의식이 이상하고도 달콤하게, 억제할 수 없는 흐름으로 그를 사로잡았다. 물끄러미 창 밖을 내다보면서 그는 마음과 눈의 새로운 조화를 느꼈다. 그는 자기가 무엇을 할 작정이었는지 서서히 깨닫기 시작했다. 그는 몇 년 동안의 욕망을 충족시켜 줄 수 있을 뿐만 아니라, 친구에게도 이로울 살인을 하러 가는 길이었던 것이다. 친구를 위해 하는 일이었기에 브루노는 대단히 기뻤다. 게다가 그의 희생물은 죽어 마땅한 여자였다. 다른 모든 착실한 남자들을 그런 여자에게서 구해낸다고 생각해 보라! 자신이 대단히 중요한 인물이라는 생각이 그의 마음을 현혹시켰다. 브루노는 오랫동안 상당히 기분좋게 취해 있었다. 사라져 버렸던 힘이, 지금 지나고 있는 라노 에스타카도 같은 평평하고 지겨운 땅 위를 흘러 넘치는 강물처럼 퍼져 나갔다. 그리고 기차의 저돌적인 전진처럼 그의 내부에서 메트카프를 목표 지점으로 회오리바람이 불었다. 하지만 거이는 반대하리라는 것을 브루노는 알고 있었다. 거이는 자기가 얼마나 그 일을 원하고 있으며, 또 얼마나 그 일이 쉬운지 이해하려 들지 않았다. 하지만 그게 얼마나 멋진 일인지 거이는 알아야만 했다! 기차가 더 빨리 가 주기를 바라면서 브루노는 자기의 매끄럽고, 단단한 고무 같은 주먹을 손바닥에다 갖다댔다. 그의 몸 전체의 조그만 근육들이 뒤틀리고 떨렸다. 그는 미리엄에 관한 메모를 꺼내어 맞은편의 빈자리 위에 펼쳐 놓고는 열심히 연구했다. 메모에는 '미리엄 조이스 하인즈, 22살 가량'이라고 또박또박 잉크로 글자들이 적혀 있었다. 그가 세 번째로 옮겨 적은 것이었다. '약간 예쁜 편. 붉은 머리. 약간 통통하지만 그다지 큰 편은 아님. 임신한 지 1개월 정도. 수다스럽고 사교적인 타입. 아마 야한 차림을 하고 있을 것임. 짧은 고수머리일지도 모르고, 긴 퍼머머리일지도 모름.'

그다지 많은 내용은 아니었지만, 그는 할 수 있는 최선을 다했다. 적어도 그녀가 붉은 머리라는 것은 다행이었다. 그가 오늘 밤 정말로 해낼 수 있을까? 브루노는 은근히 걱정되었다. 오늘 밤의 성공은 그녀를 곧 찾아낼 수 있나 없나에 달려 있었다. 조이스와 하인즈 명단을 전부 훑어보아야만 할지도 모른다. 그의 생각엔 아마도 그녀는 식구들과 함께 살고 있을 것 같았다. 일단 보기만 하면 그녀를 알아볼 수 있으리라고 그는 확신했다. 조그만 암여우 같은 것! 브루노는 그녀를 벌써 미워하고 있었다. 브루노는 그녀를 만나게 될 순간을 생각해 보고는, 마루 위에서 펄쩍 뛰어올랐다. 사람들이 복도를 왔다갔다했지만 브루노는 그 종이에서 얼굴을 떼지도 않았다.

'그녀는 아이를 갖게 될 거요.'

거이의 목소리가 들렸다.

앙큼한 창녀 같으니! 난잡하게 관계를 가지는 여자들은 그를 화나게 했고, 메스껍게 했다. 한때 그의 아버지가 데리고 있었던 정부 같은 여자. 브루노는 자기 어머니가 죄다 알면서도 겉으로는 행복한 체했던 것인지, 아니면 정말로 깜깜하게 모르고 있었던 것인지 알지 못했다. 아버지에게 다른 여자가 있다는 사실은 그의 학창 시절을 악몽으로 바꾸어 버렸다. 그는 거이와 기차에서 나누었던 대화의 가능한 한 모든 단어들을 되새겨 보았다. 그것이 그와 거이를 가깝게 만들어 주었다. 거이는 그가 지금까지 만나 봤던 사람들 가운데 가장 쓸모 있는 사람이었다. 그는 팜 비치 일을 따냈고, 그 일을 해 나갈 가치가 있는 사람이었다. 브루노는 자기가 거이에게, '당신은 여전히 그 일을 맡고 있는 것이오.' 하고 말해 줄 사람이 될 수 있기를 바랐다.

브루노는 마침내 그 종이를 주머니에 다시 넣었다. 그가 이렇게 편안하게 한쪽 다리를 포개어 걸치고 손은 무릎 위에 깍지끼고 앉아 있는 것을 누가 보았다면, 아마도 그를 장래가 촉망되는 책임감 강한 젊은이라고 생각했을 것이다. 분명히 그는 건강해 보이지는 않았다. 그러나 보통의 얼굴에서는 볼 수 없는, 그전의 브루노의 얼굴에서도 결코 찾을 수 없었던 내적인 행복감과 안정된 분위기를 그는 풍기고 있었다. 지금까지 브루노의 인생에서 길이란 없었고, 찾고자 해도 방향도 알지 못했으며, 발견했다 하더라도 아무런 의미도 없는 것이었다. 반면 위기는 늘 있었다. 그는 그러한 위기를 사랑했고, 때로는 자기가 알고 있는 사람들 사이에, 심지어 아버지와 어머니 사이에도 그런 위기를 만들어 놓곤 했었다. 그러나 그는 항상 위기 속으로 뛰어들기를 피하고 발을 빼 왔었다. 게다가 아버지로 인하여 고통받는 사람이 어머니일 때조차 동정을 보여 주는 게 때로는 불가능했기 때문에, 그런 사실로 인해서 그의 어머니는 브루노가 좀 냉정하다고 했다. 아버지를 비롯한 많은 사람들은 브루노를 냉혈한으로 믿고 있었다. 감정적으로 메말랐다고 평을 받고 있음에도 불구하고 브루노는 어느 낯선 사람에게, 어떤 외로운 날 해질 무렵에 전화를 걸어 자기와 함께 보내자는 것을 거절당한 걸로 샐쭉해져서, 고독에 관해 고민하는 것이다. 그러나 그의 어머니만은 이것을 알았다. 그는 또한 자기에게서 흥분되는 일을 빼앗아 가 버리는 데서도 즐거움을 찾으면서 위기에서 발을 뺐던 것이다. 그는 삶의 의미에 대한 굶주림 속에서, 그리고 어떤 행동을 행하고자 하는 그의 형태도 없는 욕망 속에서 너무나도 오랫동안 좌절해 왔었기에, 마치 습관적으로 무시당한 연인들처럼 그는 오히려 자기의 좌절을 더 사랑하게 되었다. 무엇인가를 성취한다는 그 달콤함을 자기는 결코 알지 못하리라고 브루노는 느껴 왔었다. 방향과 희망에 대한 추구는, 애당초부터 그가 너무나도 낙담해 있었기에 시도조차 할 수 없었던 것이다. 그럼에도 불구하고 단 하루라도 더 살고자 하는 에너지는 언제나 간직해 왔었다. 그러나 죽음이라는 것은 전혀 아무런 두려움도 주지 못했다. 죽음은 단지 아직 한 번도 시도해 본 적이 없는 또 하나의 모험에 불과했다. 만일에 약간 위험스러운 일을 벌일 때 죽음이 찾아온다면 그게 훨씬 나았다. 바닥의 개스 패달을 밟고 눈을 가린 채 죽 뻗어 있는 길을 경기용차로 달렸을 때에, 그는 그때가 죽음에 가장 가까웠다고 생각했다. 그는 그때 친구가 멈추라고 쏘는 총

소리조차 듣지 못했었다. 그리고 엉덩이를 다친 채 도랑 속에서 의식을 잃고 나자빠져 버렸다. 너무도 지루할 때는 자살이라는 극적인 결말을 생각해 보기도 했다. 두려워하지 않고 죽음에 직면하는 것이 용감하리라는 생각도, 자기의 태도가 인도의 요가 수도승만큼이나 인내하는 것이라는 생각도, 자살을 하기 위해서는 특별한 종류의 용기가 요구된다는 것도 그에게는 결코 떠오르지 않았다. 브루노는 그런 종류의 용기는 언제나 가지고 있었다. 그는 자살이라는 걸 생각해 본 적이 있다는 사실을 조금도 부끄럽게 여기지 않았다. 그것이 너무나도 분명하면서도 동시에 희미했기 때문이다.

이제, 메트카프로 가고 있는 기차에서 그는 방향을 확고하게 세웠다. 그는 어렸을 적에 부모님과 캐나다에 가 본 이후로는 자기가 생생하게 살아 있고, 실재하고 있으며, 다른 사람과 똑같다는 것을 느끼지 못했었다. 어릴 적 그는 퀘벡 시가 자기가 탐험할 수 있는 성들로 가득 차 있다고 믿었지만, 그의 친할머니가 운명하시고 있는 중이었기 때문에—이것이 그가 그곳에 가게 된 이유 중의 하나였다.—그것들을 찾아볼 수 없었다. 그 이후로 그는 한 번도 어떠한 여행에 있어서 그 목적을 완전히 믿어 본 적이 없었다. 그러나 이번 여행만은 믿었다.

메트카프에 도착하여 그는 즉시 전화번호부에서 하인즈를 몽땅 찾아보았다. 그는 오만상을 찌푸리고는 명단을 훑어 내려갔지만 미리엄의 집 주소는 알아낼 수 없었다. 미리엄 하인즈라는 이름은 없었다. 물론 기대하지도 않았다. 조이스는 7명이나 있었다. 브루노는 종이 쪽지에다 그들의 주소를 갈겨썼다. 3명이 동일한 주소인 마그놀리아 가(街) 1235번지였는데, 그들 중 한 명이 M. J. 조이스 부인이었다. 브루노의 뾰족한 혀끝이 윗입술 언저리로 사색이라도 하는 듯이 감겨 올라갔다. 분명히 굉장한 도박이었다. 그녀의 어머니 이름 또한 미리엄인지도 모른다. 그는 이웃 사람에게서 많은 이야기를 캐내야만 했다. 미리엄이 훌륭한 이웃들과 살고 있다고는 생각되지 않았다. 그는 보도 옆에 세워진 택시를 향해 서둘러 갔다.

제 12 장

거의 9시가 되었다. 기다란 땅거미는 밤으로 비스듬히 미끄러져 들어가고 있었다. 사람들이 흔들의자에 앉아 있는 현관과 계단 위의 여기저기의 불빛을 제외하고는, 얄팍해 보이는 목재로 만들어진 조그만 집들이 모여 있는 주택 지구는 꽤나 어두웠다.
"여기서 세워 주시오. 됐어요."
브루노가 운전수에게 말했다. 마그놀리아 가와 칼리지 가, 그리고 이곳은 1000번지였다. 그는 걷기 시작했다.
조그마한 여자아이 하나가 그를 쳐다보면서 보도 위에 서 있었다.
"안녕."
길을 비켜 달라며 신경질적으로 브루노가 말했다.
"안녕하세요."
여자아이가 말했다.
브루노는 불 켜진 현관에 있는 사람들을 힐끗 쳐다보았다. 통통한 남자 하나가 부채질을 해대고 있었고, 두 명의 여자가 흔들의자에 앉아 있었다. 그가 빈틈이 없었는지, 아니면 운이 그를 따라 주었는지 브루노는 분명히 여기가 1235번지인 듯한 생각이 들었다. 거기 사는 사람이 미리엄이 아니라 그녀의 이웃이라고 생각하기는 힘들었다. 만일 그가 틀렸다면, 나머지 사람들을 찾아보면 될 것이다. 그는 호주머니 속에 명단을 가지고 있었다. 현관 위의 선풍기가 날씨가 덥다는 것을 말해 주고 있었다. 오후 늦게부터 그를 괴롭혀 온, 열병이라도 앓는 듯한 자기의 체온은 제쳐두고도 말이다. 그는 멈추어 서서 담배에 불을 붙였다. 손이 조금도 떨리지 않는 것을 보고는 기뻤다. 점심 후에 마신 술 반병에 술기운이 돌아서 그는 감미로우면서 약간 취한 듯한 기분이 들었다. 귀뚜라미들이 그의 주위에서 울어댔다. 그 밖에는 너무나도 조용했기 때문에 그는 두 블록 저쪽에서 차에 시동을 거는 소리까지 들을 수 있었다. 몇몇 젊은 사람들이 모퉁이 쪽에서 나타났다. 브루노는 그 중 한 명이 거이일지도 모른다는 생각으로 가슴이 뛰었다. 그러나 그들 중에 거이는 없었다.

"아, 이 늙어빠진 등신아!"

한 명이 말했다.

"빌어먹을, 난 그 년에게 이렇게 말했단 말야. 난 어떤 놈하고도 바보짓 하지 않을 작정이니까, 그 놈 애비되는 놈한테라도 기회를 주지 말라고……."

브루노는 도도하게 그들의 뒷모습을 바라보았다. 마치 다른 세상의 말 같았다. 그들은 전혀 거이처럼 말하지 않았다.

몇몇 집에서는 번지도 찾을 수 없었다. 그가 만일 1235번지를 찾지 못한다면? 그러나 어떤 집 가까이 가 보니 앞 현관 너머에 주석으로 만든 숫자 1235가 똑똑히 보였다. 그 집을 바라보니 서서히 기분좋은 전율이 일어났다. '거이가 저 계단을 꽤 자주 오르내렸을 거야.' 하는 생각이 문득 떠오르자, 그 집은 다른 집들과 상당히 다르게 보였다. 그 집은 조그마했으며, 황갈색의 벽돌벽만 페인트를 약간 칠하면 괜찮을 것 같았다. 한쪽에 차도가 있었고, 말라빠진 잔디와 보도 쪽에는 시보레 승용차가 있었다. 아래층 창에서 불빛이 보였고, 미리엄의 방일 것 같은 위층 구석방에서 불빛이 새어나왔다. 그런데 그는 확신이 서지 않았다. 아마도 거이가 그에게 자세히 이야기해 주지 않은 탓이리라!

브루노는 신경질적으로 길을 건너서는 왔던 길을 조금 되돌아갔다. 그는 입술을 깨물며 돌아서서 그 집을 지켜보았다. 아무도 눈에 띄는 사람이 없었고, 아래쪽 모퉁이에 있는 불을 제외하고는 불이 켜져 있는 현관도 없었다. 그는 희미하게 들려 오는 라디오 소리가 미리엄의 집에서 나는 것인지, 아니면 그 옆집에서 새어나오고 있는 것인지 알 수가 없었다. 차도를 따라 걸어 올라가면 1235번지의 뒤쪽을 볼 수 있을는지도 모른다.

　브루노의 눈은 불이 켜지고 있는 옆집 현관으로 재빨리 미끄러지듯 옮겨졌다. 한 남자와 여자가 밖으로 나왔는데, 여자는 흔들의자에 앉고 남자는 보도를 따라 내려갔다. 브루노는 튀어나와 있는 차고 앞쪽의 움푹 들어가 있는 곳으로 물러났다.

　"돈, 복숭아가 없으면 피스타치오를 사와요."

　브루노는 그 여자가 큰소리로 말하는 것을 들었다.

　"내겐 바닐라를 하나 사다 주시오."

　브루노는 낮은 소리로 말하고는 자기 잔을 들이켰다.

　그는 그 황갈색 집을 비웃듯이 쳐다보았다. 뒤로 기대려고 한 발을 들어올렸을 때, 그의 허벅지에 뭔가 딱딱한 것이 닿았다. 빅 스프링즈에 있는 역에서 산 칼이었다. 그것은 6인치의 칼날이 칼집 속에 들어 있는 사냥용 칼이었다. 가능하다면 칼은 사용하고 싶지 않았다. 아주 우스꽝스럽게도 칼은 그를 메스껍게 만들었다. 게다가 총은 소리가 날 테고. 어떻게 처리해 버릴까? 미리엄을 보면 길이 생기겠지. 그렇지 않으면? 브루노는 미리엄의 집을 보게 되면 무언가 방도가 생길 것이라고 여겼었다. 하지만 지금 미리엄의 집처럼 생각되는 집을 보고 있는데도 아무 생각도 떠오르지 않았다. 이것은 저 집이 미리엄의 집이 아니라는 사실을 말해 주는 것은 아닐까? 그가 알아내기도 전에 남의 집이나 엿보고 다닌다고 쫓겨나게 된다면 어떻게 할까? 거이는 별로 이야기해 주지 않았다. 정말로 안 해주었나? 그는 얼른 또 한 잔을 들이켰다. 마음이 흐트러져서는 안 된다. 모든 것을 망쳐 버리게 될 거야! 무릎이 휘어졌다. 브루노는 땀으로 젖은 손을 허벅지에다 닦았고, 떨리는 혀로 입술을 적셨다. 조이스라는 이름을 가진 사람들의 주소를 적어둔 종이를 주머니에서 꺼내어 가로등 쪽으로 기울였다. 그는 여전히 읽을 수가 없었다. 여기를 떠나서 다른 주소를 찾아보고 나서 이곳으로 다시 와야 하나?

　그는 15분, 아마 한 30분 정도를 기다려 보았다.

바깥에서 미리엄을 덮치는 게 낫다는 생각이 그의 머릿속에 박혀 있었기에, 기차를 타고 오는 동안 단순히 몸으로 부딪쳐서 해치워 버리자고 마음먹은 것이다. 이 거리는 때마침 상당히 어두웠다. 게다가 저쪽 나무 아래는 칠흑같이 컴컴했다. 그는 맨손을 사용하거나, 아니면 뭔가로 그녀의 머리를 내리치는 게 낫겠다고 생각했던 것이다. 그녀를 덮치고 나서는 오른쪽이나 왼쪽으로 뛰어들어야지 하는 생각을 하면서 자기 몸이 흔들리기 시작하고 있음을 느끼고 나서야 브루노는 자기가 얼마나 흥분해 있는지 깨달았다. 이따금 이번 일이 끝나고 나면 거이가 얼마나 행복하게 될까 하는 것이 그의 머릿속을 스치고 지나갔다. 미리엄이 그 표적이 되는 것이다. 조그마하고 확고한 표적이.

그는 남자의 목소리를, 그리고는 웃음소리를 들었다. 1235번지의 불 켜진 위층의 방으로부터 들려 오는 것이라 확신했다. 그리고 나서 여자의 웃음 띤 목소리가 들렸다.

"좀 그만할 수 없어요? 예? 제발, 제발 좀……."

미리엄의 목소리일 것이다. 어린아이 같고 실같은, 하지만 튼튼한 실처럼 다소 강한 면이 깃들어 있는 목소리였다.

불이 꺼지자, 브루노의 눈은 캄캄해진 창에 머물렀다. 잠시 후, 현관의 불이 켜지면서 남자 둘과 여자 하나가 나왔다. 브루노는 호흡을 멈추고 발을 땅에다 단단히 박기라도 하듯이 꼿꼿이 몸을 세웠다. 여자의 머리는 붉은 색이었다. 두 명의 남자 중 키가 큰 남자도 붉은 머리였다. 아마도 미리엄의 오빠일 것이다. 브루노는 한 번에 100개 정도의 세부적인 사항까지도 파악했다. 그녀는 땅딸막하고 통통한 듯한 몸에 굽 없는 구두를 신고는, 둘 중의 한 남자를 올려다보며 이리저리 몸을 흔들어대면서 걷고 있었다.

"딕, 우리가 엄마를 불러야만 할 것 같애?"

그녀는 가느다란 목소리로 물었다.

"좀 늦었잖아."

앞쪽으로 보이는 창문의 차양 한구석이 올라갔다.

"얘야, 너무 늦게까지 밖에 있지는 말아라!"

"그럴게요, 엄마."

그들은 보도 옆에 세워진 차 쪽으로 갔다.

브루노는 택시를 찾으면서 모퉁이 쪽으로 사라졌다. 이런 죽은 것 같은 도시에서 이렇게 기찬 기회를 얻다니! 그는 달렸다. 몇 개월 동안 달려 보지 않았는데도 그는 자신이 마치 운동 선수같이 느껴졌다.

"택시!"

그는 택시를 볼 수조차 없었다. 그러다가 겨우 한 대가 눈에 띄자 마구 뛰어갔다.

그는 운전사에게 차를 돌려 시보레가 간 방향인 마그놀리아 가로 가라고 말했다. 시보레는 이미 시야에서 사라지고 없었다. 어둠이 바짝 다가와 있었다. 저쪽 멀리 나무 아래에서 깜박거리고 있는 자동차의 붉은 꼬리등이 보였다.

"계속 가시오!"

그 꼬리등이 빨간 신호등 때문에 멈추어 섰고, 택시가 약간 거리를 둔 채 가까이 다가가자 브루노는 그 차가 시보레라는 걸 확인할 수 있었다. 그는 안심이 되어 뒤로 푹 기대었다.

"어디로 가실 겁니까?"

운전사가 물었다.

"그냥 계속 가요!"

그때 시보레가 커다란 큰길 쪽으로 우회전했다.

"오른쪽으로 돌아요."

그는 의자 귀퉁이에 서다시피 한 채 앉아 있었다. 보도의 연석(緣石)을 힐끗 쳐다보았다. '크로켓 불바드'라고 쓰여져 있었다. 그는 그것을 보고는 미소를 머금었다. 그는 가장 넓고 가장 기다란 거리인 메트카프 크로켓 불바드에 관해 들은 적이 있었던 것이다.

"손님이 찾아가시는 분의 성함이 무엇이죠? 제가 알 것 같은데요."

운전사가 물었다.

"잠깐만요, 잠깐만."

브루노는 자신이 다른 사람인 체하며, 안쪽 주머니에서 종이를 끄집어냈다. 그가 꺼낸 종이들 중에서 미리엄에 관하여 적어둔 것도 있었다. 그는 흥미로운 이 상황을 확실하게 느끼면서 갑자기 킬킬거렸다. 지금 그는 다른 마을에서 온 멍청이인 것처럼 가장하며, 자기가 가고자 하는 곳의 주소마저도 어디에다 적어둔지 모르는 것처럼 행동하고 있었다. 그는 머리를 숙여 웃고 있는 것을 운전사가 보지 못하도록 하며, 술병으로 손을 뻗었다.

"불이 필요하십니까?"

"아뇨, 아니에요. 됐어요."

그는 한 모금 들이켰다. 그때 시보레가 큰길로 들어섰고, 브루노는 운전사에게 계속 가라고 말했다.

"어디로 말입니까?"

"그냥 가면 될 것 아니오. 입 닥치고요!"

브루노는 소리를 질렀다. 초조한 마음 때문에 그의 목소리가 높아져 버렸다. 운전사는 머리를 흔들고는 혀를 찼다. 브루노는 그 순간 불끈했다. 시보레는 아직도 그의 시야 안에 들어와 있었다. 저 친구들은 결코 차를 멈추지 않을 것이고, 그렇게 되면 텍사스 주 전체를 가로질러야만 할지도 모른다고 브루노는 생각했다. 두 번이나 시보레를 놓쳤다가 찾았다. 정류장 몇 개를 지나쳤고, 드라이브인 영화관(차를 탄 채로 들어갈 수 있는 영화관)도 지나쳤다. 이윽고 양쪽에 어둠의 벽이 들어서기 시작했다. 브루노는 은근히 걱정이 되었다. 마을을 빠져나가거나 시골길로 접어들게 되면 그들을 미행할 수가 없었다. 그때 전구로 커다란 아치를 세워 놓은 것이 길 저쪽에 나타났다. 거기에는 '메트카프 호의 환상의 왕국에 오신 것을 환영합니다.'라고 적혀 있었고, 시보레는 그 아래를 통과하여 주차장으로 들어갔다. 흥청거리는 음악의 밀림 속에 온갖 종류의 불이 켜진 광경이 눈앞에 펼쳐졌다. 유원지로군! 브루노는 기분이 괜찮았다.

"4달러입니다."

운전사가 심술 사납게 말하자 브루노는 5달러를 창문으로 쑥 밀어 넣었다.

미리엄과 두 남자, 그리고 그들이 중간에서 차에 태우고 온 여자가 입구를 통과할 때까지 브루노는 주춤거리고 있다가 그들의 뒤를 따랐다. 불빛 아래에서 미리엄을 좀더 잘 보기 위해서 눈을 크게 떴다. 그녀는 통통한 대학생처럼 귀여웠지만 분명히 2류급 여자라고 브루노는 판단했다. 붉은 샌달과 함께 붉은 양말이 그를 더욱 화나게 만들었다. 어떻게 거이가 저런 여자와 결혼할 수 있었을까? 그런 다음, 그는 우뚝 멈춰 서 버렸다. 그녀는 임신중이 아니었다! 그의 눈이 심한 당혹감으로 가늘게 떠졌다. 왜 그가 처음부터 그 사실을 주목하지 못했지? 아니, 아마 아직은 표시가 나지 않은 것일 수도 있겠지. 그는 아랫입술을 지그시 깨물었다. 그녀는 통통한 것에 비해 허리가 보통보다도 더 납작해 보였다. 미리엄의 여동생인지도 모른다. 그렇지 않으면 낙태를 시켰거나, 뭐 그런 일이 있었을 것이다. 아니면 유산이 되었거나. 미스 유산! 처음 뵙겠습니다. 어떻게 그러실 수 있으셨나요? 헤이, 여동생일지도 모르잖아! 그녀는 꼭 끼는 회색 스커트 속에 통통하고 조그마한 엉덩이를 가지고 있었다. 그것이 움직이는 대로, 마치 자석에 끌려가듯이 브루노는 따라갔다. 거이가 거짓말로 미리엄이 임신했다고 한 것은 아닐까? 하지만 거이가 거짓말을 할 리가 없지. 브루노는 마음이 어지러웠다. 그는 머리를 쳐들고 미리엄을 주시했다. 그때 머릿속에서 어떤 생각이 문득 떠올랐다. 만일 아기에게 무슨 일이 생겼다면, 그때는 자기가 미리엄을 처치해 버려야 하는 이유가 더 분명해지는 것이다. 왜냐하면 거이가 이혼을 할 수 없게 되어 버리니까. 혹시 미리엄이 아이를 유산시켰다고 하더라도 지금쯤은 걸어다닐 수 있겠지.

미리엄은 집시 여자가 커다란 생선 그릇 속으로 물건을 빠뜨리고 있는 사이드쇼를 보고 서 있었다. 다른 여자는 붉은 머리의 남자에게 잔뜩 기댄 채 웃어댔다.
"미리엄."
브루노는 펄쩍 뛰어 올랐다.
"오, 오, 그래요!"
미리엄은 얼린 카스터드를 파는 곳으로 건너갔다.
그들은 모두 얼린 카스터드를 샀다. 브루노는 불빛으로 번쩍거리는 유원지의 회전 방주와 시커먼 하늘 저 위의 방주에서 흔들리고 있는 조그만 사람들을 올려다보면서 미소를 띤 채 지겨운 듯 기다리며 서 있었다. 나무들 사이로 저쪽 멀리의 호수가 보였고 빛이 수면에서 반짝거렸다. 마치 공원 같았다. 자기도 회전 방주를 타고 싶었다. 보기에 괜찮았다. 흥분하지 말고 침착하려고 노력했다. 회전목마에서 음악이 흘렀다. '캐시는 딸기색 금발 머리와 춤을 출 거야…….'라는 노래가 흘렀다. 씩 웃으면서 그는 미리엄의 붉은 머리로 눈길을 돌리다가 그녀와 시선이 마주쳤다. 하지만 그녀가 그냥 지나쳤기에 브루노는 그녀가 자기를 신경써서 보지 않았다고 확신했다. 그러나 다시는 시선이 마주쳐서는 안 된다. 갑작스레 찾아왔던 불안이 그를 킬킬거리게 만들었다. 미리엄이 조금도 똑똑해 보이지 않는다고 브루노는 결론을 내렸다. 그 사실이 그를 더욱 신나게 만들었다. 그는 거이가 왜 그녀를 혐오하는지 알 수 있었다. 그 자신 또한 진정으로 미리엄을 혐오했다. 아마도 미리엄이 거이에게 아이를 가졌다고 거짓말을 했을 것이다. 그리고 거이는 너무나도 순수했기에 그녀를 믿었을 것이다. 더러운 계집!
그들이 얼린 커스터드를 들고 계속해서 돌아다니고 있을 때 브루노는 풍선 가게에서 꽁지가 갈라진 새 모양의 풍선을 만지작 거렸다. 그런 다음 밝은 노란색 풍선을 빙빙 돌려보고 하나를 샀다. 작은 막대를 휘두르면서 꽁지가 '스퀴이—' 하고 내는 소리에 귀를 기울이고 있자니, 마치 자기가 다시 어린아이가 된 듯이 느껴졌다.
부모와 함께 걸어가던 조그만 남자아이가 손을 내밀기에, 브루노는 그것은 주어 버리고 싶은 충동을 느꼈지만 그러지 않았다.

미리엄과 그녀의 친구들이 회전 방주가 휘황찬란하게 들어서 있고, 여러 사이드쇼가 벌어지고 있는 곳으로 갔다. 롤러가 붙은 연안 화물선의 '타타타타' 하는 소리는 그들의 머리 너머에서 마치 기관총 소리와도 같이 들렸다. 누군가가 큰 메로 꼭대기까지 붉은 화살을 계속 쏘아 보내자 쨍그랑거리는 소리와 고함 소리가 울렸다. 브루노는 자기가 큰 메로 미리엄을 죽이는 것도 괜찮을 거라고 생각했다. 자기를 혹시 알아채지나 않았는지 보려고 그는 미리엄과 나머지 셋을 자세히 살펴보았지만, 눈치챈 기색은 보이지 않았다. 만일 그가 오늘 밤에 그 일을 해치우지 못한다면, 그들 중 아무도 자기를 알아보지 못하게끔 해야 한다. 하지만 브루노는 오늘 밤에 해치우게 되리라고 확신했다. 오늘 밤은 그의 밤이었다. 시원한 밤 공기가 그를 온통 휘감았다. 그를 신나게 만드는 술과도 같이. 그는 풍선이 커다란 원을 그리며 돌게끔 흔들었다. 그는 텍사스가 좋았다. 거이가 있는 텍사스! 모든 사람이 행복해 보였고, 활기가 넘치는 듯했다. 그는 술을 한 모금 마시는 동안 미리엄 일행이 사람들과 섞이는 것을 내버려두었다. 그런 다음, 그들 뒤를 따라 성큼성큼 쫓아갔다.

그들은 회전 방주 아래에 있었다. 브루노는 그들이 그것을 탔으면 하고 바랐다. 브루노는 그 회전 방주를 경탄하듯이 올려다보면서 텍사스에서는 정말로 크게들 논다고 생각했다. 지금껏 이만큼 큰 회전 방주는 한 번도 본 적이 없었다. 그 내부에 있는 푸른 전구 속에 5개의 뾰족한 끝을 가진 별이 있었다.

"랠프, 저걸 타는 게 어때요?"

미리엄이 마지막 남은 커스터드를 입에 밀어넣으면서 소리를 질렀다.

"저 따윈 재미없을 거야. 회전목마가 어때?"

그들은 모두 회전목마가 있는 곳으로 갔다. 회전목마는 마치 어두운 숲속에 있는 휘황찬란한 도시 같았다. 얼룩말, 말, 기린, 황소들이 모두 위아래로 올라갔다 내려갔다 하면서 니켈로 덮어씌운 막대들의 숲을 가득 채우고 있었다. 어떤 것들은 플랫폼 밖으로 목을 활 모양으로 내밀며 탈 사람을 간절하게 기다리고 있기라도 한 것처럼 금방이라도 뛰어오를 듯이 고정되어 있었다. 브루노는 매혹당한 채 눈을 미리엄에게 돌릴 겨를도 없이, 신나는 음악에 들떠 서 있었다. 그는 오래 전의 즐거웠던 어린 시절을 다시 느꼈다. 스팀 오르간의 공허로운 소리와 스티치를 해둔 하디거디 오르간의 소리, 그리고 드럼과 심벌즈가 부딪쳐 내는 소리들이 그를 어린 시절의 멋진 추억으로 이끌었다.

사람들은 어느 것을 탈지 고르고 있었다. 그리고 미리엄과 친구들은 다시 먹어대기 시작했다. 미리엄은 딕이 들고 있는 팝콘 상자 속으로 계속 손을 밀어넣었다. 저 돼지들! 브루노도 배가 고팠다. 그는 프랭크퍼터(쇠고기, 돼지고기를 섞어 양념해서 훈제한 소시지)를 샀다. 그리고 나서 다시 쳐다보니 그들은 회전목마를 타고 있었다. 브루노는 싸우다시피 동전을 받고는 뛰어서 벼르고 있었던, 머리를 위로 치켜든 채 뒤를 보며 입을 벌리고 있는 푸른색 말을 집어탔다. 운좋게도 미리엄과 그녀의 친구들이 막대들 사이를 통해 브루노 쪽으로 꾸불꾸불 되돌아오고 있었다. 미리엄과 딕은 자기 바로 앞쪽에서 기린과 말을 타고 있었다. 오늘 밤은 정말 행운이 따라주는군! 오늘 밤에 그는 도박을 하고 있는 것이다!

끊임없이 떠오르는 후렴의—테—테—둠—
그 곡조와 똑같이—테—테—둠—
그녀는 출발한다네—붐! 마라톤 경기를—붐!

브루노는 이 노래를 좋아했고, 그의 어머니도 그랬다. 그는 음악에 맞추어 신나게 발을 흔들었다. 머리 뒤에서 무언가가 그를 찰싹 때렸다. 그는 싸울 듯이 뒤를 돌아보았다. 몇몇 사람이 서로 장난으로 다투고 있었다.

그들이 천천히, 그리고 도전적으로 '워싱턴 포스트 행진곡'에 맞추어 움직이기 시작했다. 위로, 위로, 위로 그는 올라갔고, 아래로, 아래로, 아래로 미리엄은 기린 위에 탄 채 내려갔다. 회전목마 너머의 세상은 빛으로 그어진 희미함 속으로 사라져 갔다. 브루노는 폴로를 배울 때처럼 한 손에다 고삐를 쥐고, 다른 손으로는 프랭크퍼터를 들고 먹었다.

"이이이야—호오오!"

붉은 머리의 남자가 고함질렀다.

"이이이야—호오오!"

브루노가 고함질렀다.

"난 텍사스 인이다!"

"캐티? 저쪽에 체크 무늬 셔츠를 입은 남자 좀 봐요!"

미리엄이 기린의 목쪽으로 기댔다. 그녀의 회색 스커트가 둥그렇게 몸에 꼭 붙었다.

브루노도 체크 무늬 셔츠를 입은 사내를 보았다. 그 남자가 거이와 좀 비슷하게 생겼다고 생각하다가 브루노는 미리엄이 그 남자에 대해 무어라고 한 말을 그만 놓쳐 버렸다. 밝은 불빛 아래에서 보니 미리엄의 얼굴은 주근깨로 덮여 있었다. 그녀는 점점 혐오스럽게 보였고, 그래서 그는 자기 손에 그녀의 부드럽고 따뜻한 살이 닿게 하고 싶지 않았다. 뭐, 칼이 있으니 별 상관없었다. 칼이야말로 아주 깨끗이 해치워 버릴 수 있는 도구이지!

"깨끗하게 끝내 주는 도구야!"

아무도 자기 말을 들을 수 없었기에 브루노는 환호하며 소리질렀다. 그는 바깥에 있는 말에 타고 있었고, 옆자리는 백조 모양으로 만든 2인용 칸막이 자리였지만 비어 있었다. 브루노는 그 안에다 침을 탁 뱉고는 프랭크퍼터의 나머지를 내던져 버리고는 손가락에 묻어 있던 겨자를 말의 갈기에 쓱 문질렀다.

"캐시는 딸기색 금발 머리와 춤을 출 거야, 그동안 밴드는 연주를 했지. 아아아우완!"

미리엄의 데이트 상대가 열띠게 노래를 불렀다.

모두가 함께 불렀고, 브루노도 합세했다. 회전목마 전체가 노래를 부르고 있었다. 만일 그들에게 술이 있었다면! 모든 사람이 함께 한 잔했을 텐데!

"그의 머리는 너무 무거워, 하마터면 터져 버릴 것 같았지."

브루노는 온 힘을 다해 숨을 내쉬며 갈라지는 목소리로 노래를 불러댔다.

"그 불쌍한 여자는 떨 거야. 놀라움으로!"

"안녕, 캐시!"

미리엄이 딕에게 속삭였다. 그녀는 딕이 던져 주는 팝콘을 잡으려고 입을 벌리고 있었다.

"악! 악!"

브루노는 고함을 질렀다.

입을 벌리고 있는 미리엄은 너무 못생기고 멍청해 보였다. 마치 목이 졸려 핑크빛으로 변해 부어오른 것 같았다. 그는 도저히 미리엄을 참고 보고 있을 수가 없어서 씩 웃으면서 시선을 돌렸다. 회전목마가 느려지고 있었다. 브루노는 그들이 한 번 더 타 주기를 바랐지만 그들은 그냥 내리더니 팔짱을 끼고는 수면에 반사되어 반짝거리는 불빛 쪽으로 걷기 시작했다.

브루노는 한 모금 더 마시려고 나무 아래에서 잠깐 멈추어 섰다. 술병은 거의 비어 있었다.

그들은 노젓는 보트를 타고 있었다. 시원한 뱃놀이 광경이 보기 좋았다. 그도 보트를 탔다. 호수는 커다랗고, 빛 없이 반짝거렸다. 호수 안에는 서로 껴안고 있는 연인들을 태운 보트들로 꽉 차 있었다. 붉은 머리의 사내가 노를 저었고, 미리엄과 딕은 뒷자리에서 끌어안고 킬킬거렸다. 브루노는 미리엄의 보트에 가까이 다가갔다. 그는 세 번씩이나 몸을 깊이 숙여 가며 노를 저어 그들의 보트를 지나친 다음, 노를 가만히 놔두었다.

"섬으로 들어갈까, 아니면 그냥 이렇게 타고 있을까?"
 붉은 머리의 사내가 물었다. 그들이 결정하기를 기다리면서, 브루노는 울화통이 터져 자리 한 옆에 털썩 주저앉았다. 마치 조그맣고 어두운 방에서 들리기라도 하듯이 중얼거리듯 속삭이는 소리, 나지막한 라디오 소리, 웃음소리가 호숫가를 따라 들려왔다. 그는 술병을 기울여 죽 마셨다. 만일 그가, "거이!" 하고 소리쳐 본다면 무슨 일이 생길까? 만일 거이가 지금 그를 본다면 어떻게 생각할까? 거이와 미리엄은 이 호수에 데이트하러 왔었던 적이 있을 것이고, 어쩌면 지금 자기가 앉아 있는 이 보트에 탔었는지도 모른다. 만일 자기가 이 보트에 미리엄과 함께 탔다면, 그는 그녀의 머리를 기꺼이 물 속에다 처박아 버렸을 것이다. 어둠 속에서 바로 여기에다가. 어둠은 깊어가고 달도 없었다. 물결이 그의 보트에 부딪히며 혀로 핥는 소리를 냈다. 브루노는 갑자기 초조해져서 몸부림쳤다. 미리엄의 보트에서 키스를 하는 소리가 나서, 브루노는 기분좋은 신음소리를 그들에게 보내 주었다. 그들은 분명히 그 소리를 들은 모양이다. 웃음이 폭발했기 때문이다. 그는 그들이 노를 저어 지나가기를 기다렸다가 여유 있게 그 뒤를 따라갔다. 여기저기서 성냥불로 구멍이 뚫린 듯이 보이는 시커먼 덩어리가 점점 가까이 다가왔다. 섬이었다. 목을 껴안고 애무하고 있는 사람들의 천국처럼 보였다. 브루노는 킬킬거리면서 아마 오늘 밤 미리엄이 저기에 가게 될 것이라고 생각했다.
 미리엄의 보트가 땅에 닿자 그는 한쪽으로 몇 야드 노를 저어간 다음 땅으로 올라갔다. 자기의 보트를 다른 보트와 쉽게 구별하도록 조그마한 통나무 위에다 앞부분을 세워 놓았다. 목적 의식이 한 번 더 그의 머릿속을 가득 채웠다. 기차에서보다 더 강렬하게 그를 압박했다. 메트카프에 온 지 채 2시간도 안 되어, 브루노는 이 곳 섬에 그녀와 함께 있었다! 그는 바지 속의 칼을 눌러 보았다. 만일 그가 혼자 있는 미리엄과 마주치게 되어 그녀의 입을 막아 버릴 수 있다면…… 아니, 혹시 그녀가 깨물기라도 하지 않을까? 자기 손을 미리엄의 젖은 입에다 갖다댄다는 생각을 하니 혐오감으로 몸이 뒤틀렸다.
 그는 천천히 그들의 느린 걸음을 뒤따르면서, 나무들이 가까이 있는 울퉁불퉁한 길을 올랐다.
 "여긴 앉을 수 없는걸요. 땅이 젖어 있어요."
 캐티라고 불리는 여자가 투덜거렸다.
 "그럼, 윗도리를 깔고 앉아."
 한 남자가 말했다.
 오, 주여, 저 멍청한 남부 악센트!
 "내가 연인과 함께 허니문 길을 걸어 내려가고 있을 때……."
 관목 숲에서 누군가가 노래를 부르고 있었다.
 밤이 나지막이 속삭였다. 개구리 소리, 귀뚜라미 울음소리, 그리고 그의 귓가의 모기 소리. 브루노가 자기 귀를 철썩 때리자 다른 소리가 들리지 않을 정도로 미친 듯이 귀가 울렸다.
 "……떠나 버렸어."
 "왜 우리는 좋은 장소를 찾을 수 없을까?"
 미리엄이 바보같이 지껄였다.
 "들어가 볼 만한 곳이 없군!"
 "아가씨, 발 조심해."
 붉은 머리의 남자가 웃었다.
 대체 무얼 할 작정인가? 그는 지겨워졌다. 회전목마의 음악도 지친 듯 들렸고, 상당히 멀리서 딸랑딸랑하는 소리만이 와 닿았다. 그때 그들이 브루노의 얼굴 바로 앞에 나타났기에 그는 마치 다른 곳으로 가는 중이었던 것처럼 한쪽으로 움직여 안 보이게끔 해야 했다. 그는 어떤 가시덤불에 엉켜 버리게 되어 그들이 옆으로 지나가는 동안 그것을 떼어 내려고 안간힘을 썼다. 그런 다음 아래쪽으로 따라 내려갔다. 브루노는 미리엄의 것일지도 모르는 향수 냄새를 맡았는데, 그 냄새는 목욕탕의 증기처럼 숨을 턱턱 막히게 했다.
 라디오 소리가 들려 왔다.

"⋯⋯자, 이제 아주 조심스럽게 다가가면서⋯⋯ 레온⋯⋯ 레온⋯⋯ 베이브의 얼굴에다 아주 강한 라이트를 날렸습니다. 저 소리 좀 들어보십시오!"

고함 소리가 들렸다. 브루노는 한 남자와 여자가 마치 싸움이라도 하는 듯이 저쪽 관목 속에서 뒹굴고 있는 것을 보았다.

미리엄은 약간 땅이 높은 곳에 서 있었는데, 그에게서 3야드도 되지 않는 곳이었다. 나머지 세 사람은 둑을 따라 물 쪽으로 미끄러지듯 내려가고 있었다. 브루노는 1인치 정도 더 가까이 다가갔다. 수면에 비친 불빛이 그녀의 머리와 어깨의 윤곽을 드러내 주고 있었다. 여태껏 이토록 가까운 곳에 있어 본 적이 없었는데!

"헤이!"

브루노가 소곤거리듯 부르자 그녀가 돌아서는 것이 보였다.

"이봐요, 당신 이름이 미리엄 아닌가요?"

그녀는 그를 정면으로 대하고 있었지만, 그를 거의 볼 수 없었다.

"그런데요. 당신은 누구죠?"

그는 한 발자국 더 가까이 갔다.

"우리, 전에 어디선가 만난 적이 없던가요?"

그는 향수 냄새를 다시 맡으면서 냉소적으로 물었다. 그녀는 따뜻하고 못생긴 하나의 검은 점이었다. 그는 자기 목표를 향해 몸을 날려서 손을 죽 뻗었다.

"아니, 당신 뭘?"

그녀의 마지막 말이 채 끝나기도 전에 브루노의 손이 그녀의 목을 잡아챘다. 그는 미리엄을 흔들어댔다. 그의 몸은 바위처럼 단단했다. 그는 이빨에 금이 가는 듯한 소리를 냈다. 미리엄은 끽끽거리는 소리를 냈지만, 그가 워낙 세게 붙들어서 소리를 지를 수가 없었다. 그는 뒤에서 다리로 그녀를 비틀어 넘어뜨렸다. 그들은 나뭇잎이 쓸리는 소리밖에는 아무런 소리도 내지 않고 함께 땅으로 넘어졌다. 그는 손가락을 더 깊숙이 눌렀다. 자기 아래에 있는 그녀가 몸부림치는 것을 억누르며, 그는 이를 악물면서 더 깊숙이 눌렀다. 미리엄의 목이 뜨거워지고 퉁퉁 붓기 시작했다. 멈춰, 멈춰 멈추란 말이야! 그는 어서 그렇게 되라고 마음속으로 외쳐댔다. 이윽고 그녀는 머리를 돌리지 않게 되었다. 그는 자기가 충분히 오랫동안 목을 졸랐다고 생각했지만, 그럼에도 불구하고 조금도 손을 늦추지 않았다. 그는 뒤를 힐끗 쳐다보았는데 아무것도 보이지 않았다. 그가 손을 느슨하게 풀자, 미리엄의 목은 마치 도너츠 조각처럼 깊숙이 움푹 패어 있었다. 그때 미리엄이 기침 소리 비슷한 소리를 냈다. 그 바람에 브루노는 그녀가 죽은 채 벌떡 일어나지는 않을까 겁을 먹고는, 다시 그녀 위로 올라타서 엄지손가락이 부서져라 힘을 주며 목을 졸랐다. 그의 내부에 들어 있던 모든 힘이 손을 통해 쏟아져 나왔다. 그래도 충분하지 않는다면? 브루노는 자기도 모르게 흐느끼고 있었다. 이제 그녀는 조용해졌고, 흐늘흐늘 늘어졌다.

"미리엄? 어디 있니?"

여자의 목소리가 들렸다.

브루노는 벌떡 일어나서 곧장 섬 한가운데를 향해 비틀거리며 걸어갔다. 그런 다음 보트를 향해 왼쪽으로 돌았다. 그는 손에서 무언가를 없애버리려는 듯 손수건으로 문질러 닦아냈다. 미리엄의 침이었다. 그는 손수건을 던져 버렸다가 다시 재빨리 집었다. 자기 이름의 머릿글자가 거기에 새겨져 있었기 때문이다. 그는 생각했다! 자신이 대단하게 여겨졌다! 드디어 해치워 버렸던 것이다!

"미……리엄!"

늘어지면서 초조한 듯한 목소리가 들렸다.

하지만 만일 그녀를 끝장내 버린 게 아니라면? 그래서 미리엄이 일어나 앉아 지금쯤 이야기를 해대고 있다면 어떡하지? 이런 생각은 브루노를 앞쪽으로 쏜살같이 뛰어나가게 했다. 그는 하마터면 둑 아래로 떨어져 버릴 뻔했다. 계속해서 불어오는 산들바람이 호수 가장자리에서 그를 맞아 주었다. 그는 보트를 찾을 수 없었다. 아무 보트나 타려다가 다시 한 번 찾아보니, 2야드쯤 뒤 왼쪽의 작은 통나무 위에 걸쳐 놓은 보트가 보였다.

"이봐요, 미리엄이 기절했어요!"

브루노는 잽싸게, 그러나 서두르지 않으면서 보트를 저어갔다.

"도와 주세요, 누구 좀 도와 줘요!"

반쯤은 헐떡거리며 숨찬 목소리로, 반쯤은 비명을 지르듯이 누군가가 소리쳤다.

"오 하느님! 도…… 도와 줘요!"

그 목소리에 스며 있는 당혹감이 브루노를 당황하게 만들었다. 그는 몇 번 급히 노를 젓다가 갑자기 멈춰 버리고는 보트가 어두운 물 위를 미끄러져 떠내려가도록 내버려두었다. 도대체 자기가 무엇에 겁을 먹고 있는 건가? 어느 누구도 자기를 뒤쫓아오는 사람이 없는데.

"이봐요!"

"오, 저런, 맙소사! 그녀가 죽었어요! 누구 좀 와 줘요!"

그 여자의 비명 소리는 침묵을 지키고 있는 사방에다 기다란 호를 그으면서 사라져 버렸다. 브루노는 아름다운 비명 소리라고 탄복했다. 그는 다른 보트 뒤를 따라가며 수월하게 선창가에 다다랐다. 천천히, 그가 지금까지 했던 어떤 일보다도 천천히 그는 보트 주인에게 계산을 치렀다.

"섬에서 말이죠!"

어떤 사람이 보트에서 놀라고 흥분한 듯한 목소리로 말했다.

"여자가 죽었다고들 그러더군요!"

"죽어요?"

"누구 가서 경찰 좀 불러와요!"

그의 뒤쪽에서 나무 선창 위를 뛰어다니는 발소리가 들렸다.

브루노는 공원 입구의 문 쪽으로 유유히 걸어갔다. 정말 감사드릴 일이다. 그토록 치밀히, 그토록 여유 있게 해치울 수 있었으니! 그러나 입구의 회전문을 지나갈 때, 퍼드득거리는 저항할 수 없는 공포가 가

숨속에서 일어났다가는 재빨리 밀려 나갔다. 어느 누구도 그를 쳐다보지 않았다. 마음을 흔들리지 않게 하기 위해 한 잔 마시고 싶다는 생각이 간절했다. 길 위쪽으로 붉은 전구들이 켜진 술집처럼 보이는 건물이 있었다. 브루노는 곧장 그쪽으로 갔다.

"독한 걸로 주시오."

주인에게 말했다.

"당신, 어디서 오셨소?"

브루노는 그를 바라보았다. 오른쪽에 있던 두 남자도 그를 쳐다봤다.

"스카치를 주시오."

"이봐요, 이 부근에서는 독한 술을 마실 수 없을 거요."

"뭐요, 여기는 공원이 아니오?"

브루노는 비명을 지르듯이 갈라지는 쉰소리를 냈다.

"텍사스 주에서는 독한 술을 구할 수 없소."

"저것 비슷한 종류로 주면 될 것 아니오!"

브루노는 사람들이 마시고 있던 카운터 위에 놓인 호밀 위스키 병을 가리켰다.

"여기 있소. 누구든지 저런 식으로 마시려고 한단 말이야."

그들 중 한 명이 유리잔에다 호밀 위스키를 붓고는 그에게 내밀었다. 위스키는 식도를 타고 내려갈 때에는 텍사스만큼이나 거칠었지만, 다 내려간 뒤에는 달콤했다. 브루노는 술값을 치르려 했으나 그 남자는 거절했다.

경찰 사이렌 소리가 들렸고, 점점 가까워졌다.

한 남자가 들어왔다.

"무슨 일이오? 사고요?"

누군가가 그에게 물었다.

"난 아무것도 몰라."

그 남자가 무관심하게 내뱉었다.

내 형제여! 브루노는 그 남자를 넘겨다보면서 생각해 보았지만, 그에게로 가까이 가서 말을 붙일 마음은 들지 않았다.

그는 기분이 좋은 듯했다. 브루노더러 계속해서 한 잔 더 하라고 우겨대는 바람에, 브루노는 세 잔이나 마셨다. 잔을 들어올렸을 때, 손에 무슨 흔적이 남아 있어서 브루노는 손수건을 꺼내어 차분히 엄지손가락과 나머지 네 손가락을 닦아냈다. 미리엄의 오렌지색 립스틱 자국이었다. 술집 전등 아래에서는 거의 그것을 알아볼 수 없었다. 브루노는 술을 준 남자에게 고맙다고 인사를 하고는 밖으로 나와 어둠 속으로 걸어나갔다. 그는 택시를 찾으면서 길 오른쪽을 따라 걸었다. 그는 불이 켜져 있는 공원 쪽을 뒤돌아보고 싶지 않았다. 자기는 그것에 관해 생각조차 않고 있다고 중얼거렸다. 전차가 지나가자 그는 뛰어서 쫓아갔다. 밝은 내부를 재미있다는 듯이 휘둘러보며, 벽보란 벽보는 죄다 읽었다. 꼼지락거리는 남자아이가 통로 건너편에 앉아 있길래, 브루노는 그 아이와 잡담을 하기 시작했다. 거이에게 전화를 걸어 만나 보자는 생각이 계속해서 머리를 스쳤다. 물론 거이는 이곳 텍사스에는 없었다. 브루노는 축하 비슷한 것을 하고 싶었다. 특별한 이유도 없이 거이의 어머니에게 전화를 걸 수도 있었다. 그러나 다시 생각해 보니 그다지 현명한 것처럼 보이질 않았다. 저녁 내내 한 가지 불쾌한 생각이 따라다녔다. 오랫동안 거이를 만나 볼 수도, 심지어는 이야기를 나눌 수도, 편지를 할 수도 없다! 그리고 거이는 이유를 물어 볼 게 분명했다. 그러나 그는 자유로웠다! 해치워, 해치워, 해치워 버렸단 말이다! 갑작스런 행복감이 솟구쳐서 브루노는 남자아이의 머리를 쓸어 헝클어뜨려 놓았다.

남자아이는 한동안은 깜짝 놀란 듯하더니, 브루노가 다정하게 씩 웃자 자기도 따라서 미소를 지었다.

토페카에서 산타 페까지 가는 열차의 종점인 애치슨에서 브루노는 1시 30분에 출발하는 침대차의 2층 침대를 얻게 되었다. 1시간 30분 정도 시간을 때워야 했다. 모든 것이 완벽했고, 기분은 최고였다. 자기

술병을 다시 채우려고 역 가까이에 있는 가게에서 스카치 1파인트(야드-파운드법에 따른 액체의 분량 단위. 1파인트는 8분의 1갤론. 기호는 pt)를 샀다. 거이의 집이 어떻게 생겼는지 한번 보러 가자는 생각이 들어서, 신중히 숙고해 보고는 그러기로 결정을 했다. 브루노는 어느 쪽으로 가야 할지 물어 보려고 문 옆에 서 있는 남자에게로 다가갔다. 문득 그는 택시로 그곳에 갈 수 없다는 것을 깨달았다. 그는 여자를 원하고 있었다. 지금껏 이처럼 여자를 원했던 적은 한 번도 없었으며, 이 사실은 그를 굉장히 기분좋게 해주었다. 윌슨이 두 번이나 그에게 권했지만, 산타 페에 도착한 이후로는 한 번도 원하지 않았던 것이다. 길을 묻기에는 밖에 있는 택시 운전사가 나을 것이라고 생각하며, 그는 다가가고 있던 남자의 얼굴 바로 앞에서 방향을 바꾸었다. 그는 몸을 떨었다. 지독하게 여자를 갈망하고 있었던 것이다! 술을 마셨을 때와는 또 다른 종류의 전율이었다.

"난 모르겠소."

펜더(자동차나 자전거 바퀴에서 흙탕물이 튀는 것을 막는 흙받이)에 기대면서, 멍하고 주근깨가 박힌 얼굴의 운전사가 말했다.

"모르다니, 무슨 말이죠?'

"모르겠다는 말이오."

브루노는 기분이 나빠서 그를 떠났다.

보도를 따라 아래로 내려오던 다른 운전사는 훨씬 친절했다. 너무 가까운 곳이라 브루노를 자기 차로 태워 줄 필요조차도 없었다. 운전사는 회사 카드 뒤에다 주소와 이름 몇 자를 적어 주었다.

제13장

거이는 몬테카를로 호텔 침대 옆의 벽에 기댄 채, 앤이 자기가 메트카프에서 가져온 가족 앨범을 넘기고 있는 것을 바라보고 있었다. 앤과 함께 지낸 지난 이틀은 정말 멋진 날이었다. 내일이면 그는 메트카프로 떠나야 했다. 그런 다음엔 플로리다로. 브릴하트 씨가 그 일거리를 여전히 거이가 맡을 수 있다는 전보를 사흘 전에 보내 왔다. 앞으로 6개월 동안은 일을 하고, 12월에는 자신들의 주택을 지을 생각이었다. 이제 거이에게는 그들만의 집을 세울 만한 돈이 있었다. 그리고 이혼에 필요한 돈도.

"당신도 알겠지만……"

그는 조용히 말했다.

"만일 내가 팜 비치의 일을 맡지 못하고 내일 뉴욕으로 돌아가서 무슨 일이든지 간에 해야 했더라도 난 능히 그럴 수 있었을 거야."

그러나 팜 비치의 일은 자기에게 용기를 주었고, 힘과 의지를, 그리고 그가 필요하게 여기고 있던 것은 무엇이든지 다 주었다. 팜 비치가 없었다면 요 며칠 동안 앤과 함께 보낸 시간은 자기에게 죄책감밖에 주지 못했을 거라는 사실을 거이는 깨달았다.

"하지만 당신은 그럴 필요가 없어요."

그의 이야기에 앤은 이렇게 말했다.

그녀는 앨범 위로 몸을 숙였다.

그는 미소지었다. 앤이 거의 자기 말을 듣고 있지 않다는 것을 거이는 알고 있었다. 게다가 사실 앤의 말대로 그가 했던 말은 별로 중요하지도 않았던 것이다. 거이는 앤이 묻는 사람이 누구인지를 가르쳐주며, 어머니가 모아두었던 자기의 어릴 적 사진을 열심히 들여다보는 앤을 재미있다는 듯이 바라보았다. 거이는 그녀와 함께 앨범 위로 몸을 기울였다. 모든 사진 속에서 거이는 미소를 머금고 있었는데, 검은 색의 헝클어진 머리카락은 지금보다 더 억세고 자신 있게 보이는 거이의 얼굴을 더욱 돋보이게 해주고 있었다.

"행복한 것처럼 보여?"

거이가 물었다.

그녀는 윙크를 하고는 말했다.

"네, 그리고 굉장히 잘생겼고요. 미리엄과 찍은 사진은 없어요?"

그녀는 남은 페이지를 대충 넘겼다.

"없어."

"당신이 이걸 가지고 오셔서 굉장히 기뻐요."

"어머니는 이것이 멕시코에 있는 걸 아신다면 날 그냥 두지 않을 거야."

거이는 앨범을 가방에다 다시 넣었다.

"가족들을 만나는 가장 세련된 방식이지."

"거이, 내가 너무했나요?"

그는 그녀의 슬픈 듯한 어조에 미소를 지었다.

"아냐! 난 조금도 신경 쓰지 않아!"

그는 침대 위에 앉아 그녀를 자기에게로 끌어당겼다. 거이는 둘씩 셋씩, 일요일의 저녁과 파티에서는 한 무더기씩 떼지어 앤의 친척들을 만났었다. 얼마나 많은 포크너, 웨들, 그리고 모리슨 집안이 있으며, 그들이 모두 뉴욕 주나 롱아일랜드에 살고 있는가 하는 것이 이 집안의 자랑거리였다. 거이는 그녀에게 친척이 많다는 사실이 마음에 들었다. 작년에 포크너 씨의 집에서 보낸 크리스마스는 정말 재미있었다. 그는 앤의 양볼에 입을 맞춘 다음 그녀의 입술에 키스를 했다. 머리를 숙이자 침대 커버 위에 놓여진 앤의 그림들이 눈에 띄었다. 그는 그것들을 천천히 차곡차곡 챙기기 시작했다. 오늘 오후 무세오 나시오네일을 방문하고 난 다음 앤이 떠오른 디자인을 스케치한 것이었다. 거이가 그린 스케치와 비슷하게 그녀의 스케치는 선이 검고 명확했다.

"난 집에 관해 생각하고 있는 중이야, 앤."
"당신은 그 집이 컸으면 좋겠어요?"
그는 웃었다.
"응."
"그럼 큰 집으로 하죠."
그녀는 그의 팔 안에서 긴장을 풀었다. 그들은 마치 한 사람인 것처럼 둘 다 한숨을 내쉬었고, 거이가 그녀를 더 꼭 껴안자 앤이 슬며시 웃었다.
앤이 집 크기에 관해서 찬성한 것은 처음이었다. 집은 Y형으로 만들 것인데, 문제는 앞쪽 팔을 없앨 것인가 말 것인가 하는 것이었다. 그러나 거이의 머릿속에서는 두 팔을 다 지어야 한다는 생각만이 자리잡았다. 2만 달러 이상의 많은 돈이 들게 되겠지만, 팜 비치 일에서 돈이 들어올 터였다. 그 일은 보수가 좋을 거라고 거이는 기대했다. 앤의 아버지가 그들의 결혼 선물로 앞쪽 날개에 들어가는 전 비용을 대겠다고 했지만, 거이에게는 그것은 앞날개를 없애버리는 것만큼이나 생각할 수 없는 일이었다. 그의 눈앞에 집의 모습이 또렷하게 나타났다. 그는 코네티컷 주에 있는 앨튼이라 불리는 마을에서 본 하얀 바위에서 집의 이미지를 착안했다. 마치 연금술로 바위에서 만들어낸 크리스탈처럼, 그 집은 기다랗고 낮은 단층집이었다.
"그 집은 크리스탈이라 불러도 될 거야."
거이가 말했다.
앤은 깊이 생각해 보듯이 천장을 올려다보았다.
"난 집에 이름 붙이는 건 그다지 좋아하지 않아요. 아마 크리스탈이라는 이름 자체를 좋아하지 않는 건지도 모르겠어요."
거이는 약간 언짢았다.
"그게 '앨튼'보다는 훨씬 낫잖아. 그렇고 그런 따분한 이름보단 말이야! 당신에게는 늘 뉴잉글랜드뿐이군. 이젠 텍사스를 가져야지."
"좋아요. 당신은 텍사스를 가져요. 난 뉴잉글랜드를 가질 테니."

앤은 거이를 멈추어 세우고는 웃었다. 실제로는 그녀는 텍사스를 좋아했고, 거이는 뉴잉글랜드를 좋아했다.

거이는 전화기를 쳐다봤다. 왠지 전화벨이 울릴 것 같은 묘한 예감이 들었다. 마치 자기가 어떤 부드러운 행복감을 느끼도록 해주는 약을 먹은 것처럼 머릿속이 약간 어지러웠다. 앤은 멕시코 시티에서 사람들이 그렇게 느끼게 되는 것은 바로 고도 때문이라고 말했다.

"마치 오늘 밤 미리엄에게 전화를 걸어서 모든 게 제대로 될 것 같다고 말할 수 있을 것 같군."

거이는 천천히 말했다.

"그게 올바른 일이라고 말할 수 있단 말이야."

"저기 전화가 있군요."

앤이 진짜 심각하게 말했다.

몇 분이 지났고, 거이는 앤이 한숨쉬는 소리를 들었다.

"몇 시예요?"

일어서면서 그녀가 물었다.

"엄마에게 12시까지는 돌아가겠다고 말했거든요."

"11시 7분."

"배고프지 않으세요?"

그들은 아래층 식당에 무엇을 좀 가져오라고 주문했다. 햄과 달걀을 구별할 수조차 없는 주홍색 일색의 음식이었지만, 음식은 그런 대로 괜찮았다.

"난 당신이 멕시코에 와서 정말 기뻐요."

앤이 말했다.

"나는 멕시코는 잘 알고 있지만 당신은 모르고 있잖아요? 그래서 당신이 알았으면 하고 늘 생각해 왔었어요. 멕시코 시티는 다른 곳들과는 달라요."

천천히 먹으면서 그녀는 말을 계속했다.

"나는 파리나 비엔나와 마찬가지로 이곳에 대한 향수를 가지고 있어요. 이곳에서 당신에게 어떤 일이 생길지라도 당신은 꼭 돌아오고 싶어할 거예요."

거이는 얼굴을 찌푸렸다. 그는 캐나다 기술자인 로버트 트리처와 함께 둘 다 돈이 하나도 없었던 어느 여름에 파리와 비엔나에 갔었던 적이 있었다. 그곳들은 앤이 알고 있었던 파리와 비엔나가 아니었다. 그는 앤에게서 받은 버터를 두른 달콤한 롤케이크를 내려다보았다. 때때로 거이는 앤이 겪어 본 모든 경험과 어린 시절에 있었던 일들에 관해 하나하나 낱낱이 알고 싶어지곤 했다.

"그게 무슨 의미야? '이곳에서 나에게 어떤 일이 생길지라도'라니?"

"내 말은 당신이 이곳에 아무리 구역질이 나는 일을 겪더라도 말이에요. 예를 들면, 강도를 만났다든지."

앤은 거이를 올려다보고는 미소를 지었다. 그러나 램프 불빛이 초승달 모양의 그림자를 만들며 그녀의 푸른 눈에 광채를 주었다. 빛은 또 그녀의 얼굴에 신비로운 슬픈 빛을 던져 주었다.

"그것을 매혹적으로 만드는 것은 바로 콘트라스트, 즉 다른 것과 대조되는 것이에요. 놀라울 정도로 대조되는 점을 지닌 사람들처럼 말이죠."

거이는 그녀를 바라보았다. 그의 손가락은 커피잔의 손잡이에서 구부러졌다. 아마도 그녀가 한 말이 다소 거이에게 열등감을 불어넣어 준 모양이다.

"이거 내가 놀라울 정도로 대조될 만한 것을 갖지 못해 미안한데 그래."

"호호!"

앤은 웃음을 터뜨렸다. 앤의 낯익은 즐거운 웃음소리는 자기를 비웃고 있을 때조차도, 그녀가 굳이 설명하려고 하지 않을 때조차도 거이를 기쁘게 했다.

그는 벌떡 일어섰다.

"케이크 좀 먹겠어? 내가 요술을 부려 케이크가 나타나게 해줄게."

기찬 케이크를 말야!"
 그는 가방 한구석에서 쿠키 상자를 꺼냈다. 그는 그때까지 케이크를 까맣게 잊고 있었다. 그 케이크는 어머니가 구워 주었는데, 아침 먹을 때 거이가 훌륭하다고 한 검은 딸기잼을 바른 것이었다.
 앤은 아래층의 바에 전화를 해서, 그녀가 알고 있던 특별주를 주문했다. 그 술은 거이의 자줏빛 케이크처럼 짙은 자줏빛에다, 손가락보다 크지 않은 포도주잔에 담겨 있었다. 웨이터가 나간 뒤에 그들은 잔을 들었는데, 그때 전화벨이 신경질적으로 여러 번 울렸다.
 "아마 엄마일 거예요."
 앤이 말했다.
 거이는 전화를 받았다. 그는 멀리서 말하는 듯한 소리로 누군가가 교환에게 이야기하는 것을 들었다. 누군가의 목소리는 점점 커져 갔다. 걱정에 찬 날카로운 어머니의 음성이었다.
 "여보세요?"
 "여보세요, 어머니?"
 "거이, 일이 생겼단다."
 "무슨 일인데요?"
 "미리엄 문제야."
 "미리엄이 어째서요?"
 거이는 수화기를 귀에다 바짝 갖다 댔다. 그는 앤을 돌아보면서 그녀의 얼굴색이 변하는 것을 보았다.
 "죽었어. 어젯밤에."
 어머니는 말을 끊었다.
 "아니, 어머니, 뭐라고요?"
 "어젯밤에 일어난 일이야."
 거이가 지금까지 한두 번 밖에 들어 본 적이 없는 날카롭고 신중한 목소리로 어머니가 말했다.
 "거이, 미리엄이 살해당했어."

"살해되었다고요!"

"거이, 뭐라고요?"

앤이 일어나면서 물었다.

"어젯밤에 호수에서 그랬다는구나. 경찰은 아무것도 모른다나봐."

"어머니……."

"거이, 집에 올 수 있겠니?"

"예, 어머니. 어떻게 죽었죠?"

낡아빠진 두 개의 부품에서 정보를 짜내기라도 하듯이 거이는 전화기를 비틀면서 멍청하게 물었다.

"어떻게 죽었나요?"

"목이 졸렸어."

그 말뿐이었다. 그런 다음에 침묵이 흘렀다.

"어머니?"

그가 말을 꺼냈다.

"그게?"

"거이, 무슨 일이에요?"

앤이 거이의 팔을 붙들었다.

"어머니, 가능한 한 빨리 집에 갈게요. 오늘 밤에요. 걱정하지 마세요. 곧 만나 뵙도록 하지요."

그는 천천히 수화기를 놓고는 앤을 돌아보았다.

"미리엄 일이야, 미리엄이 살해되었다는군."

앤이 낮은 소리로 말했다.

"살해되었다고요? 그렇게 말씀하셨어요?"

거이는 고개를 끄덕거렸지만, 뭔가 잘못된 게 있을 거라는 생각이 들었다. 만일 그게 단지 소문일 뿐이라면.

"언제?"

"어젯밤. 어머니가 그러시더군."

"누가 그랬는지 알고 있대요?"

"아니, 오늘 밤에 내가 가 봐야 할 것 같군."
"오, 하느님."
그는 자기 앞에서 꼼짝 않고 서 있는 앤을 바라보았다.
"난 오늘 밤 가봐야겠어."
그는 멍하게 다시 말했다. 그런 다음 거이는 비행기를 예약하러 몸을 돌려 전화기 쪽으로 갔다. 앤이 재빨리 스페인어로 말하며 예약을 해주었다.
그는 짐을 싸기 시작했다. 몇 안 되는 물건을 가방에다 넣는 것 뿐인데도 몇 시간이나 걸리는 것처럼 느껴졌다. 거이는 갈색 책상을 바라보았다. 모든 것을 서랍에서 빼냈는지 알아보려고 멍청하게 바라보았다. 조금 전에 그가 하얀 집의 영상을 보았다던 그 책상에 웃고 있는 얼굴이 나타났다. 처음엔 초승달 같은 입이, 다음엔 얼굴이……. 브루노의 얼굴이었다! 브루노의 혓바닥이 저속하게 윗입술 주위로 구부러졌다. 그는 이마 위의 실같은 머리를 흔들면서 소리 없이 웃어댔다. 거이는 얼굴을 찡그렸다.
"거이, 왜 그래요?"
"아무것도 아냐."
지금 앤에게 자기가 어떻게 보였을까?

제 14 장

 브루노가 그랬다면? 물론 그가 그럴 수는 없겠지만, 그래도 그가 그랬다고 가정해 본다면? 잡히지는 않았을까? 브루노가 그 살인은 둘이 계획한 것이었다고 말해 버렸다면? 브루노가 뭐든지 이야기를 해대며 히스테리컬하게 행동하리라는 것은 쉽게 상상할 수 있었다. 브루노 같은 정신병자가 무슨 말을 할지는 예측이 불가능했다. 거이는 기차에서 나누었던 대화의 희미한 기억들을 떠올려 보았다. 그리고는 혹시 자기가 농담조라도, 아니면 화가 나서, 아니면 술에 취해 엉겁결에 브루노의 미친 착상에 동의하는 말을 하지는 않았는지 기억해내려고 애를 썼다. 아니, 그는 그랬던 적이 없었다. 이 '아니'라는 대답과 함께 거이는 단어 하나하나까지 죄다 기억해낼 수 있는 브루노의 편지를 비교해 보았다. '우리가 두 개의 살인을 위해 가진 아이디어, 그것은 성공할 수 있다고 난 확신합니다. 내가 얼마나 이것을 믿고 있는지는 당신에게 표현할 수 없을 정도입니다.'

 비행기 창을 통해 거이는 칠흑 같은 어둠 속을 내려다보았다. 왜 그는 더 이상 걱정이 되지 않는 걸까? 비행기 몸체의 희미한 실린더 위로 누군가의 담배에서 성냥이 빛을 발했다. 멕시코 담배의 향이 희미하고, 쓰고 그리고 구역질나게 흘러왔다. 그는 시계를 보았다. 4시 25분이었다.

 새벽녘에 그는 잠에 빠졌다. 그는 비행기를 산산조각내 버리고 그의 마음까지 뜯어 조각내어 하늘에다 흩뿌려 버릴 것 같은 모터의 굉음에 몸을 맡겼다. 그는 잠에서 깨어 회색빛을 던지고 있는 아침을 보았고, 그제서야 새로운 생각이 떠올랐다. 미리엄의 애인이 그녀를 죽였을 거라는 생각이었다. 너무나도 분명했고, 너무나도 그럴 듯했다. 서로 말다툼하다가 미리엄을 죽였을 것이다. 그런 경우는 신문에 너무나도 자주 실렸고, 종종 희생자는 미리엄 같은 여자들이었다. 거이가 공항에서 산 테블로이드판 신문 '엘 그래피코'에는—거이는 비행기를 놓칠 뻔하면서까지 찾아보았지만 미국 신문을 구할 수 없었다.—살해당한 어떤 여자의 이야기가 제1면에 실려 있었다. 여자를 죽인 칼을 들고는 씩 웃고 있는 그 여자의 애인인 멕시코 남자의 사진이 나와 있었는데, 거이는 그것을 읽기 시작하다가 둘째 문단에서 싫증이 났다.

사복을 입은 남자 한 명이 메트카프에서 그에게 다가와 몇 가지 질문을 해야 하니 함께 가자고 했다. 그들은 함께 택시를 탔다.

"살인자를 찾았습니까?"

거이가 그에게 물었다.

"아뇨."

그 남자는 지쳐 보였다. 오래된 노드사이드 법원에 있는 다른 기자들과 사무원, 그리고 경찰들처럼 밤을 새우기라도 한 것 같았다. 거이는 커다란 나무로 지어진 방을 한번 둘러보면서 자기도 모르게 브루노를 찾고 있었다. 그가 담배에 불을 붙였을 때, 옆에 있던 남자가 무슨 종류인지 물었다. 거이가 내밀자 그는 한 개비를 받아 들었다. 짐을 챙기면서 호주머니 속에 집어넣었던 앤의 벨몬트 담배였다.

"거이 다니엘 하인즈, 메트카프 시(市) 앰브로스 가 717번지…… 당신은 언제 메트카프를 떠났습니까? 그리고 언제 멕시코 시티에 도착했습니까?"

의자들이 그의 주위로 모였다. 조용했던 타이프라이터가 그의 말을 따라 두드리는 소리를 내기 시작했다.

또 다른 사복 입은 남자가 배지를 달고 윗도리를 열어놓은 채 가까이 걸어왔다.

"당신은 멕시코에 왜 갔었습니까?"

"친구를 만나러요."

"누구죠?"

"포크너 씨 가족입니다. 뉴욕에 있는 알렉스 포크너 씨입니다."

"왜 당신 어머니에게는 어디로 간다고 말하지 않았습니까?"
"말을 했는데요."
"어머니는 당신이 멕시코 시티 어디에서 머물고 있는지 모른다고 하던데요."
그 남자는 단조롭게 거이에게 묻고는 그가 보낸 편지에 관해 언급했다.
"당신은 일요일에 이혼을 요구하는 편지를 부인에게 보냈더군요. 부인은 무어라도 대답했습니까?"
"나와 이야기를 해보고 싶다더군요."
"하지만 당신은 더 이상 부인과 이야기를 나누고 싶지 않다고 했습니다, 그렇지 않나요?"
또렷한 테너 목소리로 경찰관이 물었다.
거이는 젊은 경찰관을 쳐다보았다. 그리고 아무 말도 하지 않았다.
"부인이 가졌던 아이가 당신 아이였습니까?"
그가 대답하려 하자 누군가가 가로막았다.
"당신은 왜 지난주에 텍사스에 와서 부인을 만났습니까?"
"하인즈 씨, 당신은 무척이나 이혼하기를 원했다죠?"
"당신은 앤 포크너를 사랑합니까?"
웃음이 터졌다.
"하인즈 씨, 당신은 부인에게 애인이 있다는 사실을 알고 있었죠? 질투를 느꼈습니까?"
"당신은 이혼하기 위해서 부인이 가졌던 아이만 믿고 있었죠, 그렇지 않은가요?"
"이젠 됐습니다!"
누군가가 말했다.
거이 앞에 사진이 한 장 던져졌다. 기다린 검은 얼굴에, 잘생기고 멍청한 갈색 눈, 남자답게 갈라진 턱이 똑바로 보이기도 전에 그 인상이 분노와 함께 빙빙 돌았다. 영화 배우 같은 그 얼굴이 미리엄의 애인이라는 사실을 어느 누구도 말해 줄 필요가 없었다. 이런 타입의 얼굴을 미리엄은 3년 전에도 좋아했었다.
"아뇨."
거이가 말했다.
"당신은 그 남자와 이야기해 본 적이 있습니까?"
"이젠 됐습니다!"
그의 입가에는 쓸쓸한 미소가 어렸다. 그는 어린애처럼 울어버렸으면 좋겠다고 느꼈다. 그는 법원 앞에서 택시를 불렀다. 집에 가는 길에 '메트카프 스타'지의 1면 더블칼럼을 읽었다.

여인 피살 사건 계속 수사중

6월 12일, 일요일 밤 메트카프 섬에서 정체 모를 괴한에 의해 목이 졸려 살해된 이 도시의 주민 미리엄 조이스 하인즈 부인의 피살 사건에 관한 수사가 계속되고 있다. 2명의 지문 감식 전문가가 오늘 도착하였으며, 이들은 메트카프 호수의 보트 선창가에 있는 몇몇 노와 보트에 있는 지문들을 조사하여 범인을 밝히게 될 것이다. 그러나 경찰과 수사관들은 채취할 수 있는 지문이 흐릿한 점을 우려하고 있다. 어제 오후 수사 당국은 이번 범죄가 미치광이의 소행인 것 같다는 의견을 내놓았다. 범행 현장 부근의 몇몇 발자국들과 알아내기 힘든 지문 밖에는 아직까지 어떠한 결정적인 단서도 찾아내지 못하고 있다.
이번 사건의 수사에서 가장 유력한 증언은 오웬 마크맨에게서 얻어질 것으로 여겨진다. 그는 현재 30살로, 휴스턴에 있는 부두 노동자이며, 피살당한 여자와는 절친한 친구 사이였다.
하인즈 부인의 장례식은 오늘 래밍튼 묘지에서 있을 예정이다. 장례식 행렬은 오늘 오후 2시 정각에 칼리지 가에 있는 하웰 장의사에서 출발하게 된다.

거이는 담배에 불을 붙였다. 손은 여전히 떨리고 있었지만, 약간 나아진 것 같았다. 그는 미친 사람에 의한 짓일지도 모른다는 생각은 해보지도 않았었다. 미치광이에 의해서 저질러진 것이라면 소름끼치는 사고에 불과한 것이다.

거이의 어머니는 손수건으로 관자놀이를 누른 채 거실의 흔들의자에 앉아 있었다. 어머니는 거이가 들어갔을 때 일어나지는 않았지만, 눈이 빠지게 그를 기다리고 있었던 게 분명했다. 거이는 어머니가 울지 않았다는 것을 알고 안심했다. 그는 어머니를 포옹하며 볼에 키스했다.

"난 어제 조이스 부인과 함께 지냈어. 하지만 장례식에는 갈 수가 없구나."

"어머니, 가실 필요 없어요."

그는 시계를 힐끗 보고 나서 이미 2시가 지났음을 알았다. 잠시 동안 그는 미리엄이 산 채로 매장될지도 모르고, 깨어나서 비명을 지르며 반항할지도 모른다고 느꼈다. 그는 돌아서서 손으로 이마를 훔쳤다.

"조이스 부인은 네가 뭐 좀 아는 게 있지 않겠느냐고 묻더구나."

어머니가 부드럽게 말했다.

거이는 다시 어머니 쪽을 바라보았다. 조이스 부인이 자기를 못마땅해한다는 것을 알고 있었다. 거이는 그녀가 어머니에게 그렇게 말했을지도 몰랐기 때문에 그녀가 싫었다.

"어머니, 다시는 그 사람을 만나지 마세요. 그럴 필요가 없어요."

"그래."

"그리고 걱정해 주셔서 고마워요."

2층에 있는 그의 책상 위에서 거이는 3통의 편지와 산타 페 상점의 상표가 붙은 조그맣고 네모난 소포를 보았다. 소포에는 H모양의 은 버클이 달린 좁은 악어 가죽 벨트가 쪽지와 함께 들어 있었다.

우체국으로 가다가 당신의 플라톤 책을 잃어버렸습니다. 이것으로 대신할 수 있었으면 합니다.

찰스

거이는 연필로 적힌 산타 페 호텔에서 보낸 봉투를 집어들었다. 그 안에는 조그만 카드 한 장이 있을 뿐이었다. 카드 뒤에는 이렇게 인쇄되어 있었다.

메트카프는 좋은 도시입니다.

카드를 돌리면서 거이는 기계적으로 읽었다.

24시간 동안 도노반 택시 회사는 비가 오나 개이나 봉사하고 있습니다. 2-3333으로 연락 주십시오.
안전하고 빠르고 편안히 모셔 드립니다.

뒤쪽 안내문 아래쪽은 무언가가 지워져 있었다. 카드를 불빛에 가져가서 들여다보니 간신히 알아볼 수 있었다. '지니'였다. 그것은 메트카프에 있는 택시 회사의 카드였지만, 산타 페에서 부쳐온 것이었다. 아무런 의미도 없고, 아무것도 말해 주지 않는다고 거이는 생각했다. 그는 카드와 봉투와 소포 포장지를 뭉쳐서 쓰레기통에다 버렸다. 그는 자기가 브루노를 역겨워하고 있음을 깨달았다. 그는 쓰레기통의 상자를 열어 벨트도 역시 그 속에 넣어 버렸다. 괜찮은 벨트였지만, 거이는 도마뱀과 뱀가죽은 싫어했다.

그 날 밤 멕시코 시티에서 앤이 그에게 전화를 했다. 그녀는 모든 일을 소상히 알고 싶어했고, 거이도 자기가 알고 있는 것을 모두 말해 주었다.

"누가 그랬는지 의심 가는 사람도 없대요?"

그녀가 물었다.

"그런 것 같아."

"거이, 당신 목소리가 별로 좋지 않군요. 좀 쉬셨어요?"

"아니, 아직은."

그는 지금 그녀에게 브루노에 관하여 이야기해 줄 수는 없었다. 그의 어머니는 어떤 남자가 두 번씩이나 전화를 걸어 거이를 만나 보고 싶어했다고 했는데, 거이는 그가 누구인지 알 수 있었다. 그러나 확신이 설 때까지는 브루노에 관하여 앤에게 말해 줄 수는 없었다. 그는 그런 말을 꺼낼 수조차 없었다.

"우리는 지금 막 진술서를 보냈어요. 당신도 아시겠지만, 당신이 우리와 함께 있었다는 확인서 같은 거 말예요."

그는 경찰관 한 명과 이야기를 나눈 뒤에 그녀에게 전보를 쳤었다.

"조사가 끝나면 모든 일이 다 잘될 거야."

그가 말했다.

그러나 자기가 브루노에 관한 이야기를 앤에게 하지 않았다는 것 때문에 거이는 남은 밤을 괴로워해야 했다. 거이가 앤과 함께 나누고자 했던 것은 공포가 아니었다. 그는 견디기 힘든 죄책감에 사로잡혀 있었다.

오웬 마크맨은 아이가 유산된 뒤 미리엄과 결혼하지 않으려 했으며, 그래서 미리엄은 약혼 불이행으로 그를 고소하려 했다는 것에 관한 보도가 있었다. 미리엄은 정말 사고로 유산된 것이라고 거이의 어머니가 말했다. 조이스 부인의 말에 의하면, 미리엄은 오웬에게서 선물받은 나이트 가운을 특별히 좋아했는데, 그 검은 비단 나이트 가운에 걸려 넘어져 집 아래층으로 떨어졌다고 했다. 거이는 그 이야기를 의심하지 않고 믿었다. 미리엄에 대하여 결코 전에는 한 번도 느껴 본 적이 없었던 연민과 후회의 감정이 그의 마음속에 파고들었다. 그녀는 불쌍하게도 운이 나빴고, 조금도 죄가 없었다.

제 15 장

"7야드를 넘지도 않고 5야드에 못 미치지도 않았어요."
젊은이가 자신만만하게 의자에 앉아서 대답했다.
"아뇨, 난 아무도 보지 못했습니다."
"내 생각에는 15피트 가량인 것 같아요."
넓은 눈을 가진 캐더린 스미드는 마치 지금 막 그 일이 일어나기라도 한 것처럼 겁을 먹고 있었다.
"아마 약간 더 될지도 모르겠어요."
그녀는 살짝 덧붙였다.
"약 30피트였지요. 내가 제일 먼저 보트로 내려갔습니다."
미리엄의 오빠인 랠프 조이스가 말했다. 그의 붉은 머리는 미리엄의 머리와 같았으며, 그도 똑같은 회색빛이 도는 녹색 눈을 가지고 있었다. 그러나 그의 육중하고 네모난 턱은 조금도 닮지 않았다.
"미리엄에게 적이 있다고 말할 수는 없군요. 이런 종류의 일을 저지를 만큼의 원한이 있는 사람은 없다고 생각됩니다."
"난 아무것도 듣지 못했어요."
캐더린 스미드는 머리를 흔들며 진지하게 말했다.
랠프 조이스도 아무 소리도 못 들었다고 이야기했다. 게다가 리처드 슈일러의 확고한 말이 덧붙여졌다.
"소리라고는 조금도 없었습니다."
되풀이되고 되풀이된 진술로 인해 이제 그들은 공포를 느낄 수 없었다. 거이를 위한 비극의 드라마마저 사라져 버렸다. 그것은 마치 그의 마음속을 망치로 못질해대는 것과 같았다. 세 사람이 가까이에 있었다는 것도 이제는 믿을 만한 게 못 되었다. 단지 미치광이만이 굉장히 가까이 다가갔을 것이라고 거이는 생각했다. 그것만이 확실한 것이었다.

"하인즈 부인이 유산한 아이가 당신의 아이입니까?"

"예."

오웬 마크맨은 손을 꽉 움켜쥔 채 단정치 못하게 앞쪽으로 움직였다. 음울하고 비열하며 부끄러워하는 듯한 그의 태도는 사진에서 보았던 용감하고 수려한 용모를 망가뜨려 놓았다. 그는 마치 휴스턴에서 일을 하다 말고 막 온 사람처럼 회색 사슴 가죽 구두를 신고 있었다. 만일 미리엄이 오늘 오웬을 봤다면, 그에 대한 애정을 별로 느끼지는 못했을 것이라고 거이는 생각했다.

"하인즈 부인이 죽기를 바라던 사람을 혹시 알고 계십니까?"

"예, 저 사람."

마크맨은 거이를 가리켰다.

사람들이 거이를 돌아보았다. 거이는 긴장한 채 정말 처음으로 마크맨을 의심하면서 얼굴을 찌푸린 채 그를 똑바로 바라보았다.

"왜 그렇게 생각하죠?"

오웬 마크맨은 오랫동안 머뭇거리고 나서, 뭐라고 중얼거리는 것 같더니 한마디를 내뱉었다.

"질투겠죠."

마크맨은 '질투'에 대한 단 하나의 신빙성 있는 이유도 제시하지 못했지만, 그가 그런 말을 한 뒤로는 사방에서 '질투'라는 단어를 갖다 붙여댔다. 캐더린 스미드 또한, "나도 그렇게 생각해요." 하고 말했다.

거이의 변호사가 킬킬 웃었다. 그는 자기 손에 포크너 집 식구들에게서 받은 진술서를 들고 있었다. 거이는 킬킬 웃는 것을 싫어했다. 그는 언제나 법적 절차를 싫어했다. 그것은 마치 사악한 게임 같았다. 사실을 밝히고자 하는 것이 아니라, 변호사가 다른 사람에게 말로 공격할 수 있는 장소를 공적으로 만들어 주고 또한 그를 전문 용어 위에다 떨어뜨려 놓는 나쁜 게임 같았다.

"당신은 아주 중요한 일거리를 포기했더군요."

검시관이 입을 열었다.

"난 그 일을 포기하지 않았습니다. 그 일을 맡게 되기 전에 내가 원하지 않는다고 적어 보냈습니다."

"당신은 부인이 그곳에 따라가는 게 싫었기 때문에 일을 포기한다는 전보를 쳤죠. 그러나 멕시코에서 부인의 유산 소식을 알자마자, 또 다른 전보를 팜 비치로 보냈습니다. 그 일을 다시 재고해 볼 수 있기를 바란다는 내용이었죠. 왜 그렇게 하셨습니까?"

"왜냐하면 그때는 그녀도 날 따라가지 않으리라고 믿었기 때문입니다. 나는 그녀가 무한정 이혼을 연기하려 할지 모른다고 의심했었거든요. 하지만 그녀를 만나기로 했습니다. 이번 주에 이혼 문제를 의논하려고요."

거이는 이마에서 땀을 닦아내면서 자기 변호사가 한탄조로 입을 오므리는 것을 보았다. 변호사는 거이가 그 일에 관해 마음이 변한 사실을 이혼과 연결시켜 말하는 것을 원하지 않았다. 하지만, 거이는 상관없었다. 그것은 사실이었고, 또 그들은 자기들이 원하는 대로 생각하면 되는 것이다.

"조이스 부인, 사위가 그와 같은 살인을 계획했을 수 있다고 생각합니까?"

"예."

조이스 부인은 머리를 똑바로 들고, 아주 희미하게 떨리는 소리로 말했다. 거이가 늘 보아 오던 그 교활한 듯한 짙은 붉은색 속눈썹은 거의 감겨 있어서, 아무도 그녀의 눈이 어디를 보고 있는지 알 수 없었다.

"그는 이혼을 원했습니다."

얼마 전에 조이스 부인이 했던 말과는 약간 차이가 있었다. 그녀는 자기 딸이 이혼을 원했지만, 거이 하인즈는 여전히 딸을 사랑하고 있었기 때문에 이혼하려 하지 않았다고 말했던 것이다.

"만일 두 사람이 모두 이혼을 원했다면 말이죠, 그렇다면 왜 이혼이 이루어지지 않았습니까? 물론 거이 씨는 이혼을 원했다고 밝혀졌지만 말입니다."

법정에 있던 사람들이 웃었다. 지문 전문가들은 자기들이 조사한 것에서 의견 일치를 보지 못했다. 미리엄이 죽기 전날 그녀가 갔었던 철물점 주인은 미리엄과 함께 왔던 사람이 남자였는지 여자였는지 혼동하는 바람에 더 많은 웃음이 터져 나왔다. 거이의 변호사는 지리적 사실이나 조이스 집안 사람들의 증언의 불일치, 그리고 자기 손에 있는 진술서 등에 관해 열변을 토했다. 거이는 자기 자신의 솔직함만이 어떠한 의심으로부터 그를 벗어나게 할 것이라고 굳게 믿었다.

검시관은 살인이 피살자가 다른 사람에게 알려지지 않은 미치광이에 의해 저질러진 것으로 보인다고 보고서에서 밝혔다. '알려지지 않는 한 사람, 혹은 한 사람 이상'으로 평결이 났고, 사건은 경찰에게로 넘겨졌다.

그 다음 날 거이가 막 집을 출발하려 할 때 전보가 도착했다.

황금빛 서부에서 당신이 하는 모든 일이 잘되길 바랍니다.

이름 모를 사람으로부터

"포크너 씨네 사람들이 보낸 거예요."
거이는 어머니에게 얼른 말했다.
어머니는 미소지었다.
"앤에게 내 아들을 잘 부탁한다고 전해라."
어머니는 거이의 귀를 잡고 부드럽게 끌어당겨 그의 볼에 키스를 했다.

거이가 공항에 도착했을 때에도 브루노의 전보는 여전히 손 안에 뭉쳐져 있었다. 그는 그것을 잘게 찢어 한쪽 끝에 있는 철조망 쓰레기통 속으로 던져 버렸다. 그 종이쪽지들은 햇빛을 받으며 바람에 날리는 색종이같이 신나게 철조망을 통해 바람에 불려 나가, 아스팔트 위를 춤추며 돌아다녔다.

제 16 장

거이는 브루노에 관하여 명확한 해답을 찾고자 고민하다가 집어치워 버렸다. 그가 그랬을까? 아니면 그가 한 게 아닐까? 브루노가 그랬다고는 믿기는 어려웠다. 메트카프 택시 회사의 카드가 뭐가 그리 중요하지? 브루노가 산타 페에서 그와 같은 카드를 얻게 되어 그에게 보냈을 수도 있다. 검시관과 다른 모든 사람들이 믿은 것처럼 미치광이의 소행이 아니라면, 그 범행을 저지른 것은 오웬 마크맨 쪽이 훨씬 더 의심이 가지 않는가?

그는 메트카프와 미리엄, 그리고 브루노에 관한 생각을 일단 접었다. 그리고 팜 비치의 일에 관해 정신을 집중했다. 사업적 수완, 전문 지식, 튼튼한 신체적 조건이 모든 것을 요구하는 일이었다. 거이는 그것을 첫날부터 알 수 있었다. 앤을 제외하고는, 그의 모든 이상적인 목표들, 그것들을 위한 투쟁, 그리고 자신이 이루어 온 조그만 성공들을 빼놓는다면 컨트리 클럽의 그 굉장한 건물과 비교해 볼 때 자신의 과거란 비참하고 더러운 것처럼 보여서, 거이는 그러한 자신의 모든 과거에 마음을 닫아 버렸다. 그리고 새로운 일에 몰두하면 할수록 그는 이전과는 다르고 더 완벽한 형태로 자기가 다시 만들어지는 듯한 느낌을 갖게 되었다.

신문이나 새로운 잡지들이 건축 초기 단계에 있는 본관 건물, 수영장, 목욕실, 테라스 등의 모습을 취재해 갔다. 클럽의 회원들이 기초 공사를 조사하는 모습의 사진도 실렸다. 거이는 그러한 사진 아래에 훌륭한 재창조라는 명분 하에 각자가 기부한 돈의 액수가 적혀 있으리라는 것을 알고 있었다. 때때로 그는 이 일에 대한 자신의 열의가 그 배후에 있는 돈을 의식한 때문은 아닌지, 자신이 늘 가지고 일하고 싶어했던 풍부한 공간과 재료 때문은 아닌지, 끊임없이 그를 집으로 초대하는 부유한 사람들의 감언 때문은 아니었는지 의심해 보았다. 거이는 한 번도 그들의 초대에 응하지 않았다. 그는 다음 겨울에 필요하게 될 조그만 일거리를 잃고 있는 건지도 모른다는 느낌을 받긴 했지만, 대부분의 건축가들이 과정의 문제로 삼고 있는 사회적인 책임감을 자신에게 강요하지는 않았다. 혼자 있고 싶지 않은 오후에는, 버스를 타고 몇 마일 떨어진 곳에 있는 클라런스 브릴하트의 집으로 가서 함께 저녁을 먹고, 음악을 듣고, 이야기도 나누었다. 파미라 클럽 매니저인 클라런스 브릴하트는 은퇴한 중간 브로커로서, 거이가 늘 자기 아버지였으면 좋겠다고 생각했던 키가 크고 머리가 흰 노신사였다. 브릴하트는 도깨비 시장 같은 건축 현장에서도 마치 자기 집에 있기라도 한 듯이 태연했다. 그는 그러한 그의 여유 있는 태도를 존경했다. 거이는 노년에는 자기도 그와 같을 수 있기를 바랐다. 그러나 자기는 행동거지가 빠른 편이었다. 따라서 행동이 점잖지 못하다고 느꼈다.

거이는 대부분의 저녁을 책을 읽거나, 앤에게 긴 편지를 쓰면서 보냈다. 때론 그냥 자 버리기도 했다. 항상 새벽 5시에는 일어나서 하루 종일 화염기나 모르타르, 모종삽을 가지고 일을 했기 때문에 피곤했다. 그는 거의 모든 일꾼들의 이름을 외고 있었다. 그는 각자의 성격들을 판단해서, 건물을 짓는 데 어느 정도 공헌을 하는지 평가했다. "마치 심포니를 지휘하는 것과 같지." 하고 그는 앤에게 보낸 편지 속에 썼다. 땅거미가 질 무렵, 4동(棟)의 흰 건물을 내려다보면서 골프 코스의 덤불에 앉아 파이프 담배를 피울 때, 그는 파미라 계획이 완벽하게 될 것이라고 스스로에게 자부했다. 넓은 대리석을 똑바로 세운 본관 건물을 가로지르는 선들을 보았을 때 그는 그 사실을 확신했다. 피츠버그 백화점은 마지막에 가서 의뢰했던 사람이 창문 면적에 관해 마음을 바꾸는 바람에 망쳤었다. 시카고의 병원 부속 건물도 그가 의도했던 것보다 더 짙은 돌로 배내기(벽 윗부분에 장식으로 두른 돌출부)를 만들어 버리는 바람에 망친 것이라고 거이는 생각했다. 그러나 브릴하트는 한 번도 간섭하려 들지 않았기에 파미라 계획은 애초부터 자기가 생각했던 그대로 완벽하게 되어가고 있었으며, 거이는 이번처럼 완벽하게 되리라 여겨지는 일거리를 그전에는 한 번도 가져 본 적이 없었다.

8월에 거이는 앤을 만나러 북쪽으로 갔다. 앤은 맨해튼의 방직회사 백화점을 디자인하고 있었다. 그녀는 가을에 다른 여자 디자이너와 함께 사무실을 열 계획이라고 했다. 거이가 찾아간 지 나흘째인 마지막 날까지도 둘 다 미리엄에 대해서는 언급하지 않았다. 앤이 거이를 공항까지 태워다 주기 바로 직전에, 둘은 앤의 집 뒤에 있는 시내 옆에 서 있었다.

"거이, 당신은 범인이 마크맨이라고 생각하세요?"

앤이 갑자기 거이에게 물었다. 그리고 거이가 고개를 끄덕이자, "무섭군요. 나도 거의 그렇다고 확신해요." 하고 말했다.

어느 날 저녁, 거이가 브릴하트 씨의 집에서 자신의 가구 딸린 방으로 돌아오자 앤에게서 온 편지와 함께 브루노에게서 온 편지가 그를 기다리고 있었다. 그 편지는 로스앤젤리스에서 온 것을 메트카프에서 거이의 어머니가 다시 보내 준 것이었다. 브루노는 편지에 팜 비치 일을 맡게 된 것을 축하하고, 거이가 성공하길 기원하며, 답장을 보내 주길 간청한다고 적었다. 편지에는 다음과 같은 추신이 덧붙여 있었다.

이 편지에 신경쓰지 말기 바랍니다. 많은 편지를 썼지만 부치지는 않았습니다. 당신 주소를 알아보려고 당신 어머니에게 전화를 드렸지만, 알려 주려고 하지 않으시더군요. 거이, 솔직히 말씀드려 걱정할 것이라고는 하나도 없습니다. 그렇지 않으면 나는 편지를 쓰지도 않았을 겁니다. 신중한 것으로 말하자면 나는 첫째로 꼽힐 수 있답니다. 곧 답장을 주십시오. 나는 얼마 안 있어 하이티 섬으로 갈지도 모르거든요.

당신의 친구이자 숭배자가. C.A.B.

알 수 없는 고통이 천천히 거이의 온몸을 덮쳐 왔다. 방 안에서 혼자 있는 것조차 견딜 수 없었다. 방을 나가 술집에 가서 의식을 잃을 정도로 호밀주를 두 잔이나 마셔 버렸다. 거이는 벌써 세 잔째를 들고 있는 중이었다. 술집 뒤의 거울에 햇볕에 그을린 얼굴을 힐끗 보고서는 거이는 자신의 눈이 부정직하게 뭔가를 숨기고 있는 것 같다고 느꼈다.

'브루노가 한 짓이었군.'

더 이상 의심의 여지도 남지 않았다. 편지는 미치광이의 정신나간 소행으로 여겨 왔던 생각을 단번에 박살내버렸다. 마치 사방의 벽이 무너져 내리는 것 같았다. 거이는 술집 안을 이리저리 둘러보았다.

'브루노가 그랬어……'

거이의 자유에 대해 브루노가 자부심을 느끼고 있으리라는 것은 너무나도 명백했다. 그러나 브루노가 '의도하고' 있는 게 도대체 무엇일까? 거이는 거울 속의 얼굴을 찌푸리며 노려보았다. 그는 자기의 손, 트위드 윗도리의 앞쪽, 플란넬 바지를 차례로 내려다보았다. 그는 오늘 아침에 입었던 이 옷을 지금부터 되어야 할 또 다른 자신을 위해 벗어 던져 버려야겠다고 생각을 했다. 거이는 이제 알았다. 이것은 잠시 뿐인 것이다. 거이는 무슨 일이 일어나고 있는지를 정확히 말할 수는 없지만, 앞으로 자신의 생애는 달라질 것이며, 지금부터라도 달라져야만 한다고 느꼈다.

하지만 브루노가 범행을 했다는 것을 알았음에도 불구하고, 왜 그는 브루노를 고발하지 않고 있는 것일까? 증오와 혐오감말고 브루노에게 느끼는 것은 또 무엇인가? 두려워하고 있는 건가? 거이는 명확히 알지 못했다.

그는 앤에게 전화하고 싶은 충동을 꾹꾹 누르고 있다가, 마침내 더 이상은 참을 수 없게 되자 그 날 새벽 3시에 전화를 걸었다. 어둠 속에서 침대에 드러누운 채 그녀에게 차분히 이야기를 했으나, 혼해빠진 일들만 늘어놓을 뿐이었다. 한번은 웃어대기까지 했다. 거이는 전화를 끊고 나서 앤이 아무것도 눈치채지 못했으리라고 생각했다. 그는 자신이 다소 무시당한 듯이 느껴졌다.

어머니가 편지로 필이라는 남자가 전화를 해서 거이와의 연락 방법을 물어 왔다는 사실을 알려 주었다. 그의 어머니는 혹시 미리엄과 관계가 있는 사람은 아닌가 하고 걱정했으며, 경찰에 이야기를 해야 하는지 말아야 하는지를 고민한 듯했다.

거이는 답장을 보냈다.

'성가시게 전화를 한 그 사람을 알아냈습니다. 시카고에 있을 때 알고 지내던 친구인데, 필 존슨이라는 사람입니다.'

제17장

"찰스, 이게 모두 무슨 신문 조각들이냐?"
"내 친구예요, 어머니!"
브루노는 욕실 문 사이로 고함을 질렀다. 그는 물을 더욱 세차게 틀어놓고서, 욕조에 기대어 밝은색 납으로 덮어씌운 하수구 마개를 똑바로 노려보고 있었다. 잠시 뒤에, 그는 옷상자 속의 타월 아래에 두었던 스카치 병으로 손을 뻗었다. 하이볼 잔을 들고 있으니 어쩐지 기분이 나빠져서, 그는 새로 생긴 스모킹 자켓(담배 피울 때 입는 실내용 상의)의 소매에 달린 은색 술을 쳐다보며 잠시 시간을 보냈다. 브루노는 그 자켓을 너무 좋아해서 목욕할 때 입는 옷으로도 썼다. 거울 속에 비친 그는 부유한 계층의 분별 없고 신비스런 모험을 좋아하는 청년으로도, 유머와 깊이가 있으며 힘과 부드러움을 지닌 청년으로도 보였다. 그야말로 두 개의 삶을 지닌 청년의 얼굴이었다. 그는 엄지손가락과 다른 네 손가락 사이에 유리잔을 조심스레 들고 황제가 건배하는 듯한 태도로 자기에게 건배했다.

"찰스?"
"어머니, 1분만요!"
그는 욕실을 사납게 둘러보았다. 창이라고는 하나도 없었다. 최근에는 1주일에 두 번 정도는 그런 일이 일어났다. 아침에 일어난지 30분쯤 지나면 브루노는 마치 누군가가 자기 가슴 위에 무릎을 놓고 올라타서 자기가 숨을 쉴 수 없도록 짓누르는 것처럼 느껴졌다. 그는 눈을 감고는 최대한으로 공기를 들이마신 다음 내뱉었다. 그리고 나서 술을 마셨다. 술은 마치 그의 몸을 쓸어 내려가는 손과도 같이 팔딱거리고 있는 신경을 편안히 해주었다. 그는 몸을 똑바로 세우고 문을 열었다.

"면도했어요."

브루노가 말했다.

어머니는 테니스 반바지를 입은 채 신문 조각들이 널려 있는 브루노의 침대 위로 몸을 숙였다.

"이 여자가 누구니?"

"뉴욕에서 오는 기차에서 만난 사람의 부인이에요. 거이 하인즈라는 사람의 부인이에요."

브루노는 미소지었다. 그는 거이의 이름을 말하는 게 좋겠다고 생각했다.

"재미있죠? 아직 범인을 잡지 못했다는군요."

"아마 미치광이의 짓이겠지." 하며 어머니는 한숨을 지었다.

브루노는 얼굴이 진지해졌다.

"오, 난 그런 말 자체를 의심하고 있어요. 상황이 너무 복잡하거든요."

엘시는 똑바로 서서 벨트 속으로 엄지손가락을 밀어넣었다. 벨트 바로 아래에 있던 불룩하게 나왔던 살이 빠지고 없었다. 그녀는 가느다란 무릎 아래까지는 20살의 처녀만큼이나 말쑥하고 날씬했다.

"네 친구 거이는 아주 잘생겼구나."

"어머니가 본 사람 중에서는 제일 잘생겼을걸요. 그 사람이 이런 일에 관련된 것이 부끄러운 일이죠. 그 사람은 2년 동안이나 아내를 못 만나 봤다고 하더군요. 내가 살인자가 아닌 것처럼 거이도 분명히 살인자는 아니죠!"

브루노는 자기가 무심코 내뱉은 농담에 슬쩍 웃고는 그것을 덮어 버리기 위해 덧붙였다.

"그 사람 부인은 굉장히 놀아나는 여자였다나 봐요."

"얘야."

그녀는 술이 달린 그의 옷깃을 잡았다.

"당분간 네가 쓰는 말 좀 조심하지 않을래? 할머니가 가끔씩 겁을 집어먹는 것 같더라."

"할머니는 그게 무슨 말인지도 모를 건데요 뭐."

브루노는 뚱하게 내뱉었다.

엘시는 머리를 뒤로 돌리고 날카로운 소리를 질렀다.

"어머니, 너무 햇빛을 많이 쬐는 것 같아요. 어머니 얼굴이 그렇게 시커멓게 되는 건 마음에 안 들어요."

"난 너의 그 창백한 얼굴이 마음에 안 드는걸."

브루노는 찌푸렸다. 그의 어머니 이마에 있는 가죽 같은 것이 브루노를 고통스럽게 만들었다. 그는 갑자기 그녀의 볼에다 키스를 했다.

"오늘은 어떤 일이 있어도 30분 동안 일광욕을 하겠다고 약속을 해라. 사람들은 캘리포니아까지 수천 마일을 날아서 오는데, 넌 여기 있으면서도 그냥 집에만 앉아 있으니 원!"

브루노는 코 아래를 찡그렸다.

"어머니, 어머니는 내 친구에게 관심도 없군요!"

"난 네 친구에게 관심이 있어. 하지만 그 사람에 관해서 내게 아무런 이야기도 하지 않았잖니."

브루노는 쑥스러운 듯이 미소를 지었다. 그래, 그는 대단히 훌륭했다. 오늘 처음으로 그는 신문 조각들을 방에다 펼쳐놓았다. 이제 자기도, 또 거이도 모두 안전하리라고 확신했기 때문이다. 만일 그가 지금 거이에 관해서 15분간 말을 하더라도, 그의 어머니는 아마도 곧 깡그리 잊어버리게 될 것이다. 그녀가 잊어버리는 게 필요하다면 말이다.

"어머니, 저기에 있는 것 모두 읽어 봤나요?"

브루노는 침대 쪽으로 고개를 끄덕였다.

"아니, 전부는 읽지 않았다. 오늘 아침엔 몇 잔이나 마셨니?"

"한 잔요."

"두 잔 마신 것 같은데."

"그래요, 어머니. 두 잔 마셨어요."

"애야, 아침에 술을 마시는 것은 좀 삼가렴. 아침부터 마셔대면 끝장이야. 난 알콜 중독자를 여러 명 보아 왔어."

"알콜 중독자란 구역질나는 말이에요."

브루노는 방을 천천히 다시 돌기 시작했다.

"어머니, 술을 좀 마셨더니 기분이 나아졌어요. 어머니도 그러셨잖아요. 내가 더 쾌활해졌고 식욕도 나아졌다고요. 스카치는 아주 순한 술인걸요. 다른 사람들도 그러더라고요."

"어젯밤엔 술을 많이 마셨더구나. 할머니도 그걸 알고 있어. 할머니가 알아차리지 못하리라곤 생각지 마, 알겠니?"

"어젯밤에 대해선 묻지 마세요."

브루노는 씩 웃고는 손을 내저었다.

"새미가 오늘 아침에 올 거야. 옷 입고 내려와서 우리가 게임하는 것 좀 점수를 매겨 주렴."

"새미만 보면 괴로운데요."

그녀는 마치 듣지 못했다는 듯이 즐겁게 문 쪽으로 걸어갔다.

"얘야, 어쨌든 오늘은 일광욕을 하겠다는 약속을 하렴."

그는 고개를 끄덕이면서, 메마른 입술을 적셨다. 문을 닫으면서 어머니가 웃어 보였을 때도 그는 웃지 않았다. 왜냐하면 갑자기 검은 뚜껑이 그에게 떨어져 버린 듯이 느껴져서, 너무 늦어 버리기 전에 무엇인가로부터 달아나야 할 것 같았기 때문이다. 너무 늦기 전에 거이를 만나 봐야지! 너무 늦기 전에 아버지를 없애 버려야만 해! 그는 해치워야 할 일거리가 있었다. 브루노는 이곳에 있고 싶지 않았다. 루이스 퀸즈에 있는 자기 집과 똑같이 가구가 배치된 할머니 집에는! 그러나 브루노는 스스로 어느 곳에 있고 싶은지는 알지 못했다. 하지만 어머니에게서 멀리 떨어져 있다면 행복하지는 않을 것이다. 그는 아랫입술을 깨물고 얼굴을 찌푸렸다. 왜 어머니가 그에게 아침에는 술을 마실 필요가 없다고 말을 했을까? 그는 하루 중 다른 어떤 때보다도 아침에 한 잔이 더 필요했다. 그는 어깨를 천천히 이리저리 둘러보고 구부려도 보았다. 왜 그가 기분이 가라앉아 있어야만 하는가? 침대 위에 있는 신문 조각들은 자기와 관련된 것이었다. 여러 주가 지났고, 멍청한 경찰은 자기에 관해서는 아무것도 모르고 있었다. 구두 발자국만 제외하고는 아무것도 알아내지 못하고 있었으며, 게다가 그는 신발을 오래 전에 던져 없애버렸던 것이다! 지난 주에 윌슨과 함께 갔던 샌프란시스코 호텔의 파티 같은 것은 아무것도 아니다. 지금이라도 함께 축하해 줄 거이만 있다면 말이다. 완전 범죄! 200명 가량의 사람들이 주위에 있는 섬에서 과연 몇 사람이 자기처럼 완벽하게 살인을 해치울 수 있을까?

그는 신문에서 흔히 보는, '그것이 어떤 것인지 알아보려고' 살인을 하는 멍청한 사람과는 달랐다. 그리고 때때로 구역질나는 것을 제외하고는, '내가 기대했던 것만큼 좋지는 않았다'하고 말하는 잔인한 종류의 마음도 결코 갖고 있지 않았다. 만일 그가 인터뷰를 갖는다면, '정말 굉장했어요! 세상에 그런 일은 또 없을걸요!' 하고 말할 것이다.

"브루노 씨, 그런 일을 한 번 더 하실 생각은 없습니까?"

"아마 있을 겁니다."

마치 북극 탐험가가 내년에 다시 북쪽으로 올라갈 것인지 질문받을 때처럼, 신중하게 사색이라도 하는 듯이 그는 기자에게 답할 것이다.

"당신이 느꼈던 그때의 기분을 조금 말씀해 주실 수 있겠습니까?"

세상 사람들이 그의 첫 한마디를 기다리는 동안, 그는 마이크를 자기 쪽으로 끌어당기며, 고개를 똑바로 쳐든 다음 깊은 생각에 잠길 것이다. 어떤 느낌을 받았던가?

"음, 단지 그냥 느꼈을 뿐이었소. 아시겠소? 게다가 다른 어떤 것과도 비교할 수 없지. 그 여자는 쓰레기같이 썩어빠진 속물이었잖소, 아시겠소? 날뛰는 쥐새끼 한 마리를 죽여 버리는 것과 똑같았단 말이오. 단지 그 여자가 사람이었기 때문에 내가 한 짓이 살인이 될 뿐이지. 그녀를 만졌을 때 따뜻했던 것 자체가 혐오스럽기 짝이 없었고, 내가 손을 뗴었을 땐 갑자기 열이 식어버리는 것 같았지요. 그리고 나서 바로 그 자리를 떴는데, 그 여잔 오싹 소름끼칠 정도로 싸늘하게 되었소. 원래의 그 여자의 본 모습처럼 말이오."

"브루노 씨, 소름끼친다고요?"
"예, 소름 끼치지요."
"당신은 시체가 소름끼친다고 생각합니까?"
 브루노는 얼굴을 찌푸렸다. 아니, 그는 시체가 소름끼친다고 생각한 것은 정말 아니었다. 만일 죽음을 당한 사람이 미리엄만큼 악했다면, 사람들은 그 시체를 기꺼이 보려 하지 않을까?
"브루노 씨, 힘은 들지 않았나요? 어땠지요?"
 아, 그래. 그땐 정말이지 굉장한 힘이 들었지. 바로 그것이었다. 그는 한 생명을 앗아가 버렸던 것이다. 그 날 밤 그곳에는 위험이 있었다. 그의 손의 고통과 그녀가 낼지도 모를 비명에 대한 두려움이 있었지만 그녀에게도 생명이 있다는 사실을 깨닫고 나자 그 밖의 다른 모든 것들은 사라져 버렸다. 유일하고도 신비롭기만 한 사실, 즉 생명을 멈추게 할 수 있다는 신비와 기적만이 남아 있었다. 흔히들 탄생의 신비와 생명의 출발에 대한 신비에 관해 이야기를 하지만, 그것을 어떻게 정확하게 설명할 수 있겠는가! 두 개의 살아 있는 생식 세포에서 나온 생명! 그리고 생명을 정지시켜버리는 신비는 또 어떤 것인가? 그가 그녀의 목을 꼭 눌렀다고 해서 왜 목숨이 끊어져 버려야만 하는가? 하여튼 생명이란 무엇이며 그가 손을 떼었을 때 미리엄이 느낀 것은 무엇이었을까? 그 여자는 이제 어디에 있는 걸까?
 브루노는 사후의 세계를 믿지 않았다. 그 여자의 생명은 멈추었고, 그것이 바로 기적이었다. 오, 그는 기자회견에서 정말 많은 것을 이야기할 수 있을 것이다!
"당신이 죽인 사람이 여자였다는 것이 당신에게 중요한 의미를 줍니까?"
 어디서 이런 질문이 나왔지? 브루노는 잠시 머뭇거리다가 다시 평정을 되찾았다. 그녀가 여자였다는 사실은 그에게 보다 큰 즐거움을 주었다. 하지만 그렇다고 해서 그의 즐거움은 성적인 것은 아니었다. 그렇다고 그가 여자를 미워한 것도 아니다. 오히려 그 반대였다!

'아시겠지만, 애증은 같은 거요.'

누가 그런 말을 했던가? 그는 그것을 믿지 않았다. 단지 그가 말하고자 했던 것은, 만일 남자를 죽였다면 그렇게까지 신나지는 않았으리라는 것이다. 그 사람이 자기 아버지가 아닌 바에야.

전화가…….

브루노는 전화를 노려보았다. 전화가 올 때마다 거이일 것만 같았다. 그는 지금 잘 설치된 두 대의 전화로 거이에게 연락할 수도 있지만, 거이는 귀찮아할 것이다. 거이는 여전히 신경이 곤두서 있을지도 모른다. 그는 거이가 편지를 보내 오기만을 기다렸다. 거이는 지난주가 끝날 무렵 편지를 받았을 테니, 이제 편지가 언제라도 오긴 오게 되겠지.

그의 행복감을 완벽하게 만드는 데 필요한 것은 오로지 거이의 목소리를 듣는 것뿐이었다. 거이에게서 자기가 지금 행복하다는 말 한 마디만 들으면 되는 것이다. 이제 브루노와 거이는 형제보다도 더 가깝게 된 것이다. 그가 지금 거이를 좋아하고 있는 것만큼 자기 형제들을 사랑하는 사람이 과연 얼마나 될까?

브루노는 창밖으로 다리 하나를 내려뜨려 놓고는 쇠로 만든 발코니 위에 올라섰다. 아침의 햇살이 기분을 포근하게 해주었다. 잔디는 마치 골프 코스처럼 바다까지 죽 넓고 평탄했다. 그때 새미 프랭클린이 눈에 띄었다. 그는 라켓을 늘어뜨리고서 하얀 테니스 옷을 입은 채 그의 어머니 쪽으로 씩 웃으면서 가고 있었다. 새미는 몸집이 크고 흐늘흐늘해서 한 대 얻어맞은 권투 선수 같았다. 그는 브루노에게 또 다른 헐리우드의 엉터리 배우를 생각나게 해주었다. 그 사람은 3년 전부터 그의 어머니에게 매달려 다녔던 사람이다. 알렉산더 핍스. 어째서 그런 엉터리 같은 이름들을 기억하고 있는 거지? 브루노는 새미가 그의 어머니 쪽으로 손을 내밀면서 킬킬거리는 소리를 듣게 되자 꼭꼭 묻어 두었던 적대감이 그의 마음 속에서 꿈틀거리며 움직이는 것을 느꼈다. 살인. 브루노는 새미의 넓은 플란넬 윗도리 등판에서 경멸적으로 눈을 떼고는 좌우로 경치를 둘러봤다. 펠리컨 두 마리가 느린 동작으로 울타리를 넘어 날아 올라 잔디 위로 쿵 하고 떨어져 내렸다. 저 멀리 옅은 물 위에는 돛단배가 보였다. 3년 전에 할머니에게 돛단배를 사 달라고 졸라댔으나, 돛단배를 가지게 되니 그는 그것을 타보고 싶은 마음은 한 번도 들지 않았었다.

테니스 공들이 갈색 벽토를 바른 집의 모퉁이에서 왔다갔다했다. 아래층에서 시계 종소리가 났기에, 브루노는 방으로 들어가서 지금이 몇 시인지 보았다. 브루노는 우연히 시계를 보고, 생각했던 것보다 시간이 빨리 지나간 것을 보는 걸 좋아했다. 브루노는 정오까지 거이에게서 편지가 오지 않으면 샌프란시스코 행 열차를 타야겠다고 생각했다. 그러나 샌프란시스코에 대한 그의 마지막 기억은 별로 유쾌한 것이 아니었다. 윌슨이 이탈리아 친구 둘을 호텔로 데리고 올라 왔기에 브루노는 그들의 저녁과 호밀주까지 모두 지불했다. 그들은 브루노의 전화로 시카고에다 전화를 했다. 호텔에서는 메트카프에 두 번 전화한 것으로 기록되어 있었지만, 브루노는 두 번째 전화에 대해서는 전혀 기억해낼 수 없었다. 게다가 마지막 날에는 계산서에 나온 것보다 20달러가 부족했다. 브루노는 가지고 있는 수표도 없었다. 그 도시에서 가장 좋다는 호텔이었는데도 불구하고 호텔 측에서는 그의 어머니가 와서 돈을 다 지불할 때까지 가방을 맡아 두겠다고 했다. 그는 샌프란시스코에는 가고 싶지 않았다.

"찰스 있니?"

그의 할머니가 높고 달콤한 음성으로 부르는 소리가 들렸다.

그는 문손잡이가 움직이는 것을 보면서 무심결에 침대 위에 놓아둔 신문 조각들 쪽으로 움직이다가, 얼른 목욕탕 쪽으로 몸을 돌려 버렸다. 그는 가루 치약을 입 속에다 넣고 흔들었다. 그의 할머니는 클론다이크의 말라빠진 효모 같은 술 냄새를 맡을 수 있었다.

"애야, 나와 함께 아침 먹을 준비가 안 되었니?" 하고 할머니가 물었다.

그는 머리를 빗으면서 밖으로 나왔다.
"이런, 벌써 옷을 다 입으셨군요!"
할머니는 마치 패션 모델처럼 조그마한 몸을 건들거리며 부르노의 주위를 한 번 돌았고, 그는 싱긋 웃어 보였다. 그는 분홍색 공단을 댄 검은색 레이스가 달린 드레스가 마음에 들었다.
"저쪽에 있는 발코니처럼 보이는데요."
"고맙다, 찰스. 오늘 아침 느지막하게 시내에 갈 거다. 내 생각으로는, 너도 나랑 함께 가고 싶어할 것 같은데."
"예, 그래도 된다면은요. 정말 가고 싶어요, 할머니."
그는 점잖게 말했다.
"오, 내 타임지를 오려 낸 게 바로 너로구나! 난 하인들이 그랬는 줄 알았지. 오늘 아침엔 어지간히도 빨리 일어난 게로구나."
"그래요."
그가 말했다.
"내가 어렸을 적엔 스크랩을 만들려고 신문에서 시를 오려내곤 했었지. 눈에 띄는 대로 모조리 오려 스크랩을 만들었단다. 그런데 넌 이걸로 뭘 하려고?"
"아, 그냥 가지고 있으려고요."
"스크랩을 만들지는 않을 거냐?"
"아뇨."
할머니가 브루노를 쳐다보자, 그는 그녀가 신문 조각들을 봐 주길 바랐다.
"오, 이런. 아직도 넌 어린애로구나!"
그녀는 브루노의 볼을 꼬집었다.
"아직도 솜털이 턱에 나 있어! 난 네 어미가 왜 네 걱정을 하는지 이유를 모르겠구나."
"어머니는 걱정 안 해요."
"넌 아직도 더 커야 하는데. 내려가서 나랑 아침을 먹도록 하자. 그래, 잠옷 입은 그대로도 괜찮아."

브루노는 계단을 내려가면서 할머니의 팔짱을 꼈다.

"난 쇼핑할 게 좀 있단다."

커피를 부으면서 할머니가 말했다.

"그런 다음에 멋진 것을 할 수 있을 거야. 재미나는 영화를 본다거나—살인이 나오는 그런 것 말이야. 아니면 유원지에 가거나. 난 오랫동안 유원지에 가 보질 못했구나!"

브루노의 눈이 갑자기 커졌다.

"어떤 게 좋을 것 같니? 뭐, 거기 가서 영화를 볼 수도 있지."

"난 유원지에 가고 싶은데요, 할머니."

브루노는 그 날 재미있게 보냈다. 할머니가 차에 타고 내리는 것을 도와 드리고, 할머니가 할 만한 것도, 먹을 만한 것도 그다지 많지 않았지만 그런 대로 유원지를 안내해 드리며 다녔다. 그러다 둘이 함께 회전 방주를 탔다. 브루노는 할머니에게 메트카프에 있는 커다란 회전 방주에 관하여 이야기해 주었지만, 할머니는 브루노가 그곳에 언제 갔었는지는 묻지 않았다.

그들이 집에 돌아왔을 때에도 새미 프랭클린은 저녁을 기다리면서 여전히 집에 있었다. 그를 보자마자 브루노는 눈살을 찌푸렸다. 할머니도 자기만큼 새미를 마음에 들어 하지 않는 것을 알고 있었기에, 브루노는 갑자기 그녀의 상냥한 마음씨를 느꼈다. 왜냐하면 할머니는 늘 아무런 불평 없이 새미를 접대했을 뿐만 아니라 어머니가 데려오는 어떠한 잡종들도 묵묵히 받아들였기 때문이다. 하루 종일 그와 어머니가 무얼 했을까? 그들은 영화를, 새미가 나오는 영화를 보러 갔다 왔다고 말했다.

위층 그의 방에는 편지가 와 있었다. 브루노는 위층으로 달려갔다. 플로리다에서 온 편지였다. 그는 마구 떨리는 손으로 편지를 뜯었다. 그는 한번도 이처럼 지독히 편지를 기다려 본 적은 없었다. 그가 캠프에 가서 어머니의 편지를 기다렸던 때에도 이처럼 간절하지는 않았다.

제17장 149

찰스 씨, 나로서는 당신이 보내신 편지의 내용이 이해되지 않으며, 당신이 내게 그토록 관심을 갖는 것 또한 이해할 수가 없습니다. 난 당신을 아주 조금밖에 알지 못하며, 우리가 우정이라는 걸 내세울 만한 근거가 있는지도 확신하지 못하고 있습니다. 우리 어머니에게 다시는 전화를 걸지 말아 주십시오. 그리고 나에게도 연락하지 말아 주십시오.

내게 책을 돌려주려고 애쓰셨던 점에는 감사 드립니다. 하지만 책을 잃어버린 것은 그다지 중요하지 않습니다.

9월 6일
거이 하인즈

브루노는 편지를 더 가까이 대고 다시 읽었다. 그의 눈은 몇몇 단어 위에서 믿을 수 없다는 듯이 머물렀다. 그의 뾰족한 혀가 윗입술로 뻗어나왔다가 쏙 들어갔다. 그는 무언가를 빼앗겨 버린 듯이 느껴졌다. 슬픔 같은, 아니 죽음과 같은 느낌이었다. 아니 그보다 더 나빴다! 그는 가구들을 증오하며, 그가 지닌 것들을 혐오하며 자기 방을 휘둘러 보았다. 고통이 가슴 한복판에 자리잡아서, 그는 울음을 터뜨렸다.

저녁을 먹은 뒤 새미 프랭클린과 그는 베르뭇(백포도주의 일종)을 가지고 논쟁을 했다. 새미는 비록 자기가 마티니를 마시는 사람은 아니지만, 베르뭇은 마르면 마를수록 마티니에다 담가야 한다고 말했다. 브루노는 자기 또한 마티니를 마시는 사람은 아니지만, 자기는 그보다 더 잘 안다고 말했다.

논쟁은 할머니가 잘 자라는 인사를 하고 들어가 버린 뒤에도 계속되었다.

어두워진 2층의 테라스의 흔들의자에 어머니는 앉아 있었고, 브루노와 새미는 난간 옆에 서 있었다.

브루노는 자기의 주장을 증명해 보이려고 재료들을 가지러 술병 있는 곳으로 달려 내려갔다. 그들은 둘 다 마티니를 만들어 맛을 보았다. 브루노가 옳다는 것이 명백한데도 새미는 계속 고집을 부리면서, 마치 자기가 한 말이 자기 의중에는 없었던 거라는 듯이 킬킬거리며 웃었다. 이것이 브루노를 참지 못하게 만들었다.

"뉴욕에 가서 뭘 좀 배우세요!" 하고 브루노가 소리질렀다. 그의 어머니가 막 테라스를 떠난 뒤였다.

"자네가 옳다는 걸 어떻게 알겠는가?"

새미가 반박했다. 달빛으로 인하여 그의 뚱뚱하고 조소하는 듯한 얼굴이 푸른빛 감도는 녹색과 노란색이 되어 마치 고건졸라 치즈같이 보였다.

"자네는 하루 종일 절여 놓기라도 한 듯 술에 푹 빠져 있구먼. 자네……."

브루노는 새미의 셔츠 앞쪽을 잡고는 난간 뒤쪽 너머로 밀어 붙였다. 새미의 다리가 타일 바닥 위에서 덜커덕거렸다. 그의 셔츠가 찢어졌다. 그가 안전하게 옆쪽으로 몸을 틀어 비켜났을 때는 멍이 한 개 그의 얼굴 위에 남아 있었고, 그것은 허옇고 노란색을 띠었다.

"대…… 대체 자네 이게 무슨 짓인가?"

그는 소리질렀다.

"하마터면 날 밀어 떨어뜨릴 뻔했어, 안 그래?"

"아뇨, 그렇지 않아요!"

브루노는 새미보다 더 큰 소리로 찢어질 듯 소리질렀다. 갑자기 그는 오늘 아침처럼 숨을 쉴 수가 없었다. 그는 뻣뻣하고 땀에 젖은 손을 얼굴에서 떼어냈다. 그는 살인을 저지른 적이 있었잖은가? 왜 또 다른 살인을 저질러야 하는가? 그러나 그는 새미가 요 바로 아래 쇠로 된 울타리의 뾰족침 위에서 허우적거리는 것을 보았고, 또 새미가 그곳에 떨어지길 바랬었다. 그는 새미가 하이볼을 빨리 휘젓는 소리를 들었다. 브루노는 프렌치 도어의 문지방을 비틀거리며 넘어 집 안으로 들어갔다.
"거기 있어!"
브루노의 뒤에서 새미가 소리질렀다.
흥분해서 떨리는 새미의 목소리에 브루노는 겁이 나서 심장이 마구 뛰었다. 브루노는 홀에 있는 어머니 곁을 지나가면서 아무 말도 하지 않았다. 아래층으로 내려가면서 그는 양손으로 난간에 매달렸다. 그는 자기 머릿속에서 울리고 쑤시며 어떻게 할 수도 없는 혼잡한 상태를 저주하면서 새미와 함께 마셨던 마티니도 저주했다. 그는 거실 안으로 비틀거리며 걸어 들어갔다.
"찰스, 너 새미에게 무슨 짓을 했니?"
그의 어머니가 브루노를 따라 들어왔다.
"아, 새미에게 내가 뭘 어떻게 했다니요!"
브루노는 어머니의 희미한 모습을 향하여 손을 휘젓고는 소파에 털썩 주저앉았다.
"찰스, 가서 사과를 하고 오도록 해라."
어머니의 이브닝 드레스의 하얀색이 흐릿하게 가까이 다가오면서 갈색 팔이 뻗어 나왔다.
"어머니는 저 자식과 함께 잠을 자요, 예? 저런 자식과 함께 잠을 자느냐고요?"
브루노는 소파에 얼른 누워 마치 전등 불빛처럼 빠져나가야 한다고 생각했다. 그래서 뒤로 벌렁 누워 어머니의 손이 닿지 않도록 했다.

제 18 장

거이는 뉴욕으로 돌아온 뒤 그의 불안감, 자기 자신과 일, 그리고 앤에 대한 불만을 점점 브루노의 탓으로 돌리기 시작했다. 그가 파미라의 사진을 보는 것도 싫어질 정도로 만든 것은 바로 브루노였으며, 팜 비치에서 돌아온 이후로 일거리가 적게 들어와서 그렇겠거니 하고 생각했던 마음의 불안정한 상태도 사실은 브루노 때문이라고 생각하게 되었다. 저번 날 밤 더 좋은 사무실을 얻지 않은 것에 관해, 새 가구와 양탄자를 사지 않는 것에 관해, 앤과 그토록 어처구니없이 논쟁을 벌이게 만든 것도 바로 브루노 때문이었다. 그로 하여금 앤에게 자기는 성공했다고 생각지 않으며, 파미라도 아무런 의미가 없었다고 말하도록 만든 장본인도 바로 브루노였다. 그 날 밤 앤이 말없이 자기에게서 등을 돌리고 밖으로 나가 버리게 만든 것도 브루노였고, 8층이나 되는 계단을 달려 내려가 그녀에게 용서해 달라고 빌기 전에 엘리베이터 문이 닫힐 때까지 그냥 앉아 기다리도록 만든 것도 바로 브루노였다.

그리고 누가 알겠는가? 아마 지금 자기가 일거리를 얻지 못하도록 만드는 것도 바로 브루노일지도 모른다. 빌딩을 짓는 것은 하나의 정신적인 행위다. 그가 브루노의 죄에 대해 알고 있는 것을 숨겨 놓고 있는 한, 어떤 의미에서 그는 자기 자신을 타락시키는 것이다. 거이는 그와 같은 것을 자기 속에서 느낄 수 있었다. 의식적으로 그는 경찰이 브루노를 잡을 때까지 내버려두자고 결심을 했다. 그러나 몇 주가 지나고 경찰이 잡지 못하게 되자 거이는 자기 자신이 해야만 한다는 생각에 사로잡히게 되었다. 하지만 그를 망설이게 만드는 것은 한사람을 살인자로 고발한다는 것에 대한 혐오감과 사실은 브루노에게 죄가 없을지도 모른다는 어리석은 회의가 계속 그의 머릿속을 맴돌았기 때문이었다. 브루노가 그런 범죄를 저질렀다는 것이 때로는 너무 황당무계한 얘기 같아서, 그때까지 지녔던 모든 확신이 순간적으로 사라져 버리는 것이었다. 때로는 브루노가 자기에게 편지로 고백했었다는 것조차도 의심이 되었다. 그래서 거이는 브루노가 저질렀다고 확신하고 있는 자기를 그대로 내버려두어야만 했다. 경찰에서 아무런 확증도 잡지 못한 채 지나가 버린 몇 주가 그 사실을 확인해 주는 것처럼 보였다. 브루노가 말한 적이 있듯이, 아무런 동기도 없이 어떻게 그럴 수가 있겠는가? 9월에 브루노에게 편지를 보낸 이후로 거이는 가을 내내 연락을 하지 않고 침묵을 지켰다. 거이가 막 플로리다를 떠나기 직전에 브루노가 편지를 보냈다. 편지에 브루노는 12월에 뉴욕으로 돌아올 예정이며 그때 거이와 이야기를 나누었으면 좋겠다고 썼다. 거이는 그와 아무런 관계를 갖지 않겠다고 마음먹었다.

여전히 그는 안절부절못하고 있었다. 모든 것에 대하여, 특히 주로 일에 관하여 그는 초조해했다. 앤은 거이에게 끈기 있게 참고 있으라고 했다. 그녀는 그가 이미 플로리다에서 실력을 증명해 보였다고 말했다. 앤은 이전보다 훨씬 더 그를 따뜻하게 대해 주었고 무엇보다도 그에게 확신을 갖게 해주었다. 하지만 거이는 가슴 밑바닥에서 그것을 받아들일 수 없는 자신을 발견했다.

12월 중순의 어느 날 아침, 거이가 코네티컷 주의 주택 설계도를 천천히 검토하며 앉아 있을 때 전화벨이 울렸다.

"여보세요, 거이, 나 찰스입니다."

거이는 그 목소리를 알아들었으며, 동시에 마치 싸우기라도 하듯이 근육이 긴장되는 것을 느꼈다.

"안녕하십니까?"

브루노는 따뜻하게 웃으며 물었다.

"메리 크리스마스."

거이는 천천히 전화를 내려놓았다.

그는 마이어즈를 힐끗 바라보았다. 거이와 마이어즈는 커다란 방 같은 사무실을 함께 쓰고 있었다. 마이어즈는 여전히 자기의 설계용 책상 위로 고개를 숙이고 있었다. 녹색 창문 차양의 가장자리 아래에서 비둘기들이 왔다갔다하며 거이와 마이어즈가 조금 전에 창문턱에다 뿌려놓은 곡식을 쪼아대고 있었다.

전화가 다시 울렸다.

"당신을 만나고 싶은데요." 하고 브루노가 말했다.

거이는 벌떡 일어섰다.

"미안합니다만, 난 당신을 만나고 싶지 않습니다."

"무엇 때문이죠? 거이, 화가 나셨습니까?"

브루노는 약간 억지로 웃었다.

"단지 당신을 만나고 싶지 않을 뿐이오."

"오, 그래요? 좋아요."

브루노는 마음이 상해서 거칠게 말했다.

거이는 자기가 먼저 끊지 않기로 마음먹었다. 수화기를 들고 기다리고 있으니, 브루노가 전화를 끊었다.

거이는 목이 타서 방 구석에 있는 음료수대로 갔다. 음료수대 뒤에는 거의 완성된 4개의 파미라 건물의 커다란 사진이 햇빛을 받아 반짝였다. 거이는 그 사진에서 등을 돌렸다. 시카고에 있는 그의 옛날 학교에서 연설해 달라고 요청받은 사실을 앤이 그에게 상기시켜 줄 것이다. 그는 인기 있는 건축 잡지에 글을 쓰기도 했다. 그러나 일거리가 계속 들어오지 않는다면 그것은 파미라 클럽이 그를 보이코트했다고 공적으로 알리게 되는 것이 아닐까? 그러면 뭐 어때? 사실 파미라는 브루노의 덕으로 맡은 일이 아니었던가? 어쨌든 살인자의 덕이었다. 그로부터 며칠 뒤 어느 눈 내리는 날 저녁, 거이와 앤이 서쪽 53번가 아파트의 갈색 돌계단을 내려가고 있을 때, 거이는 어떤 키가 큰 대머리 남자가 보도에 서서 자기를 응시하고 있는 것을 보았다. 놀라움이 거이의 어깨 위에 고통을 주며 스쳐 지나가서, 그는 무심결에 앤의 팔 위에다 자기 손을 꼭 갖다 댔다.

"안녕하세요."

고적함으로 인해 부드러워진 음성으로 브루노가 말했다. 그의 얼굴은 땅거미 속에서 거의 볼 수가 없었다.

"안녕하시오."

거이는 마치 낯선 사람에게 하듯 대답하고는 계속해서 걸어갔다.

"거이!"

거이와 앤은 동시에 돌아봤다. 손을 외투 호주머니 속에 찔러넣은 채 브루노가 그들 쪽으로 걸어왔다.

"무슨 일이죠?"

거이가 물었다.

"그냥 인사나 하려고요. 당신이 잘 지내는지 물어도 볼 겸."

브루노는 당황해하면서도 화를 내고 있는 앤을 웃으면서 바라보았다.

"난 잘 있어요."

거이는 침착하게 말했다. 그는 앤을 잡아당겨 돌아서서 발걸음을 옮겼다.

"저 사람 누구죠?"

앤이 소곤거렸다.

거이는 뒤돌아보고 싶어 좀이 쑤셨다. 브루노가 그대로 그 자리에 서서 자기들을 바라보며 어쩌면 울고 있을지도 모른다고 생각했다.

"저 사람은 지난 주에 일거리를 찾으러 돌아다니던 친구야."

"당신은 저 사람에게 아무것도 해줄 수 없으세요?"

"음, 그는 알콜 중독자거든."

거이는 교묘하게 자기들의 집에 관해 이야기를 돌렸다. 그가 지금 보통 때와 다름없이 이야기를 나눌 수 있는 화제는 그것밖에는 없었다. 그가 산 땅에, 지금 기초 공사가 진행되고 있는 중이었다. 설이 지난 뒤면, 거이는 앨튼으로 올라가서 며칠간 머무를 생각이었다. 영화를 보는 동안 거이는 어떻게 하면 브루노를 떼어버릴까, 어떻게 하면 브루노가 자기를 두렵게 만들어 다시는 만나려는 생각을 갖지 못하게 할까 하고 이리저리 궁리해 보았다.

브루노가 그에게 원하는 것이 무엇인가? 거이는 영화관에서 주먹을 불끈 쥐고 앉아 있었다. 다음에 만나면 경찰이 조사하게 될 것이라고 브루노를 협박해야겠다. 하긴, 그 친구도 그런 걸 꺼리진 않겠지만, 그가 조사받는다고 해서 크게 해가 될 게 뭐 있겠는가?

그러나 브루노가 그에게서 원하는 것이 무엇일까?

제 19 장

브루노는 하이티 섬으로 가고 싶지 않았으나, 그곳은 좋은 도피처가 될 수 있었다. 거이가 있는 한, 그리고 또한 거이가 그를 만나려 하지 않는 한 뉴욕이나 플로리다나 미국 대륙의 어느 곳에도 고통만이 있을 뿐이었다. 자신의 고통과 절망을 떨쳐 버리기 위해서 그는 그레이트 넥의 집에서 상당한 양의 술을 마셔댔다. 그리고 나서 그는 집과 정원을 재보고, 양복장이의 줄자로 아버지의 방도 재 보았다. 끈기 있게 움직이면서, 구부려도 보고, 재고는 또 재고, 마치 이따금 아주 약간밖에는 트랙에서 벗어나지 않는 지칠 줄 모르는 로봇처럼, 단지 취한 것일 뿐 미친 게 아니라는 사실을 드러내듯이 재보고 또 재보았다. 거이와 만난 뒤 10일 동안은 이렇게 지내면서 브루노는 어머니와 어머니의 친구인 앨리스 레펑웰이 와서 하이티에 가게 되기만을 기다렸다.

그는 자기의 존재가 어떤 수수께끼 같은 변신의 단계에 놓여 있다고 느끼곤 했다. 집 안에서나 자기 방에서 혼자 있을 때 브루노는 자신이 해치운 일이 마치 왕관처럼 그의 머리 위에 놓여 있다고 느꼈다. 그 왕관은 어느 누구도 볼 수 없는 것이었다. 대단히 쉽게, 그리고 빠르게 그는 눈물을 흘리며 그것을 부숴 버릴 수도 있었다. 브루노는 진심으로 철갑상어 알 샌드위치가 먹고 싶을 때가 있었는데, 자기가 그 훌륭하고 커다란 검은 철갑상어 알을 먹을 가치가 있다고 여겼기 때문이다. 집에 빨간 철갑상어 알밖에 없을 때는 허버트에게 검은 것을 사오라고 시켰다. 그는 구운 샌드위치의 ¼을 하이볼과 함께 홀짝홀짝 마시며 죄다 먹어치웠다. 그런 다음, 한쪽 귀퉁이를 들어올린 삼각형 모양의 토스트를 바라보다가 거의 잠에 곯아떨어질 뻔했다. 더 이상 먹을 샌드위치가 없을 때까지, 잔에 따를 술이 더 이상 없고 단지 자기가 들고 있는 잔에만 귀중한 술이 남아 있게 된 뒤에 그는 잔을 빤히 바라보다가 단숨에 마셔 버렸다. 비어 버린 잔과 구부러진 토스트가 브루노를 조롱했고, 그것들이 자기들을 없애버릴 수 있는 브루노의 권리에 도전하는 살아 있는 유일한 물체들이었다. 바로 그때 푸줏간 트럭이 도로를 따라 내려오기 시작해서 브루노는 그 뒤에다 대고 얼굴을 찌푸렸다. 모든 것이 갑자기 살아나서 그에게서 달아나려 하고 있었다.―그를 가두고 있는 집처럼 트럭, 샌드위치, 술잔, 그리고 나무들은 달아나 버릴 수는 없지만 그를 경멸하고 있었다. 그는 두 주먹을 벽에다 대고 쳤다. 그런 다음 샌드위치를 움켜쥐고는 건방진 그 삼각형을 뭉개 버리고는 텅빈 벽난로 속에다 조각조각 내어 태워 버렸다. 철갑상어는 조그마한 사람처럼 펑 터지면서 죽어갔고, 그 하나하나가 마치 생명체인 듯했다.

앨리스 레핑웰과 브루노, 그의 어머니, 그리고 두 명의 푸에르토리코 인을 포함한 4명의 승무원이 하이티를 향해 떠났다. 때는 1월 중순 경이었다. 앨리스가 전남편에게서 빼앗아 내느라 온 가을과 겨울을 모두 바친 '페어리 프린스'라는 증기 요트를 타고 갔다. 이번 여행은 그녀의 세 번째 이혼을 축하하기 위한 것이었으며, 앨리스는 브루노와 그의 어머니를 몇 개월 전부터 초대해 놓았었다. 이번 항해가 마음에 들어서 브루노는 처음 며칠 동안은 무관심하고 지겨운 체하자는 생각을 품게 되었다. 아무도 눈치채지 못했다. 앨리스와 그의 어머니는 오후와 저녁 내내 선실에서 수다를 떨면서 보냈고, 아침 늦게까지 잠을 잤다. 앨리스처럼 늙어빠진 여자와 함께 한 달 동안이나 배 위에 갇혀 있는 자신을 달래기 위해 브루노는 긴장했던 마음―경찰이 자기를 쫓아오지 않을까 하는 생각에 그동안 브루노는 항상 긴장해 있었다. ―을 풀고 또 아버지를 없앨 수 있는 세부적인 방법을 계획할 시간을 냈다. 시간이 많이 지나면 지날수록 거이의 태도도 바뀌게 될 것이다.

배 위에서 브루노는 아버지를 살해할 두세 개의 주된 계획을 세부적으로 세워 보았는데, 기초적인 계획의 골격 위에 다른 계획을 얹어

놓는 것은 단지 응용의 문제일 뿐이었다. 그는 자기의 계획들이 대단히 자랑스러웠다. 하나는 아버지를 침실에서 총으로 해치우는 것이고, 또 하나는 칼과 두 개의 배수관을 이용하는 것이었으며, 또 한 가지 계획은 매일 저녁 6시 30분에 아버지가 차를 넣는 차고에서 칼이나 총을 쓰든지, 아니면 목을 조르든지 하는 것이었다. 제일 마지막 계획은 주위가 충분히 어둡지 않다는 단점이 있었지만, 상대적으로 간단하다는 이점도 있었다. 브루노는 그의 귓전에서 자기 계획이 째깍째깍거리며 멋지게 움직이는 소리를 들을 수 있었다. 그러나 신중하게 계획을 짜 나갈 때마다 그는 안전을 위해서 짰던 계획을 찢어 버려야만 한다고 생각했다. 브루노는 끊임없이 계속해서 계획을 짜 보고는, 또 찢어 버리고 하는 짓을 되풀이했다. 페어리 프린스 호가 프린스 항에 들어가려고 마이시 곶을 돌았을 때, 브루노가 찢어 버린 종이들은 바 항에서 버진 아일랜드에 이르는 바다에 조각난 씨앗처럼 흩뿌려져 있었다.

"나의 프린스 호를 위한 훌륭한 항구로군!"

앨리스는 어머니와 잠깐 대화를 중단하고 머리를 식히면서 소리쳤다.

구석에서 계획을 짜고 있던 브루노는 종이를 뭉쳐 버리며 고개를 들었다. 수평선 왼쪽에 육지가 회색의 희미한 선으로 보였다. 하이티 섬이었다. 섬은 보이지 않았을 때보다 더 멀리 있는 듯했고, 더 낯설게 보였다. 브루노는 거이에게서 점점 멀어지고 있었다. 그는 갑판 의자에서 몸을 일으켜 뱃전으로 갔다. 그들은 하이티에서 며칠을 보내고 난 다음에 더 남쪽으로 갈 것이다. 적도의 태양이 지금 밖에서 내리쬐듯이, 좌절감이 내부에서 그를 좀먹어 가고 있었다. 브루노는 다리에 몸을 지탱한 채 말없이 서 있었다. 조각조각 난 종이가 브루노의 손에서 바람에 날려 흩어졌다. 바람은 고집스럽게도 그 조각들을 앞쪽으로 옮겨갔다.

물론, 계획만큼이나 중요한 것은 그 일을 할 사람을 구하는 것이다.

제러드만 아니라면 그는 자기가 직접 해치우고 싶었다. 하지만 아버지의 사립 탐정인 제러드는 그가 아무리 세심하게 계획을 짠다 하더라도 결국엔 밝혀낼 것이다. 게다가 그는 동기 없는 범행을 한 번 더 시도해 보고 싶었다. 매트 레빈이나 카를로스—문제는 제러드가 그들을 알고 있다는 점이다. 또 그들이 가담해 줄지도 모르는데 협상을 한다는 것은 위험한 일이었다. 브루노는 매트를 몇 차례 만나 보았지만, 그 일에 관해서는 언급할 수 없었다.

프린스 항에서 브루노가 결코 잊어버리지 못할 일이 일어났다. 그는 라시타텔 호텔에서 배 쪽으로 어머니의 야회용 신발을 가지러 가다가 하이볼을 한 잔하러 선창 가까이에 있는 바에 잠시 들렀다. 브루노는 승무원들 중에 푸에르토리코 인 한 명이 처음 보았을 때부터 마음에 들지 않았었는데, 그 푸에르토리코 인이 얼큰히 취해 마치 그 도시가 자기 것이라도 되는 양, 게다가 페어리 프린스 호와 라틴 아메리카의 나머지 부분들이 몽땅 자기 것인 양 고함을 질러대고 있었다. 그는 브루노를 '백인 건달'이라고 부르며, 브루노는 알아들을 수는 없는 여러 가지 말로 주위 사람들을 웃기며 그를 놀려대고 있었다. 브루노는 너무 지쳐 있었고, 너무 불쾌해서 싸울 수도 없었기에 앨리스에게 이야기해서 그 푸에르토리코 인을 해고시키고 블랙 리스트에 올려놓으리라고 마음먹으며 점잖게 바를 떠났다. 배에서 한 블록 정도 떨어진 곳에 다다랐을 때, 그 푸에르토리코 인이 브루노를 따라와 계속 집적댔다. 배와 부두를 잇고 있는 다리를 건너다가 브루노는 밧줄에 걸려 비틀거리며 그만 더러운 물 속으로 떨어져 버렸다. 그 푸에르토리코 인은 밀지 않았기 때문에 그의 탓이라고 할 수도 없었다. 푸에르토리코 인과 다른 선원이 웃어대면서 브루노를 끌어올려 그를 침대에 눕혀 주었다. 브루노는 침대에서 기어나와 럼주 병을 집었다. 그는 얼마 동안 계속 마셔대다가 침대 위로 몸을 내던지고는 젖은 속옷을 입은 채 그냥 깊은 잠에 떨어졌다.

나중에 그의 어머니와 앨리스가 들어와서 그를 흔들어 깨웠다.

"이게 무슨 일이냐?"
킬킬거리는 바람에 거의 제대로 말도 잇지 못하면서도 계속 물었다.
"찰스, 어찌된 일이니?"
그들의 모습은 희미했으나 웃음소리만은 날카로웠다. 자기 어깨 위에 올려놓은 앨리스의 손가락에서 그는 몸을 뺐다. 그는 말 할 수는 없었지만, 자기가 무슨 말을 하고 싶은지는 알고 있었다. 거이에게서 온 편지를 가져오지 않았다면, 지금 당장 자기 방에서 나가달라고…….
"뭐라고? 뭐, 거이?" 하며 어머니가 물었다.
"저리 좀 가세요!"
그는 소리를 질렀다. 둘 다에게 한 말이었다.
"오, 쟤가 정신이 나갔나 봐."
어머니는 브루노가 마치 죽을 지경에 이르러 입원이라도 해야 하는 것처럼 비탄에 빠져서 말했다.
"불쌍한 내 아들. 불쌍하기도 해라."
브루노는 차가운 수건을 피하기 위해 머리를 이리저리 흔들었다. 브루노는 두 사람이 보기 싫었고, 거이도 미웠다! 그는 거이를 위해서 사람을 죽였고, 그를 위해서 경찰을 피했으며, 그가 부탁할 때마다 침묵을 지켜 주었다. 그리고 그를 위해 냄새나는 물에 빠졌는데, 그는 자기를 만나 주려 하지도 않는 것이다! 자기는 여자와 시간을 보내고 있으면서도! 무서워하는 것도, 기분 나빠하는 것도 아니면서 시간을 내줄 수 없다고 하다니! 뉴욕에 있는 거이의 집 근처에서 그 여자를 세 번씩이나 봤는데! 만일 그 여자가 여기 있다면 미리엄을 죽여 버린 것처럼 똑같이 죽여 버렸을 것이다!
"찰스, 찰스, 진정해!"
거이는 다시 결혼하게 될 것이고, 그렇게 되면 자기에게 시간은 결코 내주지 않을 것이다. 그 여자가 거이를 송두리째 움켜쥐고 있는 지금, 자기가 무슨 동정을 얻을 수 있겠는가! 거이는 멕시코에서 친구를 방문한 게 아니라, 그녀를 만났던 것이다. 거이가 미리엄이 이혼해 주기를 바랐던 것은 결코 이상한 게 아니었다! 그리고 기차에서 거이는 앤 포크너에 대해서는 이야기를 하지도 않았다! 거이는 그를 이용했던 것이다. 그래! 원하지 않더라도 거이는 그의 아버지를 죽여줄지도 모른다. 누구나 살인을 할 수가 있다. 하지만 브루노는 거이가 그것을 믿지 않았다는 걸 기억해냈다.

제20장

"나와 술 한 잔 하죠."

브루노가 보도 어디에선가 나타나서 말했다.

"난 당신을 만나고 싶지 않소. 난 당신에게 지금 묻고 있는 게 아니오. 난 당신을 만나고 싶지 않단 말이오!"

"난 당신이 내게 질문을 해도 개의치 않아요."

브루노는 희미한 미소를 지으며 말했다. 그는 지친 듯이 보였다.

"길을 건너가시죠. 10분이면 됩니다."

거이는 주위를 둘러보았다. '드디어 왔군.' 하고 거이는 생각했다. '경찰을 부르자. 이 친구에게 덤벼들어 길에 쓰러뜨려 버릴까?' 그러나 거이는 그 자리에 못박힌 듯이 우뚝 멈춰 섰을 뿐이다. 그는 브루노의 손이 마치 총이라도 가지고 있기라도 한 듯이 호주머니에 박혀 있는 것을 보았다.

"10분만요."

브루노는 미소를 지었다.

거이는 몇 주 동안 브루노에게서 소식을 듣지 못했었다. 그는 눈 내리던 지난 저녁의 분노와 브루노를 경찰에 넘기겠다고 한 결심을 다시 되새겨 보려고 애썼다. 지금이 결정적인 순간이었다. 거이는 브루노와 함께 건너갔다. 그들은 6번가에 있는 술집으로 들어가서 뒤쪽 칸막이 의자에 자리잡았다.

브루노의 미소가 점점 커졌다.

"거이, 당신은 뭘 두려워하고 있는 겁니까?"

"아무것도."

"행복하신가요?"

거이는 의자 끝에 뻣뻣하게 앉아 있었다. 자기는 살인자와 마주 앉아 있는 것이라고 생각했다.
 '저 손이 미리엄의 목을 뭉개 버렸군.'
 "거이, 이봐요, 왜 내게 앤에 관해 말해 주지 않았습니까?"
 "앤은 왜?"
 "난 그녀에 관해 알고 싶을 뿐이에요. 그게 전부죠. 내 말은 기차에서 왜 아무 말 않았느냐는 겁니다."
 "브루노, 이번이 우리가 만나는 마지막이오."
 "왜죠? 거이, 난 단지 친구가 되고 싶을 뿐이에요."
 "난 당신을 경찰에 넘길 작정이오."
 "왜 메트카프에서 그렇게 하지 않으셨죠?"
 브루노는 냉담하고 슬프게, 그러면서도 승리감으로 눈을 반짝이면서 물었다. 이상하게도 거이는 마음속으로 똑같은 질문을 했다.
 "그때는 충분히 확신하지 못했기 때문이었소."
 "내가 뭘 해야만 되죠? 문서로 말을 만들어야만 하나요?"
 "난 당신을 경찰에 넘기겠소."
 "아뇨, 그러실 수는 없을걸요. 경찰은 나보다 당신을 더 의심하고 있으니까."
 브루노는 어깨를 으쓱해 보였다.
 "당신, 지금 무슨 말을 하고 있는 거요?"
 "그들이 내게서 무엇을 의심하리라고 생각하세요? 아무것도 없어요."
 "내가 말할 거요."
 거이는 갑자기 발끈했다.
 "만일 당신이 나를 고용했다고 말해 준다면, 그 편지들도 더럽게 맞아떨어질 텐데요."
 브루노는 독선적으로 얼굴을 찌푸렸다.
 "난 편지 같은 것은 상관 안 해요."
 "당신은 상관 안 할지도 모르지만, 법은 그렇지 않을걸요."

"무슨 편지 말이오?"
"당신이 미리엄에게 보낸 편지 말입니다."
브루노가 천천히 말했다.
"일을 취소한 사실을 숨기고 멕시코로 도피 여행……."
"당신, 제정신이 아니군!"
"거이, 잘 생각해 보세요! 당신은 말도 안 되는 소릴 하고 있어요!"
브루노의 목소리는 그들 가까이에 있는 주크박스(자동 전축)에서 나오기 시작한 음악 소리보다 더욱 크고, 히스테릭하게 올라갔다. 그는 탁자를 가로질러 거이 쪽으로 손을 내민 다음 주먹을 꽉 쥐었다.
"거이, 맹세합니다만, 난 당신을 좋아합니다. 우리는 이런 식으로 이야기해서는 안 되잖습니까!"
거이는 움직이지 않았다. 의자의 모서리가 그의 다리에 걸려 잘려 나갔다.
"당신이 경찰에게 무어라고 말을 한다면, 그건 우리 두 사람 모두를 감옥에 넘겨주게 될 뿐입니다, 아시겠어요?"
거이는 그전에도 그것을 생각해 본 적이 있었다. 만일 브루노가 끝까지 거짓말을 한다면 재판은 길어질 것이고, 브루노가 자백하지 않는 한 결코 판결이 나지 않을 것이다. 게다가 브루노는 결코 물러서려 하지 않을 것이다. 거이는 자기를 빤히 바라보고 있는 브루노의 편집광적인 강한 눈 속에서 그것을 느낄 수 있었다. 그를 무시해 버리자고 생각했다.
'가 버려. 경찰이 잡을 때까지 내버려두자. 만일 내가 움직이기라도 하면 날 죽여버릴 정도로 저 사람은 미쳐 있어.'
"거이, 당신은 날 좋아했기 때문에 메트카프에서 날 넘기지 않았던 거예요. 당신은 한편으로는 날 좋아하고 있어요."
"난 조금도 당신을 좋아하지 않아요."
"하지만 당신은 날 경찰에 넘기지는 않을 거죠, 그렇죠?"
"그렇소. 넘기지 않을 거요."

거이는 목소리를 죽이며 말했다. 브루노의 침착함이 거이를 놀라게 했다. 브루노는 거이를 전혀 두려워하지 않고 있었다.
"더 이상 내 술은 주문하지 말아요. 난 갈 테니까."
"잠깐 기다리세요."
브루노는 지갑에서 돈을 꺼내어 웨이터에게 주었다.
거이는 확정이 안 난 듯한 기분에 사로잡혀 그대로 앉아 있었다.
"좋은 양복이군요."
거이의 가슴을 가리키며 브루노가 웃었다.
새로 마련한 줄무늬가 있는 회색 플란넬 양복이었다. 자기의 새 구두와 의자 위에 놓여 있는 악어 가죽으로 만든 새 서류 가방과 함께 파미라 일에서 받은 돈으로 산 것이다.
"어디로 갑니까?"
"시내로."
7시에 5번가에 있는 호텔에서 일을 줄 가능성 있는 고객의 대리인을 만나기로 되어 있었다. 거이는 브루노가 틀림없이 자기가 지금 앤을 만나러 가는 중이라고 생각하고 있으리라 여겼다. 브루노는 얼굴을 딱딱하게 굳히고 양미간을 찌푸리고 있었다.
"브루노, 당신의 요구가 뭐요?"
"아실 텐데요."
브루노가 차분히 말했다.
"기차에서 우리가 이야기를 나눴지 않습니까? 사람을 바꿔서 죽이는 것 말입니다. 내가 당신의 아내를 죽여주었으니 이제 당신이 내 아버지를 죽일 차례입니다."
거이는 경멸하는 소리를 냈다. 브루노가 말을 하기 전에 그는 이미 브루노의 요구 사항을 알고 있었다. 이것은 그가 미리엄이 죽은 뒤부터 은근히 걱정하고 있었던 일이다. 그는 차갑고 광기 어린 눈에 매혹된 듯이 브루노의 표정 없고 여전히 찌푸리고 있는 눈을 노려보았다. 거이는 어렸을 때 전차에서 몽고인 바보를 어떠한 것으로도 돌려놓을 수 없는 지독한 호기심을 가지고 쳐다본 적이 있었다. 호기심과 두려움으로.

"그때 나는 필요한 모든 부가적인 사항을 맡을 수 있다고 말했지요."

브루노는 재미있다는 듯이, 그리고 사과하는 듯이 입 한구석에 미소를 띠었다.

"대단히 간단할 겁니다."

거이는 갑자기 브루노가 자기를 미워하고 있다고 생각했다.

'저 친구는 나도 죽여 버리고 싶어할 거야.'

"만일 당신이 하지 않겠다면 내가 무슨 짓을 할는지 당신도 알거예요."

브루노는 손가락으로 딱 소리를 내는 시늉을 하다가 탁자 위에다 그의 손을 태평하게 올려놓았다.

"경찰에 당신을 고발할 거요."

'저 친구를 무시해 버려, 무시해!'

"그 말은 날 조금도 두렵게 만들지 않소. 당신이 미쳤다는 것을 증명하기란 세상에서 가장 쉬운 노릇이거든."

"당신이 미치지 않은 것처럼 나도 미치지 않았어요!"

잠시 뒤에 브루노가 이야기를 끝내자고 했다. 그는 7시에 자기 어머니와 약속이 있다고 했다.

다음 만남은 훨씬 더 짧았다. 사무실을 출발하여 앤을 만나러 롱아일랜드로 가는 길이었던 금요일 오후, 브루노는 거이를 가로막았다. 거이는 그를 밀어 버리듯이 지나쳐 버리고는 택시에 올라탔다. 비록 거이는 그 순간에 자기가 이겼다고 생각했지만, 자기가 또한 졌다는 것을 깨달았다. 외적으로 볼 때 도망가려 했다는 느낌이 그를 부끄럽게 만들었다. 그리고 완벽했던 그의 품위가 손상되기 시작했다. 그는 브루노가 무슨 말인가를 해주기를 바랐다. 그는 잠시 동안만이라도 브루노가 자기에게 맞서기를 바랐던 것이다.

제 21 장

 그런 다음부터 거이의 사무실 건너편에 브루노가 서 있지 않은 날은 거의 없었다. 브루노는 그곳에 있지 않으면, 거이가 살고 있는 집 길 건너편에 서서 마치 자기는 거이가 집으로 곧장 오는 날을 알고 있기라도 한 듯이 기다리고 있었다. 한마디의 말도 없이, 어떤 표시도 없이……. 마치 난로 연통처럼 자기 몸에 꼭 맞는 길고, 다소 군복 같은 외투의 주머니에 손을 찌르고 서 있을 뿐이었다. 비록 거이는 뒤를 돌아보지는 않았지만, 그의 눈이 자기를 쫓고 있다는 것은 알고 있었다. 그런 일이 2주일 동안 지속됐다. 그런 다음 첫 편지가 왔다.
 2장으로 된 것이었다. 첫번째 장은 브루노의 집과 그 주위의 땅과 도로들을 그려 넣고 거이가 택해야 할 코스 등을 담은 지도였다. 지도는 자를 대고 그은 잉크선과 점들로 깔끔하게 그려져 있었다. 두 번째 장은 브루노의 아버지를 죽이는 계획에 관하여 타이프로 촘촘히 찍은 편지였다. 거이는 그것을 찢어 버렸다. 그렇게 하고 난 즉시 그는 후회했다. 그는 그 편지를 브루노에 대한 증거물로서 보관하고 있어야 했던 것이다. 그는 그 조각들을 모았다.
 그러나 그 조각들을 보관할 필요는 없었다. 그는 그런 편지를 2~3일에 한 번씩 받았던 것이다. 그 편지들은 마치 브루노가 지금 그레이트 넥에 머물고 있는 듯 모두 그레이트 넥에서 부쳐온 것이었다. 거이는 편지가 오기 시작한 이후로 브루노를 보지 못했었다. 아마도 아버지의 타자기를 빌려서, 두서너 시간은 족히 걸렸을 그 편지들을 치면서 그레이트 넥에서 머물고 있는 모양이다. 때로는 취해서 편지를 보내기도 한 것 같았다. 잘못 친 곳도 많았고, 마지막 구절에서 폭발된 감정 속에 그것이 드러나 있었다. 맨정신일 때는, 살인이 쉽다고 설명하며 마지막 구절은 확신에 찬 애정어린 문구로 끝을 맺었다. 그러나 술에 취했을 때는 강한 형제애에 호소이거나, 그렇지 않으면 평생 동안 거이를 따라다니며 그의 직업과 '연애 행각'을 망쳐 버리겠다고 협박하며 자기의 우세함을 상기시켰다. 브루노는 거이가 대부분의 편지를 뜯어보지도 않은 채 찢어 버린다고 여기고 있는지, 매 편지마다 모든 필요한 사항을 죄다 써넣었다. 다음 편지는 꼭 찢어 버리겠다는 결심에도 불구하고 거이는 편지가 오면 마지막 구절에 어떤 변화가 있는지 궁금해서 뜯어보곤 했다. 브루노는 편지에 세 가지 계획 중에서 하나를 선택하도록 하라고는 했지만, 집 뒷문을 이용하여 총을 가지고 해치워 버리라는 계획을 가장 많이 써놓았다.

그 편지들은 심술궂은 방식으로 거이에게 영향을 끼쳤다. 충격을 받은 뒤에는 다음 번 편지들은 거의 거이를 괴롭히지 않았다. 그런 다음 열 번째, 열두 번째, 열다섯 번째 편지가 우편함 속에 들어 있을 때 거이는 그 편지들이 자기의 의식이나 신경을 자기로서는 알 수 없는 방식으로 망치질해대고 있음을 느꼈다. 그는 방에서 혼자 자기의 상처를 고치려고 애쓰면서 15분 정도를 보내곤 했다. 브루노가 자기를 살해하려 하지 않는 한 자기의 불안은 터무니없는 것이라고 그는 중얼거렸다. 게다가 브루노는 정말 그러지 않았다. 브루노는 한번도 거이의 목숨을 위협했던 적이 없었다. 그러나 그런 생각으로도 거이의 불안은 사라지지 않았다.

스물한 번째 편지는 앤에 관한 언급이 있었다.

"당신은 미리엄을 죽이는 데 당신이 가담했다는 사실을 앤이 알게 되기를 바라지는 않겠죠? 그런가요? 어떤 여자가 살인자와 결혼하려 할까요? 앤도 분명히 그럴 겁니다. 시간이 점점 줄어들고 있습니다. 3월의 첫번째 주가 데드라인입니다. 그때까지는 쉬울 겁니다."

그런 다음 권총이 도착했다. 그 총은 주인집 여자가 갖다 주었는데, 갈색 종이로 포장한 큰 소포에 들어 있었다. 시커먼 총이 삐죽 나왔을 때 거이는 짧게 웃었다. 커다란 루거 권총이었는데, 그물눈을 새겨 놓은 손잡이의 홈을 제외하고는 새 것처럼 보였다.

거이는 충동적으로 제일 윗서랍에서 자기의 조그만 리볼버 권총을 꺼내어, 손잡이에 아름다운 진주가 박힌 그 권총을 루거 권총이 놓여 있는 침대 위에 갖다 대 보았다. 그는 자기의 행동에 미소를 짓고는 텍사스 총을 눈 가까이에 갖다 대고 자세히 살펴보았다. 그는 15살 가량 되었을 때 메트카프의 중심가 아래쪽에 있던 전당포에서 그 총을 보고는 얼른 샀다. 총이었기 때문이 아니라 아름다웠기 때문이다. 그 정교하고도 짧은 총신의 깜찍한 모양이 마음에 들었던 것이다. 그는 기계의 디자인을 공부하게 되면서 그 총이 더욱 마음에 들었다. 15년 동안이나 그는 서랍 꼭대기에다 그 총을 보관해 왔다. 그는 총의 약실을 열고 탄환을 제거했다. 방아쇠를 6번 당겨 탄창을 돌리면서, 그 총의 완벽한 기계 장치 깊숙한 곳에 고정된 클리크에 감탄했다. 그런 다음 탄환을 다시 집어넣고, 총을 옆은 자주색 플란넬 주머니 속에 넣어서 서랍 속에 가져다 놓았다.

이 루거 권총을 어떻게 없애버려야 하나? 제방 너머로 던져 강에다 빠뜨려 버릴까? 쓰레기통에다? 쓰레기와 함께 싸서 밖에다 던져 버려? 그가 생각한 모든 것들이 수상쩍게 보이든지, 아니면 멜로 드라마처럼 보였다. 뭔가 더 좋은 생각이 떠오를 때까지, 제일 아래 서랍에 들어 있는 양말과 속옷 아래에 넣어두기로 했다. 그는 문득 처음으로 한 인간으로서의 새뮤얼 브루노를 생각해 보았다. 루거 권총의 존재가 거이의 머릿속에 그 남자와 그의 삶에 대한 완벽한 그림을 그려주었다. 브루노에 따르면, 그를 죽일 계획과—그 날 아침에도 역시 우편함 속에 편지가 들어 있어서 그는 뜯지도 않은 채 침대 위에 던져 놓아두었었다. 그리고 그를 죽일 때 쓰게 될 총은 준비되어 있었다. 거이는 제일 아래 서랍에 두었던 몇몇 편지 가운데 브루노가 최근에 보낸 것을 집었다.

새뮤얼 브루노—브루노는 그를 거의 '우리 아버지'라고 하지 않았다. —는 미국이 만들어 낸 최악의 인물입니다. 그는 동물보다 나을 것도 없는 헝가리의 하층 농민 출신이지요. 그는 양가집 여자를 아내로 맞았는데, 그의 평상시의 탐욕스러움은 여자한테도 예외가 아니었지요. 어머니는 결혼 서약의 신성함을 생각하여 그의 불충실함을 조용히 견뎌냈습니다. 이제 노년에 접어들자 그는 자중하려고 노력했지만, 그러나 이미 너무 늦어 버렸답니다. 난 내가 직접 그를 죽여 버릴 수 있기를 바라지만, 내가 당신에게 설명했듯이 그건 사립 탐정 제러드 때문에 불가능하답니다. 만일 당신이 새뮤얼을 한번이라도 만나 본다면, 당신 또한 그 사람을 적으로 생각하게 될 겁니다. 그는 미적인 관점에서의 건축에 관한 개념이라든지, 많은 사람들을 위한 건물에 대한 당신의 생각들을 죄다 바보 천치 같은 것으로 여길 테니까요. 그는 지붕이 내려앉아 자기의 기계가 망가지지 않는 한 어떤 종류의 공장을 가지고 있든지 상관하지 않는 그런 사람이지요. 그의 고용인들이 지금 농성중이라는 것을 당신이 안다면 흥미 있어 하실지도 모르겠군요. 뉴욕 타임즈의 지난 목요일자 31페이지 왼쪽 맨 아래를 보십시오. 그들은 지금 생활에 필요한 최저 임금을 위하여 농성을 하고 있는 중이지요. 새뮤얼 브루노는 자기 아들에게서 약탈하는 것조차도 주저하지 않고……."

이런 것을 남에게 말하면 누가 믿어 주겠는가? 누가 그런 망상을 받아들이겠는가? 편지, 지도, 총. 그것은 마치 연극의 소도구처럼 보였다. 사실도 아니고, 결코 사실일 수도 없는 이야기를 정말이라고 여기도록 하기 위해 갖추어진 물건처럼 보였다. 거이는 편지를 태워 버렸다. 그는 자기가 가지고 있던 모든 편지를 태워 버리고는, 서둘러 롱아일랜드로 갈 준비를 했다.

그와 앤은 드라이브를 하고, 숲 속을 거닐면서 하루를 보내고, 내일은 앨튼까지 차를 몰고 갈 예정이었다. 집은 3월 말까지는 완공될 테고, 그러면 결혼식 전까지는 두달 정도의 여유가 있었다. 기차의 차창 밖을 응시하면서 거이는 미소지었다. 앤은 한 번도 6월에 결혼식을 하고 싶다는 말을 하지 않았다. 모든 것이 단지 그런 식으로 흘러가고 있을 뿐이었다. 그녀는 한 번도 의식을 제대로 갖춘 결혼식을 하자고 말하지도 않았으며, 그냥 "어떤 것도 너무 성급하게 하지 않기로 해요." 하고만 말했을 뿐이다. 그런 다음, 거이가 그녀만 괜찮다면 자기는 의식을 갖춘 결혼식을 해도 상관없다고 말하자 앤은 커다랗게 탄성을 지르고는 그를 움켜잡고 키스를 했던 것이다. 그는 결코 증인으로 낯선 사람을 세워 놓고 하는 3분간의 짤막한 결혼식을 원하지 않았다. 거이는 봉투의 뒷면에다 20층의 사무실 건물을 스케치하기 시작했다. 이 건물은 아주 좋은 일거리가 될 수 있는 기회였다. 앤을 놀래켜 주려고 그는 일부러 이 사실을 말하지 않고 있었다. 그는 미래가 갑자기 현실이 되었음을 느꼈다. 그는 자기가 원하던 모든 것을 가졌다. 플랫폼의 계단을 달려 내려가면서, 정거장 문 옆의 조그만 군중들 속에서 앤의 레오파드 외투를 보았다. 언제나 그는 앤이 이곳에서 자기를 기다리던 때를 기억하리라고 마음먹었다. 그를 보았을 때 부끄러워하면서도 참지 못하겠다는 듯이 달려오는 앤의 모습, 마치 30초 이상도 더 기다리지 않을 듯이 반쯤 몸을 돌린 채 미소짓는 그 모습들을 그는 언제까지고 기억할 것이다.

"앤!"

그는 팔을 그녀에게 두르고 볼에다 키스했다.

"모자를 쓰지 않으셨군요."

거이는 웃었다. 그녀가 이렇게 말할 것이라고 예상했기 때문이다.

"뭐, 당신도 마찬가진걸."

"난 차에 있어요. 게다가 눈이 내리고 있잖아요."

그녀는 거이의 손을 붙들고 통로를 가로질러 차 쪽으로 뛰어갔다.

"저, 놀랄 만한 소식이 있어요!"

"나도 그런데, 당신 소식은 뭐지?"

"어제, 내 명의로 디자인을 5개나 팔았어요."

거이는 머리를 가로저었다.

"지겠는걸. 난 사무실 건물 하나를 맡게 될 것 같아, 아마."

그녀는 미소를 지으면서 눈썹이 올라갔다.

"아마라고요? '그렇다'고 해야죠!"

"응, 그래, 맡았지!" 하고 말하며 거이는 다시 그녀에게 키스했다.

그 날 저녁, 앤의 집 뒤에 있는 시내 위의 조그만 다리에 서서 거이는 말을 꺼내려 했다.

'오늘 브루노가 내게 무얼 보냈는지 알 수 있겠어? 총이야.'

거이는 새삼 자기와 앤의 생활에서 브루노가 얼마나 동떨어져 있는지를 깨닫고 놀랐다. 그는 앤에게 비밀로 해두는 게 아무것도 없기를 원했지만, 자기가 그녀에게 말할 수 있는 모든 것들보다 더 큰 비밀이 있음을 깨달았다. 자기를 그토록 괴롭혀 오던 이름인 브루노는 앤에게는 아무런 의미도 없었던 것이다.

"거이, 왜 그러죠?"

앤이 무언가가 있다는 것을 눈치챘다고 거이는 생각했다. 그녀는 항상 알아냈다.

"아무것도 아냐."

앤이 돌아서 집 쪽으로 걷자 거이는 뒤를 따라갔다. 밤이 대지를 어둡게 뒤덮고 있어, 눈이 덮인 땅과 숲과 하늘은 거의 구별할 수 없었다. 거이는 문득 집의 동쪽 수풀에서 적의가 밀려옴을 느꼈다. 거이의 앞쪽 부엌문에서 따뜻하게 보이는 노란 불빛이 정원 밖으로 흘러 나왔다. 숲이 시작되고 있는 어둠 속에 시선을 고정시키며, 거이는 다시 돌아섰다. 그는 쓰린 감정을 추스리며 불쾌함과 안도감을 함께 느끼며 어둠을 바라보았다.

"난 잠시 좀 돌아다니다 갈게."

앤은 안으로 들어갔고, 그는 뒤로 돌았다. 앤이 함께 있지 않을 때 그런 감정이 더 강해지는지, 아니면 더 약해지는지를 알고 싶었다. 그는 보기보다 차라리 느껴 보려고 애를 썼다. 여전히 적의는 거기에 있었다. 희미하게, 그리고 포착하기 어렵게 어둠의 숲의 경계선에 더욱 깊은 어둠을 던져 준 곳에. 물론 아무것도 없었다. 그림자와 소리와 그 자신의 생각이 결합되면 대체 무엇이 만들어지는 것일까?

거이는 손을 외투 주머니에 넣고는 묵묵하게 수풀 가까이 걸어갔다. 잔가지가 부러지는 소리가 들리자 그는 가슴이 덜컥 내려앉아 한 곳을 쏘아보았다. 그리고는 그쪽으로 달려갔다. 덤불이 바삭거리는 소리가 나면서, 어둠 속에서 움직이는 시커먼 형체가 보였다. 거이는 맹렬하게 달려가서 그 물체를 붙들었다. 거친 숨소리가 들려왔다. 브루노는 거대하고 힘센 물고기처럼 거이의 팔 안에 뛰어들면서, 몸을 비틀며 광대뼈 위에다 아주 고통스러운 강타를 그에게 날렸다. 둘은 서로 붙들고는 땅에 넘어져서 마치 둘 다 죽음과 대항하고 있기라도 한 듯이 필사적으로 싸웠다. 브루노의 손가락이 미친 듯이 거이의 목을 할퀴었다. 거이는 팔을 펴서 막았다. 브루노는 뒤쪽으로 일그러진 입술 사이로 거친 숨소리를 내고 있었다. 거이가 오른손 주먹으로 입을 갈겨 버리자 두 사람은 서로 떨어졌다.

"거이!"

브루노가 화난 듯이 말했다.

거이는 브루노의 멱살을 붙잡았다. 그들은 갑자기 싸움을 중단했다.

"당신은 나라는 것을 알았어!" 하고 화를 내며 브루노가 말했다.

"더러운 자식! 여기서 뭘 하고 있는 거야?"

거이는 그를 잡아 앉혔다.

피가 흐르는 입이 마치 울기라도 하려는 듯이 점점 커져 갔다.

"날 가게 해줘요!"

거이는 브루노를 떼밀어 버렸다. 브루노는 마치 자루처럼 땅으로 쓰러졌다가는 다시 비틀거리며 일어섰다.

"좋아, 당신이 원하면 날 죽여버려! 정당방위라고 말할 수도 있을 테니까!"

브루노는 흐느꼈다.

거이는 집 쪽을 힐끗 쳐다보았다. 그들은 숲 속으로 한참 들어와 있었다.
"난 당신을 죽이고 싶지는 않아. 다음 번에 여기서 또 보게 되면 그땐 죽여 버릴 거야."

브루노는 씩 웃고는 승리에 찬 박수를 한 번 쳤다.

거이는 덤비려는 듯이 앞으로 나아갔다. 그러나 브루노에게 다시 손을 대고 싶지는 않았다. 조금 전만 해도 그는 머릿속에 '죽여, 죽여 버려!' 하고 외치며 싸웠었다. 거이는 브루노의 미소를 멈추게 할 수 있는 게 아무것도 없다는 걸 알고 있었다. 그를 죽여 버린다 하더라도 브루노의 미소는 멈추지 않을 것이다.

"어서 꺼져."

"2주일 이내에 그 일을 할 준비가 되었겠지?"

"너를 경찰에다 넘길 준비는 되었지."

"당신 자신을 경찰에 넘길 준비가 되었다고?"

브루노는 날카로운 소리로 조소했다.

"앤에게 그 일에 관해 죄다 말해 버릴 준비가 되었단 말이지, 응? 앞으로 20년 동안을 감옥에서 보낼 준비가 되었단 말이고? 그럼, 나도 준비가 되어 있어요!"

브루노는 손바닥을 점잖게 모았다. 그의 눈이 붉은 빛으로 번뜩이는 것처럼 보였다. 그의 흔들거리는 모습은 뒤에 있는 비틀린 검은 나무에서 튀어나올지도 모르는 악령의 모습과도 같았다.

"그 더러운 일에 맞는 다른 사람을 찾아보도록 하시지."

"말하는 것 좀 봐! 난 당신을 원하고 당신을 택했소! 하지만 당신이 정 그렇게 나온다면야……, 좋아!" 하고 브루노는 웃었다.

"그럼, 시작하겠소. 난 당신 애인에게 모든 것을 말할 테니까. 오늘 밤 그 여자에게 편지를 쓰겠소."

그는 비척거리며 일어나서, 무거운 발걸음으로 터벅터벅 걸어갔다. 마치 흐늘흐늘하고 형체도 없는 물건 같았다. 그는 돌아서서 소리질렀다.

"하루나 이틀 뒤에 당신에게서 아무런 소식도 듣지 못한다면 말이오!"

거이는 숲에서 좀도둑과 싸웠다고 앤에게 말했다. 그는 싸움 때문에 눈이 벌겋게 된 것뿐이었지만, 이 집에 더 이상 머물 수도, 그렇다고 내일 앨튼으로 갈 수도 없다고 생각했다. 그는 배에도 한방 맞았다고 말했다. 그는 몸이 좋지 않았다. 포크너 부부는 깜짝 놀라서, 야경을 돌러 왔던 경관에게 앞으로 며칠 밤 동안은 보초가 필요하다고 말했다. 그러나 보초만으로는 충분하지 않았다. 만일 브루노가 다시 돌아온다면, 거이는 자기가 그를 맞이하고 싶었다. 앤은 거이에게 월요일까지 묵었다 가라고 말했다. 거이가 아프면 누군가가 그를 돌보아 줄 수 있었기 때문이다. 그래서 거이는 계속 머물렀다.

거이는 포크너 씨 집에서 보낸 이틀만큼 수치스러웠던 적도 없었다고 생각했다. 그는 자기가 머무를 필요가 있다고 느낀 것 자체가 수치스러웠고, 월요일 아침에 브루노가 보냈을지도 모르는 편지를 하녀가 가져다두지 않았는지 알아보려고 앤의 방 책상 위를 뒤진 것도 수치스러웠다. 브루노는 편지를 보내지 않았다. 편지가 배달되기 전에 앤은 매일 아침 뉴욕에 있는 사무실로 떠났다. 월요일 아침에 거이는 앤의 책상 위에 네댓 장의 편지가 있는 것을 보고는, 하녀가 자기를 보지나 않을까 살펴가며 마치 도둑처럼 서둘러서 나왔다. 그러나 그는 앤이 없을 때도 자기가 그녀의 방으로 자주 갔었던 것을 생각해냈다. 때때로 집이 손님들로 꽉 차 있을 때면, 그는 잠시 동안 앤의 방으로 피해 가곤 했다. 그리고 앤은 그가 자기 방에 있는 것을 보면 무척 좋아했었다. 문지방에 서서 그는 머리를 문설주에 기대고는 방 안에 늘어 놓여 있는 것들을 자세히 살펴보았다. 흐트러져 있는 침대, 책장에 들어가지도 않는 커다란 예술 서적들, 한쪽 벽의 녹색 코르크 조각 위에 압정으로 꽂아둔 앤의 최근 디자인들, 책상 구석 위에 다 비우지도 않은 채 놓아둔 푸른빛 도는 물잔, 변덕이 나서 의자 위에 걸쳐놓은 갈색과 노란색 실크 스카프 등이 있었다.

앤이 마지막에 목에다 바른 콜로뉴의 치자나무 향이 아직 공기 속에 떠돌고 있었다. 그는 자기 생활이 앤의 생활과 합쳐지기를 갈망했다.
 브루노에게서 역시 아무런 편지도 오지 않은 화요일 아침까지 머물다가 거이는 맨해튼으로 갔다. 일이 쌓여 있었다. 수천가지의 일이 거이를 성가시게 만들었다. 새 사무실 건물을 위한 '쇼 리얼티 컴퍼니' 사(社)와의 계약은 아직 체결되지 않고 있었다. 생활이 미리엄의 피살에 관해서 들었을 때보다도 더욱 방향도 없이 뒤죽박죽이었다. 그 주에는 월요일 날 도착해서 거이를 기다리고 있던 편지 한 장밖에는 더 이상 편지가 오지 않았다. 그것은 짧막한 편지였는데, 자기 어머니가 오늘은 기분이 좋아 하느님께 감사드리며, 그가 집을 떠날 수 있게 되었다는 이야기가 적혀 있었다. 브루노는 어머니가 3주일 동안 폐렴으로 아주 심하게 앓아서, 자기가 어머니와 함께 머물렀다고 했다.
 목요일 저녁, 거이가 건축가 클럽의 모임에서 돌아와 보니 집주인인 맥코슬랜드 부인이 그에게 전화가 세 번이나 왔었다고 알려 주었다. 그들이 홀에 서서 이야기를 하고 있는데 전화벨이 또 울렸다. 뚱해 있고 취한 듯한 브루노였다. 그는 거이가 이치에 맞게 이야기를 할 준비가 되어 있는지 물었다.
 "그렇지 않은 것 같군요." 하고 브루노가 말했다.
 "난 앤에게 편지했어요."
 그렇게 말하고 나서 브루노는 전화를 끊어 버렸다.
 거이는 위층으로 가서 한 잔 들이켰다. 그는 브루노의 말을 믿지 않았다. 한 시간 동안이나 책을 읽으려고 애를 써 보다가 앤에게 잘 지내는지 물어 보려고 전화를 한 다음, 안절부절못해하면서 밖으로 나가 심야 영화를 보았다.
 토요일 오후에 거이는 롱아일랜드의 헴프스테드에서 앤을 만나 개전시회를 볼 계획이었다. 만일 브루노가 편지를 보냈다면, 앤이 토요일 아침까지는 받아 보게 될 거라고 거이는 생각했다. 그러나 분명히 앤은 받지 못했다. 그는 앤이 거이를 기다리며 앉아 있던 차 안에서 자기에게 손을 흔드는 것을 보고 그렇게 장담할 수 있었다. 그는 어젯밤 테디 집에서 열렸던 파티가 재미있었는지 물었다. 앤의 사촌 테디의 생일 파티였다.
"아주 멋진 파티였어요. 아무도 집에 가고 싶어하지 않을 정도였어요. 밤 늦게까지 있었죠. 그래서 지금까지 옷도 갈아입지 못한걸요."
그리고는 차를 몰아 좁은 문을 통과하여 도로로 나갔다.
거이는 이를 꽉 물었다. 지금 편지가 집에 도착하여 기다리고 있는지도 모른다. 차츰 거이는 편지가 기다리고 있을 것이라고 확신하게 되었다. 그걸 중단시킬 수 없다는 사실이 그를 무기력하게 했다. 그는 침묵했다.
거이는 늘어선 개들을 지나면서 무언가 앤에게 이야기할 것을 생각해내려고 무진 애를 썼다.
"당신, 쇼 씨네 집 사람들의 소식을 들은 적이 있어요?"
"아니."
거이는 닥스훈트(짧은 다리에 몸이 긴 독일 개)종을 바라보면서, 앤이 그녀 집안의 누군가가 가지고 있었던 닥스훈트에 관해 무어라 하는 말에 귀를 기울이려고 애를 썼다.
그녀가 아직까지 모르고 있다고 거이는 생각했다. 그러나 단지 시간 문제일 뿐이었다. 무엇을 알게 된다는 것인지를 거이는 스스로에게 계속해서 물었다. 확신인지 자학인지 거이는 자기도 알지 못하는 답을 되풀이해서 말했다. 작년 여름에 기차에서 미리엄을 죽인 남자를 만났는데, 그가 아내를 살해하는 데 동의해 주었다. 그것이 바로 브루노가 앤에게 이야기하려는 것이며, 그것을 확신시켜 주려고 그가 그녀에게 좀더 편지를 쓸 것이다. 그리고 법정에서 브루노가 기차에서 있었던 대화를 조금만 변화시켜도 살인자들 사이에 합의를 본 것으로 될 수 있을 것이다 등등. 거이는 브루노의 콤파트먼트에서, 그 조그만 지옥에서 보낸 시간들이 갑자기 분명하게 되살아났다. 거이를 이렇게까지 몰고 온 상황이 증오스러웠다. 그것은 작년 6월 차펄테펙 공원에서 미리엄에게 화를 내도록 만들었던 것과 똑같은 증오였다. 앤은 그때 거이가 한 이야기보다는 그의 증오에 대해 화를 냈었다. 증오 또한 일종의 죄악이었다. 예수도 간통이나 살인만큼이나 증오를 죄악시했다. 증오는 바로 악의 씨앗이었다. 기독교의 법정에서 볼 때, 거이 자신도 미리엄의 죽음에 대해 적어도 어느 정도는 죄를 범한 게 아닐까? 앤도 그렇게 말하지 않을까?

"앤."

그는 불쑥 말했다. 그녀에게 미리 말해 두어야 한다고 거이는 생각했다. 그리고 그는 앤의 반응을 알고 있어야만 했다.

"만일 누군가가 나를 미리엄의 죽음과 관련이 있다고 고발한다면, 당신은 어떻게 받아들일 것 같아? 믿을 거야?"

그녀는 멈춰 서서 거이를 바라보았다. 전세계가 정지하고 그 한가운데에 그와 앤이 조용하게 서 있는 것 같았다.

"관련이 있다고요? 거이, 무슨 말이에요?"

누군가가 거이를 팔꿈치로 밀었다. 그들은 길 한가운데 서 있었다.

"바로 그거야. 누군가가 날 고발한다면? 그 이상도 이하도 아니야."

그녀는 할 말을 찾고 있는 것 같았다.

"그냥 날 고발하면?"

거이는 계속 이야기했다.

"난 단지 알고 싶을 뿐이야. 아무런 이유도 없이 날 고발했다면? 상관없지, 응?"

그래도 여전히 그녀가 자기와 결혼할 것인지 물어 보고 싶었지만, 애걸하는 듯한 질문일 것 같아서 거이는 그럴 수가 없었다.

"거이, 왜 그런 말을 하죠?"

"그냥 알고 싶어서, 그것 뿐이야!"

그녀는 거이를 뒤쪽으로 밀어 그들이 길에서 비켜나도록 했다.

"거이, 누가 당신을 고발했나요?"

"아니."

그는 그렇지 않다고 했다. 그는 모든 게 우스꽝스럽고 귀찮았다.

"하지만 만일 누군가가 그랬다면, 만일 누가 날 대상으로 굉장한 사건을 조작해내려고 달려든다면……."

그녀는 거이를 실망했다는 듯이, 놀랍다는 듯이, 그리고 못 믿겠다는 듯이 바라보았다. 거이가 화나거나 분노가 폭발해서 한 말이나 행동이, 그녀로서는 인정할 수도 이해할 수도 없었을 때에는 앤은 그런 식으로 그를 바라보곤 했었다.

"당신은 누가 그럴 거라고 생각해요?" 하고 그녀는 물었다.

"난 그냥 알고 싶을 뿐이라니까!"

그는 얼버무렸는데 그것은 너무 서툴렀다.

"당신은 가끔 지금처럼 생전 처음으로 만나는 낯선 사람처럼 느껴져요."

"미안해." 하고 그는 중얼거렸다.

그녀가 둘 사이의 보이지 않는 결속을 끊어 버린 듯이 생각되었다.

"내 생각엔 당신은 정말로 미안해하지 않는 것 같아요. 그렇지 않다면 당신은 그런 걸 반복하지 말았어야하죠!"

앤은 그를 똑바로 바라보았다. 비록 눈엔 눈물이 가득했지만, 목소리는 가라앉아 있었다.

"꼭 그 날 같아요. 당신이 멕시코에 와서 미리엄을 마구 욕하던 그 날 말예요. 난 그런 건 마음에 안 들어요. 그런 걸 좋아하지 않는다고요. 난 그런 종류의 사람이 아니에요! 당신은 내가 당신을 조금도 알 수 없게 만들어요!"

'당신을 사랑하지 않아.' 하고 앤이 말하고 있다고 거이는 생각했다. 마치 그녀가 자기를 포기해 버렸고, 자기를 알려고도, 사랑하려고도 하지 않겠다는 것처럼 보였다. 움직이지도, 한마디 내뱉을 수도 없이 절망적으로 거이는 우뚝 서 있었다.

"그래요, 당신이 내게 물어 본 뒤로는 그래요."

앤이 계속해서 말했다.

"만일 누군가가 당신을 고발한다면 달라질 수도 있겠다는 생각이 들어요. 난 당신이 왜 그런 생각을 하는지 묻고 싶군요. 왜 그래요?"
"아니야, 난······."
그녀는 거이에게서 돌아서서 골목의 막다른 곳까지 가서는 고개를 숙인 채 서 있었다.
거이는 그녀의 뒤를 따라갔다.
"앤, 당신은 날 잘 알잖아. 이 세상의 그 누구보다도 당신이 날 제일 잘 알아. 난 어떤 것도 당신에겐 비밀로 해두고 싶지 않아. 그냥 그런 생각이 내 머릿속에 떠올라 한번 물어 봤던 거야!"
그는 자기가 고백을 했다고 여겼다. 안도감과 더불어 갑자기 확신이 생겼다. 방금까지 브루노가 편지를 보냈으리라고 믿었던 만큼, 지금은 브루노가 편지를 보내지도 않았고, 또 보내려 하지도 않을 거라는 확신을 갖게 된 것이다.
그녀는 아무래도 좋다는 듯이 얼른 눈가의 눈물을 닦았다.
"거이, 꼭 한 가지만요. 당신, 최악의 일을 예상하는 것 좀 그만두실 수 없으세요? 모든 것에 관해서 말이에요."
"응, 알았어." 하고 그는 대답했다.
"알았어, 그럴게."
"차로 돌아가요."
그는 그 날 종일 앤과 함께 보냈고, 저녁 때 앤의 집에서 저녁을 먹었다. 브루노에게서 온 편지라고는 한 통도 없었다. 마치 자기가 위기를 지나왔기라도 한 듯이 거이는 머릿속에서 그런 가능성을 싸그리 지워 버렸다.
월요일 저녁 8시경, 맥코슬랜드 부인이 전화가 왔다며 불렀다. 앤의 전화였다.
"거이, 기분이 좀 안 좋아요."
"왜, 무슨 일이야?"
거이는 무슨 문제인지 즉각 눈치챘다.
"편지를 한 통 받았어요. 오늘 아침 우편함에 있더군요. 토요일 날 당신이 이야기했던 일에 관한 것이었어요."

"그게 뭔데, 앤?"

"미리엄에 관한 것 말예요. 타이프로 쳐져 있었어요. 그리고 누가 보냈다는 서명도 하지 않았더군요."

"뭐라고 써 있는데? 내게 읽어 줘."

앤은 떨면서, 그러나 분명한 어조로 읽어나갔다.

"'친애하는 포크너 양. 거이 하인즈가 현재 법이 생각하고 있는 것보다 그의 아내의 피살에 더 많이 관련되어 있다는 사실을 당신이 아신다면 관심 있어 하실지도 모르겠군요. 하지만 진상은 밝혀질 것입니다. 당신이 그와 같은 이중 인격자와 결혼할 계획이라면 알아두셔야 한다고 나는 생각합니다. 이 사실을 제외하고도, 거이 하인즈는 더 이상 자유인으로 남게 되지 않으리라는 것을 이 편지를 쓰고 있는 나는 압니다.' 그리고 '친구로부터'라고 써 있어요."

거이는 눈을 감았다.

"오, 하느님!"

"거이, 당신은 누군지 아시겠어요? 거이? 여보세요?"

"응?"

"누구죠?"

그녀는 지금 겁을 먹고 있으면서도 자기를 믿고 있고, 또 자기만을 위해 걱정하고 있다는 것을 거이는 그녀의 목소리로부터 알았다.

"앤, 난 모르겠어."

"거이, 그게 사실인가요?"

그녀는 걱정스러운 듯이 물었다.

"당신은 아셔야죠. 무슨 일이 생길 게 분명한데요."

"난 모르겠어."

얼굴을 찌푸리면서 거이는 되풀이했다. 머릿속이 풀어 버릴 수 없을 만큼 뒤엉켜진 채 묶인 것처럼 느껴졌다.

"당신은 아셔야 돼요. 거이, 생각해 봐요. 당신이 적이라고 부를 만한 사람이 있는지…….”
"어디서 보낸 것으로 찍혀 있지?”
"그랜드 센트럴이에요. 괘선이 하나도 없는 백지예요. 이걸로는 아무것도 알아낼 수가 없을 거예요.”
"가지고 있다가 내게 줘.”
"물론이에요, 거이. 그리고 누구에게도 말하지 않을게요. 식구들에게도 말이에요.”
잠시 말이 끊어졌다.
"거이, 누군가가 분명히 있는 게 틀림없어요. 토요일 날 당신은 누군가를 의심하셨잖아요? 그랬잖아요?”
"그러지 않았어.”
그는 목이 막혔다.
"아다시피, 재판 뒤엔 늘 이따위 일들이 생기잖아.”
그리고는 마치 브루노가 자기 자신이기라도 하듯 가능한 한 브루노의 일을 덮어두고자 하는 욕망을 느꼈다. 거이는 스스로에게 죄가 있는 것같이 여겨졌다.
"앤, 언제 당신을 만날 수 있지? 오늘 밤에 내가 가도 될까?”
"저, 난 엄마 아빠와 자선 공연에 가기로 되어 있어요. 편지는 당신에게 보내 드릴 수는 있을 거예요. 속달로 보내면 내일 아침이면 받을 수 있어요.”
그래서 그 다음 날 편지가 도착했다. 그것과 함께 브루노의 계획을 담은 또 다른 편지가 왔다. 편지는 애정어린, 그러면서도 권고하는 듯한 마지막 구절을 담고 있었으며, 앤에게 편지를 보낸 사실에 대해서도 언급하고 있었다. 또한 더 많은 협박을 약속하고 있었다.

제22장

거이는 침대 끝에 걸터앉아서 손에다 얼굴을 파묻고는 깊이 생각해 본 끝에 손을 내렸다. 그가 생각의 몸뚱이를 붙들어 쥐고는 비틀어 버린 것이 바로 그 날 밤이라고 그는 느꼈다. 그 날 밤, 그리고 그 어둠, 그리고 그 불면. 그럼에도 불구하고 그 날 밤에도 또한 사실은 그대로 남아 있었다. 밤에는 단지 비스듬하게 비뚤어진 채 사실에 접근하지만, 그래도 모든 사실은 똑같았다. 만일 그가 앤에게 이야기를 몽땅 털어놓는다면, 그녀는 그가 부분적으로는 죄가 있다고 여기지 않겠는가? 그런 사람과 결혼을 해? 어떻게 그럴 수 있을까? 제일 아랫 서랍에다 살인 계획과 총을 숨겨둔 방에 태연히 앉아 있을 수 있다니, 그를 짐승 같은 작자라고 여기지 않을까?

희미한 여명의 빛 속에서 그는 거울 속의 자기 얼굴을 빤히 들여다보았다. 두툼한 아랫입술이 긴장으로 얄팍해졌다. 그는 한 곳을 집중해서 쳐다보려고 애를 썼다. 마치 자기를 괴롭히는 걸 바라보고 있기라도 한 것처럼, 자기를 폭로한 사실 때문에 굳어져 있는 그의 일부처럼, 그는 창백한 반원 너머 뒤를 응시하고 있었다.

옷을 입고 산책을 해볼까, 아니면 잠을 자 보려고 애를 써 볼까? 카펫 위를 걷는 그의 발자국은 가벼웠고, 무의식중에 마루가 삐걱거리는 안락의자 옆은 피했다. 브루노의 편지에 '당신은 안전을 위해선 이 삐걱거리는 계단을 피해야 할 겁니다.' 하고 쓰여 있었다. '아버지의 방문은 당신이 알고 있듯이 바로 오른쪽입니다. 내가 모든 것을 조사해 보았는데, 어디에도 걸려 넘어질 만한 게 없어요. 집사(하버트)의 방이 있는 지도를 보세요. 이곳이 당신이 다른 사람과 마주칠 가능성이 가장 많은 곳이지요. 내가 X표를 한 곳은 마룻바닥이 삐걱거릴 겁니다······.' 거이는 침대 위에다 몸을 내던졌다. '우리 집과 RR역 사이에서는 무슨 일이 일어나더라도 루거 권총을 버려서는 안 됩니다.' 거이는 그 내용을 죄다 외고 있었고, 부엌문의 소리와 홀의 카펫의 색깔까지도 알고 있었다.

만일 브루노가 자기 아버지를 죽이는 데 다른 사람을 구하게 된다면, 이 편지 속에 브루노를 고발할 충분한 증거가 들어 있는 셈이 된다. 그러나 브루노는 거이가 미리엄의 살인을 계획했다고 응수할 것이다. 브루노가 다른 사람을 구하는 건 단지 시간 문제이다. 만일 그가 브루노의 협박을 단지 조금만 변화시킨다면 모든 게 끝이 날 것이고, 그는 편히 잠을 잘 수 있을 것이다. 그가 그 일을 하게 된다면 그 커다란 루거 권총을 사용하지 않고 조그마한 리볼버 권총을 사용하리라고 거이는 생각했다.

거이는 침대에서 몸을 일으켰다. 방금 자기의 머릿속을 스쳐 지나간 단어들에 화도 나고, 두렵기도 하고, 고통스럽기도 했다. '쇼 건물은—' 하고 그는 자기에게 말했다. 마치 새로운 장면을 발표라도 하듯이, 마치 밤의 항로에서 벗어나 자기를 낮의 항로 위에 가져다 놓을 수 있기라도 하듯이 혼자서 말했다. '쇼 건물. 당신이 건드릴 필요가 없는 자갈을 제외하고는, 뒷계단에 이르기까지 바닥은 모두 잔디로 덮여 있습니다. ……네 번째는 뛰어 넘고, 세 번째도 뛰어 넘고, 꼭대기에서는 넓게 발을 떼도록 하십시오. 당신은 기억할 수 있을 겁니다. 그것은 일정한 리듬을 가지고 있으니까요.'

"하인즈 씨!"

거이는 깜짝 놀라 얼굴을 면도칼에 베었다. 그는 면도칼을 내려놓고 문 쪽으로 갔다.

"안녕하세요, 거이. 아직 준비되지 않았습니까?"

이른 아침부터 흉측스럽게 전화가 걸려 왔다.

"당신, 날 귀찮게 하지 마."

브루노가 웃었다.

거이는 떨면서 전화를 끊었다.

충격이 온종일 좀처럼 없어지지 않고 남아서 그를 후들거리게 했다. 그는 그 날 저녁에 어떻게 해서든지 앤을 만나야겠다고 생각했다. 자기가 기다리기로 약속한 장소에 그녀가 나타나 주길 간절히 바랐다. 그러나 또한 그는 자기에게서 그녀를 떼어버리고 싶기도 했다. 몸을 피곤하게 만들기 위해 리버사이드 드라이브까지 긴 산책을 하고 돌아왔는데도 깊이 자지 못하고 기분나쁜 꿈만 계속 꾸었다. 일단 쇼 건물 계약이 성립되고 자기가 일을 해 나갈 수 있게 되면 상황은 달라지리라고 거이는 생각했다.

쇼 리얼티 컴퍼니 사(社)의 더글러스 프리어가 다음 날 아침 약속했던 대로 전화를 했다.

"하인즈 씨."

느리고 쉰 목소리였다.

"우리는 당신에 관한 이상한 편지를 받았소."

"뭐요? 어떤 편지였는데요?"

"당신 아내에 관한 것이었소. 난 몰랐다오. 당신에게 읽어 드릴까요?"

"예, 그래 주십시오."

"'관계자에게 : 거이 다니엘 하인즈가 작년에 살해된 자기 아내의 죽음에 대해 법정에서 알고 있는 사실 이상으로 관련이 있다는 것을 안다면 틀림없이 관심 있어 하실 겁니다. 이 편지에서 그 사실을 알고 있다고 밝히는 바입니다. 또한 그 범죄에서 그가 실제로 담당했던 역할을 밝혀 주게 될 재심이 있을 겁니다.' 난 협박 편지라고 믿소만, 하인즈 씨. 당신이 이 사실을 알고 있어야 한다고 생각해서요."

"물론입니다."

구석에서 마이어즈가 여느 날 아침과 마찬가지로 차분히 자기 제도용 책상 위로 고개를 숙인 채 일하고 있었다.

"나도 들은 적이 있는 것 같소. 저…… 작년에 있었던 그 비극 말이오. 재심을 해야 할 문제는 없는 거겠죠?"

"물론이죠, 절대로. 그런 이야기는 들은 적도 없었습니다."

거이는 자기가 당황하는 걸 저주했다. 프리어는 단지 자기가 자유롭게 일할 수 있는지 어떤지를 알고 싶어했을 뿐이다.

"하인즈 씨, 우리가 아직 그 계약에 관해 결정을 내리지 못한 상태라 미안하오."

쇼 리얼티 컴퍼니 사에서는 다음 날 아침 자기들이 거이의 설계도가 전적으로 만족스럽지는 못하다고 말해 왔다. 사실은 그들은 다른 건축가의 작품에 관심을 두고 있다고 했다.

브루노가 어떻게 그 건물에 관하여 알아냈는지 거이는 이상하게 생각했다. 하지만 방법은 많이 있을 수 있었다. 브루노는 건축에 관련된 소식에는 정통해 있으니 신문에 난 것을 보았을 수도 있고, 아니면 자기가 사무실을 비웠을 때 전화에서 우연히 마이어즈에게서 알아냈을 수도 있다. 거이는 다시 마이어즈를 바라보면서 그가 브루노와 전화로 이야기한 적이 있었는지 궁금해했다. 그와 같은 가능성은 섬뜩한 기분이 들게 했다.

이제 그 건물은 날아가 버렸으므로, 거이는 그로 인하여 발생하게 될 측면을 생각해 보았다. 그가 여름까지 계획했던 여분의 돈을 거이는 손에 넣을 수 없게 되었다. 뿐만 아니라 포크너 집안 식구들에게 위신을 세우지 못하게 되었다. 자기가 만든 것이 무로 돌아가는 것을 보고 좌절하여 고통받은 적이 그에게는 단 한 번도 없었다.

다음 번 손님에게, 또 그 다음 손님에게도 브루노는 떠벌릴 것이다. 이게 바로 거이의 직업을 망치겠다는 그의 협박이었나? 그리고 앤과의 생활도? 거이는 일순간의 고통과 함께 그녀를 생각했다. 마치 자기가 오랜 기간 동안 그녀를 사랑했다는 사실을 잊고 있었던 것처럼. 그들 사이에 무슨 일인가가 생기고 있는 중이었다. 그는 그것이 어떤 거라고는 꼬집어서 말할 수 없었다. 그는 사랑할 수 있는 용기를 브루노가 파괴해 가고 있다고 여겼다. 아주 조그만 일들이 그의 걱정을 더해 주었다. 앨튼에서 집으로 가다가 그가 구두를 갖다 준 수선집을 잊어

버리는 바람에 그의 가장 좋은 구두를 잃어버리게 된 일 등등.
 사무실에서 마이어즈는 자기 손님들 일을 도와해 가며 일상적인 일을 하고 있었다. 거이의 전화는 한 번도 울리지 않았다. 브루노가 그를 지긋지긋하고 감질나게 만들어 자기 목소리를 듣고 싶어하도록 전화를 하지 않는 거라고 생각해 보기도 했다. 그리고 나서 거이는 자기 자신에게 구역질이 나서 대낮인데도 매디슨 가(街)의 술집에 내려가서 마티니를 퍼마셨다. 그는 앤과 점심을 함께 하기로 되어 있었다. 하지만 앤이 전화를 해서 약속을 깨뜨려 버렸다. 그는 무슨 이유인지 알 수가 없었다. 그녀의 목소리는 냉정하고 쌀쌀맞은 것 같지도 않았지만, 앤은 자기와 점심을 함께 먹지 못하는 이유를 말해 주지 않았다. 앤은 분명히 집에다 쓸 무엇인가를 사러 간다고도 말하지 않았었다. 그렇지 않다면 그가 그런 말을 기억하고 있었을 테니까 말이다. 아니, 그런 말을 했던가? 그도 아니면, 지난 일요일에 앤의 가족들과 저녁 먹기로 했던 약속을 그가 깨뜨린 데 대한 분풀이를 하고 있는 건가? 거이는 너무 지치고 너무 좌절해 버렸기에 지난 일요일엔 아무도 만날 수가 없었던 것이다. 조용하고 알 수 없는 싸움이 그와 앤 사이에서 진행되고 있는 듯했다. 최근에 거이는 자신이 너무 비참하게 느껴져서 그녀에게 피해를 줄 수는 없다고 여겼고, 앤은 거이가 만나자고 부탁할 때마다 너무 바빠서 만날 수 없다고 했다. 그녀는 집을 위한 계획을 세우느라 바빴고, 또한 거이와 말다툼을 하느라고도 바빴다. 말도 안 되는 일이다. 브루노에게서 달아나는 것을 빼놓고는, 이 세상의 어떤 것도 말이 되는 게 없었다. 말이 되고 사리에 맞는 일을 하는 것은 불가능했다. 법정에서 일어나는 일도 말이 되지 않을 것이다.
 그는 담배에 불을 붙였다. 그리고 난 뒤에야 자기가 이미 한 대에 불을 붙여 놓은 것을 알았다. 반짝거리는 검은 테이블 위에 웅크린 채 두 대를 모두 피웠다. 담배 둘을 들고 있는 그의 팔과 손이 거울에 비쳤다. 도대체 대낮 1시 15분에 마티니를 세 잔이나 마시며 자신을 무기력하게 만들면서, 마치 무슨 볼일이라도 있는 체하며, 여기서 무엇을 하고 있는 것인가?

앤을 사랑했던 거이 하인즈가, 파미라를 세운 거이 하인즈가 아닌가? 그는 구석에다 마티니 잔을 던져 버릴 용기조차 없었다. 방심할 수 없는 위험한 상태. 그가 완전히 파멸했다고 가정해 보라. 그가 브루노를 위해 살인을 저지른다고 상상해 보라. 집에는 브루노의 아버지와 집사뿐이고, 게다가 거이는 메트카프에 있는 자기 집만큼이나 그 집을 잘 알고 있다면 브루노가 말한 대로 극히 간단한 일인지도 모른다. 그는 또한 브루노에게 불리한 단서들을 남길 수도 있고 방에다 루거 권총을 두고 올 수도 있다. 이러한 생각들은 구체적으로 되어 갔다. 브루노에 대한 반감으로 그의 주먹이 불끈 쥐어졌다. 하지만 거이는 테이블 위에 쥐어진 자기 주먹이 아무것도 할 수 없다는 것 때문에 부끄러워졌다. 다시는 그런 생각을 하지 말아야겠다. 그게 바로 브루노가 거이에게 원하는 것이 아니겠는가.

그는 손수건을 적셔 얼굴을 문질렀다. 면도칼에 벤 곳이 따끔따끔하기 시작했다. 옆에 있는 거울 속으로 그곳을 들여다보았다. 피가 나기 시작하면서 가느다란 붉은 선이 턱에 희미하게 그어졌다. 그는 거울 속의 턱에 주먹을 날리고 싶었다. 그는 비틀거리며 몸을 일으켜 세우고는 계산을 치르러 갔다.

일단 한번 그런 생각에까지 미쳤기 때문에, 그의 머릿속이 다시 한번 거기에 이르기는 쉬웠다. 잠을 이룰 수 없는 밤이면 거이는 살인을 연기해 보았고, 그것이 마약처럼 그를 진정시켜 주었다. 그것은 살인이 아니라 브루노를 자기에게서 없애버리기 위해 행한 연기였고, 사악함이 자라나는 것을 꺾어 버리는 칼조각이었다. 밤에는 브루노의 아버지가 한 인간이 아니라 단순한 목표에 지나지 않았다. 마치 자기 자신이 한 인간이 아니라 하나의 무력이듯이. 방에다 루거 권총을 둔 채 브루노가 시키는 대로 유죄 선고와 죽음의 과정을 따르며 그것을 연기해 보는 것은 일종의 카타르시스였다.

브루노가 금으로 테를 두르고 거이의 머리글자인 G.D.H.를 안에다 새겨놓은 악어 가죽으로 된 돈지갑을 보내 왔다. '거이, 나는 이것이 당신을 닮았다고 생각했습니다.' 라는 말이 안쪽에 적혀 있었다. '일을 어렵게 생각지 마십시오. 난 당신을 대단히 좋아합니다. 여느 때와 똑같이, 브루노.' 거이는 그것을 길가의 쓰레기통 속으로 던져 버리고는 팔을 들었다가 자기 호주머니 속으로 집어넣었다. 그는 아름다운 물건을 던져 버리는 것이 싫었다. 그것을 가지고 할 수 있는 다른 일이 있을 것이다.

그 날 아침, 거이는 라디오 좌담회에 나와 달라는 요청을 거절했다. 그는 일을 할 수 있는 상황이 아니었고. 그도 그것을 알고 있었다. 왜 그는 계속해서 사무실에 출근을 했을까? 온종일, 특히 밤새도록 취한 상태로 있고 싶었는데……. 그는 자기 책상 위에 접어둔 컴퍼스를 돌리고 또 돌리며 손을 멍하니 내려다보았다. 한번은 어떤 사람이 거이가 케퓨친 수도원의 승려 같은 손을 가졌다고 말한 적이 있다. 시카고에 있는 팀 오플라허티였다. 언젠가 거이는 팀의 지하 아파트에 앉아 스파게티를 먹으면서, 르 코르부시에르와 그 밖의 여러 가지에 대해서 이야기를 나누었다. 그 당시에는 모든 말이 그럴 듯했었다. 심지어 그의 피를 말리는 미리엄과 함께 있어도, 단순히 앞으로 있을 싸움을 고무시킬 때에도. 그래서 모든 어려움을 이겨낼 수 있었다. 그는 컴퍼스를 뒤집고 또 뒤집었다. 손가락을 컴퍼스 아래에다 넣고는 그것을 돌려대다가 그 소리가 마이어즈를 성가시게 할지도 모른다는 생각이 들어서 그만두었다.

"거이, 기운내." 하고 마이어즈가 다정하게 말했다.

"기운을 내고 말고 할 문제가 아니야. 충돌해서 부서지든지, 아니던지……."

거이는 아주 차분한 목소리로 대꾸하고는, 그래도 자신을 진정시킬 수 없어서, "마이어즈, 고맙기는 하지만 난 충고는 필요없네." 하고 내뱉었다.

"내 말 좀 들어 봐, 거이."

호리호리하고 차분하게 생긴 마이어즈가 미소를 띤 채 자리에서 일어났다. 그러나 자기 책상 모퉁이를 넘어서 나오지는 않았다.

거이는 문 옆의 옷걸이에서 외투를 집어들었다.

"미안해, 잊어버리세."

"난 문제가 뭔지 알아. 결혼 전에는 다 그렇게 신경이 날카로워져. 나도 역시 그랬었지. 내려가서는 함께 한 잔하는 게 어때?"

마이어즈의 다정함이 브루노로부터 모욕당할 때까지 결코 깨닫지 못했던 어떤 품위에 대해 생각나도록 해주었다. 그는 마이어즈의 아무렇지도 않은 듯한 무표정한 얼굴과 잘난 체하는 태도를 쳐다보고 있을 수가 없었다.

"고마워. 하지만 그럴 기분이 나지 않는걸."

거이는 조용히 문을 닫고 나갔다.

제 23 장

브루노일 거라고 확신하면서 거이는 길 건너편에 늘어서 있는 적갈색 사암(砂岩)으로 지어진 건물들을 다시 힐끗 보았다. 그의 눈은 어둠 때문에 쓰렸다. 그는 브루노를 보았다. 검은 철문 옆에 분명 브루노가 서 있었는데, 지금은 그곳에 없었다. 거이는 몸을 돌려 계단을 달려 올라갔다. 오늘 밤은 베르디의 오페라를 보기로 앤과 약속이 되어 있었다. 그는 앤을 8시 30분에 극장에서 만나기로 했다. 하지만 그는 오늘 밤엔 앤을 만날 기분이 아니었다. 앤의 쾌활한 얼굴을 보고 싶지도 않았고, 자기가 실제보다 더 기분이 좋은 체하느라 피곤해지고 싶지도 않았다. 그녀는 거이가 잠을 자지 못하는 것을 걱정했다. 그녀가 말을 많이 하는 것이 아니라, 거의 하지 않는 것이 그를 괴롭혔다. 그러나 무엇보다도 그는 베르디의 오페라를 듣고 싶지 않았다. 도대체 무엇 때문에 그는 정신이 나간 듯이 베르디의 오페라 입장권을 사 버렸던가? 그는 어떻게 해서든지 앤을 즐겁게 해줄 수 있는 일을 찾으려 했었지만, 아무리 그래 봤자 앤는 별로 좋아하지 않을 것이다. 둘 다 좋아하지도 않는 것을 보려고 입장권을 사다니 정신이 나갔군.

맥코슬랜드 부인이 거이가 전화해야 할 곳의 전화번호를 알려 주었다. 앤의 아주머니 전화번호 같다는 생각이 들었다. 거이는 오늘 밤 앤이 바빴으면 하고 바랐다.

"거이, 난 어떻게 하면 좋을지 모르겠어요. 줄리 아줌마가 날더러 만나라고 한, 두 사람이 저녁 먹은 뒤까지도 아직 오지 않고 있네요."

"좋아, 괜찮아."

"도저히 빠져나갈 수가 없어요."

"괜찮아, 걱정 마."

"정말 미안해요. 토요일 이후로는 우리 한 번도 만나지 못한 것 아세요?"

거이는 혀끝을 깨물었다. 앤이 들러붙는 것 같아서 싫었다. 그녀의 관심과 마치 포옹하는 것 같았던 그녀의 맑고 부드러운 목소리에조차 반감이 생겼다. 이 모든 것이 이제는 더 이상 그녀를 사랑하고 있지 않다는 것을 알려 주는 계시처럼 보였다.

"오늘 밤 맥코슬랜드 부인을 데리고 가는 게 어때요? 그렇게 하는 게 좋을 것 같아요."

"앤, 그러고 싶지 않아."

"거이, 더 이상의 편지는 오지 않았어요?"

"그래. 오지 않았어."

그녀는 벌써 세 번째로 물었다.

"정말 당신을 사랑해요. 당신 잊지 않겠죠?"

"응, 앤."

그는 위층의 자기 방으로 달아나 외투를 걸어 두고는 세수를 하고 나서 머리를 빗었다. 당장 할 일도 없었지만, 그는 갑자기 앤이 보고 싶었다. 무섭도록 앤을 원했다. 그런데도 그녀를 만나고 싶지 않다는 생각이 들다니 이 얼마나 미친 노릇인가? 그는 맥코슬랜드 부인이 준 전화번호 쪽지를 찾으며 호주머니를 뒤지다가 아래층으로 달려 내려가서 마룻바닥 위에 떨어졌는지 찾아보았다. 그러나 쪽지는 사라지고 없었다. 마치 누군가가 고의로 자기를 훼방놓으려고 그 쪽지를 낚아채 가 버리기라도 한 것 같았다. 그는 앞문의 유리창을 훔쳐보았다. 브루노. 브루노가 그 쪽지를 집어갔다고 거이는 생각했다.

포크너 부부가 앤의 아주머니네 전화번호를 알고 있을 것이다. 설사 줄리 아주머니와 함께 저녁을 보내야 된다 할지라도 거이는 앤을 만나 그녀와 저녁을 함께 보내고 싶었다. 롱아일랜드의 전화가 울리고 또 울렸지만 아무도 받지 않았다. 거이는 그 아주머니의 성을 기억해 내려고 애써 보았지만 허사였다.

그의 방은 불안한 침묵으로 가득 차 있었다. 그는 벽 주위에 자기가 만들어 놓은 낮은 책장을 힐끗 쳐다보고 나서 맥코슬랜드 부인이 준 벽 선반 위의 담쟁이덩굴을, 램프 옆에 있는 붉은 플러시천 의자를, 그의 침대 위에 있는 '상상의 동물원'이라는 이름을 붙인 흑백 스케치를, 부엌을 가려 주고 있는 수도승의 천으로 된 커튼을 차례로 훑어보았다. 그는 지겨운 듯이 걸어가서 커튼을 한쪽으로 걷고 위에 누가 있는가를 확인했다. 비록 조금도 두렵지 않았지만 방 안에서 누군가가 그를 기다리고 있다는 느낌이 들었다. 그는 신문을 집어들고는 읽기 시작했다.

잠시 뒤에, 거이는 두 잔째의 마티니를 마시면서 술집에 앉아 있었다. 혼자서 술 마시는 일을 죽도록 싫어했지만 잠을 자기 위해서는 어쩔 수 없었다. 그는 타임즈 광장까지 걸어나와 머리를 깎고는 집에 가는 길에 우유와 태블로이드판 신문 두 장을 샀다. 거이는 어머니에게 편지를 쓰고 나서 우유를 좀 마시고 신문을 읽고 자야겠다고 생각했다. 그는 집에 들어가면서 혹시 마룻바닥에 앤의 아주머니 전화번호가 떨어져 있을지도 모른다고 기대했다. 그러나 없었다.

새벽 2시경에 거이는 침대에서 일어나 방 안을 거닐었다. 배가 고팠지만 아무것도 먹고 싶지 않았다. 그러다가 지난 주 어느 날 밤에 정어리 통조림을 따서 게걸스럽게 먹어댔던 일이 기억났다. 밤은 야수의 습성에 가까워지는 시간이었고, 또 그런 것이 사람에게 가까이 다가오는 시간이었다. 그는 책장에서 노트를 집어들고는 급하게 마구 넘겼다. 그가 22살이었을 때의 것으로, 그의 최초의 뉴욕 노트였다. 그는 이것저것 구별 않고 스케치를 했었다. 크라이슬러 빌딩, 페인 휘트니 정신병동, 이스트 강 위의 거룻배, 수평으로 바위를 물고 있는 전기 드릴에 기대어 있는 노동자들을 마구 스케치했던 것이다. 라디오 시티 빌딩을 연작으로 스케치한 것도 있었는데, 빈 공간에 짤막하게 몇 마디 적어 놓았고, 반대편 페이지에는 수정해야 할 것을 그려 넣은 똑같은 건물이 있거나, 아니면 그가 생각해낸 완전히 새로운 건물이 그려져 있었다. 그것이 너무 훌륭했기 때문에 거이는 노트를 얼른 덮어 버리고는 지금도 자기가 그 정도로 해낼 수 있을지 궁금해했다. 파미라는 넘쳐흐르는 젊음의 축복받은 에너지가 분출된 마지막 발산이었던 것처럼 느껴졌다. 억눌렸던 흐느낌이 낯익은 고통으로 그의 가슴을 밀어댔다. 미리엄이 죽은 뒤 몇 달간 느껴 왔던 낯이 익은 고통이었다. 그는 고통을 멈추게 하려고 침대에 몸을 뉘었다.

거이는 비록 아무것도 듣지는 못했지만 어둠 속에서 브루노가 있는 것을 느끼고 잠을 깼다. 너무나도 갑작스러운 일이라서 잠깐 움찔했다. 며칠 밤 동안 기대해 왔었기에, 거이는 브루노가 왔다는 사실이 기뻤다. 정말 브루노인가? 그랬다. 브루노가 거기 있었다. 거이는 책상 옆 너머로 브루노의 담배 끝을 보았다.

"브루노?"

"안녕하세요." 하고 부드럽게 브루노가 말했다.

"마스터 키(만능 열쇠)로 열고 들어왔어요. 준비는 되었겠지요?"

브루노는 차분하고 피곤한 듯이 말했다.

거이는 한쪽 팔꿈치로 몸을 일으켰다.

"그래."

그의 대답이 어둠 속으로 빨려 들어갔다. 그 대답은 침묵 속에 갇혀 있었던 다른 날 밤과는 달리 어둠 속으로 용해되는 듯했고, 심지어는 자기에게서 나온 소리 같지 않게 느껴졌다. 너무나 갑작스레 그의 머릿속에 엉켜 있던 것들이 풀려 버렸기 때문에 거이는 아픔을 느꼈다. '그래'라는 대답은 그가 말하기를 기다렸던 것이고, 그 방의 침묵이 듣기를 기다려 왔던 것이었다. 그리고 벽 저쪽의 야수들도.

브루노는 침대 한쪽에 걸터앉아 팔꿈치 위의 두 팔을 움켜잡았다.

"거이, 난 이제 다시는 당신을 못 보게 될 거예요."

브루노는 지독한 담배 냄새와 달콤한 브릴랜타인 머릿기름 냄새, 그리고 쓴 술냄새까지 풍겼다. 하지만 거이는 브루노에게서 몸을 빼지는 않았다. 그의 머릿속에서는 여전히 매듭이 풀려나가는 유쾌한 작업이 계속되고 있었다.

"지난 이틀 동안은 그에게 잘해 주려고 무척 애를 썼어요." 하고 브루노가 말했다.

"잘해 준 게 아니라 그냥 점잖게 대해 줬지요. 그가 오늘 밤 어머니에게 뭐라고 말했는지 아세요? 우리가 막 나오기 전에?"

"난 듣고 싶지 않아!"

거이는 브루노의 아버지가 뭐라 말했는지, 그가 어떻게 생겼는지 어떤 것도 알고 싶지 않았다.

둘 다 잠시 동안 침묵을 지켰다.

이윽고 브루노가 콧소리를 내며 침묵을 깼다.

"우리는 내일 정확히 12시에 출발해서 메인 주로 갈 겁니다. 어머니와 나, 그리고 운전사 셋이서요. 내일 밤이 아주 좋습니다. 하긴 목요일 밤만 빼놓고는 어느 날 밤도 다 마찬가지이기는 하지만 말입니다. 밤 11시 이후로는 언제든지……"

브루노는 거이가 이미 알고 있는 것들을 반복해 가며 계속 떠들어 댔다. 거이는 브루노의 말을 막지 않았다. 거이는 자기가 그 집에 들어가게 될 것이고, 또 모든 것이 실현되리라는 것을 알고 있었다.

"이틀 전에 내가 뒤쪽 문 자물쇠를 부숴 버렸어요. 굉장히 취했을 때 쾅 닫아서 부쉈지요. 아직 그것을 고쳐 놓지 않았을 거예요. 집 하인들은 너무 바쁘거든요. 그러나 만일 고쳐놓았다면 이걸 쓰세요."

브루노는 거이의 손에 열쇠를 쥐어 주었다.

"그리고 당신에게 주려고 이걸 가져왔어요."

"이게 뭐지?"

"장갑. 여자용 장갑이지만 늘어날 거예요." 하고 말하며 브루노는 웃었다.

얄팍한 면으로 된 장갑이었다.

"당신, 총은 가지고 있지요, 예? 어디 있나요?"

"제일 아래 서랍에."

브루노는 비틀거리며 책상으로 가서 서랍을 열었다. 램프 갓이 부서져 있어서 빛이 새어나오고 있었다. 브루노는 너무 얇아서 흰색으로 보이는 폴롱 외투를 입고, 가느다란 흰 줄무늬가 있는 검은 바지를 입고 있었다. 흰 실크 머플러가 그의 목 둘레에 길게 늘어진 채 매달려 있었다. 거이는 브루노의 조그마한 갈색 구두에서부터 끈적끈적하게 기름을 바른 머리카락에 이르기까지 자세히 살폈다. 마치 감정의 변화를 일으키도록 만든 것을 브루노의 외모에서 찾기라도 하듯이, 또는 그 감정이 어떠한 것인지를 알아내려는 듯이 열심히 살폈다. 낯익은 모습이었지만, 브루노의 모습에서 거이는 형제의 우애 같은 것을 느꼈다. 브루노는 서랍을 찰칵 닫고 거이 쪽으로 돌아섰다. 브루노의 얼굴은 거이가 여태껏 보아 온 것 중에서 가장 생기 있게 홍조를 띠고 있었다. 브루노의 회색 눈은 눈물을 머금고 있어서 더욱 크게 보였고, 황금빛을 띠었다. 그는 마치 자기가 할 말을 찾으려 애쓰는 것처럼, 아니면 거이가 찾아 주기를 간청이라도 하듯이 그를 바라보았다. 그런 다음 얇팍한 입술을 적시고는 머리를 흔든 뒤 램프 쪽으로 팔을 뻗었다. 불이 꺼졌다.

　브루노가 나가 버렸을 때도 그는 간 것처럼 느껴지지 않았다. 거이는 여전히 방 안에서 브루노가 함께 있는 걸 느끼며 잠이 들었다.

　거이가 눈을 떴을 때는 회색의 현란한 빛이 방을 가득 채우고 있었다. 시계는 3시 25분을 가리켰다. 그 날 아침 마이어즈에게 전화가 왔다. 마이어즈는 왜 출근하지 않았느냐고 물었다. 그는 몸이 불편하다고 대답했다. 빌어먹을 마이어즈! 거이는 정신을 차리려고 눈을 깜박였다. 오늘 밤이면 자기가 그 일을 해치우게 될 것이다. 오늘 밤 이후면 모든 게 끝나리라! 그는 그대로 누워 있었다. 그런 다음 자리에서 일어나 매일 하는 대로 면도를 하고, 샤워를 하고, 옷을 입었다. 11시에서 자정까지는 문제될 게 하나도 없었다. 그 시간은 서두르거나 지체하지 않아도 저절로 올 것이다. 그는 이제 트랙 위를 움직이고 있으며, 자기가 원하더라도 멈추거나 벗어 던질 수는 없을 것이라고 여겼다.

　길 아래쪽에 있는 커피숍에서 늦게 아침을 먹는 도중에 갑자기 으

스스한 감정이 그를 엄습해 왔다. 지난번 앤을 보았을 때 거이는 자기가 하게 될 일을 그녀에게 모두 말해 버렸고, 앤은 그를 위해 침착하게 듣고 있었다. 그녀는 거이가 마음먹은 일은 어떤 일이 있어도 해야 한다는 것을 알고 있었다. 그것은 너무나도 당연하고 불가피한 것처럼 보였다. 이 세상의 누구나가 그 사실을 알고 있어야만 한다고 거이는 느꼈다. 자기 옆에서 무관심한 듯이 음식을 먹고 있는 남자도, 거이가 나올 때 홀을 청소하며 그에게 미소를 보내고는 기분은 괜찮은지 물어 왔던 맥코슬랜드 부인도 알고 있어야만 했다. 커피숍의 벽에 걸려 있는 일력(日曆)이 오늘이 3월 12일 금요일임을 알려 주고 있었다. 거이는 일력을 바라보고 나서 식사를 끝마쳤다.

　그는 계속해서 움직이고 싶었다. 매디슨 가까지 걸어 올라간 다음, 5번가를 따라 센트럴 파크 끝까지 갔다가 서쪽으로 내려와 펜실베이니아 역까지 걸어 내려가면 그레이트 넥으로 가는 기차를 탈 수 있으리라 생각하고, 그렇게 하기로 결정했다. 그는 오늘 밤 할 일의 순서를 생각해 보았다. 하지만 마치 학교 다닐 때 이미 너무 공부를 많이 했기에 넌더리가 난 것처럼 곧 지겨워져서 집어치워 버렸다. 매디슨가 한 상점의 쇼윈도우에 청동으로 만든 기압계가 유별나게 눈에 띄었다. 마치 그가 곧 휴가를 얻어 저것을 가지고 놀러가게 될 것 같았다. 앤의 요트에는 저것만큼 훌륭한 기압계는 없다고 생각되었다. 그렇지 않았다면 이미 보았을 테니까. 요트를 타고 남쪽으로 신혼여행을 가기 전에 하나를 장만해야겠다. 거이는 아주 값비싼 재산처럼 자기의 사랑에 대해서 음미해 보았다. 그는 센트럴 파크의 북쪽 끝까지 갔는데, 바로 그때 자기가 권총을 가지고 오지 않았다는 사실이 떠올랐다. 아니면 장갑을 가지고 오지 않았든지. 게다가 시간은 벌써 7시 45분이었다. 이 얼마나 멋지고 멍청한 시작인가! 그는 택시를 소리쳐 불러서는 운전사에게 빨리 가라고 재촉했다.

　아직 시간이 많이 있었다. 그는 잠시동안 할 일 없이 방 안을 왔다 갔다했다. 크레프 창을 댄 구두를 신어야 되나? 모자를 써야만 할까?

거이는 루거 권총을 아래 서랍에서 끄집어내어 책상 위에다 올려놓았다. 권총 아래에 브루노가 계획을 짠 종이가 있었다. 거이는 그것을 펼쳐 보았으나, 그가 이미 너무도 잘 알고 있는 것임을 알고는 쓰레기통 속에다 던져 넣어 버렸다. 그의 몸놀림이 다시 부드러워졌다. 그는 침대 옆의 테이블에서 자주색 장갑을 집어들었다. 조그마한 노란 표가 장갑에서 나부끼며 떨어졌다. 그레이트 넥까지 가는 표였다.

그는 전보다 엄청나게 커다랗게 보이는 검은 루거 권총을 바라보았다. 권총을 이렇게 커다랗게 만들다니 그 작자는 멍청한 게 틀림없군! 그는 윗서랍에서 자기의 소형 권총을 끄집어냈다. 손잡이에 박힌 진주가 아름답게 반짝거렸다. 짧고 가느다란 총신은 호기심이 많고 기꺼이 해내려는 듯이 보였으며, 말없고 당당한 힘을 지닌 강한 의지처럼 보였다. 루거 권총이 브루노의 것이었기에 보관해두려 했다는 것을 잊어서는 안 된다. 그러나 이제는 그런 이유 때문에 저 무거운 총을 갖고 갈 필요는 없을 것 같았다. 거이는 이제는 브루노에게 아무런 적의도 느끼지 않았다. 정말 이상한 일이었다.

얼마 동안 그는 혼란 상태에 빠져 있었다. 물론 루거 권총을 가져가야 했다. 그 계획 속에 루거 권총이 포함되어 있었으니 말이다! 그는 루거 권총을 외투 주머니에 넣었다. 손이 책상 위에 놓인 장갑을 향했다. 장갑은 자주색이었고, 권총을 넣은 플란넬 주머니도 옅은 자주색이었다. 갑자기 비슷한 색깔 때문에 자기가 조그만 권총을 가져가는 게 적합한 것처럼 여겨져서 거이는 루거 권총을 아래 서랍에다 도로 집어넣고 자기 권총을 호주머니에 넣었다. 그는 무언가 또 해야 할 일이 없는지 다시 확인하지는 않았다. 브루노의 계획을 너무나도 자주 연기해 보았으므로 완벽하게 마스터했다고 여긴 것이다. 마침내 그는 물잔을 들고 벽 선반에 있는 담쟁이덩굴에다 물을 부었다. 거이는 커피 한 잔이 자기를 더 민첩하게 만들 거라고 생각했다. 그레이트 넥 역에서 커피를 한 잔 마실 수 있을 것이다.

기차에서 어떤 남자가 그의 어깨를 밀쳤을 때 그는 신경이 극도로 날카로워져서 어떻게 해서든지 진정시켜야겠다고 생각했다. 그러자 수많은 말들이 그의 머릿속으로 돌풍처럼 밀려들어와 하마터면 내뱉을 뻔했다.

'내 호주머니에 있는 것은 진짜 총이 아니야. 난 한 번도 이걸 총이라 생각했던 적은 없었어. 난 이게 총이기 때문에 산 것이 아니야.'

그는 자기가 그걸로 사람을 죽이게 될 거라는 사실을 알았기 때문에 마음이 다소 느긋해졌다. 그는 마치 자기가 브루노인 것 같았다. 여러 번 그가 그렇게 느껴 오지 않았던가? 그렇지만 겁쟁이처럼 한 번도 그 사실을 인정한 적이 없지 않았던가? 브루노가 자기와 비슷하다는 것을 알지 않았던가? 그렇지 않으면 왜 그가 브루노를 좋아했겠는가? 그는 브루노를 사랑했다. 브루노가 자기를 위해 모든 것을 세세히 준비해 주었고, 또 만사가 브루노에겐 항상 잘 되어 나갔기에 자기에게도 잘 풀려 나갔던 것이다. 세상은 브루노 같은 사람에게 맞추어져 있었다.

그가 기차에서 내렸다. 방향도 알 수 없을 정도로 뿌옇게 안개 낀 거리에 이슬비가 촉촉이 내리고 있었다. 거이는 브루노가 알려준 대로 버스가 늘어서 있는 곳으로 곧장 갔다. 열어 둔 차창을 통해 들어오는 공기는 뉴욕에서보다 더 차갑고, 신선했다. 버스는 불빛이 훤한 중심지에서 벗어나 양쪽에 집이 늘어선 어두운 길로 접어들었다. 역에서 커피를 마시지 않았다는 사실이 기억났다. 이제 와서 다시 되돌아갈 수는 없었기에 거이는 불안했다. 커피 한 잔이 세상 일을 전혀 다르게 만들 수도 있었다. 그렇다. 그의 생명까지도! 그러나 그랜드 가(街)의 버스 정류장에서 그는 자동적으로 벌떡 일어났다. 그리고 확실한 트랙 위를 계속 전진해 나가고 있다는 것을 알고는 안심했다.

그의 발자국은 더러운 길 위에서 축축하고 탄력 있는 소리를 냈다. 앞쪽에서 젊은 여자가 보도를 따라 이어져 있는 계단을 뛰어 올라갔다. 곧 이어 문을 닫는 소리가 조용하고 친밀하게 들렸다. 나무 한 그루만이 외롭게 서 있는 공터까지 가자 왼쪽에 어두운 덤불 숲이 있었

제23장

다. 브루노가 지도에다 그려 놓은 가로등은 푸른색과 금빛의 후광을 두르고 있었다. 차 한 대가 천천히 다가왔다. 헤드라이트가 길 한복판의 돌출된 부분을 마치 핏발 선 눈처럼 비추며 거이 옆을 스쳐 지나갔다.

그의 앞에 갑자기 그 집이 나타나자, 마치 자기가 이미 알고 있는 무대의 막이 올라간 것같이 느껴졌다. 앞쪽에 회칠을 한 7피트 높이의 긴 벽이 보였다. 벽은 여기저기 벚나무에 가려 어두웠으며, 그 너머로 삼각형의 흰 집 꼭대기가 보였다. 바로 브루노가 말한 그 '개집'이었다. 그는 길을 건넜다. 길 위쪽에서 느린 발자국 소리가 들렸다. 거이는 그 형체가 나타날 때까지 벽의 어두운 북쪽 면에 몸을 붙이고 기다렸다. 경관이었다. 경관은 뒷짐을 진 채 곤봉을 들고 천천히 걸어오고 있었다. 거이는 조금도 놀라지 않았다. 만일 경관이 아니라 다른 사람이었다면 오히려 놀랐으리라는 생각이 들었다. 경관이 자기 옆을 스쳐 지나가자 거이는 벽 옆으로 15걸음 정도 걸어나가서 펄쩍 뛰어올라 벽 꼭대기의 벽면을 꽉 붙들고는 기어올랐다. 벽 안쪽 바로 아래에서 거이는 브루노가 벽 가까이에 던져 놓았다고 말했던 우유 운반 상자의 희미한 형체를 볼 수 있었다. 벚나무 가지 사이로 집을 살펴보려고 몸을 기울였다. 1층에 있는 5개의 커다란 창문을 볼 수 있었고, 튀어나와 있는 직사각형 수영장의 일부도 보였다. 불빛이라고는 하나도 없었다. 그는 아래로 뛰어내렸다.

이제 뒤쪽에 있는 6개의 흰 계단이 시작되는 곳이 보였다. 집 전체를 둘러싸고 있는 꽃이 피지 않은 말채나무의 희미한 가장자리도 보였다. 브루노가 그린 그림을 보고 거이가 의아해했듯이 10개의 이중 박공 벽을 갖기에는 집이 너무 작았다. 틀림없이 주인이 박공 벽을 원했기 때문에 저런 식으로 지었을 것이다. 거이는 벽의 안쪽을 따라 움직이다가 잔가지에 부딪혀서 깜짝 놀랐다. '잔디를 지나 질러가세요.' 하고 브루노가 말을 했었는데, 바로 이 잔가지들 때문이었다.

집 쪽으로 움직일 때 큰 가지에 걸려 모자가 벗겨졌다. 그는 모자를 외투 앞에다 쑤셔 넣고는 손을 다시 열쇠가 있는 호주머니에 넣었다. 언제 장갑을 껴야 할까? 그는 숨을 들이쉬고는 걷는 것과 뛰는 것 중간의 걸음걸이로 고양이처럼 가볍고 재빠르게 잔디를 건너갔다. 이런 일은 이전에도 여러 번 했었고, 이번이 그 중 하나일 뿐이라고 그는 생각했다. 잔디가 끝나는 곳에서 잠깐 머뭇거리다가 자갈길이 굽어 있는 낯익은 차고를 힐끗 한번 보고는 뒤쪽의 여섯 계단을 올라갔다. 뒷문이 육중하고 부드럽게 열려서 거이는 안쪽의 손잡이를 붙잡았다. 그러나 원통형 예일 자물쇠가 채워진 두 번째 문이 끄덕도 않자 그는 당황했다. 더 힘주어 밀자 문이 열렸다. 그는 시계 소리를 들었다. 비록 여러 가지 물건들과 크고 흰 난로, 하인용 탁자와 의자, 그리고 캐비닛 같은 시커먼 형체들밖에는 볼 수 없었지만 그것이 테이블이라는 것을 거이는 알았다. 그는 자기의 발자국을 세면서 뒤쪽 계단으로 대각선으로 움직였다.

'나는 당신이 중앙 계단을 이용했으면 해요. 하지만 계단 전체가 삐걱거리니 조심하세요.'

그는 바싹 긴장한 채 천천히 걸으면서 눈을 크게 뜨고, 보이지 않는 채소 저장통을 피해 나갔다. 자기가 정신나간 몽유병자를 닮아야만 한다는 생각이 문득 들자 갑자기 공포가 몰려왔다.

'먼저 열두 계단을 오르고 일곱 번째는 건너뛰도록 하세요. 그런 다음 두 개의 조그만 층계참 사이에 계단이 있어요……. 네 번째는 뛰어넘고, 세 번째도 뛰어넘고, 꼭대기에서는 발을 넓게 떼도록 하십시오. 당신은 기억할 수 있을 겁니다. 그것은 일정한 리듬을 가지고 있으니까요.'

그는 처음의 조그만 층계참에서는 네 번째 계단을 뛰어넘었다. 마지막 층계참 전의 도는 자리에 둥근 창문이 있었다. 거이는 어떤 수필집에서 읽었던 게 기억났다.

'집이 지어진 대로 거기에서 사는 사람의 생활 양식이 바뀌게 된다…….'

아이들은 놀이방으로 가는 15개의 계단을 오르기 전에 경치를 보러 창으로 가지 않을까? 그의 왼쪽 10피트 앞쪽에 집사 방의 문이 있었다.
'이곳은 당신이 다른 사람과 마주칠 가능성이 가장 많은 곳이지요.'
그가 문의 어두운 기둥을 지나갈 때 브루노의 목소리가 점점 크게 들렸다.
마루가 불평하는 듯이 조그맣고 구슬픈 소리를 냈다. 거이는 얼른 자기 발을 빼고는 잠시 기다렸다가 그 지점 주위로 걸음을 옮겼다. 아주 조심스럽게 홀 문손잡이에 손을 갖다 댔다. 그가 문을 열자 중앙 계단의 층계참 위에 있는 시계의 째깍거리는 소리가 더욱 크게 들렸다. 거이는 몇 초 동안 그 소리에 귀를 기울였다. 그는 한숨 소리를 들었다.
중앙 계단 위에서의 한숨!
시계 종이 울려퍼졌다. 손잡이가 덜그럭 소리를 냈고, 그는 손잡이가 부서질 만큼 세게 눌렀다. 세 번, 네 번. 집사가 그 소리를 듣기 전에 얼른 문을 닫아야지! 이게 브루노가 11시에서 자정 사이라고 말한 이유였는가? 빌어먹을 자식! 게다가 지금 거이는 루거 권총을 가지고 있지도 않았다! 거이는 탕탕 소리를 내면서 문을 닫았다. 외투 칼라에서 그의 얼굴로 열이 올라왔다. 땀을 흘리고 있는 동안에도 시계는 계속해서 울리고 있었다. 마침내 마지막 시계 종이 울렸다. 그는 귀를 기울였다. 똑딱 소리밖에는 아무 소리도 들리지 않았다. 그는 문을 열고는 중앙 홀로 들어갔다. 거이는 분명 정해진 트랙의 순서를 밟고 있었다. 머릿속으로 몇 번이나 연습해 보았기에 거이는 전에 여기에 온 적이 있는 듯이 여겨졌다. 카펫이 깔려 있고, 널빤지를 댄 크림색 벽이며 계단 앞쪽의 대리석 테이블과 함께 브루노 아버지의 방문을 보았을 때 거이는 이 빈 홀에 왔었던 적이 분명히 있다고 느꼈다. 홀에서 나는 냄새조차 낯이 익은 것 같았다. 날카롭고 따끔거리는 느낌이 그의 관자놀이에 와 닿았다. 갑자기 거이는 그 노인이 자기처럼 숨을 죽이고서 그를 기다리며 문 반대쪽에 서 있다고 확신했다. 거이가 너무 오랫동안 숨을 죽이고 있었기에, 만일 그 노인도 똑같이 숨을 쉬지 않고 있었다면 지금쯤은 틀림없이 죽었을 것이다. 터무니없는 소리! 어서 문을 열어!

그는 왼손으로 손잡이를 잡았다. 오른손은 자동적으로 호주머니의 권총으로 갔다. 그는 위험선을 넘어서도 상처받지 않는 기계처럼 여겨졌다. 그는 이전에 아주 여러 번 여기 왔었으며, 왔을 때마다 수없이 그를 죽였다. 오늘은 단지 그 중의 한 번일 뿐이다. 그는 문에 1인치 정도의 넓이로 생긴 틈을 빤히 바라보았다. 무한한 공간이 그 너머로 펼쳐져 있는 것을 느끼면서 현기증이 지나가 버릴 때까지 기다렸다. 안에 들어가서 그가 보이지 않으면 어떻게 하나? 그 노인이 자기를 먼저 본다면 어떻게 하지?

'앞쪽 현관의 야간등이 방을 약간 밝히고 있어요.'

그러나 침대는 반대쪽 구석 너머에 있었다. 그는 문을 더 넓게 열고 귀를 기울이며 서둘러 안으로 들어갔다. 방은 조용했고 어두운 구석에 희미하게 침대가 놓여 있었다. 머리맡에는 전구가 하나 있었다.

'바람이 문을 밀어 쾅 소리를 낼지도 모릅니다.'

그는 문을 닫고는 구석 쪽을 향했다.

총은 이미 그의 손 안에 있었다. 그는 비어 있는 것처럼 보이는 침대를 겨냥했다.

거이는 그의 오른쪽 어깨 너머의 창을 힐끗 보았다. 살짝 열려 있었는데, 브루노는 그 창문이 내내 열려 있을지도 모른다는 이야기를 했었다. 이슬비 때문이었다. 거이는 침대를 바라보면서 얼굴을 찌푸렸다. 그런 다음 굉장한 전율을 느끼면서 벽 쪽 가까이에 놓여 있는 머리의 형체를 보았다. 마치 거이를 일종의 재미있는 경멸감을 가지고 바라보고 있기라도 하듯이 머리가 한쪽으로 기울어져 있었다. 얼굴은 베개에 파묻힌 머리보다 더 검었다. 권총도 노인만큼이나 똑바로 그의 얼굴을 바라보고 있었다.

가슴에다 쏘아야만 한다. 권총은 고분고분하게도 가슴 쪽을 향했다. 거이는 미끄러지듯 침대 더 가까이로 발을 옮기면서 뒤쪽의 창을 한 번 더 힐끗 바라보았다. 숨쉬는 소리도 없었다. 그가 살아 있다고 생각되지 않을 정도였다. 바로 그 형체가 단순히 목표물일 뿐이라고 타이른 결과였다. 게다가 그는 그 목표물을 알고 있지도 않았기 때문에 마치 전쟁터에서 사람을 죽이는 것과 똑같았다. 자, 이제?
"하하하하!"
갑자기 웃음소리가 창 밖에서 들려 왔다.
거이는 몸을 떨었고, 권총도 떨렸다. 멀리서 들려 오는 여자의 웃음소리였으나, 총소리만큼이나 분명하게 들렸다. 거이는 입술을 적셨다. 그 웃음소리가 잠깐 동안 무대의 모든 것을 싹 쓸어가 버려서 아무것도 남겨 놓지 않았다. 그 빈 공간은 이제 천천히 살인하기 위해 서 있는 거이로 메꾸어졌다. 심장이 한 번 고동치는 시간 동안에 일어난 일이었다. 생명. 길에서 걷고 있는 젊은 여자. 아마도 젊은 남자와 함께이겠지. 그리고 이 남자는 침대에서 잠들어 있다.
'아냐, 생각하지 마! 넌 앤을 위해 이것을 하는 거야, 알겠어? 앤을 위해서, 그리고 자신을 위해서! 마치 전쟁터에서 죽이는 것과 똑같은 거란 말이야. 전쟁터에서 죽이는 것과······.'
거이는 방아쇠를 당겼다. 단지 짤깍 하는 소리만 났다. 다시 방아쇠를 당겼지만 짤깍거리기만 했다. 속임수였다! 모두 엉터리였고, 존재하지도 않았다! 그가 여기 서 있는 것조차도! 그는 또 한 번 방아쇠를 당겼다.
방이 시끄럽게 울리며 갈기갈기 찢어졌다. 손가락은 공포로 꼭 죄어졌다. 마치 세상의 껍데기가 폭발이라도 한 듯이 다시 떠들썩해지기 시작했다.
"컥!" 하고 침대 위의 형체가 소리를 냈다. 회색빛 얼굴이 머리와 어깨선을 따라 앞쪽으로 움직였다.
거이는 현관 지붕으로 뛰어내렸다. 악몽을 꾸다가 낭떠러지에서 떨어진 것처럼 정신이 번쩍 들었다. 기적같이 차일 막대가 그의 손으로 미끄러져 들어왔고, 그는 다시 아래로 뛰어내렸다. 현관 끝에서 뛰어내린 그는 집 옆을 따라 달려간 다음 잔디를 가로질러 우유 운반 상자가 있는 곳으로 곧장 뛰어갔다.

땅이 그를 붙잡고 늘어지는 것 같았다. 잔디를 얼른 가로질러 가려고 정신없이 휘젓고 있는 자기 팔이 무감각하게 느껴졌다. 이것이 바로 위층에서 들었던 웃음소리 같은 생명을 아끼는 방법이었고, 또 생명이 존재하는 방법이었다. 진실이란 것은 도저히 일어날 수 없는 일이 발생해, 몸이 굳어 마비되어 버리는 악몽과 같은 것이었다.

"이봐!"

어떤 목소리가 소리쳐 불렀다.

거이가 예상했던 대로 집사가 뒤를 쫓아왔다. 마치 그가 자기 바로 뒤에 있는 것처럼 여겨졌다. 악몽이었다!

"이봐! 이봐, 거기 서!"

거이는 벚나무 아래에서 몸을 돌려 주먹을 쳐들고 섰다. 집사는 자기 바로 뒤에 있는 게 아니었다. 꽤 멀리 떨어져 있었지만, 그를 충분히 볼 수 있었다. 흰 잠옷을 입은 채 미친 듯이 달려오고 있는 형체가, 마치 담배 연기가 위로 올라가듯이 흔들리더니 거이 쪽으로 커브를 돌며 다가왔다. 거이는 얼어붙은 채 기다리고 서 있었다.

"이봐!"

거이의 주먹이 다가오고 있는 턱으로 날아가자 흰 유령 같은 작자는 맥없이 나가 떨어졌다.

거이는 벽을 뛰어넘었다.

그의 주위에서 어둠이 점점 더 높이 쌓여 오르고 있었다. 그는 조그만 나무를 피하고 도랑처럼 보이는 것을 뛰어넘어 계속 뛰었다. 그때 갑자기 거이는 얼굴을 아래로 떨구었다. 고통이 그의 가슴에서부터 사방으로 퍼져나가 그를 땅에다 뿌리박게 해버렸다. 몸이 심하게 떨렸다. 거이는 그 떨림을 긁어모아 뛰어가는 데 써야 한다고 생각했다.

그곳은 브루노가 가라고 말한 길이 아니었지만, 그는 방향을 바꿀 수 없었다.
'집의 남쪽 뉴호프를 벗어나 먼지 쌓인 작은 길을 따라 동쪽으로 가세요. 그곳에는 전등이 없지요. 그리고 콜롬비아 가에 이를 때까지 커다란 길 두 개를 건너 계속 가서 남쪽(오른쪽)으로 걸어가세요. 다른 철도역으로 가는 버스 노선까지.'
그 빌어먹을 것들을 종이 위에다 적는 브루노에게는 모든 게 다 잘 될지도 모르지. 제길! 거이는 지금 자기가 어디에 있는지 알고 있었다. 브루노가 짠 범행 계획 중 어느 것에도 쓰여 있지 않은, 집의 서쪽 들판이었다. 거이는 뒤를 돌아봤다. 어느 쪽이 북쪽일까? 가로등은 또 어떻게 된 거지? 어쩌면 그는 어둠 속에서 길을 발견할 수 없을지도 모른다. 거이는 브루노의 집이 자기 뒤에 있는지, 아니면 왼쪽에 있는지도 알 수 없었다. 그는 알 수 없는 이상한 고통으로 오른팔이 떨려 와서 자기가 어둠 속에서 빛이라도 발하게 될지 모른다는 생각이 들었다.
마치 총소리와 함께 몸이 산산조각으로 부서지기라도 한 것처럼 거이는 자기가 다시는 움직일 힘을 모을 수가 없으며, 또 전혀 그러고 싶지도 않다고 생각했다. 그는 고등학교 때 축구 시합을 하면서 누군가와 부딪쳤던 일이 기억났다. 그때도 지금처럼 고통으로 말도 못 하며 얼굴을 아래로 떨구고 있었다. 그 날 저녁식사도 기억이 났다. 침대에 누워 있는 자기에게 어머니가 저녁과 따끈한 물병을 가져왔던 것이다. 어머니는 따뜻한 손길로 그가 먹기 쉽도록 턱 아래에 그릇을 대주었다. 거이의 떨리던 손은 반쯤 묻혀 있는 바위 위에서 따끔거리며 흔들렸다. 마치 지쳐 있는 어느 아침에 반쯤 잠에 취한 상태로 있기라도 한 듯이 얼빠진 태도로, 자기가 안전하지 않기 때문에 고통스럽기는 하지만 어서 일어나야만 한다고 생각을 하면서 거이는 입술을 깨물었다. 그는 여전히 그 집에서 너무 가까운 곳에 있었다. 축 늘어져 있던 몸을 갑자기 충전이라도 한 듯이 거이는 팔다리를 급히 움직이면서 들판을 가로질러 달렸다.
 괴상한 소리 때문에 거이는 멈추어 섰다. 사방에서 흘러나오는 것처럼 보이는 나지막하고도 운율이 있는 신음소리였다.
 물론 경찰 사이렌 소리였다. 바보처럼 처음에는 비행기 소리라고 생각했었다. 거이는 왼쪽 어깨 너머에서 들리는 사이렌 소리로부터 달아나기 위해 뒤도 돌아보지 않고 곧장 달렸다. 좁은 길을 발견하려면 왼쪽으로 방향을 바꾸어야 한다고 생각하면서 그는 계속 달렸다. 그는 회칠한 기다란 벽 너머로 멀리 도망가야만 한다. 그 방향으로 나 있음직한 큰길을 건너려고 왼쪽으로 꺾어 들었다. 그때 사이렌 소리가 그 길로 오고 있었다. 그는 기다려야만 했다. 그러나 그럴 수 없었다. 그는 차들과 나란히 해서 계속 뛰었다. 그때 무언가가 그의 발에 걸렸다. 그는 욕을 해대면서 다시 넘어졌다. 그는 팔을 벌린 채 도랑 같은 곳에 나자빠져 버렸는데, 오른쪽 팔은 위쪽의 땅 위에 올려져 있었다. 일이 제대로 안 되어가서 미칠 지경이었다. 그는 그냥 흐느끼기 시작했다. 왼손이 좀 이상했다. 손목까지 물 속에 들어가 있었다.
 '손목 시계가 젖어 버리겠는걸.'
 그가 손을 빼내려고 하면 할수록 더욱더 손을 움직일 수가 없었다. 거이는 두 개의 힘을 느꼈다. 팔을 움직이고자 하는 힘과 그러지 않으려 하는 또 다른 힘! 이 두 가지의 힘은 너무나도 완벽할 정도로 균형을 이루어서 거이의 팔을 맥없이 늘어지게 했다. 믿기 어렵게도 그는 지금 잠을 자고 싶다는 생각이 들었다.
 '경찰이 날 포위하겠지.'
 이런 생각이 들어 거이는 다시 일어나 또 달렸다.
 오른쪽 아주 가까이에서 마치 경찰이 그를 찾아내기라도 한 것처럼 사이렌이 의기양양하게 날카로운 소리를 냈다.
 사각형의 불빛이 거이 앞에 갑자기 던져져서, 그는 돌아서서 달아났다. 창문. 그는 하마터면 집 안으로 뛰어들 뻔했다. 온 세상이 다 깨어 버렸다! 게다가 그는 길을 건너가야만 했다!

경찰차가 숲 속으로 헤드라이트를 껐다 켰다 하면서 거의 앞쪽 30피트 정도의 길 위로 지나쳐 갔다. 또 다른 사이렌 소리가 왼쪽에서 들렸는데 집 쪽이 틀림없었다. 잠시 동안 윙윙거리더니 곧 잠잠해졌다. 거의는 구부린 채 차 뒤쪽에서 멀지 않은 길을 건너 더 깊은 어둠 속으로 들어갔다. 좁은 길이 이제 어디에 있든지 관계없이 그는 그 방향으로 집에서 점점 멀리 달릴 수 있었다.

'만일 당신이 좁은 길에서 벗어나야만 할 경우에는, 남쪽에 불이 켜지지 않은 숲 같은 곳이 있어요. 숨기 쉬운 곳이죠. ……우리 집과 RR역 사이에서는 무슨 일이 일어나더라도 루거 권총을 버려서는 안 됩니다.'

그는 호주머니 속으로 손을 넣었다. 장갑 구멍을 통해 조그만 리볼버 권총의 냉기가 느껴졌다. 그는 호주머니 속에 총을 다시 넣은 기억이 없었다. 파란 카펫 위에 놓여져 있을지도 모른다고 생각했던 것이다! 만일 그가 총을 떨어뜨리기라도 했다면? 그런 것까지 생각하다니 세월 좋군!

무언가가 자기를 붙잡았다. 그는 자동적으로 주먹을 들고 싸웠는데, 그것이 덤불과 나뭇가지, 그리고 가시나무라는 것을 알고는 그 사이를 헤치며 뛰어들었다. 사이렌 소리가 바로 뒤에서 들려 와서 도망칠 수 있는 방향이라곤 그쪽뿐이었다. 거의는 자기 앞에 있는 적에게뿐만 아니라 양옆과 뒤쪽에도 시선을 집중해야 했다. 수천 개의 날카롭고 조그만 손들이 거의를 붙들었다가는 부서지는 소리가 사이렌 소리마저도 삼켜 버렸다. 그는 정정당당하게 전투를 즐기면서 기분좋게 그들과 맞서 싸우는 데에 힘을 다 썼다.

그는 숲 가장자리에서 번쩍 정신이 들어 아래쪽으로 경사진 언덕을 내려다보았다. 그가 정신이 계속 멀쩡해 있었던가? 아니면 조금 전에 쓰러졌던 것인가? 하늘은 새벽녘의 잿빛이었다. 그는 일어섰다. 정신이 가물가물한 것을 보니 아마도 의식을 잃고 있었던 것 같았다. 그는 뭉쳐진 머리카락으로 손을 갖다 댔다. 머리 한쪽으로 삐져 나와 있는 축축한 곳이 느껴졌다. 그는 머리가 깨졌을지도 모른다고 생각하며, 이 자리에서 죽게 되는 건가? 하고 얼마 동안 겁에 질려 있었다.

아래쪽의 조그마한 마을에서 드문드문 있는 불빛이 어스름 속에서 별처럼 빛을 내고 있었다. 거이는 기계적으로 손수건을 끄집어내어 검은 피가 굳어져 있는 상처난 엄지손가락 밑쪽을 꼭꼭 동여맸다. 그는 나무쪽으로 몸을 옮겨서 기대었다. 그의 눈은 마을과 아래쪽 길을 훑고 있었다. 움직이는 것이라고는 하나도 없었다. 이게 자기인가? 권총의 발사, 사이렌 소리, 숲 덤불과의 싸움을 기억하며 나무에 기대어 서 있는 이 사람이? 물을 마시고 싶었다. 마을 끝의 먼지 덮인 길 위에 주유소가 보였다. 거이는 주유소를 향해 아래로 내려갔다.

주유소 옆에 구식 펌프가 하나 있었다. 머리를 그 아래에다 갖다 댔다. 얼굴이 상처투성이인 듯 따끔거렸다. 서서히 머릿속이 맑아지기 시작했다. 그레이트 넥에서 2마일 이상 오지는 않았겠지. 손가락 하나와 손목에 간신히 매달려 있는 오른쪽 장갑을 벗어서 주머니에 넣었다. 다른 한쪽은 어디 있지? 엄지손가락이 걸렸던 숲속에다 두고 왔나? 갑자기 가슴이 덜컹 내려앉았으나, 거이는 이미 그런 걸 몇 번 겪었던 터라 얼른 마음을 가라앉혔다. 그 장갑 한쪽을 찾기 위해 다시 돌아가야 하나? 그는 외투 주머니는 물론 외투의 단추를 열고 바지 주머니까지 샅샅이 뒤졌다. 그의 모자가 발 아래에 떨어졌다. 그는 모자에 관해서는 깜빡 잊고 있었다. 만일 어딘가에다 모자마저 떨어뜨렸다면? 그때 왼쪽 소매 안에서 장갑을 발견했다. 장갑은 손목의 윗부분 솔기 외에는 너덜너덜 떨어져 넝마같이 되어 있었다. 거이는 멍한 안도감을 느끼며 그것을 주머니에 집어넣었다. 그는 바지를 한 단 접어 올렸다. 남쪽이라고 생각되는 방향으로 계속 걸어가서 더욱 남쪽으로 가는 버스를 집어타고 기차역까지 가기로 결정했다.

목표를 정하자마자 고통이 밀려들기 시작했다. 어떻게 이런 무릎으로 그 먼 길을 걸어갈 수가 있을까? 그래도 거이는 기운을 차리려고 머리를 똑바로 든 채 계속해서 걸었다. 밤과 낮이 아슬아슬하게 균형을 취하고 있는 무렵이어서, 비록 침울한 무지개빛이 여기저기 떠 있긴 했지만 여전히 어두웠다. 어둠의 비중이 조금 더 큰지 아직까지는 어둠이 불빛을 누르고 있었다. 그가 집에 도착해 문을 잠글 때까지 밤이 이 정도만이라도 어둠을 붙들어 주기만 한다면!

　그때 태양이 어두운 밤에 갑작스런 빛을 던지면서 거이의 왼쪽 지평선에서 기지개를 폈다. 언덕 꼭대기에 한 줄기 은빛 선이 둘러지면서 마치 감았던 눈을 뜨기라도 하듯이 언덕은 엷은 자주색에서 녹색으로, 그리고 다시 갈색으로 변해 가고 있었다. 언덕 위의 나무 아래에 조그맣고 노란 집이 한 채 서 있었다. 거이의 오른쪽으로는 어두운 들판의 녹색과 갈색의 키 큰 풀들이 바다처럼 부드럽게 움직이고 있었다. 새 한 마리가 울어대며 풀 속에서 나와 날아오르며 끝이 뽀족한 날개로 하늘에다 빠르고 들쭉날쭉한 내용의 글을 잔뜩 적어 놓았다. 거이는 새가 사라져 버릴 때까지 멈춰 서서 바라보았다.

제24장

거이는 100번 정도 목욕탕 거울에 얼굴을 비추어 보았다. 끈기 있게 지혈 막대로 모든 상처 하나하나를 만지고 약을 다시 발랐다. 마치 자신의 일부가 아닌 것처럼 객관적으로 그의 얼굴과 손을 살폈다. 자기 눈이 거울 속의 눈과 마주치면 살짝 피해버렸다. 기차에서 브루노를 처음 만난 그 오후에 그의 눈을 피하려고 애썼을 때에도 지금 같았을 거라고 거이는 생각했다.

그는 되돌아와서 침대 위에 몸을 던졌다. 오늘과 일요일인 내일은 쉴 수 있다. 어느 누구와도 만날 필요가 없다. 2주일 동안 시카고에 가는 바람에 집에 없었다고 말할 수 있다. 그러나 만일 모레 떠난다면 의심스러워 보일지도 모른다. 상처난 손만 아니라면 거이는 자기가 저지른 일이 꿈이라고 믿었을 것이다. 그 일은 하고 싶지 않았었다. 그럴 마음도 없었다. 그를 움직인 것은 브루노였다. 거이는 브루노를 저주하고 싶었다. 큰 소리로 그를 저주하고 싶었지만 지금은 그럴 만한 기력이 없었다. 하지만 신기하게도 그는 아무런 죄의식도 느끼지 않았다. 브루노가 자기를 그렇게 하도록 움직였다는 것이 변명이 된 것이다. 사실 지금보다도 미리엄이 죽었을 때에 더 심하게 죄의식을 느꼈었다. 왜? 지금은 단지 지쳐있기 때문에 어떤 것에도 관심이 없어서일까? 아니면 누구든지 사람을 죽이고 난 뒤에는 이렇게 느끼는 건가? 거이는 잠을 자 보려고 애를 썼다. 그는 머릿속으로 롱아일랜드의 버스에서 보낸 시간과 자기를 빤히 바라보고 있던 두 명의 눈동자, 신문을 얼굴 위에 덮고 자는 체했던 일 등을 더듬어 보았다. 그 노동자들에게 그는 심한 수치감을 느꼈었다.

거이는 앞계단에서 무릎이 꺾여 하마터면 넘어질 뻔했다. 감시받고 있지 않는지는 생각해보지 않았다. 그는 보통 때처럼 아래로 내려가 신문을 샀다. 그는 감시받고 있는지를 알아볼 만한 기력도, 또 그런 데 신경쓸 기력도 없었다. 마치 병자나 부상당한 사람이 다음 번의 불가피한 수술을 두려워하듯이 그런 기력이 생기는 것을 오히려 그는 두려워했다.

'저널 아메리칸' 지(紙)는 살인자의 인상착의와 함께 집사가 증언한 아주 기다란 설명을 실었다. 범인은 183㎝ 정도의 키에, 약 80kg의 몸무게를 지닌 짙은 외투와 모자를 쓴 남자로 되어 있었다. 마치 자기와는 관계가 없는 듯 거이는 약간 놀라며 그 기사를 읽었다. 자기는 겨우 175㎝에 몸무게는 64kg이었다. 게다가 그는 모자를 쓰고 있지도 않았다. 그는 새뮤얼 브루노가 누구인지를 써놓은 부분은 뛰어넘고 살인범의 도주에 관한 부분만 대단한 관심을 가지고 읽었다. 도주로는 뉴호프 도로의 북쪽으로 나와 있었는데, 그곳에서 범인은 그레이트 넥에서 길을 잃었다가는 12시 18분 기차를 타고 빠져나갔을 것으로 추정된다고 했다. 실제로는 그는 남동쪽으로 도망갔었다. 갑자기 안도감이 밀려들면서 거이는 자기가 안전하다고 느꼈다. 그는 집 옆의 공터에서 허둥거릴 때 그랬던 것만큼 당황하며 자리에서 일어났다. 이 신문은 몇 시간 전의 것이다. 지금쯤은 그들이 자신의 실수를 발견했을 수도 있었다. 지금쯤 그의 집 문 바로 앞으로 자기를 잡으러 왔을지도 모른다. 그는 기다렸다. 어디에서도 아무 소리도 들리지 않아서 거이는 다시 피곤해져서 털썩 주저앉았다. 그는 억지로 그 긴 칼럼의 나머지를 읽었다. 살인자의 냉혹함이 강조되어 있었고, 속사정을 잘 아는 내부 사람의 소행으로 보인다고 되어 있었다. 지문도 남기지 않았고, 9인치 반의 몇몇 신발 자국과 흰 벽에 난 검은 얼룩밖에는 아무런 단서도 없었다. 거이는 즉시 자기 옷을 없애버려야 한다고 생각했지만, 언제 그럴 만한 기력을 찾게 될지 몰랐다. 땅이 그토록 젖어 있었는데도 발자국의 크기를 본래보다 더 크게 측정했다니 참 이상했다. 신문에는 또 '……유별나게 조그마한 탄환 구멍'이라고 적혀 있었다. 거이는 또한 권총도 없애야만 했다. 슬픈 감정이 치솟았다. 싫다. 자기의 총과 헤어져야 하다니……, 정말 싫다! 그는 정신을 가다듬고 머리에다 올려놓은 수건에 얼음을 더 넣으려 일어섰다.
오후 늦게 앤이 일요일 밤 맨해튼에서 열리는 파티에 함께 가자고 전화를 했다.
"헬렌 헤이번의 파티예요. 내가 그 파티에 대해 이야기했죠?"
"응."
전혀 기억이 나지 않았지만 거이는 그렇다고 대답했다.
"앤, 난 파티에 갈 기분이 아니야."
지난 한 시간 동안 거이는 감각을 잃은 듯했었다. 그것 때문에 앤의 말이 멀고도 무감각하게 들렸다. 앤이 뭔가가 달라졌다고 눈치챌지도 모른다는 것을 신경쓰지도 않고 무심코 흘러나오는 자기 말에 그는 귀를 기울였다. 앤이 크리스 넬슨에게 함께 가자고 부탁해야겠다고 말해서 거이는 좋도록 하라고 대답했다. 넬슨이 대단히 기뻐하며 앤과 함께 갈 것이라고 생각했다. 넬슨은 앤이 거이를 만나기 전에 그녀를 상당히 좋아했던 사람이어서, 거이는 그가 여전히 그녀를 사랑하고 있다고 여겼다.
"일요일 오후에 내가 뭐 좀 먹을 것을 사 갈까요? 그리고 함께 가볍게 식사도 하고요. 크리스는 좀더 늦게 만나도 되니까."
앤이 물었다.
"앤, 난 일요일에는 나가야 될 것 같은데……. 스케치 좀 하려고."
"오, 안됐네요. 당신에게 이야기할 게 있는데."
"뭔데?"
"당신이 들으면 좋아할 이야기예요. 하지만 뭐, 할 수 없죠. 다음에 이야기하죠."
거이는 맥코슬랜드 부인을 조심하며 계단을 살금살금 올라갔다. 앤은 그에게 쌀쌀맞았다. 그는 앤이 냉정하다고 생각했다. 다음 번에 그녀가 그를 만나게 되면 앤은 죄다 알게 될 테고 그러면 앤은 그를 싫어할 것이다. 앤과는 이제 끝났다. 이제 틀렸다. 거이는 잠이 들 때까

제24장　215

지 계속해서 이 말을 되뇌었다. 그는 다음 날 점심때까지 잤고, 나머지 시간은 무감각한 상태로 침대에 드러누워 있었다. 수건에 얼음을 다시 채우러 방을 건너가는 것조차 고통스러울 정도였다. 자기가 기력을 되찾을 만큼 충분히 잘 수는 없으리라고 여겨졌다. 하나씩 더듬어 가면서 그는 생각해 보았다. 그의 몸과 마음이 여행해 왔던 긴 노정을 더듬어 올라갔다. 무엇으로 되돌아가는 것인가? 그는 공포에 떨고 땀을 흘리면서 온몸이 굳은 채 불안해하며 누워 있었다. 그런 다음 목욕탕에 가려고 일어났다. 가벼운 설사 증세가 있었다. 두려움 때문이라고 생각했다. 마치 전쟁터에서처럼.

거이는 반쯤 잠이 든 상태에서 자기가 브루노의 집 쪽으로 건너가고 있는 꿈을 꾸었다. 그 집은 구름만큼이나 부드러운 하얀색이었다. 그리고 그는 총 쏘는 것을 머뭇거리면서도 어떻게 해서든지 쏘아야겠다고 생각하며 서 있었다. 총이 발사되는 순간 그는 번쩍 정신이 들었다. 그는 눈을 떴다. 새벽이었다. 그는 정확히 꿈속에서 서 있었던 것처럼 책상 옆에 서서 구석의 침대에다 총을 겨누고 있었다. 침대에서는 새뮤얼 브루노가 일어나려고 버둥거리고 있었다. 총이 다시 크게 울려 퍼졌다. 거이는 비명을 질러버렸다.

그는 깜짝 놀라면서 침대에서 튀어나왔다. 새뮤얼 브루노의 모습이 사라져버렸다. 그의 창문에는 그 날 새벽에 거이가 보았던 것과 똑같은 빛이 어려 있었다. 삶과 죽음을 뒤섞어 한데 모아 놓은 빛이었다. 그가 살아 있는 모든 새벽마다 그 빛이 항상 그의 방에 드리울 것이고, 그것이 거듭됨에 따라 그 방은 점점 희미하게 되고 그의 공포는 점점 날카롭게 될 것이다. 살아 있는 동안은 날마다 새벽에 그렇게 깨어난단 말이지?

부엌 쪽 초인종이 울렸다.

경찰이 아래층에 왔다는 생각이 들었다. 그들이 자기를 잡아가게 될 것이다. 그러나 그는 신경쓰지 않았다. 조금도 신경쓰지 않았다. 그는 모든 것을 몽땅 털어놓게 되리라. 한꺼번에 모든 것을 다 불어버려야지!

그는 문 여는 단추를 누르고는 문으로 가서 귀를 기울였다.
 가볍고 빠른 발걸음으로 올라오는 소리가 들렸다. 앤의 발소리였다. 앤보다는 경찰이 더 나은데! 그는 방 안을 서성거리다가 무심코 차양을 내렸다. 양손으로 머리를 뒤로 쓸어밀다가 머리에 혹이 난 것을 알았다.
 "나예요."
 앤이 미끄러지듯 들어오면서 낮은 소리로 말했다.
 "헬렌 집에서부터 걸어왔어요. 아주 멋진 아침이에요!"
 그녀는 거이의 붕대를 보더니, 표정이 굳어졌다.
 "당신 손이 왜 그렇죠?"
 거이는 책상 가까이의 그늘 쪽으로 뒷걸음질쳤다.
 "싸움에 말려들었어."
 "언제요? 어젯밤에요? 그리고 얼굴은 왜 그래요, 거이?"
 "응, 어제……."
 그는 그녀와 함께 있어야겠다고 생각했다. 앤이 없다면 자기는 썩어 없어질 것이다. 그는 팔을 그녀에게 두르려 했으나 앤은 반쯤 불빛이 있는 곳에서 그를 바라보며 밀어냈다.
 "거이, 어디서 그랬죠? 누가 그랬어요?"
 "내가 알지도 못하는 사람이야."
 그는 앤이 자기와 함께 있어 주길 너무나도 간절히 원해서 자기가 거짓말을 하고 있다는 것조차도 깨닫지 못하고 무감각하게 말했다.
 "술집에서 그랬어. 전등을 켜지 마. 앤, 부탁이야."
 그가 얼른 말했다.
 "술집에서?"
 "난 어떻게 해서 싸움이 일어났는지도 모르겠어. 갑자기 그렇게 되어 버렸지."
 "당신이 한 번도 본 적이 없는 사람하고 말이죠?"
 "그래."

"난 믿을 수가 없군요."

그녀는 천천히 말했고, 거이는 갑자기 그녀가 자기와는 동떨어져 있는 사람이며, 다른 생각과 다른 반응을 지닌 사람이라는 것을 깨닫고는 겁이 났다.

"어떻게 내가 믿을 수가 있겠어요?"

그녀는 계속했다.

"그리고 왜 내가 그 편지에 관해서 누가 보냈는지 알지 못하겠다는 당신 말을 믿어야 하죠?"

"그게 사실이기 때문이야."

"또 숲에서 당신과 싸운 그 남자에 관해서도 말이에요. 같은 사람이었나요?"

"아니."

"거이, 당신은 내게 뭔가를 숨기고 있군요."

그런 다음 그녀는 부드러워졌다. 그러나 그녀가 내뱉는 단순한 단어 하나하나가 그를 찌르고 있었다.

"뭐예요? 내가 당신을 돕고 싶어한다는 것을 아시잖아요. 하지만 내게 말을 해줘야지요."

"당신에게 말했어." 하고 말하고는 그는 이를 악물었다.

빛은 거이 뒤에서 이미 변하고 있었다. 만일 지금 앤과 계속 함께 있을 수만 있다면, 그는 매일 새벽 살아남을 수 있으리라는 생각이 들었다. 그는 앤의 곧고 옅은 머리카락을 바라보면서 손을 내밀어 만져보려 했으나 앤은 뒤로 물러나 버렸다.

"거이, 난 우리가 이런 식으로 어떻게 계속할 수 있을지 모르겠어요. 우리는 그럴 수 없어요."

"계속 이렇지는 않을 거야. 이젠 끝났어. 앤, 맹세하지. 날 믿어줘, 부탁이야."

이 순간은 마치 지금뿐이지 결코 다시는 없을 커다란 시련처럼 보였다. 그는 그녀를 팔 안에다 감아두고 꽉 붙들고 있어야 한다고 생각했다. 그러나 그는 움직일 수가 없었다.

"어떻게 알아요?"

그는 머뭇거렸다.

"왜냐하면 그것은 일종의 마음의 상태였거든."

"그 편지도 일종의 마음의 상태란 말이에요?"

"그 편지 때문이었어. 난 꼭꼭 묶인 것처럼 느꼈어. 앤, 그것은 내일 때문이었어!"

그는 머리를 숙였다. 자기의 죄를 일에다 갖다 붙이다니!

"당신은 전에 내가 당신을 기쁘게 해준다고 말한 적이 있어요."

그녀는 천천히 말했다.

"그리고 나도 당신을 기쁘게 하려고 노력했죠. 하지만 이제는 더 이상 그러지 못할 것 같군요."

그 말은 분명히 그가 앤을 행복하게 해주지 않았다는 것을 의미했다. 그러나 만일 아직도 그녀가 그를 사랑한다면 그는 그녀를 사랑해 줄 수 있을 텐데! 끔찍하게 아껴 주고 그녀를 위해 모든 것을 다할 텐데!

"앤! 지금도 그래. 그것밖엔 난 가진 것이 없어."

그는 고개를 숙이고 갑작스럽게 흐느끼기 시작했다. 앤이 그의 어깨에 손을 갖다대기 전까지 그는 부끄러움도 잊은 채 정신없이 흐느꼈다. 그는 그녀의 손길에서 고마움을 느꼈지만 또 그 손에서 도망치고도 싶었다. 자기에게 손을 갖다댄 것은 오직 연민과 동정, 그리고 인정 때문이라고 느꼈기 때문이다.

"아침식사 좀 준비해 드릴까요?"

화를 억누르며 참고 있는 듯한 그녀의 어조에서 거이는 그 속에 완전한 용서를 암시하는 힌트가 들어 있음을 느꼈다. 술집에서의 싸움에 대해서도……. 결코 그녀는 금요일 밤의 일은 알아내지 못할 것이다. 이미 너무나도 깊이 묻혀버린 일이어서 그녀뿐만 아니라 어느 누구도 접근할 수 없을 것이다!

제 25 장

"당신이 무슨 생각을 하든지 난 조금도 개의치 않아요!"
 브루노는 발을 의자에 올려놓았다. 그의 가느다란 금빛 눈썹은 찌푸린 주름과 거의 맞닿아 있었고 고양이의 콧수염처럼 끝이 치켜올라가 있었다. 마치 금빛의 가는 털을 가진 광기에 들린 호랑이처럼 브루노는 제러드를 바라보았다.
 "난 무슨 생각을 하고 있다고 말하지 않았는데……."
 제러드는 구부린 어깨를 한번 으쓱해 보였다.
 "내가 그랬나?"
 "암시를 했잖아요."
 "난 그러지 않았어."
 둥그런 어깨가 그의 웃음으로 두 번 흔들렸다.
 "찰스, 자네는 날 잘못 보고 있군. 난 자네가 떠난다는 사실을 고의로 누구에게 이야기해 주었다는 걸 말하려 한 게 아닐세. 자넨 우연히 그걸 입 밖에 낸 거야."
 브루노는 그를 노려보았다. 만일 이번 사건이 내부에서 일어난 것이라면 브루노와 그의 어머니는 반드시 무슨 관련이 있는 게 틀림없으며, 그리고 이번 일은 분명히 내부의 소행이라는 것을 제러드는 은근히 비추었던 것이다. 제러드는 브루노와 그의 어머니가 목요일 오후가 되어서야 금요일 날 떠나기로 결정했다는 사실을 알고 있었다. 그런 일이나 말해 주려고 이곳 월 스트리트까지 불러냈다고 생각하니……! 제러드는 아무런 단서도 가지고 있지 않았으며, 단서를 가진 체 가장하여 자기를 속일 수도 없었다. 그것은 또 다른 완전 범죄였기 때문이다.
 "가도 되죠?" 하고 브루노가 물었다.

제러드는 마치 브루노를 붙들어 매둘 다른 핑계라도 있는 듯이 책상 위의 서류들을 가지고 장난치고 있었다.
"잠깐이면 돼. 한 잔 마시지 그래."
제러드는 고개로 사무실 건너편 선반 위에 놓인 위스키 병을 가리켰다.
"아뇨, 괜찮아요."
브루노는 한 잔 마시고 싶어 죽을 지경이었지만 제러드에게 얻어마시고 싶진 않았다.
"어머니는 어떠신가?"
"벌써 물어 봤잖아요."
그의 어머니는 편치 못했으며 잠도 못 잤다. 이것이 브루노가 집에 가고 싶어하는 주된 이유였다. 자기 가족과 친한 듯한 제러드의 태도에 다시 한번 뜨거운 분노가 브루노를 뒤덮었다. 그는 단지 아버지의 친구일 뿐이다!
"아시겠지만, 우린 이번 사건에 당신을 고용하지 않았어요."
제러드는 연한 핑크빛과 자줏빛으로 얼룩덜룩한 둥근 얼굴에 미소를 머금으며 올려다 보았다.
"찰스, 난 이번 사건에 보수를 받지 않고 일할 생각이네. 나는 이번 사건에 정말 흥미를 느낀다네."
제러드는 그의 살찐 손가락과 비슷하게 생긴 시가 하나를 또 빼내어 불을 붙였다. 브루노는 혐오감을 느끼면서 제러드의 보풀이 인 옅은 갈색 양복 옷깃에 묻은 고기 국물 자국과 소름끼칠 정도로 싫은 대리석 무늬가 있는 넥타이를 한 번 더 쳐다보았다. 브루노에게는 제러드에 관한 것들은 아무리 사소한 것이라도 눈에 거슬렸다. 그의 느린 말투도 불쾌했다. 이전에 아버지와 함께 있는 제러드를 보았던 기억들도 브루노를 불쾌하게 했다. 아더 제러드는 탐정으로 보이지 않는 타입이었다. 그의 경력에도 불구하고 브루노는 제러드를 일류급 탐정으로 믿기 어려웠다.

"찰스, 자네 부친은 아주 훌륭한 분이셨네. 자네가 그분을 좀더 잘 알지 못했다는 것이 유감이야."

"난 아버지를 잘 알아요."

제러드의 조그만 갈색 눈이 브루노를 심각하게 바라보았다.

"난 자네가 부친을 알고 있는 것보다는, 부친께서 자네를 더 잘 알고 계셨다고 생각하네. 부친께서는 자네에 관한 편지 몇 통을 내게 남겨 놓으셨다네. 자네 성격이나, 자네 부친께서 자네에게 바랐던 것에 관한 내용이지."

"아버지는 날 전혀 알지 못했어요."

브루노는 담배가 있는 곳으로 손을 내밀었다.

"우리가 왜 이런 이야기를 하고 있는지 모르겠군요. 요점을 벗어난 것이고, 소름끼치는 얘기예요."

그는 침착하게 앉았다.

"자넨 부친을 싫어했었지, 그렇지 않은가?"

"아버지가 나를 싫어했지요."

"하지만 부친은 그렇지 않았어. 바로 그 점이 자네가 그분을 잘 모르고 있는 거란 말일세."

브루노가 의자 팔걸이를 손으로 문지르자 땀으로 인하여 찍찍 소리가 났다.

"날 데리고 어디라도 갈 건가요? 아니면 왜 날 이곳에 붙들어 두는 거죠? 어머니가 몸이 별로 좋지 않아요. 난 집에 가야겠어요."

"어머니가 곧 나아지시길 바라네. 몇 가지 물어 봐야 하거든. 아마도 내일쯤."

브루노의 목에서 열이 치솟았다. 앞으로 몇 주일간은 그와 그의 어머니에겐 끔찍한 나날이 될 것이다. 제러드는 그들 둘 모두의 적이었기에 더욱더 끔찍하게 굴 것이다. 브루노는 일어나서 우비를 한쪽 팔에다 걸쳤다.

"자네가 한번 더 생각해 봤으면 좋겠어."

제러드는 마치 브루노가 여전히 의자에 앉아 있기라도 한 듯이 무심하게 그에게 손가락을 까닥까닥거리고 있었다.

"목요일 밤에 자네는 정확히 어디에 갔었으며 누구를 만났었나? 자넨 그 날 새벽 2시 45분 자네 어머니와 탬플레튼 씨와 루소 씨를 블루 에인절 앞에다 남겨두고는 어디론가 가 버렸네. 어디를 갔었지?"

"햄버거 집에요."

브루노는 한숨을 내쉬었다.

"거기서 아는 사람을 만났나?"

"그곳에 내가 아는 사람이 어디 있겠어요? 고양이 말이에요?"

"그럼, 그 다음에는 어딜 갔었나?"

제러드는 노트에 기록하며 물었다.

"3번가에 있는 클라크 술집에 갔었죠."

"거기서 누굴 보았나?"

"그럼요, 술집 점원요."

"자넬 보지 못했다고 하던데." 하며 제러드는 미소를 지었다.

브루노는 얼굴을 찌푸렸다. 30분 전에는 제러드는 그런 말을 하지 않았다.

"그래서 어쨌다는 거죠? 그곳은 사람으로 붐비고 있었어요. 아마 나를 보지 못했나 보죠, 뭐."

"모든 점원들이 자네를 알고 있잖나? 목요일 밤에는 자네가 거기 있지 않았다고들 그러더군. 게다가 그곳은 붐비지도 않았어. 목요일 밤에는 말일세. 3시에서 3시 30분 사이—찰스, 난 단지 자네가 기억해 내는 걸 돕고자 할 뿐일세."

브루노는 울화통이 터져 입술을 꽉 다물었다.

"내가 클라크의 술집에 있지 않았는지도 모르죠. 난 보통 자기 전에 한 잔 하러 가는데, 아마 그 날은 가지 않았는지도 모르죠. 집으로 곧장 갔을 수도 있잖아요. 잘 모르겠어요. 어머니와 내가 금요일 아침까지 이야기를 나눈 사람들은 어때요? 작별 인사를 하려고 많은 사람에게 전화를 했었는데."
"오, 그건 우리가 해나가고 있네. 침착하게, 찰스."
제러드는 뒤로 기대어, 짧고 굵직한 다리를 꼬고는 불꺼진 시가를 살려내려고 연신 연기를 뿜어대고 있었다.
"자네, 설마 단지 햄버거를 먹으려고, 아니면 혼자서 집에 바로 가려고 자네 어머니와 어머니 친구들을 내버려두고 가 버린 건 아니겠지, 응?"
"그럴지도 모르죠. 아마도 그것 때문에 내가 술이 깼는지도 모르죠."
"왜 자넨 그렇게 모호한가?"
제러드의 아이오와식 악센트는 마치 개가 으르렁거리는 소리 같았다.
"내가 모호하다고 해서 뭐가 어쨌단 말입니까? 만일 내게 빈틈 없이 분명할 권리가 있다고 한다면, 막연하고 모호할 권리도 내겐 있다고요!"
"문제는 말이지 누구냐 말이야. 그래, 물론 자네가 클라크 술집이나 또는 다른 곳에 있었고 없었고의 문제가 아니야. 자네가 그 다음 날 메인 주로 떠날 거라고 말해 준 사람이 누구냐 말일세. 자네도 생각해 봐야만 할 거야. 자네가 떠난 바로 그 날 밤에 자네 부친이 살해되었어. 이상하지 않은가?"
"난 아무도 만나지 않았어요. 내가 알고 있는 모든 사람을 체크해서 당신이 물어볼 수 있도록 그들을 초대하지요."
"새벽 5시가 지나도록 자네는 그냥 혼자서 이리저리 돌아다녔단 말이지?"
"내가 5시가 지나서야 집에 왔다고 누가 그러던가요?"
"허버트가 그러더군. 어제 내게 말해 주었지."
브루노는 한숨을 지었다.
"그 사람은 왜 토요일에 있었던 일은 하나도 기억해내지 못하죠?"
"뭐, 굳이 말하자면 그게 바로 기억이 작동하는 방식이지. 일단 사라져 버리거든. 그리고는 나중에 다시 돌아오게 된단 말일세. 자네 기억 또한 다시 되돌아올 거야. 그렇게 되는 동안에 난 주위에 있을 걸세. 좋아, 찰스. 자넨 이제 가도 좋아."

제러드는 무관심한 듯한 몸짓을 해보였다.

브루노는 잠시 머뭇거리고 서 있었다. 뭔가 한마디하려고 애써 보았지만 생각나지가 않았다. 밖으로 나가 쾅 하고 문을 닫으려 했지만 공기의 압력으로 문은 천천히 닫혔다. 그는 비밀 탐정 사무실의 음침하고 너저분한 복도를 따라 걸어나갔다. 제러드와 이야기하는 동안 두드려대고 있었던 타자기 소리가 더욱 커졌다. 제러드는 쉬지 않고 떠들어댔고, 타이피스트들은 문 뒤에서 열심히 두드려댔다. 브루노는 그레엄 양에게 작별 인사를 했다. 한 시간 전에 그가 들어왔을 때 브루노에게 안됐다는 표정을 지어 주었던 접수 담당 비서였다. 그때만 해도 브루노는 신나게 들어왔었다. 결코 제러드가 자기를 짜증나게 하지 못하게 하겠다고 단단히 벼르고서. 그런데 지금은 어떠한가? 브루노는 제러드가 어머니와 자신에 관해 떠들어대자 성질을 죽여가며 가만히 듣고 있을 수가 없었고, 자기도 그의 말을 인정하는 것이 낫겠다고 생각했었다. 그래서 어쨌다는 거지? 자기에 관해 뭘 알아냈다는 거야? 그 작자들이 살인자에 관해 무슨 단서라도 알아냈단 말인가? 엉터리 단서뿐이면서.

거이! 브루노는 엘리베이터로 내려가면서 씩 웃었다. 제러드의 사무실에서는 한 번도 거이가 머릿속에 떠오르지 않았다. 제러드가 목요일 밤에 어디 갔었느냐 하며 그를 괴롭힐 때조차도 털끝만큼도 생각나지 않았었다. 거이! 거이와 자기! 그 밖에 또 누가 그들과 닮았겠는가! 그 밖에 또 누가 그들과 동등할 수 있겠는가! 브루노는 지금 거이가 자기와 함께 있어 주길 갈망했다. 그는 거이의 손을 덥석 잡고는 나머지 세상 사람들을 죄다 없애버릴 수도 있으리라! 그들의 공적은 전대미문의 것이었다! 하늘을 가로질러 싹 쓸어버리는 것과 같았다! 모든 사람들이 정말 자기들을 보았는지 의심하며 서 있을 정도로, 왔다가는 너무 빨리 사라져 버리는 두 줄기의 붉은 빛과도 같았다. 브루노는 지금 자기가 말하려는 것과 비슷한 내용의 시를 그 전에 읽었던 기억이 났다. 그는 수첩에다 그 시를 적어 놓았었다. 그는 월 스트리트를 벗어나 서둘러 술집으로 가서 한 잔 하고는 수첩에서 조그마한 종이를 끄집어냈다. 그가 대학 시절에 시집에서 찢어낸 것이었다.

게슴츠레한 눈을 가진 자들

—베이첼 린제이—

젊은 영혼들이 질식해 버리도록 하진 말자.
그들이 괴상한 행동을 하기 전에는.
그들이 자존심을 지나치게 과시하기 전에는.
그것도 하나의 범죄라오.
아이들은 재미도 없이 커 나가고
귀여운 이들은 소처럼 흐느적거리며
게슴츠레한 눈을 가지고 있지.
그들이 굶어서가 아니라
너무나도 꿈이 없이 굶주렸기에,
그들이 씨를 뿌려서가 아니라
거의 거두어들이지 않았기에,
그들이 신을 섬겨서가 아니라
섬길 신이라곤 가지지 못했기에,
그들이 죽어서가 아니라
양처럼 죽어가기에.

그와 거이는 게슴츠레한 눈이 아니었다. 그와 거이는 양처럼 죽어가진 않을 것이다. 그와 거이는 거두어들일 것이다. 만일 받아만 준다면, 그는 거이에게도 돈을 나누어 줄 것이다.

제26장

　다음 날 거의 같은 시간에 브루노는 그레이트 넥에 있는 자기 집 테라스의 일광욕 의자에 앉아 있었다. 그는 어딘지 모르게 새롭고도 유쾌하면서 평온하고 흐뭇한 기분 속에 젖어 있었다. 그 날 아침 제러드가 주위를 기웃거리며 다녔었다. 그러나 브루노는 시종 침착하고 예의바르게 대해 주었으며, 제러드와 그의 조그만 덩치의 조수가 점심을 먹는 것을 지켜보았다. 이제 제러드는 가 버렸고, 브루노는 자신의 처신에 대해 대단히 뿌듯해했다. 그는 결코 다시는 어제처럼 제러드가 자기를 기분나쁘게 만들도록 해서는 안 되겠다고 생각했다. 그것은 자기를 당황하게 만들어 실수를 저지르도록 하는 제러드의 수법이었기 때문이다. 제러드는 머저리였다. 그가 어제 좀더 좋게 대해 주기만 했어도 자기는 협조해 주었을 수도 있었는데……. 협조를 한다고? 브루노는 크게 웃어댔다. 협조를 하다니, 그게 무슨 뜻이지? 무슨 짓을 하고 있는 거야, 농담을 하고 있는 건가?
　머리 위에서는 새 한 마리가 계속해서 노래하고 있었다. "쩩쩩?" 하고 묻고는 다시, "쩩쩩!" 하고 대답했다. 브루노는 고개를 들었다. 어머니는 저 새의 이름을 알 것이다. 브루노는 황갈색으로 물든 잔디밭, 회칠한 벽, 싹이 트기 시작하고 있는 말채나무로 시선을 던졌다. 오늘 오후에는 꽤나 자연에 관심을 가지고 흥미로워하고 있는 자신을 발견할 수 있었다. 오늘 오후에 그의 어머니 앞으로 2만 달러짜리 수표가 도착했다. 보험 회사 사람들이 딱딱거리지 않고 변호사들이 좀더 능률적으로 일했다면 훨씬 더 많은 액수가 되었을 텐데……. 점심먹을 때 어머니와 함께 카프리로 갈 문제에 관해 이야기를 나누었는데, 대략적인 이야기밖에 하지 않았지만 브루노는 가게 되리라는 것을 확신했다. 그리고 오늘 밤은 외식을 하러 갈 것이다. 그레이트 넥에서 그다지 멀지 않은 곳에 있는 조그만 레스토랑에서 저녁을 먹기로 했는데, 그곳은 브루노와 그의 어머니가 가장 좋아하는 식당이었다. 브루노가 그 전에는 자연을 좋아하지 않았다는 것이 이상할 것은 없었다. 이제 그는 나무와 풀들에 관심을 갖게 되었으니, 이는 무언가를 의미하고 있는 것이다.

그는 이따금씩 무릎 위에 놓인 수첩을 한 장씩 넘겨보았다. 오늘 아침에 그 수첩을 발견했는데, 산타 페에 머물 때 자기가 가지고 있었는지는 기억해낼 수가 없었다. 브루노는 제러드가 찾아내기 전에 그 속에 거이와 관련된 것이 있지나 않은지 확인하고 싶었다. 그가 다시 찾아보고 싶어하던 많은 사람들이 수첩에 적혀 있었고, 브루노는 그들을 만나볼 수 있는 수단도 갖고 있었다. 문득 어떤 생각이 떠올라서 그는 주머니에서 연필을 꺼내어 P란 아래쪽에다 적었다.

토미 팬디니
76번가 232번지

그리고 S란 아래에는 다음과 같이 적었다.

슬리치
라이프 가드 정거장
헬 게이트 다리

제러드가 찾아봐야 할 인물들을 몇 명 더 추가하기 위해서였다.
수첩 뒷장의 메모란에서 '아스토리아 호텔. 댄. 8. 15'라고 적어둔 것을 발견했다. 그는 댄을 기억해낼 수조차 없었다.
'캡틴에게서 돈 얻기. 6월 1일까지.'
그 다음 페이지의 내용은 약간 찬물을 끼얹은 듯했다.
'거이에게 줄 물건값 25달러.'

브루노는 그 구멍 뚫린 페이지를 찢어내 버렸다. 산타 페에서 거이에게 준 벨트 값이었다. 도대체 무엇 때문에 이런 걸 적어 두었지? 따분한 시간이 잠시 지난 뒤, 제러드의 커다란 검은 차가 차도 위로 소리를 내며 들어섰다.

브루노는 앉아서 메모해 둔 것들을 얼른 검토했다. 그런 다음 수첩을 호주머니에 집어넣고는 찢어낸 페이지들을 입 속에다 밀어넣었다.

제러드는 입에 시가를 물고 팔을 흔들어대면서 포석까지 어슬렁어슬렁 걸어오고 있었다.

"뭐 새로운 사실이라도 있나요?"

"별로."

제러드는 집 모퉁이에서 대각선으로 잔디를 가로질러 회칠한 벽에 이르기까지 눈으로 한번 쓱 쓸어갔는데, 마치 살인범이 뛰었던 거리를 다시 재기라도 하는 듯했다.

브루노의 턱은 마치 껌이라도 씹고 있는 듯이 조그마한 종이뭉치를 물고 가끔씩 움직였다.

"어떤 거죠?" 하고 그는 물어 보았다.

제러드의 어깨 뒤로 그의 조그만 조수가 보였는데, 조수는 차의 운전석에 앉아서 회색 모자 챙 아래로 브루노와 제러드를 못박은 듯이 바라보고 있었다. 인상이 상당히 기분나쁘게 보이는 사람이라고 브루노는 생각했다.

"살인범이 중간에 마을로 되돌아오지 않았다는 것뿐이야. 그는 같은 방향으로 계속 간 걸세."

길을 가리키며 팔 전체를 내리면서 제러드는 마치 시골 가게 주인 같은 시늉을 해 보였다.

"저쪽 숲을 통과해 갔는데, 아마 꽤나 힘들었을 걸세. 우리는 이것을 발견했지."

브루노는 자리에서 일어나 자줏빛 장갑 한 짝과 거이의 외투로 보이는 짙은 남색 천조각을 바라보았다.

"저런, 그래 이것을 살인범이 흘리고 간 것이라 믿는단 말이죠?"

"그렇게 믿고 있지. 하나는 외투에서 떨어져 나온 것일세. 다른 하나는…… 아마 장갑일 테지."

"아니면 머플러일지도."

"아닐세, 거기 조그마한 술기가 있잖나."

제러드는 반점투성이의 살찐 집게손가락으로 그것을 집어 내밀었다.

"꽤 화려한 장갑이로군요."

"여자용일세."

제러드는 얼굴을 찌푸리며 올려다보았다.

브루노는 재미있다는 듯이 능글맞게 웃다가 잘못이라도 저지른 것처럼 웃음을 멈추었다.

"난 처음엔 범인이 직업적인 살인청부업자라고 생각했었지."

제러드는 한숨을 내쉬며 말했다.

"그자는 분명히 집 사정을 알고 있었던 걸세. 그러나 난 말이지, 살인청부업자가 길을 잘못 들어 그런 숲을 뚫고 가려 했으리라고는 생각지 않네."

"음."

브루노는 흥미를 느끼며 대꾸했다.

"그자는 또한 어느 길을 가야 할지 알았을 걸세. 진짜 길은 불과 10야드 밖에 있었거든."

"그걸 어떻게 아시죠?"

"왜냐하면 이 모든 일들은 사전에 치밀하게 계획된 것이기 때문이야, 찰스. 뒷문의 자물쇠가 부서진 것이며, 우유 운반 상자가 저쪽 벽 옆에 나와 있었고……."

브루노는 잠자코 있었다. 브루노가 자물쇠를 부수었다고 허버트가 제러드에게 이야기해 주었던 것이다. 허버트는 아마도 브루노가 우유 상자도 그곳에 옮겨다 놓았다는 사실까지 말해 버렸을 것이다.

"자줏빛 장갑이라!"

제러드는 브루노가 늘 들어 본 그 유쾌한 소리를 내며 킬킬 웃었다.
"도대체 색깔이 무슨 문제겠나? 그렇지 않은가? 지문을 남기지 않는다면 말일세."
"그래요."
제러드는 테라스 문을 열고 집 안으로 들어갔다.
브루노는 잠시 뒤에 그를 따랐다. 제러드는 부엌으로 되돌아갔고, 브루노는 계단으로 올라갔다. 수첩을 침대 위에다 휙 던져 놓고는 홀에 내려갔다. 캡틴 방의 열린 문을 보고 이상한 기분이 들었다. 마치 캡틴이 죽었다는 사실을 이제야 깨닫기라도 한 듯했다. 자기를 그렇게 느끼도록 한 것은 열려진 채 흔들거리며 움직이고 있는 문 때문이라 생각했다. 캡틴이 살아 있더라면 결코 일어나지 않을 일이었다. 이것은 마치 셔츠 자락이 매달려 나와 있거나 경호원이 아래로 내려가고 없는 것과 같았다. 브루노는 얼굴을 찌푸리고는 얼른 문으로 다가섰다. 탐정의 발과 거의의 발길에 쏠렸을 카펫, 부정 이득으로 번 돈을 담은 서류를 지닌 책상, 마치 그의 아버지가 서명해 주기를 기다리고 있기라도 한 듯이 펼쳐진 채 놓여 있는 수표장 등을 놔두고 그는 문을 닫아 버렸다. 브루노는 어머니 방문을 조심스럽게 열었다. 그녀는 핑크빛 공단 이불을 턱 아래까지 끌어당긴 채 침대에 누워 있었는데, 토요일 밤과 똑같은 모습으로 고개를 방 안쪽으로 향하고는 눈을 뜨고 있었다.
"어머니, 주무시지 않았군요."
"응."
"제러드가 또 왔어요."
"응, 알고 있다."
"어머니가 내키지 않으면 내가 그 사람에게 말할게요."
"얘야, 어리석게 굴지 말아라."
브루노는 침대에 걸터앉아 그녀 쪽으로 몸을 굽혔다.
"어머니는 좀 주무셔야 해요."

그녀의 눈 아래에는 자줏빛으로 주름진 어두운 그림자가 드리워져 있었다. 어머니는 브루노가 이전에는 한 번도 본 적이 없는 모습으로 입을 다물고 있었는데, 양쪽 끝이 길고 가느다랗게 당겨져 있었다.

"얘야, 샘이 네게 아무런 말도 한 적이 없는 게 확실하니? 어느 누구 이야기도 한 적이 없어?"

"아버지가 내게 그런 이야길 할 거라고 생각하시는 거예요?"

브루노는 방을 왔다갔다했다. 집 안에 제러드가 있다는 사실 때문에 그는 피곤했다. 그토록 불쾌하고 메스꺼운 것은 바로 제러드의 태도였다. 그는 마치 누구에게나 소매를 걷어붙이고 의심해 댈 증거를 지니고 있는 듯했다. 그는 심지어 아버지를 우상으로 숭배하고 있고, 또 자신에게 불리한 이야기를 해댄 허버트조차도 의심하고 들어갔다. 그러나 허버트는 제러드가 차근차근 하나씩 짚어 나가고 있는 것을 보지 못했으리라는 것을 브루노는 알고 있었다. 아마 지금쯤이면 제러드가 알려 주었을는지도 모른다. 제러드는 브루노의 어머니가 아파 누워 있는 동안 집 구석구석까지 죄다 살펴보았지만, 제러드를 본 사람은 어느 누구도 그가 언제는 조사를 하고 있는 것이고, 또 언제는 그렇지 않은지 알지 못했다. 브루노는 지금 당장이라도 제러드를 사정없이 몰아세우고 싶었지만, 그의 어머니는 이해해 주지 않을 것이다. 어머니는 제러드를 계속 고용하려고 했다. 그를 가장 훌륭한 탐정이라 여겼기 때문이다. 브루노와 그의 어머니는 함께 움직이고 있지 않았던 것이다. 어머니는 이런 것들도 제러드에게 말해 버릴지도 모른다. 즉, 그들이 불과 목요일이 되었을 때에야 비로소 다음 날인 금요일에 떠나기로 결정했었다는 사실 같은 것을……. 너무나도 중대한 그 이야기를 자기에게는 전혀 언급하지도 않고!

"찰스, 네 몸이 불고 있다는 것을 알고 있니?"

그의 어머니가 미소를 지으며 말했다.

브루노도 또한 웃어 보였다. 어머니는 자기 마음 같은 줄로 여겼던 모양이다. 지금 그녀는 화장대 앞에서 샤워용 모자를 쓰고 있었다.

"식욕이 괜찮거든요."

그러나 사실 브루노의 식욕은 더 나빠졌고 소화도 마찬가지였다. 그런데도 어쨌든 그는 살이 쪄 가고 있었다.

"어머니가 꽤 오래 걸릴 것 같은데요." 하고 그는 제러드에게 말해 주었다.

"어머니에게 내가 홀에서 기다리고 있겠다고 말씀드려 주겠나?"

브루노는 욕실 문을 두드려 어머니에게 알려 주고는 자기 방으로 갔다. 침대 위에 놓인 수첩의 위치로 보아 제러드가 그것을 발견하고는 넘겨 보고 갔다는 것을 알 수 있었다. 브루노는 천천히 물을 타지 않은 하이볼을 만들어 마시고는 살그머니 홀에 내려와 제러드가 어머니에게 이야기하고 있는 것을 들었다.

"……기분이 나쁘지도 좋지도 않은 것처럼 보이더군요, 안 그런가요?"

"그 애는 아시겠지만 대단히 까다로운 아이랍니다. 내가 그 애 성미를 건드리지는 않았는지 의심스러워요."

"오, 사람들은 때로는 심리적인 기분들을 붙들고 통제하지요. 내 말이 별로 그럴 듯하지 않은 모양이죠, 엘시?"

그의 어머니는 아무런 대답도 하지 않았다.

"너무 지독합니다. 그가 좀더 협조적이었으면 좋겠어요."

"그 애가 뭔가를 숨기고 있다고 생각하시는 건가요?"

"잘 모르겠습니다."

혐오스러운 미소를 지으며 제러드가 말했다. 그의 어조로 보아 제러드는 브루노가 들어 주기를 바라는 듯했다.

"당신은 어떻게 생각하십니까?"

"아뇨, 난 그렇게 생각지는 않아요. 아더, 무슨 말을 하려는 거죠?"

그녀는 자리에서 일어나 그를 똑바로 바라보았다. 지금 이후론 어머니가 제러드를 그다지 달갑게 여기지는 않을 거라고 브루노는 생각했다. 제러드는 다시 머저리가 되어 버린 것이다. 머저리 같은 아이오와 사람으로.

"엘시, 당신은 내가 사실을 밝혀내길 원하시는 게 아닙니까, 그렇지 않은가요?"

제러드는 라디오에 나오는 탐정처럼 물었다.

"목요일 밤 부인과 헤어진 이후에 그가 무엇을 했는지에 관해서 통 밝히려 들지 않는단 말입니다. 게다가 꽤 수상한 작자들 몇몇을 알고 있더군요. 그 중 한 명은 샘의 사업상의 적이 돈을 주고 고용한 사람 일지도 모릅니다. 산업 스파이나 뭐 그 비슷한 것 말입니다. 그리고 찰스가 그 사람에게 당신과 샘이 다음 날 떠난다는 사실을 얘기했을 수도 있지요."

"아더, 당신은 대체 뭘 말하고자 하는 거예요? 찰스가 이번 일에 관해 뭔가 알고 있다는 건가요?"

"엘시, 그렇다고 하더라도 난 별로 놀랍게 생각지 않습니다. 부인은 정말 뜻밖이라 생각하시는 겁니까?"

"빌어먹을 자식!"

브루노는 낮은 소리로 중얼거렸다. 어머니에게 저런 소릴 해대다니……, 빌어먹을 놈 같으니!

"그 애가 내게 이야기해 주는 모든 것은 분명히 당신에게 말해 주겠어요."

브루노는 계단 쪽으로 몸을 날렸다. 그의 어머니가 고분고분해진 것이 충격을 주었다. 어머니가 의심하기 시작했다면? 살인은 그녀로서는 받아들일 수 없는 것이었다. 산타 페에서도 그는 이 사실을 깨닫지 않았던가? 그리고 만일 거이를 기억하고 있다면……, 로스앤젤레스에서 거이에 관해 이야기했던 것을 기억해낸다면? 제러드가 만일 앞으로 2주일 이내에 거이를 찾아낸다면, 거이의 몸에는 숲을 헤치고 갈 때 긁혔던 자국들이 남아 있을 것이고, 의심을 불러일으킬 만한 타박상이나 상처가 있을 것이다. 브루노는 아래층 홀에서 허버트가 살며시 걸어오고 있는 소리를 들었다. 허버트가 쟁반 위에다 어머니가 마실 술을 들고 오는 것이 보이자 브루노는 계단 위로 물러났다. 마치 전쟁터에 서 있기라도 한 것처럼 그의 가슴이 고동치기 시작했다. 그는 서둘러 자기 방으로 돌아와서 커다란 잔에다 술을 따라 들이켰다. 그런 다음 몸을 눕히고 잠에 빠져들려고 애를 썼다.

그는 누가 흔들어대는 바람에 잠이 깼다. 그는 자기 어깨 위에 놓인 제러드의 손에서 몸을 빼내려고 한 바퀴 굴렀다.

"안녕. 잘 있게." 하고 말하면서 담배 얼룩이 묻은 아랫니를 내보이며 제러드가 미소를 지었다.

"그냥 떠나려 하다가 작별 인사를 해야겠다고 생각했지."

"아니, 그것 때문에 자고 있는 사람을 깨운단 말입니까?"

꼭 하고 싶었던 완곡한 몇 마디 말을 브루노가 미처 생각해내기도 전에 제러드는 킬킬거리면서 방을 빠져나가 버렸다. 브루노는 베개에 얼굴을 다시 파묻고는 잠을 자 보려고 했다. 눈을 감자 옅은 갈색 양복을 입고 홀을 내려가고 있는 제러드의 땅딸막한 모습이 떠올랐다. 닫힌 문을 유령처럼 미끄러지듯이 통과하고, 서랍 속을 살피려고 몸을 구부리고, 편지들을 읽고, 메모를 하고, 돌아서서 그를 손가락으로 가리키며, 그의 어머니를 너무나도 괴롭히는 바람에 싸워 주지 않을 수 없는 제러드의 모습이 계속 맴돌았다.

제 27 장

"그 밖에 달리 어떤 생각을 할 수 있겠어요? 그 작자는 날 고발하려는 거예요!"
브루노는 탁자 너머로 소리를 질렀다.
"얘야, 그렇지 않아. 그 사람은 자기 일을 열심히 하는 것뿐이야."
브루노는 머리를 뒤로 젖혔다.
"어머니, 춤 추실래요?"
"넌 춤추고 있을 상황이 아니야."
그렇다. 그건 그도 알고 있었다.
"그렇다면 난 또 한 잔 하고 싶은데요."
"얘야, 음식이 곧 나올 거야."
이 모든 것들을 참아내고 있는 어머니의 인내와 그녀의 눈 아래의 자줏빛 원 모양의 것이 그를 고통스럽게 했기에 브루노는 차마 똑바로 쳐다볼 수가 없었다. 브루노는 웨이터를 부르려고 이리저리 둘러보았다. 오늘 밤엔 대단히 붐볐기 때문에 웨이터를 불러내기도 힘들었다. 그의 시선이 무도장 건너편 탁자에 있는 남자에게 머물렀다. 제러드처럼 보였다. 브루노는 그 옆에 있는 남자는 볼 수 없었지만, 그 사람만은 분명히 제러드를 닮았다. 검은색 윗도리를 입은 것 빼놓고는 벗겨진 머리와 밝은 갈색 머리카락 등이 아주 똑같았다. 브루노는 한쪽 눈을 감았다.
"찰스, 앉지 그러니. 웨이터가 오고 있잖아."
분명히 제러드였다. 자기가 그들을 바라보고 있다는 것을 옆에 있는 작자가 말이라도 해주었는지 그는 지금 웃어대고 있었다. 처음엔 미심쩍어서, 두 번째로는 화가 나서 브루노는 어머니에게 이야기를 해야 할지 말아야 할지 망설였다. 그런 다음 자리에 앉아 울화가 치밀어서 말했다.
"제러드가 저쪽에 있잖아요!"
"그 사람이? 어디?"
"오케스트라 왼쪽 저쪽에요. 푸른 램프 아래요."
"난 안 보이는데."
그의 어머니가 손을 내밀었다.
"애야, 상상이 지나쳐."
"상상하고 있는 게 아니라고요!"
브루노는 소리를 지르고는 냅킨을 접시 위의 고기에다 던져 버렸다.
"네가 말하는 사람은 보이지만, 그 사람은 제러드가 아니야."
"어머니는 나만큼 그 사람을 잘 볼 수 없어요! 바로 그 작자라고요. 그리고 난 같은 집에서 그와 함께 식사를 하고 싶진 않아요!"
"찰스, 한 잔 더 마시고 싶니? 한 잔 더 하럼, 웨이터가 왔으니."
그녀는 한숨을 쉬었다.
"난 그 사람이 있는 곳에서는 술조차도 마시고 싶지 않아요! 저 사람이 그 작자라는 걸 내가 입증해 볼까요?"
"그게 무슨 상관이지? 그가 우릴 귀찮게 하지도 않을 텐데. 아마 우리를 보호해 주려는 거겠지."
"어머니도 그 작자라는 걸 인정하는군요! 우리를 염탐하고 있는 거라고요. 우리가 어디를 가든지 따라올 수 있게끔 어두운 색 양복을 입고 있어요."
"어쨌든 아더는 아니야."
그녀는 구운 생선 위에다 레몬즙을 뿌리면서 차분히 말했다.
"넌 정신착란 증세가 있구나."
브루노는 놀라서 입이 벌어진 채 어머니를 빤히 바라보았다.
"어머니, 내게 그런 식으로 말하다니, 그게 무슨 의미죠?"
그의 목소리가 갈라졌다.
"애야 모두가 우리를 쳐다보고 있잖아."

"난 상관 안 해요!"
"얘야, 내 이야기를 좀 들어 보렴. 넌 이번 일에 너무 지나치게 신경쓰고 있어."
그녀는 브루노가 말하려는 것을 가로막아 버렸다.
"넌 네가 원하기 때문에 이러는 거야. 넌 홍분하길 바라고 있어. 전에도 난 본 적이 있어."
브루노는 정말 할 말을 잃었다. 어머니가 자기에게서 등을 돌리려는 것이다. 마치 지금 자기를 바라보는 식으로 그전에 캡틴을 쳐다보고 있는 것을 브루노는 본 적이 있었다.
"네가 아마도 제러드에게 뭔가를 말했나 보구나."
그녀는 계속해 나갔다.
"화가 나서 말이야. 그리고 그 사람은 너의 행동이 이상하다고 생각하고 있어. 그런데 넌 정말 그렇구나."
"그가 밤낮으로 내 꽁무니를 쫓아다녀야 할 이유라도 있나요?"
"얘야, 난 저 사람이 제러드라고는 생각지 않는다."
그녀는 확고부동하게 말했다.
브루노는 몸을 일으켜 세우고는 제러드가 앉아 있는 테이블 쪽으로 비틀거리며 걸어갔다. 그는 어머니에게 제러드가 틀림없음을 보여 주고, 또 자기는 그를 무서워하지 않는다는 것을 제러드에게 보여 주고 싶었다. 두 개의 테이블이 무도장 끝에서 브루노를 가로막았지만, 이제 그는 그 사람이 제러드임을 똑똑히 볼 수 있었다.
제러드는 고개를 들어 브루노를 바라보고는 정답게 손을 흔들어 보였고, 제러드의 조수는 그를 빤히 쳐다보고 있었다. 그리고 그는, 아니 그와 그의 어머니는 이런 일에 대해 돈을 지불하고 있었던 것이다! 무슨 말을 하려 했는지 정확히 기억하지 못한 채, 브루노는 입을 벌리고 나서 앞뒤로 움직였다. 그는 자기가 무엇을 하고 싶어하는지 알고 있었다. 거이에게 전화를 거는 일이다. 바로 이곳에서 지금! 제러드가 함께 있는 바로 여기에서! 그는 무도장 바닥을 가로질러 공중전화 박스가 있는 곳으로 비틀거리며 갔다. 천천히, 미친 듯이 오락가락하는 형체가 그를 방해하면서 파도처럼 그를 뒤로 밀어버렸다. 떠오르기는 하지만 이겨낼 수 없는 파도가 그를 점점 더 뒤로 쓸어가면서 다시 그에게로 밀려왔다. 그가 어릴 때 있었던 파티에서도 이와 비슷한 일이 있었던 게 생각났다. 그때 그는 춤추고 있는 커플들을 뚫고 거실을 가로질러 어머니에게 가려고 애를 썼었다.

브루노는 아침에 일찍 깨어났다. 침대 속이었다. 그는 숨소리 하나 내지 않고 조용히 누워 있었다. 그는 자기가 기억해낼 수 있는 마지막 순간을 되돌려 보려고 애썼다. 자기가 의식을 잃었다는 것은 알고 있었다. 자기가 의식을 잃기 전에 거이에게 전화를 했었던가? 만일 그랬다면, 제러드가 그 뒤를 밟았을까? 하지만 거이와 말을 하지 않은 게 분명했다. 그렇지 않았다면 자기가 기억해낼 수 있을 테니까. 거이에게 전화를 거는 대신 아마도 자기 집에다 전화를 했었는지도 모른다. 자기가 공중전화 박스에서 기절을 했었는지 어머니에게 물어 보려고 일어났다. 그때 온몸이 떨려 와서 그는 욕실로 갔다. 잔을 들어 올리자 그의 얼굴에 스카치 소다수가 튀었다. 그는 욕실문에 몸을 기댔다. 이제 양쪽으로 떨려 오기 시작했다. 아침 일찍부터 밤 늦게까지 떨림이 그를 괴롭혀서 그는 점점 더 일찍 잠에서 깨어났으며, 밤에는 잠들기가 더욱 어려워졌다.

그리고 그 사이에는 제러드가 있었다.

제28장

　기억하고 있는 어떤 감정을 다시 경험하듯이, 순간적으로 그리고 희미하게 거이는 자기의 노트들이 가지런히 꽂혀진 책상 앞에 앉아 안전하고도 만족스러운 기분을 느꼈다.
　지난 달에 그는 모든 책장을 다시 칠했으며, 카펫과 커튼을 깨끗이 빨았다. 도자기와 알루미늄은 광이 날 때까지 박박 문질렀다. 그는 냄비 속의 더러운 물을 쏟아 부으면서 물이 싱크대 아래로 가라앉아 버릴 때 자기의 모든 죄를 생각했다. 그는 밤에 두서너 시간밖에 잘 수가 없었다. 그는 힘든 운동을 하고 나서 집 안 청소를 하는 것이 거리를 거니는 것보다 훨씬 더 몸을 피곤하게 만든다는 것을 깨닫고 매일같이 청소를 했다.
　그는 침대 위에 펴 보지도 않은 채 놓여 있는 신문을 바라보았다. 그런 다음 일어나서 대충 페이지를 훑어보았다. 신문에는 6주일 전부터 그 살인에 관한 것은 더 이상 실리지 않았다. 그는 모든 단서들을 잘 처리했다. 자줏빛 장갑은 여러 조각으로 잘라 화장실 변기 속에다 던져 넣었고, 외투(좋은 외투여서 거지에게 줄까 하고도 생각했었지만 살인자의 외투는 거지마저도 싫어할 것이라 생각되어 그만두었다.)와 바지는 갈기갈기 찢어서 조금씩 쓰레기 속에다 넣어 버렸다. 그리고 루거 권총은 맨해튼 다리 밑에 던졌다. 신발도 다른 것으로 바꾸었다. 없애버릴 수 없었던 유일한 물건은 리볼버 권총뿐이었다.
　거이는 권총을 보려고 책상으로 갔다. 손가락 끝에서 느껴지는 딱딱한 감촉이 거이를 진정시켜 주었다. 그가 없애지 않은 유일한 단서였고, 그가 붙잡혔을 때 그들이 필요로 할 모든 단서였다. 자기가 왜 그 권총을 보관하고 있는지 그는 정확하게 알고 있었다. 살인을 저질렀던 것은 바로 그의, 그 자신의 일부인 제3의 손이었던 것이다. 15살 때 그 권총을 산 것도 그 자신이었고, 미리엄을 사랑한 것도 그였으며, 그들이 살던 시카고 방에 그 권총을 보관하면서 가장 만족스러울 때나 가장 우울한 순간에 이따금씩 꺼내어 바라보곤 했던 것도 역시 그였다. 기계적이고 절대적인 논리를 지니고 있던 가장 훌륭한 그 자신이었다. 지금 생각해 보니 자기는 사람을 죽일 수 있는 그 권총의 힘 속에 놓여 있었던 것이다.

만일 브루노가 다시 자기를 성가시게 군다면 거이는 브루노 또한 죽여 버릴 것이다. 거이는 자기가 그럴 수 있음을 확신했다. 브루노 또한 이 사실을 알 것이다. 브루노는 언제나 거이의 마음을 읽어냈다. 지금 브루노가 잠잠한 것은 경찰이 아무런 말을 않고 있는 것보다도 더한 위안을 가져다 주었다. 사실 거이는 경찰이 자기를 발견하게 될까 봐 걱정하지는 않고 있었다. 그리고 지금까지도 결코 그런 걸 두려워하지는 않았었다. 근심거리는 언제나 자기 자신의 내부 속에 있었다. 자신에게 반대하고 있는 자기와의 싸움이었다. 너무나도 고통스러운 것이었기에 거이는 법이 끼여드는 것을 오히려 환영했을는지도 모른다. 양심의 법에 비하면 사회의 법이란 엄한 게 아니었다. 그는 법 앞에 나가서 자백을 할 수도 있었지만, 그렇다고 해서 자백이 절대적인 것은 아니라고 느꼈다. 오히려 자백은 단순한 시늉일 뿐이며, 자책에서 벗어날 수 있는 수월한 길에 불과하고, 진실을 회피하는 것이다. 법이 그를 처형한다면 그것은 단순한 제스처일 뿐인 것이다.

"난 법을 그다지 존중하지 않아."

거이는 자기가 2년 전 메트카프에서 피터 리그스에게 이야기했던 것이 기억났다. 자기와 미리엄을 남편과 아내라고 불렀던 법령을 그가 왜 존중하겠는가?

"난 교회도 그다지 존중하지 않아."

그는 15살 때 피터에게 잘난 체하며 건방지게 이렇게 말했었다. 그 때는 물론 메트카프 침례교도들을 가리켜 이야기했었다. 17살 때 거이는 혼자서 스스로 하느님을 찾아냈다. 그는 자기 자신의 재능을 일깨

움으로써, 그리고 모든 예술의 일체감을 통해서, 그 다음엔 자연의 일체감을, 마지막엔 과학의 일체감을 통해 하느님을 발견했던 것이다. 세상에 있는 모든 창조의 힘과 질서의 힘의 일체감을 통해 하느님을 찾았던 것이다. 하느님에 대한 자신의 믿음이 없다면 그의 일도 이루어질 수 없었을 것이라고 그는 믿고 있었다. 그러던 자기가 살인을 저질렀을 땐 그의 믿음은 어디에 있었던가?

어색한 듯이 그는 몸을 틀어 작업용 탁자를 마주보았다. 갑자기 헐떡거리는 소리가 이빨 사이로 새어나와서 신경질적으로 급하게, 그리고 거칠게 손을 입에 갖다 댔다. 그는 아직도 여전히 자기에게 와야할 게 또 있으며, 여전히 원하고 있는 것이, 보다 가혹한 벌이, 보다 쓸쓸한 의식이 있으리라고 느꼈다.

"난 아직도 충분히 고통받고 있지 않아!" 하는 소리가 갑자기 낮은 속삭임으로 그에게서 터져 나왔다. 하지만 그는 왜 속삭이듯이 말했을까? 부끄럽게 여기고 있는 것일까?

"난 아직도 충분히 고통받고 있지 않아."

그는 누군가 자기 말을 들어 주기를 바라기라도 하는 것처럼 주위를 힐끗거리며 둘러보면서 보통 때의 목소리로 말했다. 만일 그 말 속에 있는 애원조의 요소를 느끼지 않았다면, 그리고 자기가 어느 누구에게도 어떠한 것도 애원할 가치가 없는 사람이라는 생각이 들지 않았다면, 그는 아마도 소리를 질러 그 말을 해버렸을 것이다.

가령 예를 들어 그의 새 책들. 오늘 자기가 산 예쁜 새 책에 대해 그는 생각해 볼 수 있었고 사랑할 수 있었다. 그럼에도 불구하고 마치 자기 자신의 젊음과 마찬가지로 그 책들은 오래 전에 탁자 위에 놓아둔 것처럼 여겨졌다. 즉시 가서 일을 해야만 한다는 생각이 들었다. 그는 어떤 병원을 설계하는 일을 맡았다. 그는 자기가 이미 일을 끝낸 노트 더미가 스탠드 불빛 아래에 놓여 있는 것을 보고 얼굴을 찌푸렸다. 자기가 일을 맡았다는 사실이 왠지 실감이 나지 않았다. 그는 곧 잠에서 깨어나 이번 주에 있었던 모든 일이 환상이었고, 자기가 늘 바라고 있었던 단순한 꿈이었다는 사실을 발견하게 될 것이다. 감옥보다는 병원이 더 적합하지 않겠는가? 자기의 머릿속이 사납게 헤매고 있는 것을 깨닫고는 그는 혼란스러운 듯이 얼굴을 찌푸렸다. 병원의 내부 설계를 시작했던 2주일 전만 해도 그는 한 번도 죽음에 관해 생각한 적이 없었고, 건강과 치유에 대한 긍정적인 것만이 그를 온통 사로잡았었다. 갑자기 그는 자기가 병원 일에 관해 앤에게 이야기해 주지 않았다는 사실이 기억났다. 그게 바로 이 일이 정말이 아닌 것처럼 보인 이유였다. 앤은 그의 현실을 반영시켜 주는 존재였지, 그의 일이 아니었다. 그러나 어떻든 왜 그는 그녀에게 이야기를 해주지 않았던가?

그는 즉시 일을 해야만 했으나, 지금 그의 다리에서 매일 저녁 무렵이면 생기는 광적인 에너지를 느낄 수 있었다. 그 에너지는 거이를 거리로 내몰아서 결국엔 에너지를 다 써 버리기 위해 헛되이 노력하도록 만들곤 했다. 그는 그 에너지가 두려웠다. 그 에너지를 흡수해 버릴 만한 일을 자기가 찾아낼 수 없기 때문이었다. 때때로 그는 에너지를 흡수하기 위해서 자기가 자살해야 할지도 모른다고 여겼다. 아직도 그의 마음속 깊은 곳에서는 자신의 의지와는 상당히 다르게, 여전히 삶에 집착하여 매달리고 있었다.

그는 자기 어머니를 생각했다. 다시는 어머니가 자기를 포옹해 주지 않을 것만 같았다. 모든 사람은 다 똑같이 선하며, 모든 사람이 영혼을 지니고 있기에 그 영혼들도 전적으로 선하다고 말해 주던 어머니의 말이 기억났다. 어머니는 악이란 언제나 밖에서 오는 것이라고 말했다. 미리엄이 죽은 몇 달 뒤까지만 해도 그는 그렇게 믿었었다. 그때 그는 미리엄의 애인인 스티브를 죽여 버리고 싶어했었다. 플라톤을 읽으면서 기차에 타고 있을 때조차도 그렇게 느끼고 있었다. 그의 마음속에서는 2륜 마차의 둘째 말은 언제나 첫째 말만큼 고분고분했었다. 그러나 지금 그는 사랑과 증오, 선과 악이 인간의 마음속에 함께 자리잡고 있다고 생각하고 있다. 어떤 한 사람과 그 옆에 있는 사람의 마음속에 서로 다른 비율로 존재하고 있는 것이 아니라, 모든 선과 모든 악이 한꺼번에 골고루 들어 있는 것이다. 그 모든 것을 발견해내려면 양쪽 선분의 조금씩만을 찾아내기만 하면 되고, 겉만 조사하면 되는 것이다. 모든 것들이 가까운 곳에 자기와 반대되는 것을 가지고 있었다. 모든 결정에는 그 결정과는 반대되는 사고 작용이 있었고, 모든 동물 옆에는 죽이려고 하는 다른 동물이 있고, 남자 곁에는 여자가, 긍정적인 것 옆에는 부정적인 것이 있었다. 한 원소를 쪼개는 것은 그 자체를 파괴시키는 것에 불과하며, 하나의 우주 법칙을 파괴하는 것일 뿐이었다. 어떤 것도 자기와 함께 존재하도록 되어 있는 각각의 반대되는 사물 없이는 존재할 수 없었다. 공간을 멈추게 하는 물건들이 없다면, 어떤 건물 속에 공간이란 것이 존재할 수가 있을까? 물질 없이 에너지가, 에너지 없이 물질이 존재할 수 있겠는가? 물질과 에너지, 동적인 것과 정적인 것이 일단 대립되는 반대의 것들로 여겨졌다면, 이제는 하나로서도 인정되어야 한다.

그리고 브루노, 그와 브루노. 이 둘은 서로가 다른 한쪽만 갖지 못하도록 되어 있는 존재로서, 내던져진 자아였으며, 싫어한다고 생각하지만 실제로는 아마 사랑하고 있는 대상이었다.

잠시 동안 그는 마치 자기가 미치지는 않았나 생각해 보았다. 미친 사람과 천재 또한 종종 일치되는 것이리라는 생각이 들었다. 그러나 대부분의 사람들이 좋지도 나쁘지도 않은 어정쩡한 삶을 살고 있지 않는가! 물 속 중간에 떠 있는 대부분의 물고기들처럼!

아니, 가장 미세한 원자 속에 있는 조그마한 양자와 전자에 이르기까지 전 자연에 걸쳐 이원성이란 것이 존재하고 있었다. 이제 과학은 전자를 쪼개 보려고 애쓰고 있으나, 아마 단 한 가지의 개념이 배후에 있기에 그러지 못할 수도 있었다. 단 한 가지, 그리고 유일한 진리. 즉, 모든 대립되는 반대물은 항상 존재한다는 것. 전자가 물질인지 에너지인지 누가 안단 말인가? 하느님과 악마가 모든 전자 주위를 손을 맞잡고 함께 춤추고 있을는지도 모르지 않는가!

그는 담배를 쓰레기통에다 집어던졌지만 빗나가 버렸다.

꽁초를 집어 끄고 쓰레기통 속에다 다시 넣었을 때 구겨진 종이가 보였다. 어젯밤 죄의식 때문에 미친 듯이 자백서를 갈겨 써놓은 것이었다. 고통스럽게도 그 종이는, 사방에서 자기를 비난하며 공격하고 있는 현실로 그를 이끌었다. 브루노, 앤, 바로 이 방, 이 밤, 병원측과 내일 있을 회견 등으로.

자정 무렵에 그는 졸음이 오는 것을 느꼈다. 작업용 탁자를 떠나 조심스럽게 침대에 몸을 눕히고 나서 잠이 깨어 버리지나 않을까 해서 그는 옷을 벗으려고 하지도 않았다.

자기가 잠을 자려 할 때마다 방에서 매일 밤 들려 왔던, 느리고 경계하는 듯한 숨소리 때문에 그는 잠을 깨곤 했다. 그 소리는 이번엔 창문 밖에서 들려 왔다. 누군가가 집을 기어오르고 있었다. 박쥐의 날개처럼 커다란 망토를 입은 키 큰 형체가 갑자기 방으로 튀어 들어왔다.

"내가 왔어요." 하고 그 형체가 무미건조하게 말했다.

거이는 그 형체와 싸우려고 침대에서 뛰어내렸다.

"너는 누구냐?"

그는 브루노였다.

브루노는 되받아 싸우기보다는 그에게 저항했다. 자기의 모든 힘을 쏟는다면 브루노의 어깨를 바닥에다 눌러 버릴 수 있을 것 같아서, 거이는 계속되는 그 꿈 속에서 젖먹던 힘까지 모두 짜냈다. 거이는 브루노를 바닥에 내팽개쳐서 무릎으로 짓누르며 목을 졸랐지만, 브루노는 아무렇지 않다는 듯이 거이에게 씩 웃어 보였다.

"당신이야." 하고 마침내 브루노가 입을 열었다.

거이는 잠에서 깨어났는데, 머리가 무거웠다. 온몸에 땀이 흥건했다. 그는 바로 몸을 일으켜 세우고 빈 방을 조심스레 살펴보았다. 방 안에서 축축한 소리가 나고 있었다. 둘둘 감긴 축축한 몸을 벽에다 찰싹 쳐대면서 시멘트 바닥을 기어다니는 뱀의 소리와도 같았다. 그 소리는 빗소리 같기도 했다. 거이는 부드러운 은빛의 여름비 소리임을 깨닫고 다시 베개 위에다 얼굴을 묻었다. 그는 낮은 소리로 흐느끼기 시작했다. 빗소리가 마치 이렇게 말이라도 하는 것 같았다.
"물을 주어야 할 봄나무들이 어디 있나요? 내게 기대고 있는 새 생명이 어디 있죠?"
'앤, 우리의 젊음 속에 사랑이 있듯이 어디에 푸른 포도덩굴이 있지?' 하고 거이는 어젯밤 구겨진 종이에다 적었었다.
비는 그것을 기다리고, 그것에 의존하고 있는 새로운 생명을 발견하게 될 것이다. 그의 마당에 떨어지고 있는 비는 생명을 발견하게 될 것이다. 그것은 생명의 초과분에 불과했다.
'앤, 그 푸른 포도덩굴은 어디에 있는 거지……?'
기차 속으로 뛰어들었던 그 낯선 승객처럼 새벽이 불쑥 그의 창문턱을 넘어 들어올 때까지 그는 눈을 뜬 채로 누워 있었다. 마치 브루노처럼. 그는 일어나서 불을 켜고 책상 앞으로 다가섰다.

제 29 장

거이는 브레이크 페달을 밟았지만 차는 아이가 있는 쪽으로 소리를 내면서 미끄러져 가 버렸다. 넘어진 자전거에서 덜거덕덜거덕 하는 소리가 났다. 거이는 차 밖으로 뛰어나가 앞쪽 범퍼에다 무릎을 대고 어깨로 아이를 끌어당겼다.
"전 괜찮아요." 하고 아이가 말했다.
"거이, 아이는 안 다쳤나요?"
앤이 아이만큼이나 하얗게 질린 채 뛰어나왔다.
"그런 것 같아."
거이는 무릎으로 자전거 앞바퀴를 움켜잡았다. 그리고는 심하게 떨리고 있는 자기 손을 호기심어린 눈으로 바라보고 있는 아이를 의식하면서 핸들을 똑바로 해주었다.
"고마워요, 아저씨."
아이가 자전거에 올라타고는 페달을 밟고 가는 것을 거이는 마치 기적이라도 바라보는 것처럼 쳐다보았다. 그는 앤을 보며 몸을 떨면서 한숨을 내쉬고는 차분하게 말했다.
"난 오늘은 더 이상 운전을 할 수 없겠는데."
"좋아요."
앤도 거이만큼이나 차분히 말했지만, 그녀의 눈에는 자신없어 하는 빛이 어려 있었다. 앤은 돌아서 운전석으로 갔다.
차 안으로 들어와서 거이는 포크너 부부에게 사과를 하면서, 이런 것은 운전하는 사람들에게 가끔씩 일어나는 일이라며 낮은 소리로 말했다. 포크너 부부는 충격과 공포로 침묵을 지키고 있었다. 거이는 그 아이가 길 한옆으로 내려오고 있는 것을 보았었다. 그 아이는 거이를 위해서 멈추었는데도, 그는 마치 차로 치어 버릴 작정이라도 한 것처럼 그 아이 쪽으로 차를 돌렸던 것이다. 자기가 정말 그럴 작정이었던가? 거이는 팔을 후들후들 떨면서 담배에 불을 붙였다. 근육 조정이 제대로 안 되었기 때문일 뿐이라고 스스로에게 변명했다. 지난 2주일 동안 그는 수없이 회전문에 부딪혔고, 연필을 자에다 대고 긋지도 못했으며, 그리고 일을 하면서도 자기가 그곳에 있는 것 같지 않다는 느낌이 들었었다. 그는 냉정하게 지금 자기가 무엇을 하고 있는지 다시 확인해 보았다. 앤의 차로 새 집을 보러 앨튼으로 가는 중이었다. 집은 이제 다 지어졌다. 지난 주에 앤과 그녀의 어머니가 치장을 다 끝냈다. 오늘은 일요일이었으며, 거의 정오가 다 되어 가고 있었다. 앤은 어제 거이의 어머니에게서 훌륭한 편지를 받았다고 그에게 이야기해 주었다. 거이의 어머니는 손수 뜨개질해서 만든 세 개의 앞치마와 부엌 선반을 덮도록 만든 것을 보내 주었다. 그가 그런 것들을 죄다 기억할 수 있을까? 그가 기억하고 있는 것이라곤 주머니 속에 집어넣은 채 아직 앤에게 이야기해 주지 않은 브롱크스 병원의 스케치뿐인 것처럼 느껴졌다. 거이는 자기가 어디론가 가서 처박혀 일밖에는 아무것도 하지 않고 아무도 만나지 않을 수 있었으면 하고 생각했다. 앤조차도 만나고 싶지 않았다. 그는 힐끗 그녀를 훔쳐보았다. 그녀의 냉정하게 치켜든 얼굴을 보았다. 그녀의 가늘고 강한 손은 능숙하게 운전대를 잡고 차를 회전시켰다. 갑자기 앤이 자기보다 차를 더 사랑하고 있다는 느낌이 들었다.

"배고프시면 지금 말씀하세요." 하고 앤이 말했다.

"몇 마일 동안은 여기에 있는 조그만 가게가 마지막이 될 테니까요."

그러나 아무도 배고프지 않았다.

"얘야, 난 적어도 1년에 한 번 정도는 저녁식사에 무엇이 나올지 궁금해진단다." 하고 그녀의 아버지가 말했다.

"아마 오리 한 쌍과 메추라기 한 마리 정도는 나올 테지. 이 부근은 사냥하기에 꽤 좋은 것 같거든. 거이, 자네 총 잘 쏘나?"

앤은 집으로 이어진 길로 차를 돌렸다.
"꽤 쏘는 편입니다."
거이는 두 번이나 중얼거리듯이 말했다. 그의 가슴은 그가 달리도록 채찍질하고 있었다. 달리는 것만이 떨림을 진정시킬 수 있다고 그는 확신하고 있었다.
"거이!"
앤은 그에게 미소를 지었다. 차를 세우면서 그에게 속삭였다.
"집에 들어가면 한 잔 하도록 하세요. 부엌에 브랜드 병이 있어요."
앤은 거이의 손목에 손을 갖다 댔지만 거이는 무심결에 손을 움츠려 뒤로 빼 버렸다.
그는 브랜디건 다른 것이건 아무거나 좀 마셔야겠다고 생각했다. 그러나 자기가 아무것도 마시지 않으리라는 것 또한 그는 알고 있었다.
포크너 부인은 거이 옆에서 새로 깐 잔디를 가로지르며 걷고 있었다.
"단순하지만 아름답게 보이도록 꾸몄네. 거이, 난 자네가 자랑스럽게 생각해 주었으면 좋겠어."
거이는 고개를 끄덕였다. 이젠 끝났다. 멕시코 시티의 호텔방 갈색 옷장의 거울 속에서 상상해 보던 것을 이제는 할 필요가 없었다. 앤은 부엌에 멕시코식 타일을 깔고 싶어했었다. 그녀의 옷 대부분이 멕시코식이었다. 벨트도 핸드백도 그랬다. 앤의 트위드 코트 아래로 보이는 수놓인 긴치마도 멕시코풍이었다. 거이는 자기가 몬테카를로 호텔을 택했어야 했다고 생각했다. 메스꺼운 핑크색과 갈색으로 된 방과, 갈색 옷장의 거울 속에 들어 있는 브루노의 얼굴이 그의 나머지 생을 쫓아다니게끔.
그들이 결혼할 때까지는 이제 한 달밖에 남지 않았다. 금요일 밤을 네 번만 더 보내고 나면 앤은 벽난로 옆에 있는 커다란 사각형 녹색 의자에 앉아 있을 것이고, 멕시코식 부엌에서 그를 부를 것이다. 그리고 그들은 함께 2층의 작업실에서 일을 하게 될 것이다. 그는 무슨 권리로 그녀를 자기 옆에 가두어 두는 건가? 그는 자기들의 침실을 바라보며 서 있었다. 어수선한 것처럼 보인다고 막연히 생각했다. 앤이 침실은 '현대적이 아니었으면' 하고 말한 적이 있었기 때문이다.

"어머니에게 가구에 대해 고맙다고 말씀드리는 것 잊지 마세요, 예?"

그녀가 거이에게 소곤거렸다.

"아시겠지만, 어머니가 우리에게 주셨어요."

벚나무로 된 침실 세트였다. 거이는 그 날 아침식사 때 앤이 했던 말이 기억났고, 자기의 붕대 감은 손과 헬렌의 파티에 가려고 앤이 검은색 드레스를 입고 있었던 것이 생각났다. 그러나 가구에 관하여 한 마디해야 했을 때 그는 말하지 못했고, 그런 다음엔 너무 늦어버렸다. 무슨 문제가 있다는 것을 그들이 알아야 한다고 생각했다. 이 세상의 누구나가 모든 걸 알아야만 했다. 그는 단지 집행이 유예되고 있는 것일 뿐이며, 그에게 떨어져 그를 짓뭉개 버릴 무게를 차곡차곡 모아두고 있을 뿐이다.

"거이, 새 일에 관해 생각하고 있는 건가?"

포크너 씨가 담배를 건네주며 물었다.

옆 현관으로 가던 거이는 포크너 씨를 보지 못했다. 거이는 그 말을 인정해야겠다고 생각하고 주머니에서 접어놓은 설계도를 꺼내어 포크너 씨에게 보여주었다. 포크너 씨의 더부룩한 회색과 갈색 눈썹이 생각에 잠겨 있는 듯이 아래로 늘어졌다.

'아니, 이 양반은 내 말에 전혀 귀를 기울이고 있지 않군.' 하고 거이는 생각했다.

'단지 내 주위에 둘러싸인 어둠 같은 죄를 들여다보려고 더 가까이 몸을 구부리고 있는 거야.'

"앤이 내게 이것에 관해선 아무런 말도 하지 않았다니 웃기는 걸."

"제가 숨겼습니다."

"오, 그래? 결혼 선물인가?"

포크너 씨는 킬킬거렸다.

나중에 포크너 씨 부부는 차를 타고 가게에서 샌드위치를 사오려고 되돌아갔다. 거이는 집을 구경하는 데 싫증이 났다. 그는 앤과 바위 언덕을 함께 올라가 보고 싶었다.

"잠깐만요. 이리 좀 와 보세요."

그녀는 커다란 돌로 된 벽난로 앞에 서 있었다. 그녀는 손을 그의 어깨에다 올려놓고는 거이의 얼굴을 약간은 걱정스러운 듯이, 하지만 여전히 새 집이 자랑스러워 빛나는 눈으로 들여다보았다.

"당신 볼이 점점 더 패어 가고 있어요."

그녀는 거이의 볼의 움푹 들어간 곳을 손끝으로 쓰다듬으면서 말했다.

"뭐 좀 먹을 것을 만들어 드릴게요."

"아마 잠이 부족해서 그럴 거야."

거이는 낮은 소리로 말했다. 거이는 그녀에게 최근의 자기 일이 시간을 많이 필요로 한다고 말했다. 놀랍게도 거이는 자기가 돈을 좀 벌어 보기 위해서 대리 일도 하고 있고, 마이어즈처럼 밑에서 거드는 일도 하고 있다고 그녀에게 말했다.

"거이, 우리는 잘 살게 되었잖아요. 도대체 당신을 괴롭히는 것이 뭐죠?"

그리고 그녀는 여러 번이나 그게 결혼 때문인지, 그가 자기와 결혼하고 싶지 않아서인지를 물었다. 만일 그녀가 한 번만 더 물었다면 그는 그렇다고 대답해 버렸을는지도 몰랐다. 하지만 그는 그녀가 그 질문을 하지 않으리라는 것을 알고 있었다.

"아무것도 날 괴롭히지 않아." 하고 그는 얼른 말했다.

"그렇다면 너무 애써서 일하지 마세요, 예?" 하고 거이에게 부탁하고는 그녀는 기쁨과 기대에 차서 그를 가볍게 안았다.

거이도 아무런 일도 아니라는 듯이 그녀에게 키스를 했다. 자기가 그렇게 해주길 그녀가 바라고 있다는 것을 알았기 때문이다. 그녀가 이상하다고 생각할는지도 모른다. 그녀는 키스할 때 약간만 달라도 알아챘으며, 사실 그녀에게 키스한 지도 너무 오래 되었던 것이다. 그녀가 아무 말도 하지 않을 때엔, 거이는 마치 그에게 일어난 변화가 너무나도 엄청나서 언급조차 할 수 없기 때문인 것처럼 느꼈다.

제 30 장

거이는 부엌을 건너가 뒷문에서 뒤로 돌았다.
"요리사가 나가고 없는 날 밤에 자청해서 오다니 너무나도 경솔하고 생각이 모자란 것 같군요."
"경솔하고 생각이 모자랄 게 어디 있나? 우리가 목요일 밤마다 했던 것과 같지 뭐. 됐어."
포크너 부인은 싱크대에서 씻고 있던 샐러리 한 조각을 그에게 갖다 주었다.
"하지만 하젤은 쇼트케이크를 자기가 여기서 만들지 못한 것을 알면 실망할 거야. 자넨 오늘 밤 앤이 만든 걸 먹어 보게 될 걸세."
거이는 밖으로 나갔다. 울타리가 크로커스와 아이리스 꽃밭에 기다란 그림자를 비스듬히 드리우고 있었지만, 오후의 태양은 여전히 빛나고 있었다. 출렁거리고 있는 잔디에서 그는 앤의 뒤로 묶은 머리와 엷은 녹색 스웨터를 볼 수 있었다. 브루노와 그가 싸웠던 숲 속에서 여러 번 앤과 함께 박하와 갓냉이를 따 모으기도 했다. 브루노는 이제 사라져 버렸다고 거이는 되새겼다. 제러드가 어떤 방법을 썼는진 모르지만, 아무튼 브루노가 자기와 접촉하는 걸 꽤나 두렵게 만든 모양이다.
포크너 씨의 산뜻한 검은 승용차가 차도로 들어와 천천히 열려진 차고로 굴러 들어왔다. 여기서 자기가 무엇을 하고 있는지 그는 자문해 보았다. 자기가 모든 사람을 의심하고 있는 이곳에서, 심지어는 자기가 요리 솜씨를 칭찬해 주어서 그에게 쇼트케이크를 만들어 주고 싶어하는 흑인 요리사마저도 의심하고 있는 이곳에서 자기는 무엇을 하고 있는 건가? 앤이나 그녀의 아버지도 쉽게 자신을 찾지 못할 배나무 아래 그늘진 곳으로 그는 숨어 버렸다. 만일 그가 앤의 삶 속에서 발을 떼어버린다면 그녀에겐 어떤 변화가 일어나게 될까? 앤은 그녀의 옛 친구들을 버리지도 않았고, 테디의 친구들인 젊고 잘생긴 남자들을 멀리 하지도 않았다. 그 남자들은 자기들 아버지의 사업을 물려받고, 컨트리 클럽을 수놓았던 아름다운 젊은 아가씨들과 결혼하기 전까지는 폴로와 나이트 클럽에서 놀던 미남 청년들이었다. 물론 앤은 다른 아가씨들과는 달랐다. 그렇지 않았더라면 첫눈에 그에게 마음을 빼앗기지는 않았을 것이다. 그녀는 젊은 청년과 결혼하기 전에 단지 과시하기 위해 2년 정도 적당한 직업을 가지고 일하는 처녀들하고는 달랐다. 그러나 거이가 없이도 앤은, 그녀 자신으로 존재해 왔지 않았던가? 그녀는 종종 그가 자기의 영감이라고, 그와 그의 야심이 자기의 일에 영감을 준다고 말을 하곤 했었다. 하지만 그녀는 이전부터 똑같은 재능을 지녀 왔고, 그가 그녀를 처음 만났던 날과 똑같이 운전을 늘 해왔으며, 또 이대로 계속해 나가지 않겠는가? 그리고 곧 자기 같은, 그러나 그녀에게 맞는 다른 남자가 앤을 발견하게 되겠지. 거이는 그녀가 있는 곳으로 걸어가기 시작했다.

"난 거의 다 끝났어요. 좀더 빨리 오시지 그랬어요?"

앤은 큰 소리로 말했다.

"서둘러 왔는데." 하고 거이는 어색하게 말했다.

"당신은 10분이나 집에 기대어 서 있었어요."

갓냉이의 잔가지 하나가 시내 위로 떠내려가고 있었다. 거이는 그것을 건져내려고 뛰어갔다. 그것을 건져내면서 그는 자기가 주머니쥐 같은 기분이 들었다.

"앤, 내 생각에 곧 직장을 갖게 될 것 같아."

그녀는 놀란 듯이 고개를 들어 올려다보았다.

"직장이라고요? 회사를 가지고 직장에 나가게 된단 말이죠?"

'회사를 가진 직장'이란 다른 건축가들에 관해서 말할 때 쓰이는 어구였다. 그는 그녀를 보지 않고 고개를 끄덕거렸다.

"그럴 것 같아. 월급도 괜찮고 지속적인 일 말이야."

"지속적이라고요?"

그녀는 약간 웃었다.

"당신 앞에다 1년 동안 병원에서 일해야 하는 일거리를 두고 말이죠?"

"난 늘 설계실에 있지 않아도 될 거야."

그녀는 자리에서 일어섰다.

"돈 때문이에요? 당신이 병원에서 돈을 못 받기 때문인가요?"

그는 앤에게서 돌아서서 습기찬 둑 위를 큰 발걸음으로 올라갔다.

"꼭 그렇지는 않아, 앤. 하지만 약간은 그럴지도 모르지."

그는 목소리를 죽이고 말했다.

그는 몇 주일 전에 자기 직원들에게 돈을 지불한 뒤 병원에다 자기 보수를 되돌려 주기로 결심했었다.

"거이, 하지만 당신은 그건 상관없을 거라고 말했잖아요? 우리 두 사람이 모두 그 일에 합의를 봤고…… 당신은 그럴 여유도 있잖아요."

그가 귀를 기울이자 세상은 갑자기 침묵해버린 듯했다. 그녀가 머리카락을 뒤로 넘기는 것을 거이는 바라보았다.

"그다지 오래는 아닐 거야. 6개월 정도, 아마 그보다 훨씬 덜 걸릴지도 모르지만."

"하지만 도대체 왜죠?"

"그러고 싶어서 그래!"

"왜 그러고 싶은 거죠? 거이, 왜 순교자가 되려고 하죠?"

그는 아무 말도 하지 않았다.

지고 있던 해가 나무들에서 비켜 나와 갑자기 그들 위로 쏟아졌다. 수풀에서 긁힌 흰 상처 자국, 평생 아물지 않을 것 같은 그 상처 자국이 있는 눈썹으로 눈에다 그늘을 드리우면서 그는 더 깊이 얼굴을 찌푸렸다. 그는 땅에 있던 돌을 발길로 걷어찼으나, 돌은 움직이지 않았다. 앤이 파미라 이후 자기에게 생긴 좌절의 일부라고 여전히 생각하게끔 내버려두지 뭐. 그녀 마음대로 생각하라지.

"거이, 유감이로군요."

거이는 앤을 바라보았다.

"유감이라고?"

그녀는 거이 곁으로 더 가까이 왔다.

"그래요. 난 무엇 때문인지 알 것 같아요."

그는 여전히 주머니에다 두 손을 찌르고 있었다.

"무슨 말을 하는 거지?"

그녀는 한참 동안이나 그냥 있었다.

"난 이 모든 것을 생각해 봤어요. 파미라 이후에 당신의 모든 불안에 대해서도요. 내 말은, 당신은 전혀 의식하지 못하고 있다는 뜻이에요. 미리엄에게로 돌아가고 있는 것을요."

그는 홱 몸을 돌렸다.

"아냐, 아니라고. 전혀 그런 게 아니야!"

그는 너무나도 정직하게 말했는데, 그럼에도 불구하고 그의 말은 말짱 거짓말처럼 들렸다! 그는 머리카락에다 손가락을 집어넣었다가 다시 뺐다.

"거이, 들어 봐요."

앤은 나지막하고도 분명하게 말했다.

"아마 당신은 실제로는 별로 결혼하고 싶지 않을는지도 몰라요. 그것 때문이라면 그렇다고 말해 주세요. 왜냐하면 난 직장을 얻겠다는 이번 생각보다는 그것을 받아들이는 게 훨씬 쉽거든요. 만일 당신이 기다리겠다고 한다면—여전히—아니면, 전적으로 없었던 일로 하고 싶다고 하더라도 난 참아낼 수 있어요."

그녀는 오랫동안 생각을 했던 모양이다. 거이는 그녀의 지나칠 정도의 차분함 속에서 그 사실을 느낄 수 있었다. 바로 이 순간에 그는 앤을 포기해 버릴 수도 있었다. 그 고통은 죄책감으로 인한 고통을 앗아가 버리게 될 것이다.

"애야, 앤 얼른 좀 오너라. 박하가 좀 필요해!"

뒷문에서 앤의 아버지가 불렀다.
"곧 가요, 아버지!"
앤이 소리쳐 대답했다.
"거이, 어쩌시겠어요?"
거이의 혀는 입천장을 꼭 누르고 있었다. 앤은 자기의 컴컴한 숲에서 태양과 같은 존재였다. 하지만 그 말만은 할 수 없었다. 그는 단지, "뭐라고 말할 수가 없군." 하고 말했다.
"좋아요. 난 어느 때보다도 당신이 지금 필요해요. 왜냐하면, 그 어느 때보다도 당신이 날 필요로 하니까요."
그녀는 박하와 갓냉이를 그의 손에다 쥐어 주었다.
"이것을 아버지에게 좀 가져다 주시겠어요? 그리고 아버지와 함께 한 잔 하세요. 난 옷을 갈아입어야 하거든요."
그녀는 돌아서서 집 쪽으로 가버렸다. 빠르지는 않았지만, 거이가 그녀를 따라갈 수 없을 만큼은 빨랐다.
거이는 박하 줄렙(위스키나 브랜디에 설탕, 박하 등을 넣고 얼음으로 차게 한 음료) 몇 잔을 마셨다. 앤의 아버지가 옛날식으로 만든 것이었는데, 설탕과 부르봉 위스키와 박하를 하루 종일 12개의 유리잔에다 넣어 놓고는, 서리가 서릴 때까지 차게 한 것이다. 포크너 씨는 거이에게 어디 다른 곳에서 이보다 더 훌륭한 것을 맛본 적이 있느냐고 신이 나서 물어 보았다. 거이는 자기의 긴장이 풀리는 것을 느낄 수 있었다. 하지만 결코 취하지는 않았다. 그는 몇 잔 마시고 나자 속이 메스꺼워졌다.
석양이 진 뒤 한동안 테라스에서 앤과 함께 있었다. 그때 거이는 자기가 그녀를 찾아갔던 첫날 저녁보다 앤에 대해 더 알게 된 것은 없지 않느냐고 자문하면서도, 자기가 그녀를 더욱 사랑해 주길 앤이 간절히 바라고 있음을 느꼈다. 그런 다음 그는 결혼식을 올릴 일요일 이후에 자기들이 머무를 앨튼의 집이 생각났고, 지금까지 앤과 함께 누려 왔던 모든 행복감이 그에게 다시 밀어닥쳐왔다. 거이는 그녀를 보호해 주면서 자기의 불가능한 목표들을 달성하고 싶었는데, 이는 그녀를 기쁘게 해줄 것이다. 이 생각은 지금까지 자기가 지녀온 것 가운데 가장 긍정적이고 가장 행복한 야심인 것처럼 느껴졌다. 만일 그가 이런 식으로 생각할 수만 있다면 길은 있을 것이다. 그가 맞서 나가야 하는 것은 그의 전 자아도 아니었고, 브루노도, 그의 일도 아니었으며, 바로 자기 자신의 일부였다. 그는 자기 자신의 다른 일부를 때려 부숴 버리고 지금의 자기 속에서 살기만 하면 되는 것이다.

제 31 장

    그러나 거이가 갖고 싶어하는 자신을 그의 또 다른 자아가 침입해 올 수 있는 여지가 너무나 많이 있었고, 침략의 형태도 너무 많았다. 어떤 말이나, 소리나, 빛이나, 그의 손과 발이 행하는 모든 행동에 침입이 있었다. 만일 그가 전혀 아무것도 듣지도 보지도 행동하지도 못한다면, 그를 두렵게 만들어 충격을 주고 겁쟁이로 만들, 승리에 도취되어 내부에서 우러나오는 양심의 외침이 있었다.
    결혼식은 상당히 세심하게 준비되어 갔다. 그것은 하얀 레이스와 린넨과 함께 너무도 순수하고, 너무나도 모든 이가 기뻐하며 기다리고 있었기에 그가 저지를 수 있는 최악의 배신 행위처럼 보였다. 그래서 결혼식이 가까워 올수록 더욱더 진지하게 그는 결혼을 취소할까 하고 고민해 보았다. 거이는 마지막 순간까지 달아나고 싶었다.
    시카고 시절의 친구였던 로버트 트리처가 전화로 축하를 하면서, 결혼식 날 자기가 와도 좋은지 물었다. 거이는 빈약한 변명 몇 마디를 늘어놓으면서 전화를 끊었다. 그는 결혼식이 포크너 집안의 일인 것처럼 여겨졌다. 처가댁 사람들, 처가댁 가문의 교회였기에 자기 친구가 나타난다면 그의 갑옷에다 구멍을 뚫게 될지도 모른다. 거이는 단지 마이어즈만 초대했는데, 그는 별 상관이 없는 사람이었기 때문이다.(병원 일 이후로는 거이는 그와 사무실을 함께 쓰지 않게 되었다.) 그리고 팀 오플라허티를 초대했는데, 그는 올 수도 없을 것이다. 그 밖에 딤즈 건축 아카데미에서 두서너 명의 건축가를 초대했는데, 그들은 거이보다는 거이의 일에 대해 더 잘 알고 있는 사람들이었다. 그러나 트리처의 전화를 받은 지 30분 뒤에 거이는 다시 그에게 전화를 걸어 신랑 들러리가 되어 달라고 부탁했다.
    거이는 거의 1년 동안이나 트리처에 관해서는 생각조차 않고 있었으며, 그가 보낸 마지막 편지에 답장도 해주지 않았다. 거이는 피터 리그스나 빅 드 포이스터, 그리고 건더 홀에 관해서는 생각조차 하지도 못했었다. 그는 빅과 그의 아내가 블리커 가(街)의 아파트에 있을 때 가끔 방문을 하곤 했었고, 한 번은 앤을 데리고 간 적도 있었다. 빅은 화가였는데, 그는 작년 겨울에 전시회에 오라고 초대장을 거이에게 보내 왔다. 거이는 그에게 답장조차 하지 않았다. 그는 또, 브루노가 전화로 자기를 괴롭히던 그 무렵에 팀이 뉴욕에서 점심식사를 함께 하자고 전화를 했고 자기가 그것을 거절해 버렸던 것이 희미하게 기억났다. 고대 게르만 인들은 고발당한 사람의 유죄 여부의 판단을 피고인의 인격을 옹호해주기 위해 법정에 출두하는 친구들의 수로 판단했다는 말이 생각났다. 지금 자기를 위해서는 얼마나 많은 친구가 변명을 해주겠는가? 거이는 한번도 자기 친구들에게 많은 시간을 내준 적이 없었다. 그들이 그런 일을 바라는 부류의 사람이 아니었기 때문이다. 그러나 지금 그는 마치 자기 친구들이 그를 보지 않고서는 우정을 유지할 가치도 없다고 결론을 내리기라도 한 것처럼 자기를 멀리 하려 들고 있다고 생각했다.

  결혼식 날인 일요일 아침, 교회 부속실에서 밥 트리처 주위를 천천히 돌면서 거이는 병원 설계에 관한 생각에 매달려 있었다. 그것은 단 하나 남은 마지막 희망의 조각이었고, 그가 여전히 존재하고 있다는 하나의 입증이었다. 그는 어려운 일을 해냈었다. 그의 친구인 밥 트리처는 그를 칭찬해 주었다. 거이도 자기가 여전히 창조할 수 있는 능력이 있다고 말하며 자신을 격려했다.

  밥은 그와 이야기를 나누어 보려고 애쓰는 것을 포기해 버렸다. 그는 팔짱을 낀 채 통통한 얼굴에 기분좋은 듯한, 그러나 다소 멍한 표정을 짓고 앉아 있었다. 밥은 거이가 무척 신경이 날카로워졌다고 생각했다. 밥이 자기의 생각을 알지 못한다는 것을 거이는 알고 있었다. 왜냐하면 아무리 자기 생각을 많이 나타내고자 할지라도 실제로는 표현이 불가능했기 때문이다. 그리고 그것은 지옥과 같은 것으로, 인간

각자의 삶을 너무나도 철저히 위선적으로 만들었다. 이것은 본질적인 것이었고, 그의 결혼식의 실체였다. 그리고 밥 트리처로 하여금 자기를 더 이상 알지 못하도록 하는 이유였다. 격자달린 높은 유리창이 있는 교회 부속실은 마치 감옥과도 같았다. 그리고 밖에서 들려 오는 중얼거리는 소리들은 감옥을 습격하여 정의를 실현하려고 애가 탄 폭도들의 분노에 찬 외침 소리와도 같았다.

"당신이 술병이라도 좀 가져왔으면 좋았을 걸 그랬습니다."

밥은 벌떡 일어섰다.

"오, 분명히 가져왔네. 너무 분위기가 무거워서 그만 깜박 잊고 있었군."

그는 탁자 위에 병을 올려놓고는 거이가 집을 때까지 기다렸다. 밥은 45살 가량된 점잖은 사람이었지만 다혈질적인 면이 있었고, 총각 생활에 만족한 듯 보이며, 자기 직업에 완전히 몰입되어 있어서 권위가 엿보이는 사람이었다.

"자네 먼저 마시게."

그는 거이에게 권했다.

"나는 앤을 위해 개인적으로 건배하고 싶어. 그녀는 너무 아름답더군, 거이."

그는 미소를 지으며 부드럽게 덧붙였다.

"화이트 브리지만큼이나 아름다워."

거이는 마개가 열려진 병을 바라보며 서 있었다. 창문 밖의 소란은 마치 그를 놀리는 것처럼, 그와 앤을 함께 놀리고 있는 것처럼 보였다. 테이블 위의 술병도 그 일부였다. 전통적인 결혼식의 궁상맞은, 또 익살맞은 부산물들의 일부였던 것이다. 그는 미리엄과의 결혼식 날에도 위스키를 마셨었다. 거이는 구석에다 병을 던져 버렸다. 그것이 깨어지고 부서지는 소리에 경적 소리와 사람들의 목소리, 그리고 바보 같은 그 오르간 소리가 잠시 들리지 않더니 다시 스며들어 새어나오기 시작했다.

"미안합니다, 밥. 정말 미안하게 됐어요."

밥은 거이에게서 눈을 떼지 않았다.

"난 조금도 자네를 탓하지 않아. 하지만 난 나 자신을 탓한다네!"

그리고는 웃어 보였다.

"아닙니다, 밥."

밥은 웃어야 할지 심각한 체해야 할지 쩔쩔 매고 있었다.

"기다리게. 내가 가서 좀 얻어오지."

밥이 가까이 다가가서 열려고 할 때 문이 열리더니 피터 리그스의 가느다란 몸이 미끄러지듯 들어왔다. 거이는 트리처에게 피터를 소개시켜 주었다. 피터는 거이의 결혼식에 참석하려고 뉴올리언즈에서 여기까지 온 것이다. 그는 거이가 미리엄과 결혼했을 때는 오지 않았었다. 피터는 미리엄을 싫어했었다. 비록 야윈 얼굴에는 여전히 16살 먹은 소년과 같은 웃음을 짓고 있었지만, 피터의 관자놀이는 이제 희끗희끗해져 있었다. 거이는 자기가 자동적으로 움직이고 있다고 여기면서, 금요일 저녁에 그랬던 것처럼 난간에서 얼른 피터의 포옹에 응해 주었다.

"거이, 시간이 다 되었네."

문을 열면서 밥이 말했다.

거이는 밥과 나란히 걸었다. 제단까지는 열두 발자국이었다.

'비웃고 있는 얼굴들이군.' 하는 생각이 들었다.

사람들은 두려움 때문에 잠자코 있는 거야. 마치 차 뒷자리에서 포크너 부부가 그랬던 것처럼. 언제 저들이 간섭하며 끼여들어 모든 것을 중단시키게 될까? 얼마나 오랫동안 기다려 줄 수 있을까?

"거이!"

누군가가 속삭였다.

여섯, 일곱……, 거이는 수를 헤아렸다.

"거이!"

사람들의 얼굴 가운데서 희미하지만 똑똑한 소리가 들렸다. 거이는 왼쪽으로 고개를 돌려, 어깨 너머로 돌아보고 있는 두 여자의 시선을 따라갔다. 브루노의 얼굴을 보자마자 다른 사람들은 눈에 들어오지도 않았다.

거이는 다시 똑바로 앞을 보았다. 그게 정말 브루노였나? 아니면 그냥 환상이었나? 브루노의 얼굴은 환하게 미소를 짓고 있었고, 회색 눈은 핀처럼 날카로웠다.

열, 열하나……, 그는 다시 헤아렸다.

'열두 발자국 올라가서 일곱 번째는 뛰어넘고…… 당신은 기억할 수 있을 겁니다. 그것은 일정한 리듬을 가지고 있으니까요.'

그의 머리가 쑤셔 왔다. 그게 브루노가 아니고 환상이었다는 것을 입증해 주는 게 바로 이 두통이 아닐까? 거이는 기도했다. '오, 주여. 절 여기서 기절하도록 내버려두진 마십시오.', '결혼하는 것보다는 기절하는 게 더 낫지 뭐.' 하고 그의 내부에서 되받아 소리질렀다.

그는 앤 옆에 서 있었고, 브루노는 그들과 함께 이곳에 있었다. 어떤 사건도 아니고 한순간만이 아니라, 하나의 조건으로서 언제나 그래 왔고, 또 앞으로도 항상 그러할 것이다. 브루노와 거이 자신, 그리고 앤. 그리고 트랙 위의 움직임. 죽음이 우리를 갈라놓을 때까지 평생 트랙 위에서 계속될 움직임. 그것이 바로 벌이었다. 그가 찾고 있는 것 중에서 이보다 더한 벌이 어디에 있겠는가?

수많은 얼굴들이 주위에서 움직이며 웃고 있었고, 거이는 자신이 바보 천치처럼 그들 흉내를 내고 있는 것같이 여겨졌다. '세일 앤드 라케트 클럽'이었다. 뷔페식의 아침 식사가 마련되어 있었고, 모두가 샴페인 잔을 들고 있었으며, 거이도 물론 그랬다. 그러나 브루노는 없었다. 주름살지고 악의 없이 향수 냄새를 풍기며 모자를 쓴 늙은 여자만이 여기에 있을 뿐이다. 포크너 부인은 거이의 목에 팔을 두르고는 볼에다 키스해 주었다. 그녀의 어깨 너머로 거이는 브루노를 보았다. 브루노는 아까 그가 보았던 것과 똑같은 미소를 보내며 똑같이 날카로운 눈으로 바라보며 문으로 들어오고 있었다. 브루노는 거이 쪽으로 곧장 걸어오다가 발을 흔들거리며 멈추어 섰다.
"거이, 진심으로, 진심으로 축하합니다. 내가 들어와도 상관없죠? 축하할 만한 경사니까요!"
"나가, 어서 여기서 나가."
브루노의 미소는 머뭇거리다가 사라졌다.
"난 방금 카프리에서 돌아오는 길이에요."
그는 거이처럼 거친 목소리로 말했다. 브루노는 야회용 양복처럼 넓은 깃이 달린 선명한 보라색 개버딘 새 양복을 입고 있었다.
"거이, 어떻게 지냈습니까?"
앤의 아주머니 한 분이 향수 냄새를 풍기며 거이의 귀에다 대고 뭐라고 소곤거렸고, 거이도 무언가 낮은 소리로 말했다. 거이는 돌아서서 자리를 뜨기 시작했다.
"난 단지 당신의 축복을 빌어 주려고 왔을 뿐입니다. 그것뿐이라고요."
브루노가 말했다.
"나가. 문은 뒤쪽에 있어."
거이가 말했다. 거이는 자기가 더 이상 말을 해서는 안 된다고 생각했다. 침묵하지 않으면 자제력을 잃어버릴지도 모른다.
"거이, 휴전합시다. 난 신부를 좀 만나 보고 싶은데요."
거이는 두 명의 중년 부인에게 양쪽 팔을 맡긴 채 끌려나갔다. 비록 자기가 보지는 않았지만 거이는 브루노가 기분이 상한 듯한, 애타는 듯한 미소를 지으며 뷔페 테이블로 물러갔으리라는 것을 알고 있었다.
"거이, 버틸 수 있겠나?"
포크너 씨는 그의 손에서 반쯤 비어 있는 잔을 집어갔다.
"바에 가서 좀더 좋은 걸 마시도록 하세."
거이는 잔을 반쯤 채운 스카치를 마셨다. 그리고는 자기가 무슨 말을 하고 있는지 알지 못한 채 말을 해댔다. 그는 자기가 '다 집어치워요. 모두들 가라고 해요!' 하고 말을 했다고 생각했다. 그러나 자기는 그러지 않았나 보다. 그렇지 않으면 포크너 씨가 저렇게 큰 소리로 웃어대지는 않을 테니까. 아니, 정말 그렇게 해볼까?

케이크를 자를 때, 브루노가 아래 테이블에서 앤을 유심히 바라보고 있는 것을 거이는 알아차렸다. 브루노의 입은 가늘어져서 미친 듯이 웃고 있는 모양이었고, 눈은 짙은 남색 넥타이 위에 꽂힌 다이아몬드 핀처럼 빛나고 있었다. 브루노의 얼굴에서 거이는 자기가 그를 만났던 첫 순간에 본 것과 똑같은, 깊은 생각에 잠긴 듯하고 두려움과 결단력과 유머가 복합되어 있는 것을 보았다.

브루노는 앤에게로 다가왔다.

"내 생각에 어디선가 뵈었던 것 같은데요. 혹시 테디 포크너와 어떤 관계라도 되시나요?"

거이는 그들이 악수하는 것을 보았다. 그는 자기가 도저히 참아낼 수 없을 것이라고 생각했었지만, 그래도 조금도 움직이지 않은 채 참아내고 있었다.

"내 사촌이랍니다."

앤은 미소를 지으며 브루노에게 말을 했는데, 그 미소는 조금 전 어떤 사람에게 보여 준 것과 같은 형식적인 미소였다.

브루노는 고개를 끄덕였다.

"난 그와 한두 번 골프를 함께 쳤었답니다."

거이는 누군가가 자기 어깨에 손을 올리는 것을 느꼈다.

"거이, 시간 좀 내주겠나? 난……."

피터 리그스였다.

"시간이 없어."

거이는 브루노와 앤의 뒤를 따라가기 시작했다. 그는 앤의 왼손을 꼭 잡았다.

브루노는 자기 앞에 있는 접시 위의 결혼 케이크를 손도 대지 않은 채 그냥 들고는 앤의 한쪽 옆에서 몸을 똑바로 세우고 상당히 편한 듯이 걷고 있었다.

"난 거이의 오랜 친구죠. 아주 오래 전부터 알고 있는 사이랍니다."
브루노는 앤의 머리 뒤에서 거이에게 윙크해 보였다.
"정말이에요? 두 분이서 어디서 서로 알게 되셨는데요?"
"학교에서요, 동창이죠."
브루노는 씩 웃었다.
"아시겠지만, 하인즈 부인, 당신은 몇 년 동안 내가 보아 온 신부들 가운데 가장 아름다우십니다. 당신을 만나 뵙게 되어 정말 기쁩니다."
"당신을 만나게 되어 기뻐요." 하고 앤이 대답했다.
"나중에 또 두분을 뵙게 되길 바랍니다. 어디서 사실 생각인가요?"
"코네티컷 주예요." 하고 앤이 말했다.
"아주 좋은 곳이죠. 코네티컷 주라……."
브루노는 거이에게 또 한 번 눈을 찡긋해 보이고는 정중히 인사한 뒤 가 버렸다.
"저 사람이 테디의 친구 중에 하나야? 테디가 저 친구를 초대한 건가?"
거이가 앤에게 물었다.
"여보, 너무 걱정스러운 표정을 짓지 마세요! 우린 곧 떠나게 될 텐데요 뭐."
앤은 그를 보고 웃었다.
"테디는 어디 있지?"
하지만 테디를 찾는다고 무슨 소용이 있는 건가, 문제를 만들어서 어쩌겠다는 건가 하는 생각이 동시에 들었다.
"조금 전에 저쪽 테이블 위쪽에서 테디를 보았는데." 하고 그녀가 말했다.
"저기 크리스가 있군요. 가서 인사를 해야겠어요."
거이는 브루노를 찾아서 뒤로 돌았다. 브루노는 마치 신들린 듯 그를 바라보면서 미소를 짓고 있는 두 청년과 즐겁게 이야기를 나누고 있었다. 브루노는 청년들이 달걀을 익히는 것을 도와 주고 있었다.

얼마 뒤 거이는 차 안에서 쓸쓸한 느낌에 사로잡혀 있었다. 앤이 지금까지 한 번도 브루노를 알 기회가 없었다는 것은 참으로 우스운 일이었다. 그들이 처음 만났을 때 그는 우울해하고 있었다. 멕시코 시티에서 그는 본래의 자기 자신으로 돌아가 며칠간을 즐길 수 있었다.

"푸른 양복을 입었던 그 남자도 딤즈 건축 아카데미 출신인가요?" 하고 앤이 물었다.

그들은 몬토크 곶까지 드라이브해 가고 있었다. 앤의 친척 한 명이 그들의 신혼 여행을 위해서 오두막을 빌려 주었다. 신혼 여행은 단지 사흘뿐이었다. 거이가 한 달 이내에 '호튼, 호튼 앤드 키스' 건축 연구소에서 일을 시작하기로 약속했기 때문이다. 그리고 병원의 세부 설계도도 실행에 옮기게끔 이중으로 일을 해야만 했다.

"아냐, 그곳에 잠시 동안 있었지."

하지만 거이는 왜 브루노의 거짓말을 그냥 듣고만 있었던가?

"참 재미있는 얼굴을 가진 것 같아요."

앤은 접는 의자에다 발을 놓기 전에 발목 부근의 옷을 똑바로 하면서 말했다.

"재미있다고?"

"매력적이라는 말은 아니에요. 그냥 강렬했어요."

거이는 입을 다물었다. 강렬하다고? 앤은 그가 미쳤다는 것을 알 수 없었단 말인가? 지독하게 정신나간 것을? 어느 누구도 그걸 몰랐던가?

제32장

'호튼, 호튼 앤드 키스' 건축 연구소의 접수 담당 비서가 찰스 브루노라는 사람이 전화를 해서 연락처를 남겨 놓았다는 전갈을 건네 주었다. 그레이트 넥의 전화번호였다.
"고마워요."
거이는 로비를 가로질러 갔다.
회사에서 전화로 온 전갈을 기록해 둔다면? 지금까지는 그렇게 하지는 않았지만, 앞으로 만일 그렇게 한다면. 어느 날 불쑥 브루노가 찾아온다면. 하지만 이 회사도 끔찍하게 썩어 빠져 있으니 브루노라 한들 그들과 심한 차이가 나지는 않을 것이다. 게다가 그게 정확히 자기가 이곳에 있는 이유가 아니었던가? 자신을 그 속에다 배어들게 하면서 격변시키는 것이 자기 죄의 대가를 보상하는 것이며, 여기 있는 게 훨씬 기분이 나아질 것이라는 환상 아래 이곳에서 일하기로 한 게 아니었던가?
거이는 채광창을 내놓고 가죽으로 가구를 만들어 놓은 커다란 라운지로 들어가서 담배에 불을 붙였다. 이 회사의 일급 건축가들인 메인워링과 윌리엄즈가 보고서를 읽으면서 커다란 가죽 팔걸이의자에 앉아 있었다. 거이는 창 밖을 내다보고 있을 때 그들의 시선이 자기에게 와 닿는 걸 느꼈다. 사람들은 언제나 거이를 바라보고 있었다. 호튼 2세가 모든 사람들에게 거이는 약간 특별한 인물로, 천재라고 말했기 때문이다. 그런데 여기서 자기는 무얼 하고 있는 건가? 물론 모든 사람이 생각하고 있는 것보다 그는 훨씬 엉터리일지도 모른다. 게다가 이제 막 결혼했지만, 그러나 그것과 브롱크스 병원 일은 제쳐놓고라도 그는 분명히 신경이 곤두서 있었고 판단력을 잃고 있었다. 때때로 최고의 전문가도 자신의 판단력을 잃어버리는데 왜 이렇게 편안한 직장을 얻는 것을 주저하는가? 거이는 아래를 내려다보았다. 맨해튼의 지붕들과 거리의 난잡함은 이렇게 도시가 세워져서는 안 된다는 것을 보여 주는 좋은 예처럼 보였다. 거이가 뒤로 돌아서자 메인워링은 초등학생처럼 시선을 떨구어 버렸다.

그는 며칠 동안 이 회사 안을 돌아다니며 그 날 아침을 보냈다. '천천히 하시죠.' 하고 사람들은 말했다. 거이가 하는 일이라곤 의뢰인에게 그가 원하는 것을 건네주고 거기다 자기 서명을 하는 것뿐이었다. 이번 일거리는 웨스트체스터의 조그마한 부자 지구를 위한 백화점이었는데, 의뢰인은 마을과 보조를 맞추어 현대적이기도 한 옛날의 대저택 같은 것을 원했다. 그리고 특별히 거이 다니엘 하인즈에게 설계를 부탁했다. 거이는 자기 두뇌를 요령이나 만화의 수준에다 맞추어서 그 일을 대충 손쉽게 해치워 버릴 수도 있었다. 그러나 백화점이라는 사실이 좀더 신경쓰이게 만들었다. 그는 아침 내내 그렸다가는 지우고, 또 연필을 마냥 깎아대면서, 그 의뢰인에게 보여 줄 엉터리 아이디어라도 가지고 뭔가를 착수하게 되려면 4~5일은 족히 걸릴 테니, 잘하면 다음 주로 넘어가게 될지도 모른다고 생각했다.

"찰스 브루노도 오늘 밤에 올 거예요."

앤이 그 날 저녁에 부엌에서 소리를 지르며 말했다.

"뭐?"

거이는 칸막이 벽 가까이까지 갔다.

"그 사람의 이름이 그게 아니었나요? 결혼식 날 우리가 봤던 청년 말이에요."

앤은 나무 도마에 골파를 놓고 썰고 있었다.

"당신이 초대한 거야?"

"그 사람이 어디선가 들었나 봐요. 전화를 걸어 왔는데, 자청하고 나오던걸요."

앤이 아무렇지 않다는 듯이 대답을 했기에, 그녀가 자기를 시험해 보고 있는지도 모른다는 의심이 들어 거이는 희미하게나마 등골이 오싹해졌다.

"하젤, 우유가 아니야. 에인젤, 냉장고에 크림이 많이 있어."

거이는 하젤이, 부숴 놓은 고건졸라 치즈 그릇 옆에 크림 상자를 내려놓는 것을 지켜보았다.

"거이, 그가 온다는 게 신경이 쓰이나요?" 하고 앤이 물었다.

"그렇지는 않아. 하지만 그 사람은 내 친구가 아니라고. 당신도 알겠지만."

그는 어색한 듯이 캐비닛 쪽으로 가서 구두닦는 약상자를 끄집어냈다. 어떻게 브루노를 막아내지? 방법을 찾아야만 했다. 그러나 거이가 아무리 머리를 짜서 생각해내려 해도 그 방법은 그를 교묘히 피해 나가 버렸다.

"꺼리고 있군요."

웃으면서 앤이 말했다.

"내 생각으로는 버릇없는 놈 같거든. 그뿐이야."

"집들이하러 오는 사람을 돌려 보내는 것은 나쁜 징조예요. 그걸 모르세요?"

브루노는 집에 왔을 때 전염성 결막염에 걸려 있었다. 다른 모든 사람들은 새 집에 관해서 한마디씩 이야기해 주었지만, 브루노는 마치 이전에 100번 정도는 와 보기라도 한 듯이 계단을 내려가 붉은 벽돌색과 녹색으로 된 거실로 곧장 들어갔다. 거이는 브루노에게 방을 보여 주었다. 브루노는 여기에 살고 있기라도 한 듯이 행동했다. 브루노는 웃으며 거이와 앤에게 너무 주의를 기울이느라 다른 사람이 인사하는 것도 알아차리지 못했다. 적어도 2~3명이 브루노를 아는 것처럼 보였다. 롱아일랜드의 먼시 파크에서 온 체스터 볼티노프 부인이 인사를 하자, 브루노는 마치 자기편이라도 만난 듯이 두 손으로 그 부인의 손을 붙들고 열렬히 악수했다. 거이는 그 부인이 커다랗고 다정한 미소를 지으며 브루노를 올려다보는 것을 보고는 두려움을 느꼈다.

"일들은 잘 되어 가나요?"

한 잔 마신 뒤 브루노가 거이에게 물었다.
"잘 되고 있어, 대단히."
거이는 설사 자기를 마춰시켜야만 하더라도 차분해지기로 결심했다. 그는 이미 부엌에서 두세 잔을 마셨다. 그는 위층으로 올라가 침실로 가서는 이마에다 자기의 찬 손을 갖다 대고, 얼굴로 천천히 쓸어내렸다.
"실례해요. 난 계속 돌아보고 있는 중이에요."
방 다른 쪽에서 목소리가 들려 왔다.
"거이, 굉장한 집이로군요. 잠시 동안 난 19세기로 되돌아가 있어야 할 것 같아요."
버뮤다 학교 시절의 앤의 친구인 헬렌 헤이번이 책상 옆에 서 있었다.
'저런, 권총이 있는 곳인데.' 하는 생각이 거이의 머리를 스쳤다.
"편히 쉬세요. 난 그냥 손수건을 가지러 왔을 뿐이에요. 술은 견뎌 낼 만합니까?"
그녀는 자기가 원하지 않는 총과 필요도 없는 손수건이 둘 다 있는 오른쪽 꼭대기 서랍을 열었다.
"뭐, 나보다는 나아요."
헬렌은 또다시 우울증에 걸렸나 보다고 거이는 짐작했다. 앤은 그녀가 대단한 상업 디자이너라고 생각하고 있었다. 그러나 헬렌은 1년에 네 번 돈이 떨어졌을 때만 일했고, 나머지는 빈둥거렸다. 헬렌은 거이가 앤과 함께 파티에 가지 않는 그 일요일 저녁 이후로는 그를 좋아하지 않는 것 같았다. 헬렌은 그를 의심하고 있었다. 그녀는 실제 마신 것보다 더 취한 체하면서 지금 남의 침실에 들어와 무엇을 하고 있는 건가?
"거이, 당신은 언제나 그렇게 심각한가요? 앤이 내게 당신과 결혼할 거라고 했을 때 내가 뭐라고 말해줬는지 아시죠?"
"앤더러 정신이 나갔다고 말했었죠."

"난 이렇게 말했었죠. '그 사람은 너무 심각해. 대단히 매력적이고, 아마 천재일지 몰라도 너무 심각해. 그런 그를 어떻게 네가 견뎌낼 수가 있겠니?'라고요."

헬렌은 각지고 예쁜 황금빛 얼굴을 들었다.

"당신은 심지어는 자기 변호조차 하지 않아요. 당신은 심각하게 생각하기에 내게 키스도 못 할 거예요, 그렇지 않은가요?"

거이는 몸을 그녀 쪽으로 가져가서 가볍게 키스했다.

"이건 키스가 아닌걸요."

"하지만 난 일부러 심각해하지는 않아요."

그녀는 나갔다. 헬렌은 아마도 앤에게 이야기할지도 모른다. 밤 10시쯤에 고통스러워하는 듯한 표정으로 그가 침실에 가 있더라고. 헬렌은 서랍을 열었을 때 총을 발견했을지도 모른다. 그러나 그는 그럴 리가 없다고 생각했다. 헬렌은 멍청했다. 거이는 앤이 헬렌을 좋아하는 이유를 조금도 알 수 없었지만, 적어도 헬렌은 말썽을 일으키지는 않았다. 게다가 앤처럼 별로 남의 일에 참견하는 편도 아니었다. 하느님 맙소사! 그 권총을 앤의 바로 옆 서랍에다 넣어두었잖아! 항상 그들이 함께 지내고 있는 바로 여기에. 거이는 앤이 그의 책상을 들여다보는 것처럼 자연스럽게 그의 우편물을 뜯어보지나 않을까 염려했다.

거이가 아래로 내려갔을 때, 브루노와 앤은 벽난로 옆의 직각으로 된 소파에 앉아 있었다. 브루노가 무심결에 소파 위에다 내려놓은 술잔이 짙은 녹색의 얼룩을 만들었다.

"거이, 이분이 카프리에 관해서 내게 이야기해 주고 있는 중이에요."

앤은 거이를 올려다 보았다.

"난 언제나 우리가 그곳에 가게 되길 원했거든요."

"우선 말이죠, 집을 통째로 세내는 겁니다."

브루노는 거이를 본 체도 않고 계속 이야기해 나갔다.

"성을 갖는 거랍니다. 크면 클수록 더 좋죠. 우리 어머니와 난 성에서 살았답니다. 너무너무 큰 성이라서 문도 제대로 찾아내지 못한 날은 밤이 되도록 다른쪽 끝까지 가 보지도 못했을 정도였지요. 베란다 한쪽 끝에서 이탈리아 일가족이 저녁을 먹고 있었는데, 그 날 밤 모두 12명이나 되는 사람들이 우리에게 와서는 자기네들이 머물 수 있게만 해달라고 부탁을 해오더군요. 그리고 그냥 우리를 위해서 일을 해주겠다고까지 하면서 말입니다. 그래서 물론 그러라고 했지요."

"그런데 당신은 이탈리아어를 전혀 배우지 않았나요?"

"그럴 필요가 없으니까요!"

브루노는 어깨를 으쓱해 보였다. 거이가 언제나 머릿속에서 들어 왔던 것과 똑같이 브루노의 음성이 다시 거칠어졌다. 싫증이라도 난 듯이 거이의 등으로 기대어 오는 앤을 브루노가 바라보고 있다고 여기면서도 거이는 알코올로 인해서 쑤시는 것보다 더 심하게 담배를 피워 대느라 바빴다. 브루노가 이미 앤이 입고 있는 옷에 찬사를 보냈으리라는 것은 물어볼 필요도 없었다. 공작의 눈처럼 조그마한 남색 도안이 있는 회색 호박단으로 된, 그가 제일 좋아하는 드레스였다. 브루노는 언제나 여자들의 옷을 유심히 바라보았다.

"거이와 나는……."

브루노의 목소리가 마치 그가 고개를 돌리기라도 한 듯이 자기 뒤에서 분명하게 들렸다.

"거이와 나는 한때 여행에 관해 이야기를 나눈 적이 있었지요."

거이는 재떨이에다 담배를 찔러박고 남은 불꽃을 비벼 끄고는 소파쪽으로 갔다.

"위층에 있는 우리 오락실을 보지 않겠소?"

그는 브루노에게 말했다.

"그럼요, 봐야죠. 어떤 종류의 오락을 하시는데요?"

브루노는 일어났다.

거이는 붉은색으로 선이 그어진 조그만 방 안으로 브루노를 밀어넣고는 뒤에 있던 문을 닫아 버렸다.

"자네, 어디까지 갈 참이야?"
"거이! 이거 너무한데요!"
"모든 사람들에게 우리가 오랜 친구라고 이야기하다니, 무슨 꿍꿍이지?"
"모두에게 이야기하지는 않았는걸요. 난 앤에게만 말했을 뿐입니다."
"그녀에게나, 아니면 누구에라도 그렇지. 그런 식으로 말을 한 건 무슨 생각에서였지? 여기에 온 건 또 무슨 꿍꿍이야?"
"조용히 해요, 거이! 쉬―쉬―쉿."
브루노는 한쪽 손에서 술잔을 별 생각 없이 흔들어대고 있었다.
"경찰에서는 여전히 자네 친구들을 찾고 있는 중이 아닌가, 응?"
"날 걱정스럽게 만들 정도는 아니에요."
"나가! 지금 당장 나가!"
거이는 자기 목소리를 억누르는 바람에 목소리가 떨렸다. 그런데 그는 왜 자기를 억제하려는 거지? 총알 한 발이 들어 있는 권총이 바로 홀만 건너면 있는데.
브루노는 지겹다는 듯이 거이를 바라보는 한숨을 내쉬었다. 그의 입술 사이로 새어나오고 있는 숨소리는 거이가 밤마다 자기 방에서 들었던 숨소리와 같은 것이었다.
거이는 약간 비틀거렸다. 그리고 자기가 비틀거렸다는 것 때문에 화가 치밀었다.
"앤은 상당히 아름답더군요."
브루노는 유쾌한 듯이 말했다.
"만일에 한 번만 더 앤과 이야기하고 있는 걸 보면, 널 죽여 버릴 거야."
브루노의 미소가 늘어지는 듯하더니 커다란 미소로 바뀌었다.
"거이, 협박인가요?"
"약속이야."

30분 뒤, 브루노는 앤과 함께 앉았던 소파를 지나쳐갔다. 그는 키가 대단히 커 보였고, 머리는 커다란 마석 위에 조그맣게 붙어 있는 것 같았다. 남자 세 명이 그를 데리고 갔는데, 그 다음엔 어떻게 되었는지 알 수 없었다.

"그를 아마 객실로 데려가는 것 같은데." 하고 앤이 말했다.

"앤, 그건 좋은 징조야."

헬렌이 웃어댔다.

"집들이 때마다 밤을 새우는 사람도 있나 봐? 첫번째 손님이야?"

크리스토퍼 넬슨이 거이에게로 다가왔다.

"자네, 어디서 저 사람을 알게 되었나? '그레이트 넥 클럽' 술집에서 몇 번이나 술에 취해 뻗어 버리곤 했던 사람일세. 이제 거기엔 더 이상 들어갈 수도 없게 되었지."

결혼식이 끝난 뒤 거이는 테디에게 브루노에 대해 물어 보았다. 테디는 브루노를 초대한 적도 없었고, 자기가 그를 좋아하고 있지 않다는 사실밖에는 브루노에 관해 알고 있는 것이 없다고 했다.

거이는 작업실로 가는 계단을 올라가서 문을 닫았다. 책상 위에는 아직까지 끝내지 못한 백화점의 스케치가 놓여 있었다. 양심상 이번 주말엔 완성하려고 집에 들고 왔던 것이다. 술 때문에 몽롱해져 눈에 익은 선들이 그를 메스껍게 만들었다. 백지를 하나 끄집어내어 의뢰인이 원하고 있는 건물을 그리기 시작했다. 그는 정확히 그들이 무엇을 원하는지 알고 있었다. 거이는 자기가 그 일을 빨리 끝마치고 나서 열병이라도 들어 버렸으면 좋겠다고 생각했다. 그러나 일을 끝마쳤을 때 그는 조금도 몸이 아프지 않았다. 그는 의자에 등을 기대고 앉아 있다가 일어나서 창문을 열었다.

제33장

  백화점 건은 통과되고 대단한 칭찬을 들었다. 처음엔 호튼 부자(父子)에게서, 다음엔 의뢰인인 하워드 윈덤에게서였는데, 그는 뉴로첼에서 월요일 오후에 사무실로 찾아와서 설계도를 보았다. 거이는 사무실에서 담배를 피우며 앤의 생일날 주려고 브렌타노 상점에서 산 '릴리지오 메디시'의 모로코 가죽으로 표지를 만든 책을 넘겨보는 걸로 스스로를 치하하며 보냈다. 그들이 다음 일거리로 자기에게 어떤 걸 줄지 궁금했다. 자기와 피터가 좋아하곤 했던 '……배꼽이 없는 남자가 아직 내 속에 살아 있으니…….'라는 구절을 떠올리면서 그는 책을 대충 훑어보았다. 다음 번에는 자기가 어떤 끔찍한 일을 부탁받게 될 것인가? 그는 이미 주어진 일을 완수해냈다. 그는 충분히 일을 했다. 백화점 같은 일거리가 또 들어온다면 정말 참을 수 없게 될 것이다. 그것은 자기 연민이 아니라 '삶'일 뿐이었다. 만일 그걸로 자신을 책망하고 싶다면 그는 여전히 살아 있는 것이다. 거이는 책상에서 일어나 타자기 쪽으로 가서 사표를 만들기 시작했다.
  앤은 외출해서 그 날 저녁을 축하해야 한다고 고집을 부렸다. 그녀가 너무 기분좋아 했고 기쁨으로 넘쳐흐르고 있었기에, 거이는 마치 어느 바람 없는 잔잔한 날 땅에서 떠오르려고 애를 쓰는 연과도 같이 불확실하지만 자기의 기분이 약간 나아지고 있는 것을 느꼈다. 거이는 앤이 재빨리 가느다란 손가락으로 머리를 쓸어올려 막대 핀으로 고정시키는 것을 바라보았다.
  "거이, 이제 우리가 요트로 여행을 함께 떠날 수도 있잖아요?"
  거실로 함께 내려가면서 앤이 말했다.
  앤은 인디언호를 타고 해변을 따라 여행하기를 원했으나 나중으로 연기해 버렸던 자기들의 신혼 여행을 마음속에다 여전히 간직해두고 있었던 것이다. 거이는 설계실에 앉아 병원 설계도를 만드는 데 시간을 다 바칠 작정이었지만, 앤의 부탁을 지금 거절해 버릴 수가 없었다.

"얼마나 빨리 떠날 수 있게 될 것 같아요? 닷새? 아니면, 1주일?"

"아마 닷새 정도."

"오, 이런! 23일 까지는 여기 있어야 한다는 게 지금에야 막 생각이 났어요. 우리 면직물에 대단한 관심을 가진 사람이 캘리포니아에서 오기로 했거든요."

앤이 한숨을 쉬었다.

"게다가 이 달 말엔 패션쇼가 있잖아?"

"아, 그건 릴리언이 알아서 해줄 수 있는걸요." 하며 그녀는 웃어 보였다.

"오, 당신이 기억하고 있다니 너무 멋져요!"

거이는 앤이 머리 부근에다 표범으로 만든 외투 모자를 끌어당겨 쓰는 동안, 다음 주에 캘리포니아에서 오는 사람과 물건값을 가지고 실랑이를 벌일 앤을 생각하고는 재미있어했다. 그 일을 그녀가 릴리언에게 맡겨 두진 않을 것이다. 앤이 그 가게의 절반을 맡고 있으니까. 거이는 처음으로 테이블 위에 놓여 있는, 줄기가 기다란 오렌지색 꽃들을 보았다.

"이 꽃들은 어디서 난 거지?" 하고 그는 물어 보았다.

"찰스 브루노가 보내 준 거예요. 금요일 밤에 술취해 뻗은 일을 사과한다는 메모와 함께."

앤은 웃어댔다.

"다소 로맨틱한 생각이 드는걸요."

거이는 빤히 꽃을 쳐다보았다.

"무슨 종류지?"

"아프리카산 데이지예요."

앤은 거이가 나갈 때까지 앞문을 붙들고 있었다. 둘은 함께 차 쪽으로 갔다.

앤이 꽃 때문에 우쭐해져 있다고 거이는 생각했다. 그러나 브루노에 대한 앤의 호감은 파티가 있었던 그 날 밤 이후론 사라져 버렸다는 것 또한 그는 알고 있었다. 거이는 자기와 브루노가 파티에 참석했던 많은 사람들에 의해 이제는 떨어져 버릴 수 없게끔 묶여져 있다는 걸 문득 생각해 보았다. 경찰이 어느 때든지 자기를 조사하러 올 것이다. '그들이 조사하러 올걸.' 하고 그는 자신에게 경고했다. 그런데도 왜 그는 걱정하고 있지 않은 걸까? 자기가 어떤 처지에 놓여 있는지조차 이해하려 들지 않으니 그의 정신 상태가 도대체 어떻게 된 거지? 체념? 자살? 아니면 단순히 멍청할 정도로 둔해서?

그 날 이후 한가한 며칠간을 거이는 백화점 실내 도안을 위해서 회사에서 보내야만 했는데, 그동안 그는 자기가 정신착란증에 걸린 건 아닌지, 어떤 미묘한 광기가 자기에게 덮쳐온 것은 아닌지 혼자 물어보기조차 했다. 그는 금요일 밤 이후의 1주일 남짓한 날들을 생각해 보았다. 마치 그의 안전과 존재 그 자체가 아주 아슬아슬하게 매달려 있어서, 신경쇠약으로 인하여 곧장 머리가 돌아 버릴 지경인 것처럼 여겨졌던 시기였다. 지금은 그와 같은 것을 느끼지는 않았다. 그럼에도 불구하고 여전히 브루노가 자기 방을 침입해 들어오는 꿈을 꾸었다. 어떤 때는 새벽에 깨어나면 총을 들고 방 안에 서 있는 자신을 발견할 수 있었다. 그는 자기가 저지른 일에 대한 죗값을 치러야만 한다고, 그것도 조만간 치러야만 한다고 생각하고 있었다. 그는 마치 두 인격체 같았다. 한 명은 태어났을 때 하느님과의 조화 속에서 자신을 창조하며 느낄 수 있었고, 다른 하나는 살인할 수 있는 사람이었다. "어떤 사람이라도 살인을 저지를 수 있다고요." 하고 기차에서 내려 브루노는 말했었다. 2년 전에 메트카프에서 보비 카트라이트에게 칸틸레버 원칙을 설명해 주었던 사람? 아니야, 병원을 설계했던 사람도, 백화점을 설계한 사람도 아니며, 지난 주에 뒷마당 잔디의 의자에 칠할 색깔로 30분이나 혼자 고심을 했던 사람도 아니다. 단지 어젯밤에 거울 속을 힐끗 들여다보다가, 그 순간에 마치 비밀스런 형제와도 같은 살인자를 보았던 사람이다.

그리고 어떻게 그가 책상 앞에서 살인에 관해 생각하며 앉아 있을 수 있겠는가? 앤과 함께 하얀 요트를 타기로 한 게 10일도 남지 않은 이때에 왜 그는 앤에게, 또 그녀를 사랑하는 힘에 자기를 내맡겨 버렸던가? 3주일 동안 브루노에게서 자유롭고 싶다는 단지 그 이유 때문에 그토록 쉽게 여행에 찬성을 해버렸던가? 만일 그가 원하기만 한다면 브루노는 자기에게서 앤을 앗아가 버릴 수도 있었다. 그는 언제나 자신에게 그 사실을 인식시켜 왔었고, 언제나 그것에 직면하려고 애썼다. 그러나 그들 둘이 함께 있는 것을 보고 난 이후로는, 즉 결혼식 날 이후로는 그런 가능성이 하나의 공포로 형상화되어 감을 깨달았다.

그는 자리에서 일어나 점심을 먹으러 나가려고 모자를 썼다. 로비를 지나갈 때 전화 교환대에서 나는 소리가 들렸다. 그때 교환원이 그에게 소리쳤다.

"하인즈 씨, 원하신다면 여기서 전화를 받도록 하세요."

브루노일 거라고 생각하면서, 오늘 자기와 만나자고 하면 승낙해 버려야겠다고 생각하며 거이는 전화를 받았다. 브루노는 거이에게 점심을 함께 하자고 했고, 거이는 10분 안에 마리노스 빌라 데스트에서 그를 만나기로 약속했다.

레스토랑 창에 핑크색과 흰색 무늬가 들어 있는 휘장이 드리워져 있었다. 브루노가 덫을 놓아서, 탐정이 그 핑크색과 흰색 커튼 뒤에 있을 거라는 생각도 들었다. 하지만 자기는 조금도 개의치 않는다고 생각했다.

브루노는 바에서 그를 알아보고는 씩 웃으면서 의자에서 일어나 걸어왔다. 거이는 브루노 바로 옆에서 걸으면서도 사방을 두리번거렸다. 브루노는 거이의 어깨에 손을 얹고는 말했다.

"안녕하세요, 거이. 이 줄 끝에 테이블을 잡아 두었어요."

브루노는 옛날의 그 적갈색 양복을 입고 있었다. 거이는 자기가 처음으로 저 긴 다리를 따라가서 흔들리는 기차의 콤파트먼트로 갔던 때의 일이 생각났지만, 이제는 그 기억이 아무런 후회도 가져다 주지 않는다는 것을 깨달았다. 그는 사실 브루노에게 때때로 자기가 밤에 느꼈던 것처럼 호의를 지닌 것처럼도 여겨졌다. 하지만 지금까지는 단 한 번도 낮에는 그런 감정이 들지 않았다. 자기가 함께 점심을 먹으러 와 준 것을 고마워하고 있는 브루노의 단순한 태도에조차도 화가 나지 않았다.

브루노는 칵테일과 식사를 주문했다. 그는 구운 간을 주문했는데, 새로 시작한 다이어트 때문이라고 그랬다. 거이에게는 에그 베네딕트를 주문해 주었다. 브루노는 거이가 그것을 좋아한다는 사실을 알고 있었다. 거이는 그들 가까이의 테이블을 살펴보았다. 깔끔하게 옷을 차려입은 40대 남짓해 보이는 네 명의 여자들이 다소 의심스럽게 보였다. 그들은 눈을 거의 감은 채 미소를 지으며 칵테일 잔을 들고 있었다. 그 너머로는 유럽 사람처럼 보이는 살찐 남자가 테이블 건너로 미소를 던지고 있었는데, 그 남자의 동행은 눈에 보이지 않았다. 웨이터들은 아주 열심히 허둥지둥 왔다갔다하고 있었다. 이 모든 게 미치광이들에 의해 만들어지고 연기되는 쇼가 아닐까? 자기와 브루노가 주연이며, 그 둘이 제일 미친 사람으로 나오는 쇼? 그가 보고 있는 모든 움직임과 그가 듣고 있는 모든 말이 주인공의 운명적이고 침울함으로 둘러싸인 것처럼 느껴졌다.

"마음에 들어요? 오늘 아침에 클라이드 상점에서 샀지요. 마을에서 제일 좋은 걸로 골랐답니다. 여름용으로."

브루노가 이야기했다.

거이는 브루노가 무릎 위에다 펼쳐놓은 네 개의 넥타이 상자를 내려다보았다. 니트로 뜬 넥타이와 실크와 린넨으로 만든 넥타이가 있었다. 또 두꺼운 린넨만으로 만든 옅은 자주색 나비 넥타이도 있었다. 앤의 드레스 같은 청록색 중국 산동산 실크 넥타이도 있었다.

브루노는 실망했다. 거이가 별로 좋아하는 것처럼 보이지 않았던 것이다.

"너무 화려한가요? 여름용 넥타이인데."

"좋은데."

"이게 제일 맘에 든 거랍니다. 이런 건 한 번도 본 적이 없거든요."

브루노는 한가운데서부터 아래로 가느다란 붉은 줄이 그어진 하얀 니트로 된 넥타이를 들어 보였다.

"내가 맬까 하고 생각했었지만, 당신이 갖는 게 더 좋겠어요. 당신 말입니다. 거이, 당신 주려고 산 거예요."

"고맙네."

거이는 윗입술이 불쾌한 듯 비틀어지고 있음을 느꼈다. 갑자기 자기가 브루노의 애인인지도 모른다는, 브루노가 화해의 선물을 건네주는 애인인지도 모른다는 생각이 들었다.

"당신의 여행을 위해 건배."

브루노는 잔을 들면서 말했다.

브루노는 오늘 아침에 전화로 앤과 이야기를 나누었는데, 앤이 배로 여행하는 것에 관해 말해 주었다고 했다. 브루노는 자기가 얼마나 앤을 멋지게 생각하고 있는지 모른다고 계속해서 이야기하고 있었다.

"그녀는 너무나도 순수해 보여요. 당신도 아마 그렇게 상냥한 여자는 보지 못했을걸요. 당신은 정말 기차게 행복한 줄 알아야 해요, 거이."

그는 거이가 자기가 어떻게 행복한지 한마디 해주길 바라고 있었다. 그러나 거이는 아무런 말도 하지 않았다. 브루노는 매몰차게 거절당한 듯한 느낌을 받았고, 가슴에서부터 목으로 어떤 덩어리가 올라오는 듯 숨이 막혀옴을 느꼈다. 거이가 그 일에 관해 화낼 만한 게 무엇일까? 브루노는 테이블 끝에 가볍게 올려져 있는 거이의 주먹에다 자기 손을 올려놓고 싶었다. 마치 형제가 그러듯이 얼마 동안 그러고 있고 싶었지만 자기를 억누르고 참았다.

"그녀가 당신에게 첫눈에 반했었나요, 아니면 그녀를 알게 되는데 오랜 시간이 걸렸었나요?"

거이는 브루노가 다시 그 질문을 반복하는 것을 들었다. 마치 늙은 이처럼 여겨졌다.

"어떻게 그 시간에 관해 말할 수 있겠나? 그건 하나의 사실인데."

거이는 브루노의 좁고 통통한 얼굴을 힐끗 보았다. 여전히 강한 느낌을 주고 있는 이마 위에 흐트러져 있는 머리카락이 눈에 띄었다. 그러나 브루노의 눈은 처음 보았을 때보다 훨씬 더 자신감이 있어 보였고, 덜 날카롭게 보였다. 아마, 이제 그가 돈을 가지고 있기 때문일 거라고 거이는 생각했다.

"예, 나도 무슨 말인지 알겠어요."

브루노는 잠자코 있지 않았다. 비록 사람을 죽인 일이 여전히 그를 괴롭히긴 했지만, 거이는 앤과 함께 있어서 행복했다. 자기가 체포된다 할지라도 거이는 그녀만 있으면 행복할 것이다. 브루노는 거이에게 돈을 줘야겠다고 자기가 한때 마음먹었던 것이 기억나서 그만 움찔해 버렸다. 그는 거이가 '싫어' 하고 말하는 것이 들리는 듯했고, 지금과 같은 표정을 담고 순식간에 자기에게서 몇 마일이나 떨어진 저 먼 곳에 있는 듯한 모습으로 변해 버리는 것이 눈에 보이는 듯했다. 브루노는 자기가 얼마나 많은 돈을 가졌고, 또 그 돈을 가지고 무엇을 하든 지간에 거이와 무관하지 않을 거라는 사실을 알고 있었다. 어머니를 자기에게 묶어 두고 있는 것이 결코 행복을 보장해 주는 것이 아님을 브루노는 발견했던 것이다. 브루노는 미소를 지었다.

"앤이 날 좋아해도 괜찮겠죠?"

"괜찮아."

"디자인하는 일 외에 그녀가 좋아하는 일이 뭐죠? 요리하는 것을 좋아하나요? 그런 종류의 일도 좋아합니까?"

브루노는 거이가 마티니 잔을 집어들고 세 번에 다 비워 버리는 것을 지켜보고 있었다.

"아시겠지만, 난 그저 당신 두 분이 함께 무슨 일들을 하는지 알고 싶어서요. 산책을 한다거나 낱말 퍼즐을 푼다거나 하는 것 등 말입니다."

"그런 것들을 하고 지내네."

"저녁때에는 뭘 하죠?"

"앤은 가끔 저녁때도 일을 해."

이전에 브루노와 함께 있었을 때와는 달리 거이의 생각은 쉽게 저녁때 종종 앤과 함께 일하는 위층의 작업실로 미끄러져 갔다. 때때로 앤은 그에게 말을 걸어와서는, 마치 그녀의 일이 쉬운 것이기라도 한 듯이 그에게 평해 달라고 했다. 앤이 붓을 물통에다 빨리 흔들어댈 때는 마치 웃음소리처럼 들렸다.

"한 2개월 전에 '하퍼즈 바자르' 잡지에서 앤의 사진을 본 적이 있어요. 다른 디자이너 몇 명과 함께 찍은 사진이었지요. 앤은 정말 멋지더군요."

"대단히 멋지지."

브루노는 테이블 위에 올려져 있던 팔에다 다른 팔을 올려놓았다.

"난 당신이 그녀와 함께 있어서 행복해하니 정말 기쁘답니다."

그는 정말 그랬다. 거이는 어깨의 긴장이 풀리는 것을 느끼면서 호흡이 점점 평탄해져 갔다. 그러나 이 순간에도 앤이 자기 것임을 믿기가 힘들었다. 그녀는 반드시 죽게 될 전투에서 자기를 벗어나게 해주려고 하늘에서 내려온 여신, 어렸을 때 읽었던 것처럼 주인공들을 구해주고 이야기 끝에 가서는 늘 그를 놀라게 만드는 이상한 사건들을 가져다 주는 신화에서의 여신과 같았다. 잠 못 이루는 밤이나, 잠옷 위에다 외투만 걸친 채 집에서 나와 바위 언덕을 걸어 올라갈 때 그는 앤을 생각하지 않으려 했었다.

거이는 뭐라고 낮은 소리로 중얼거렸다. 왜 자기가 여기서 브루노와 함께 앉아 식사를 하고 있는 건가? 거이는 브루노와 싸우고 싶었고, 눈물을 흘리며 울고 싶었다. 그러나 갑자기 브루노를 저주하던 마음에 원인 모를 동정심이 밀려들어 마음이 다 풀려 버리는 것을 느꼈다. 브루노는 사람을 사랑하는 방법을 알지 못한다. 바로 이 점이 그에게 필요한 것이리라. 브루노는 너무도 외떨어져 있고, 너무도 앞을 못 보는 상태라 사랑을 할 수도, 애정을 불러일으킬 수도 없었다. 갑자기 그것이 상당히 불행한 것처럼 느껴졌다.

"브루노, 자네는 사랑에 빠져 본 적이 한 번도 없었지?"

거이는 브루노의 눈에 마음이 들뜬 듯하고 낯선 빛이 나타나는 것을 보았다.

브루노는 한 잔 더 하라는 눈짓을 보냈다.

"예, 정말로 사랑을 해본 적이 없는 것 같군요."

그는 입술에 술을 가져갔다. 사랑에 빠져 본 적도 없을 뿐 아니라, 여자와 함께 잔다는 것에 관해서도 그는 별로 관심이 없었다. 그런 일은 어리석은 짓이라는 생각이 늘 들었고, 그래서 그는 그런 일을 항상 꺼려했다. 한번은 상대 여자와 아주 아슬아슬한 순간에 그가 킬킬거리고 만 일이 있었다. 브루노는 머뭇거렸다. 그 점이 바로 그와 거이를 다르게 여기게끔 하는 가장 고통스러운 차이점이었다. 거이는 여자에 빠져서 자기를 잊을 수도 있었다.

거이가 브루노를 바라보자, 브루노는 시선을 떨구었다. 브루노는 마치 거이가 어떻게 하면 사랑에 빠질 수 있는지를 이야기해 주기를 기다리고 있는 것 같았다.

"브루노, 자네는 이 세상에서 가장 큰 지혜를 알고 있나?"

"난 아주 많은 지혜를 알고 있지요."

브루노는 씩 웃었다.

"어느 것을 말하는 거죠?"

"'모든 것은 바로 옆에 자기와 반대되는 것을 갖고 있다'라는 걸세."

"반대되는 게 매력을 끄나요?"

"그게 아냐. 내 말은 자네는 내게 넥타이를 주었어. 하지만 그것은 또한 경찰관에게 여기서 나를 기다리라고 자네가 말했을지도 모른다는 생각을 하게 한다네."

"오, 이런. 거이, 당신은 내 친구예요!"

브루노는 황급히, 그리고 안타까운 듯이 말했다.

"난 당신을 좋아해요!"

'나도 널 좋아해. 널 싫어하지는 않아.' 하고 거이는 마음속으로 말했다. 그러나 브루노는 그렇게 말하지는 않으리라. 그는 자기를 싫어하고 있으니까. 마치 자기가 브루노에게 '너를 좋아해' 하고 결코 말하지 않고, 대신 '너를 미워해' 하고 말하는 게 브루노를 좋아하고 있다는 증거이듯이. 거이는 입을 다물고 손가락으로 이리저리 이마를 문질렀다. 거이는 자기가 어떤 일을 하기도 전에 모든 행동을 마비시켜 버릴 긍정적인 의지와 부정적인 의지의 균형을 내다볼 수 있었다. 예를 든다면, 그를 여기 계속 앉아 있게끔 만드는 것과 같은 일이다. 그는 벌떡 일어났다. 새로 채워진 잔이 테이블보에 방울을 튀겼다.

브루노는 겁에 질린 듯한 놀라움으로 그를 빤히 쳐다보았다.

"거이, 도대체 왜 그러는 거예요?"

브루노는 그의 뒤를 따랐다.

"거이, 기다려요! 내가 그런 짓을 하리라곤 정말은 생각지 않는 거죠? 그렇죠? 백만 년이 지나도 난 그런 짓 안 해요!"

"이 손 놔!"

"거이!"

브루노는 거의 소리치며 울고 있었다. 왜 사람들은 자기에게 이런 짓을 하는 걸까? 왜? 그는 길에다 대고 소리질렀다.

"백만 년이 지나도 난 안 그래요! 백만 달러를 준다 해도 그런 짓은 안 해! 거이, 날 믿어 줘요. 거이!"

거이는 브루노의 가슴을 손으로 밀어 버리고는 택시 문을 닫았다. 브루노가 자기를 배반하지 않으리라는 것을 거이도 알고 있었다. 그러나, 자기가 믿고 있는 것만큼이나 모든 일이 불확실하다면, 어떻게 그가 정말로 확신할 수 있겠는가.

제34장

"거이 하인즈 부인과 자네는 무슨 관계가 있지?"
　브루노는 이미 예상하고 있었다. 제러드는 최근의 그의 비용 계산서를 보았고, 이것은 그가 앤에게 보낸 꽃값이었다.
　"친구예요. 난 그 여자 남편과 친구가 되죠."
　"오, 친구라고?"
　"그냥 알고 지내는 사람이에요."
　브루노는 어깨를 으쓱해 보였다. 자기가 과장하고 있다고 제러드가 생각할 거라는 사실을 알았던 것이다. 거이는 유명한 사람이었기 때문이다.
　"그 사람을 안 지 오래 되나?"
　"그다지 오래 되지는 않아요."
　의자에 몸을 기다랗게 뻗고 누운 채 브루노는 라이터 쪽으로 손을 뻗었다.
　"왜 꽃을 보내게 되었지?"
　"아마, 기분이 좋았기 때문일 거예요. 그 날 밤 그 집 파티에 가기로 되어 있었거든요."
　"자네는 그 정도로 그 사람과 잘 아는 사이인가?"
　브루노는 한 번 더 어깨를 으쓱했다.
　"그냥 보통 파티였어요. 그 사람은 우리 집을 지어야겠다고 이야기할 때 떠오르는 건축가 중의 한 명이거든요."
　그냥 불쑥 내뱉은 말이었는데 다소 효과가 있었다고 브루노는 생각했다.
　"매트 레빈 말일세, 다시 그 사람 이야기로 돌아가도록 하지."
　브루노는 한숨을 내쉬었다. 거이는 뛰어넘어 버린 것이다. 그가 지금 이 마을에 없기 때문일 수도 있었고, 그냥 그를 **빼먹어** 버렸는지도 모른다. 이제 매트 레빈의 이야기로 들어갔다. 그들은 아무런 수상한 사이도 아니었다. 별 생각 없이 브루노는 살인이 일어나기 전에 매트를 여러 번 만났었다.

"그 사람은 왜요?"

"4월 24일, 28일, 그리고 30일 자네가 그 사람을 만난 건 무엇 때문이었나? 3월 2일, 5일, 6일, 7일, 그리고 살인이 일어나기 이틀 전에도 말일세."

"내가 그랬었나요?"

브루노는 씩 웃었다. 제러드는 단지 마지막 사흘밖에 몰랐다. 매트도 자기를 좋아하지 않았다. 아마 매트는 자기에 대해 가장 나쁘게 이야기했을 것이다.

"그 사람은 내 차를 사려고 했었어요."

"그리고 자네는 그걸 팔려고 했었고? 이유는 자네가 곧 새 차를 갖게 될 거라고 생각했기 때문이 아니었던가?"

"조그만 차로 바꾸려고 했기 때문이에요."

브루노는 잊어버린 듯이 말했다.

"지금 차고에 있는 그 차 말이지? 그래, 크라이슬러 차가 작은 차란 말이군."

제러드는 빙긋 웃어 보였다.

"마크 레브를 안 지는 어느 정도 되나?"

"그 사람이 마크 레비츠키인 이후로 죽요." 하고 브루노는 쏘아 주었다.

"좀더 그 전으로 되돌아가 보면, 아마 그 사람이 러시아에 있을 때 자기 아버지를 죽였다는 걸 알아낼 수 있을 건데요."

브루노는 제러드를 노려보았다. '자기'라는 말이 이상하게 들렸다. 그 말은 내뱉지 말았어야 했다. 하지만 제러드는 그저 별명에만 신경 쓰고 있으니!

"매트도 역시 자네를 별로 좋아하지 않더군. 왜지? 둘이서 잘 지낼 수 없었던 이유가?"

"차에 관해서요?"

"이보게, 찰스."

제러드는 참을성 있게 말했다.

"난 아무 말도 안 할 거예요."

브루노는 자기가 깨물어 뜯은 손톱을 바라보면서 허버트가 말해 준 살인자와 매트가 얼마나 비슷한지 생각해 보았다.

"최근에 들어서 자네는 어니 쉬뢰더와는 그다지 자주 만나지 않았더군."

브루노는 지겹다는 듯이 대답을 하기 위해서 입을 열었다.

제35장

맨발에다 즈크 바지를 입은 채 거이는 다리를 꼬고 인디아 호의 앞쪽 갑판에 앉아 있었다. 롱아일랜드가 이제 막 눈에 보이기 시작했으나, 그는 아직은 그것을 보고 싶지 않았다. 부드럽게 미끄러져 나아가는 배의 움직임으로 몸이 기분좋게 익숙해진 듯이 흔들렸는데, 마치 그가 항상 알고 있었던 그 느낌 같은 것이었다. 브루노를 레스토랑에서 마지막으로 보았던 그 날은 자기가 미쳤던 날처럼 여겨졌다. 분명히 그는 미쳐 가고 있는 중이었다. 앤도 이 사실을 알고 있음이 틀림없다.

그는 팔을 구부려 근육을 덮고 있는 얇은 갈색 피부를 꼬집어 보았다. 이곤만큼이나 갈색이었다. 이곤은 여행을 떠날 때 롱아일랜드 부두에서 그들이 고용했던, 반은 포르투갈 혈통을 이어받은 소년이었다. 그는 오른쪽 눈썹에 조그만 상처가 하얗게 남아 있었다.

바다에서 보낸 3주일은 이전에는 결코 느끼지 못했던 평화와 체념을 갖도록 해주었는데, 한 달 전이었다면 그는 그런 감정은 자기와 관계없는 것이라고 말해 버렸을 것이다. 그게 무엇이든지 간에 이제 그의 죗값은 자기 운명의 일부여서, 나머지 다른 그의 운명들처럼 굳이 찾으려 들지 않아도 저절로 오게 될 거라는 생각을 하게 되었다. 그는 언제나 운명이라는 것을 믿어 왔었다. 그가 어린 소년이었을 때 이미 피터는 단지 꿈만 쫓게 될 거라는 사실을 알았고, 자기는 꿈에서 깨어나 유명한 건물을 지어 건축계에 이름을 남길 것이며, 마침내는 다리까지 세우리라는 것을 알고 있었던 것이다. 다리를 세운다는 것은 그에게는 언제나 더없는 업적처럼 보였다. 소년이었을 때는 자기가 만들 다리는 건축책에 있는 로버트 메일라트의 곡선을 이룬 하얀 다리처럼, 천사의 날개와 같은 옆날개를 가진 하얀 것일 거라고 생각했었다. 그토록 자신의 운명을 믿는다는 것 자체가 아마도 일종의 오만이리라. 그러나 한편으로는 자기 자신의 운명의 법칙에 순종해야만 한다고 느낀 사람보다 누가 더욱 진정으로 미천할 수 있겠는가? 터무니없는 잔혹성의 시작이며, 자기 자신에 대한 범죄처럼 보이기도 했던 그 살인 또한 그는 이제 자기 운명의 일부일지도 모른다고 믿게 되었다. 그 밖에 달리 생각할 수 없었다. 그리고 정말 그렇다면 자기의 죗값을 치를 길이 주어질 것이고, 죗값을 치러 낼 힘도 그에게 주어지게 될 것이다. 그리고 그에게 사형이 선고된다면 그것에 대면할 수 있는 힘 또한 주어지게 될 것이고 게다가 앤도 그것을 견뎌낼 만한 힘을 부여받게 될 것이다. 이상하게도 그는 자기가 바다의 피라미보다도 더 미천한 존재로 여겨지기도 했으며, 땅 위에서 제일 거대한 산보다 더 강한 듯도 생각되었다. 그러나 오만하지는 않았다. 그의 오만함은 미리엄과의 결별 시기에 최고조로 달하면서 하나의 방어물이 되었었다. 게다가 그녀에게 사로잡혀 있었을 때조차도 자신을 비참할 정도로 가엾게 생각했었지만, 자기가 사랑할 수 있고 자기를 언제나 사랑해 줄 다른 여자를 발견하게 되리라는 것을 그는 알고 있지 않았던가? 그는 바다에서 지낸 3주일 동안보다 앤과 더 가까웠던 적은 없었고, 그들의 삶이 이토록 하나의 조화를 이룬 일심동체임을 느꼈던 적이 없었다.

    그는 몸을 돌려서 메인 마스트에 기대고 있는 앤을 보았다. 그를 보자 그녀의 입가에 희미한 미소가 떠올랐다. 자기에게 아픔을 견뎌내고 무사히 낫게끔 해준 어머니의 미소와도 같이, 반쯤 억제된 듯하면서도 자랑스러움으로 가득 찬 미소라고 거이는 생각했다. 자기도 미소를 지어보이면서 그녀의 빈틈없는 확실함과 올바름은 자기가 신뢰할 만한 것이며, 그러면서도 그녀가 여전히 보통의 인간일 수 있다는 것이 거이는 감탄스러웠다. 무엇보다도 그녀가 자기 것이라는 사실에 감탄했다. 그런 다음 그는 맞잡고 있는 손을 내려다보면서, 내일부터 시작하게 될 병원 일과 앞으로 맡게 될 모든 일들, 자기 앞에 펼쳐진 운명적인 사건들에 관하여 생각해 보았다.

며칠 뒤의 어느 날 저녁에 브루노가 전화를 했다. 근처에 와 있는데 지나는 길에 잠깐 들르고 싶다고 말했다. 정신이야 말짱하겠지만 어딘지 기가 죽어 있는 것처럼 들렸다.

거이는 거절했다. 차분하고 단호하게 자기도 앤도 그를 다시는 보고 싶지 않다고 말해 주었다. 그러나 그는 말을 하고 있으면서조차도 자신이 인내심의 한계에 다다랐음을 느꼈다. 지금 그들이 하고 있는 말도 안 되는 대화 때문에 지난 몇 주일간 온전했던 정신 상태가 무너져 내리는 것 같았다.

제러드가 아직은 거이에게 접근하지 않았다는 사실을 브루노는 알고 있었다. 제러드는 거이에게 조금밖에는 물어 보지 않을 것이다. 그러나 거이가 너무 냉정하게 브루노에게 말하는 바람에, 제러드가 그의 이름을 알게 되었으며, 조만간 찾아갈지도 모르고, 아니면 앞으로 계속해서 비밀리에 조사할지도 모른다는 말을 브루노는 해줄 수 없었다.

"알았어요." 하고 브루노는 말도 제대로 하지 못한 채 그냥 전화를 끊었다.

그러더니 다시 전화가 울렸다. 거이는 얼굴을 찌푸리면서 안심해하며 불을 붙였던 담배를 꺼 버리고 전화를 받았다.

"여보세요. 나는 비밀 탐정 사무소의 아더 제러드입니다······."

제러드는 자기가 찾아와도 괜찮은지 물어 왔다. 거이는 거실 쪽을 걱정스러운 듯이 힐끗 바라보면서 주위를 둘러보았다. 제러드가 도청 장치로 자기와 브루노의 전화를 엿듣고는 방금 브루노를 붙잡았으리라는 생각이 머리를 사로잡았다. 앤에게 말하려고 그는 위층으로 올라갔다.

"사립 탐정이라고요? 무슨 일 때문인데요?"

앤은 놀라워하며 물었다.

거이는 잠깐 머뭇거렸다. 그가 아주 오랫동안 머뭇거려야 할 이유는 너무너무 많이 있었다. 빌어먹을 브루노 자식! 나를 캐 보려 들다니, 빌어먹을 탐정놈!

"나도 모르겠어."

제러드는 곧 도착했다. 그는 앤과 악수하며 공손히 인사하고 나서, 느닷없이 찾아와 저녁 시간을 망쳐놓았다고 사과를 한 다음, 집과 앞마당에 있는 좁고 긴 정원에 관해 몇 마디 이야기를 건넸다. 거이는 약간 놀란 듯이 그를 빤히 쳐다보고 있었다. 제러드는 우둔하고 지친 듯해 보였으며, 약간 지저분해 보였다. 아마도 브루노는 제러드에 관해서는 전적으로 엉터리는 아니었던 모양이다. 그 느릿한 말투 때문에 더욱 멍청해 보이는 제러드의 태도는 똑똑한 탐정이 생각에 골몰하여 멍해 있는 것 같지는 않았다. 제러드가 담배를 피우고 하이볼을 한 잔 하며 편히 앉았을 때에야 거이는 그의 밝은 담갈색 눈에서 번뜩이는 예리함을 보았고, 통통한 손에서는 에너지를 보았다. 그때부터 거이는 왠지 불안해졌다. 제러드는 예측할 수 없는 사람처럼 보였다.

"하인즈 씨, 당신은 찰스 브루노의 친구인가요?"

"예, 그 사람을 알고 있습니다."

"아마 아시리라 생각됩니다만, 지난 3월에 그의 아버지가 살해당했는데 아직 살인자를 찾아내지 못했답니다."

"난 전혀 모르고 있었어요!"

앤이 말했다.

제러드의 시선이 천천히 거이에게로 옮겨졌다.

"나 역시 몰랐습니다." 하고 거이는 말했다.

"아니, 그런 정도까지 가깝진 않은가요?"

"그 사람을 그저 약간만 알고 있을 뿐입니다."

"언제 어디서 만났습니까?"

"저—."

거이는 앤을 슬쩍 보았다.

"파커 예술 협회에서였습니다. 지난 12월쯤이라 생각됩니다만."

거이는 자기가 덫에 걸려들었다고 느꼈다. 결혼식 때 브루노가 경박하게 말했던 그 말을 자기가 되풀이했던 것이다. 단지 브루노가 그렇게 말하는 것을 앤이 들었다는 이유 때문에 그런 대답을 했다. 앤은 잊어버리고 있을지도 모르는데. 거이 생각에 제러드는 한마디도 믿지 않는 듯했다. 브루노는 왜 제러드의 일을 알려 주지 않았지? 어떤 마을의 술집 계단에서 만나게 되었다고 꾸미자고 브루노가 한때 제안했던 이야기를 왜 확실히 해두지 않았던가?
"그리고 언제 다시 만났습니까?"
마침내 제러드가 물었다.
"그러니까…… 6월에 있었던 내 결혼식 전에는 만나 보지 못했죠."
거이는 질문하는 사람의 목적을 알지 못하고 있는 듯이 어리둥절한 표정을 지어 보였다. 다행히도, 너무나 다행스럽게도 그는 앤에게 브루노가 그들이 오랜 동창이라고 말한 것은 브루노 특유의 농담이라고 말해두었었다.
"우리는 그 사람을 초대하지 않았습니다." 하고 거이가 덧붙였다.
"그럼, 그는 그냥 온 겁니까?"
제러드는 마치 이해가 간다는 듯이 말했다.
"그러나 7월에 있었던 파티에서는 그를 초대하지 않았습니까?"
그는 앤을 힐끗 바라보았다.
"그 사람이 전화를 했었어요."
앤이 말을 받았다.
"그리고는 자기가 와도 좋은지 물어 보더군요. 그래서 내가 그러라고 했습니다."
제러드는 이번에는 파티에 참석했던 사람들 가운데 브루노를 알고 있는 사람이 있어, 그를 통해 파티에 관해 알게 된 게 아닐까 하고 물어 보았다. 거이는 그럴지도 모른다고 말해 주고는 그 날 저녁때 브루노에게 무서울 정도로 미소를 보냈던 금발 머리의 여자 이름을 대 주었다. 그 밖에 다른 사람의 이름은 알려줄 수 없었다. 그는 브루노가 누구와 함께 있는 것을 본 적이라곤 한 번도 없었기 때문이다.
제러드는 뒤로 기대었다.
"그 사람을 좋아하십니까?"
그는 미소를 지어 보였다.
"꽤요."
앤이 예의바르게 대답했다.
"괜찮은 것 같아요."
제러드가 묵묵히 있기에 거이가 대답했다.
"그 사람은 좀 주제넘은 것처럼 보이더군요."
그의 오른쪽 얼굴은 그늘에 가려져 있었다. 거이는 제러드가 자기 얼굴에 상처가 있는지 뚫어지게 보고 있는 것은 아닐까 하고 걱정했다.
"그는 영웅 숭배자랍니다. 어떤 의미로는 힘을 숭배하는 사람이기도 하지요."
제러드는 웃어 보였지만, 그 미소가 더 이상은 순수해 보이지 않았다. 어쩌면 한 번도 순수했던 적이 없었을는지도 모른다.
"하인즈 씨, 이런 문제로 괴롭혀 드려 미안합니다."
5분 뒤에 그는 가 버렸다.
"무슨 일일까요? 찰스 브루노를 의심하고 있는 걸까요?"
앤이 물었다.
거이는 문을 쾅 닫은 다음 돌아왔다.
"아마 브루노가 알고 지내는 사람 가운데 하나를 의심하고 있을 거야. 그 사람이 찰스하고 뭔가 관련이 있을 거라고 생각할지도 모르지. 아버지를 대단히 미워했으니까. 그 비슷하게 찰스가 내게 말한 적이 있었거든."
"당신 생각엔 찰스가 관련이 있는 것 같은가요?"
"말할 수 없는 일 아냐? 할 수 있는 건가?"
거이는 담배를 꺼내 물었다.

"오, 하느님."

앤은 소파의 구석을 바라보며 서 있었다. 마치 파티가 있었던 날 브루노가 앉아 있었던 곳에서 여전히 그를 보고 있기라도 하듯이. 그녀는 나지막이 말했다.

"사람들이 살아가면서 일어나는 일이란 정말 놀라워요!"

제 36 장

"이봐. 이것 봐, 브루노!"
거이는 긴장해서 전화에다 대고 말했다.
브루노는 거이가 지금까지 들어 본 목소리보다 더 취해 있었지만, 그 희뿌옇게 된 머릿속으로 뚫고 가기로 결심했다. 그때 갑자기 제러드가 브루노와 함께 있을지도 모른다는 생각이 들었다. 그의 목소리는 점점 조심스럽게 되어 겁쟁이처럼 부드러워져 갔다. 그는 브루노가 혼자 공중전화 박스에 있다는 것을 알아냈다.
"제러드에게 우리가 예술 협회에서 만났다고 했나?"
브루노는 그렇게 말했다고 대답했다. 술에 취해 중얼거리면서 말하고 있었다. 브루노는 집으로 찾아오고 싶다고 했다. 제러드가 그에게 정말 물어 보았었는지 거이는 정확히 알 수가 없었다. 거이는 전화를 쾅 하고 내려놓고 와이셔츠 칼라를 열어젖혔다. 이제야 전화를 해주다니! 제러드로 인하여 그가 처한 위험은 구체화 되었다. 거이는 브루노와 함께 이야기가 들어맞도록 짜느니 그와 완전히 관계를 끊어 버리는 게 훨씬 더 현명한 것처럼 여겨졌다. 그를 성가시게 만드는 게 브루노가 무슨 일이 있었다고 지껄여대는 것인지, 자기가 처한 상태인지 거이는 알 수 없었다.
문의 초인종이 울렸을 때 거이는 앤과 함께 작업실에 있었다.
그는 문을 조금 열었다. 브루노가 왈칵 열고 들어와서는 비틀거리며 거실 소파에 몸을 던졌다. 거이는 브루노 앞쪽 조금 떨어진 곳에 서 있었다. 처음에는 화가 치밀어서, 다음엔 혐오감으로 인하여 말이 안 나왔다. 브루노의 살찌고 불그스름한 목이 칼라 너머로 부풀어 올라 있었다. 그는 취했다기 보다는 부어 있었다. 마치 죽음의 수종이 온몸을 부풀려 놓기라도 한 듯이. 심지어는 눈구멍까지 채워 버려 충혈된 회색 눈이 괴상하게 앞으로 튀어나와 있는 것 같았다. 브루노는 그를 빤히 바라보았다. 거이는 택시를 부르려고 전화 있는 곳으로 갔다.

"거이, 누구예요?"

앤이 계단에서 내려오면서 나지막한 소리로 물었다.

"찰스 브루노야. 취했어."

"취하지 않았어요!"

갑자기 브루노가 소리쳤다.

앤은 계단을 반쯤 내려오면서 그를 보았다.

"그냥 2층에다 눕히는 게 어때요?"

"난 여기 있게 하고 싶지 않아."

거이는 택시 회사의 전화번호를 찾아내려고 전화번호부를 들여다보고 있는 중이었다.

"그래에에에—요!"

브루노는 구멍이 새고 있는 타이어 같은 소리를 냈다.

거이는 돌아봤다. 브루노는 한쪽 눈으로 거이를 노려보고 있었다. 시체처럼 늘어진 몸에서 유일하게 살아 있는 듯한 눈이었다. 그는 뭔가를 리듬 있게 반복적으로 중얼거리고 있었다.

"뭐라고 말하는 거죠?"

앤이 거이 쪽으로 가까이 더 다가왔다.

거이는 브루노의 멱살을 잡았다. 중얼거리고 있는 그 바보 같은 목소리가 그를 화나게 만든 것이다. 똑바로 일으켜 세우려고 거이가 끌어당기자 브루노는 그의 손에다 대고 잠꼬대 같은 소리를 지껄였다.

"일어나서 나가!"

그때 거이는 그가 뭐라고 중얼거리는지 들었다.

"난 앤에게 말해 버릴 거야, 말할 거야…… 말할 거야, 말할 거야."

하고 브루노는 그렇게 읊어대면서 충혈되고 난폭해 보이는 눈으로 노려보고 있었다.

"날 쫓아내지 마. 난 말해 버릴 거야. 말……."

거이는 속이 뒤집혀 잡고 있던 손을 놓았다.
"거이, 왜 그러는 거죠? 뭐라고 말하는 거예요?"
"내가 2층에다 눕혀 놓을게."
거이는 브루노를 자기 어깨에다 올리려고 안간힘을 써 보았으나 흐늘흐늘하고 죽은 듯한 무게 때문에 어찌할 수가 없었다. 결국엔 그를 소파에다 가로뉘어 버리고 말았다. 그는 앞쪽 창으로 갔다. 밖에는 차라곤 없었다. 브루노는 하늘에서 떨어지기라도 한 듯싶었다. 브루노는 아무런 소리도 없이 잠을 잤고, 거이는 담배를 피우면서 그를 지키고 앉아 있었다.

브루노는 새벽 3시경에 잠에서 깨어나 정신을 차리려고 두 잔 정도를 마셨다. 잠시 뒤에는 얼굴이 부어 있는 것만 제외하고는 거의 정상으로 보였다. 그는 자기가 거이의 집에 있는 것을 알고는 대단히 기뻐했으나, 어떻게 여기까지 왔는지는 기억해내지도 못했다.

"제러드와 또다시 되풀이했었지요."
브루노는 웃어 보였다.
"사흘 동안요. 신문은 봤나요?"
"아니."
"잘했어요. 신문은 쳐다보지도 마세요!"
브루노는 부드럽게 말했다.
"제러드는 어떤 건달에게 눈독을 들이고 있어요. 매트 레빈이라는 못되먹은 내 친구예요. 그 날 밤에 아무런 알리바이도 없거든요. 허버트 집사는 살인자가 그 사람일지도 모른다고 생각하고 있어요. 그 세 사람 모두하고 사흘 동안 줄곧 이야기만 했지요. 매트가 잡혀 들어갈지도 모르겠어요."
"그것 때문에 죽을지도 모르겠군?"
브루노는 잠시 머뭇거렸지만 여전히 웃고 있었다.
"죽지는 않고 그냥 벌을 받겠죠. 그는 지금까지 두세 명을 죽였거든요. 경찰은 그를 잡게 되어 기뻐하고 있지요."

브루노는 몸을 떨고는 술잔에 남아 있던 술을 들이켜 버렸다.
거이는 자기 앞에 있는 커다란 재떨이를 집어 브루노의 부풀어 오른 머리에다 세게 집어던지고 싶었다. 거이는 자기를 죽일 듯이 점점 커져 가는 긴장을 태워 버리고 싶었던 것이다. 거이는 양손으로 세게 브루노의 어깨를 붙들었다.

"나가 줘. 맹세하지만, 이번이 마지막이야!"

"아니죠."

브루노는 대항하려는 움직임도 없이 조용히 말했다. 거이는 숲에서 그와 싸웠을 때 본 적이 있는 고통이나 죽음에는 무관심한 듯한 모습을 보았다.

거이는 손으로 얼굴을 감쌌다. 손바닥 아래에서 얼굴이 뒤틀리는 것을 느꼈다.

"만일 매트라는 사람이 처벌받게 된다면……, 내가 경찰에게 가서 모든 이야기를 해야겠어."

거이는 낮은 소리로 말했다.

"오, 그는 처벌받지 않을 거예요. 경찰은 아직은 그 친구를 잡지 못해요. 이봐요, 농담이었어요!"

브루노는 능글맞게 씩 웃었다.

"매트는 엉터리 증거들을 가지고 있긴 하지만 충분히 살인할 만한 인물이고, 당신은 증거는 분명하나 그럴 사람은 아니지요. 게다가 당신은 유명한 사람이잖습니까!"

브루노는 주머니에서 뭔가를 꺼내어 거이에게 건네주었다.

"지난 주에 이걸 발견했지요. 거이, 상당히 훌륭하던데요."

검은색이 뒤에 깔린 음울해 보이는 피츠버그 백화점 사진이었다. 그것은 모던 박물관에서 나온 소책자에 실려 있는 것이었다. 그는 읽어 나갔다.

"거이 하인즈는 30세도 되지 않아 라이트의 정통을 이어나가고 있다. 군더더기라곤 하나도 없이 매끈하고 놀라운 독창적인 스타일을 이루었는데, 그가 '노랫소리'라고 부르는 그 세련됨은……."

거이는 신경질적으로 덮어 버렸다. 박물관 측이 만들어 낸 마지막 말이 불쾌했다.

브루노는 그 소책자를 다시 주머니에 집어넣었다.

"당신은 유명한 사람이죠. 잘만 버티면 당신은 결코 의심받지 않을 겁니다."

거이는 그를 내려다보았다.

"그게 자네가 날 만나자는 이유는 아니겠지? 왜 자꾸 날 만나려는 거지?"

하지만 그는 알고 있었다. 앤과 그의 생활이 브루노를 매혹시켜 버렸기 때문이다. 그 자신도 브루노를 만나면서 무언가를 끌어낼 수 있었는데, 그것은 사라지지 않고 달라붙는 일종의 고통이었다.

브루노는 거이의 머릿속에서 스치고 지나가는 생각들을 모두 알고 있다는 듯이 그를 바라보고 있었다.

"거이, 난 당신을 좋아해요. 하지만 잊지 말아요. 나보다는 당신에게 불리한 점이 훨씬 많다는 사실을. 당신이 만일 날 넘겨 버리면 난 교묘히 벗어날 수 있을 테지만, 당신은 그렇지 못할걸. 허버트가 당신을 기억하고 있을지도 몰라요. 게다가 앤도 그 무렵의 당신 행동이 괴상했었다는 것을 기억하고 있을지도 모르고요. 그리고 긁힌 자국과 상처도 있죠. 또, 경찰들이 당신 앞에다 내놓을 만한 조그마한 단서들도 많아요. 권총이라든가 장갑 조각 같은 것 등……."

브루노는 마치 지나간 추억이라도 이야기하듯 천천히, 그리고 다정하게 읊어대기 시작했다.

"날 고발하면 당신은 망하게 될걸요. 장담할 수 있어요."

제 37 장

앤에게서 전화가 걸려 오자마자 거이는 그녀가 요트의 움푹 팬 곳을 발견했다는 것을 알아차렸다. 곧바로 고쳐 두려 했던 것을 그만 깜빡 잊어버리고 말았던 것이다. 그는 처음에는 그게 어떻게 생긴 건지 모르겠다고 말했다가, 곧 자기가 그랬노라고 말했다. 지난 주에 자기가 요트를 끄집어내다가 부표가 부딪혔다고 했다.
"너무 미안해하지 마세요. 그만한 가치도 없는 건데요 뭐." 하고 앤이 말했다. 앤은 일어나서 그의 손을 잡았다.
"이곤이 그러더군요. 당신이 어느 날 오후에 요트를 꺼냈다고요. 그게 바로 당신이 그 일에 관해 아무 말씀 않으셨던 이유예요?"
"그런 것 같아."
"당신 혼자서 끄집어내셨어요?"
앤은 약간 미소를 지었다. 거이는 혼자서 요트를 끄집어낼 만큼 노련한 선원이 못 되기 때문이다.
브루노가 전화를 걸어 요트를 타러 가자고 졸라댔었다. 제러드가 매트 레빈에 관해서 다시 막다른 길에 이르게 되었으니, 브루노는 자기들이 축하를 해야 하는 게 아니냐며 고집을 부렸던 것이다.
"찰스 브루노와 함께 요트를 꺼냈었어."
그리고 거이는 그 날 권총도 가지고 갔었다.
"거이, 이젠 됐어요. 하지만 당신은 왜 또 그 사람을 만났죠? 내 생각으로는 당신이 싫어하는 것 같았는데."
"일종의 기분전환이었어." 하고 그는 중얼거리듯 말했다.
"집에서 이틀 동안 틀어박혀 일만 했었잖아."
거이는 조금 전에는 앤이 괜찮다고 대답했지만, 지금은 그렇지 않다는 것을 알았다. 앤은 인디아 호를 마치 금과 상아로 만들어진 배처럼 애지중지해 왔던 것이다. 게다가 브루노와 함께였다니! 그녀는 이제 브루노를 좋게 보지 않고 있었다.

"거이, 지난번 어느 날 밤엔가 당신 아파트 앞에서 마주쳤던 그 남자가 브루노 아니었나요? 눈이 내리고 있는데 우리에게 말을 붙이려 했던 사람 말예요."

"맞아, 그 사람이야."

주머니에 들어있는 권총의 무게를 느끼면서 그는 손가락을 긴장시켰다.

"그 사람이 당신에게 관심을 갖는 게 뭐죠?"

앤은 갑판으로 그를 따라왔다.

"그 사람은 건축에 그다지 관심이 많은 것도 아니에요. 파티가 있었던 날 밤에 조금 이야기해 봤거든요."

"그 사람은 내게 관심이 있는 게 아냐. 그냥 자기 자신이 무슨 일을 해야 할지 몰라서 그러는 거야."

그는 자기가 권총을 없애버리고 나면 말을 할 수 있으리라 생각했다.

"당신, 학교에서 그를 만났어요?"

"응, 복도를 돌아다니고 있더군."

필요할 때 거짓말을 하기란 정말 쉽군! 그러나 사실은 그의 발, 그의 몸, 그의 머리 둘레를 그 거짓말이 덩굴로 빙빙 둘러감고 있었다. 어느 날 그는 죄지은 사실을 몽땅 털어놓을 것이다. 그러면 그는 앤을 잃게 될 것이다. 아니, 이미 그녀를 놓쳐 버렸는지도 모른다. 담배에 불을 붙이고 그녀가 그를 바라보며 돛대에 기대어 서 있는 바로 이 순간에 말이다. 권총이 그를 압박하고 있는 듯 느껴져서 거이는 홱 뒤돌아서 뱃머리 쪽으로 걸어갔다. 거이는 자기 뒤에서 앤이 갑판으로 발을 내딛으며 조타실 쪽으로 되돌아가는 부드러운 발걸음 소리를 들었다.

비가 올 것 같은 찌푸린 날이었다. 인디아 호는 물결이 일고 있는 표면을 천천히 미끄러지듯 나아가고 있었고, 회색으로 보이는 해변으로부터 한 시간 정도의 거리에 나와 있는 것 같았다. 거이는 뱃머리에 튀어나와 있는 나무에 기대어 핏기를 잃어 하얗게 된 자기 다리를 내려다보고 나서, 배에서 꺼내어 입은 남색 윗도리를 쳐다봤다. 앤의 아버지 것으로 추측되는 남색 윗도리는 금박으로 단추가 달려 있었다. 거이는 자기가 건축가가 되지 않았다면 선원이 되었을지도 모른다고 생각했다. 거이는 14살이었을 때 무척이나 바다로 나가고 싶어했다. 그런데 무엇이 그런 생각을 그만두게 했을까? 그게 없었다면 지금 자기의 삶은 얼마나 달라져 있을까? 무엇이지? 물론 미리엄이었다. 그는 긴장을 느끼면서 윗도리의 주머니에서 권총을 꺼냈다.

거이는 튀어나온 나무에다 팔꿈치를 올려놓은 채 양손으로 물 위로 총을 겨누었다. 마치 영롱한 보석처럼, 아무 죄도 없는 보석처럼 느껴졌다. 그것은 바로 자기 자신이었다. 그는 권총을 떨어뜨렸다. 권총은 기꺼이 가라앉겠다는 모습으로 보기 좋게 한 바퀴 돈 뒤에 사라져 버렸다.

"그게 뭐죠?"

거이는 뒤돌아보고는 앤이 선실 가까이의 갑판에 서 있는 것을 보았다. 둘 사이의 거리는 열 두어 발자국 정도였다. 그는 아무것도 생각해낼 수 없었다. 그녀에게 할 만한 어떤 말도 전혀 생각이 나지 않았다.

제 38 장

브루노는 술을 마셔야 할지 결정하지 못해서 머뭇거리고 있었다. 목욕탕 벽은 조그맣게 산산조각이 난 듯이 보였다. 마치 벽이 실제로 없거나, 아니면 자기가 이곳에 있지 않은 것만 같았다.

"어머니!"

그러나 겁에 질려 우는 소리를 낸다는 것이 부끄럽게 여겨졌다. 그는 잔을 들이켰다.

발끝으로 어머니의 방으로 가서 침대 곁에 있는 단추를 눌러 어머니를 깨웠다. 그 단추는 부엌에 있는 허버트에게 그녀가 아침 먹을 준비가 되어 있다는 것을 알릴 때 쓰는 것이었다.

"후암. 그래, 잘 잤니?"

그녀는 하품을 하고 나서 미소를 지어 보였다. 어머니는 브루노의 팔을 가볍게 두드려 주고는 침대에서 나와 욕실로 갔다.

브루노는 어머니가 나와서 다시 자리에 누울 때까지 조용히 침대 위에 앉아 있었다.

"오늘 오후에 여행사 직원을 만나기로 했지? 그 사람 이름이 뭐더라? 손더스라고 했나? 너도 나와 함께 가는 게 좋지 않겠니?"

브루노는 고개를 끄덕거렸다. 유럽 여행에 관한 이야기였는데, 어쩌면 세계 일주 여행이 될는지도 모른다. 하지만 오늘 아침엔 전혀 흥미가 당기지 않았다. 그는 아마 거이와 함께 세계 일주를 하고 싶어하는 건지도 몰랐다. 브루노는 일어나서는 한 잔 더 마시러 가야 할지 말아야 할지 망설였다.

"기분은 어때?"

그의 어머니는 항상 엉뚱한 때에 물었다.

"좋아요."

그는 다시 앉아 버리면서 말했다.
문을 두드리는 소리가 나더니 허버트가 들어왔다.
"안녕히 주무셨습니까, 마님. 안녕히 주무셨습니까, 도련님?"
허버트는 쳐다보지도 않은 채 인사를 했다.
브루노는 손으로 자기 턱을 감싼 채 허버트의 발을 내려다보며 얼굴을 찌푸렸다. 최근 들어 허버트의 무례함은 참기 어려울 정도였다! 제러드는 허버트가 사건의 모든 열쇠를 쥐고 있는 사람처럼 생각하도록 만들어 놓았다. 모두들 그가 살인범을 뒤쫓아간 건 대단히 용감한 일이었다고 말해 주었다. 게다가 브루노의 아버지는 허버트 앞으로 2만 달러를 남기겠다고 유서에다 써놓았었다. 허버트는 휴가를 가겠다고 할는지도 모른다!
"마님께서는 저녁식사 때 손님이 예닐곱 분이 올 거라는 걸 알고 계시는지요?"
허버트가 말을 꺼내자, 브루노는 뾰족한 핑크색 턱을 쳐다보면서 '거이가 바로 저기에다 한 대 먹여 허버트를 나가 떨어지게 만들었구나!' 하는 생각이 들었다.
"오, 이런! 허버트, 난 아직 전화도 하지 않았는데. 하지만 일곱 명일 거라고 생각되는군."
"잘 알겠습니다, 마님."
루틀리지 오버벡 2세로군. 어머니는 그가 온다면 홀수가 될지 모르겠다며 망설이는 체했지만, 브루노는 결국에는 그가 오게 될 거라는 사실을 알고 있었다. 루틀리지 오버벡은 미친 듯이 그의 어머니를 사랑하고 있었다. 아니면, 그런 체하는 것이든가. 브루노는 허버트가 6주일 동안이나 자기 옷을 다리지 않았다고 어머니에게 말해 주고 싶었지만, 너무 메스꺼워 말을 꺼낼 수조차 없었다.
"얘야, 난 정말 오스트레일리아에 가 보고 싶어 죽을 지경이란다."
어머니는 빵을 한 입 먹으면서 말했다. 그녀는 커피 주전자에다 지도를 세워 놓았다.

따끔하게 쑤셔 오는 감정의 동요가 그의 엉덩이에 퍼져 나갔다. 그는 일어섰다.
"어머니, 난 별로 가고 싶지 않아요."
그녀는 브루노를 걱정스럽다는 듯이 얼굴을 찌푸리며 바라보았는데, 이것이 그를 더 두렵게 만들어 버렸다. 이 세상에서 어머니가 자기를 도와 줄 수 있는 것이라곤 아무것도 없다는 걸 그가 깨닫게 되었기 때문이다.
"왜 그러니? 뭘 하고 싶은데?"
브루노는 자기가 병에 걸렸을지도 모르겠다고 생각되어 서둘러 방에서 나와 버렸다. 목욕탕이 시커멓게 보였다. 그는 비틀거리며 나와서, 마개가 달린 채 그대로 있는 스카치 병이 침대 쪽으로 쓰러지도록 내던져 두었다.
"왜 그래, 찰스? 무슨 일이냐?"
"좀 눕고 싶어요."
브루노는 털썩 쓰러져 버렸지만, 완전히 기절해 버린 것은 아니었다. 일어나려고 어머니더러 비키라고 했다가, 그냥 비실비실 일어나 앉으면 도로 눕고 싶어질까 봐 브루노는 얼른 벌떡 일어섰다.
"꼭 죽을 것만 같아요!"
"애야, 좀 눕거라. 뜨거운 차를 좀 가져다 줄까? 어때, 그럴까?"
브루노는 가운을 열어 젖히고 나서 잠옷 위를 잡아당겼다. 그는 숨이 막혀 오고 있었던 것이다. 숨을 쉬기 위해 헐떡거렸다. 그는 정말 자기가 죽어가고 있는 것처럼 여겨졌다!
어머니는 젖은 수건을 가지고 서둘러 그에게 왔다.
"애야, 뭐야? 위가 아프니?"
"온몸이."
그는 슬리퍼를 벗어 던졌다. 창문을 열려고 마구 달려가 보았는데, 이미 열려져 있었다. 그는 땀을 흘리면서 뒤로 돌았다.
"어머니, 꼭 죽을 것만 같아요!"

"술을 가져다 줄게!"
"아뇨, 의사를 데려와요!" 하고 그는 소리를 질렀다.
"술도 가져오고요!"
그가 힘없이 잠옷 끈을 당기자 바지가 흘러내렸다. 대체 무슨 일이지? 그냥 단순히 몸이 떨리고 있는 것이 아니었다. 그는 너무 힘이 없어서 몸을 떨지도 못했다. 손가락이 안으로 굽어졌다. 펼 수가 없었다.
"어머니! 손이 이상해! 이것 봐요, 어머니. 이게 왜 이러지, 왜 이러지?"
"이걸 마시거라!"
그는 유리잔에 술병이 부딪치는 소리를 들었다. 그냥 기다리고 있을 수가 없었다. 그는 홀 쪽으로 뛰어가다가 자기의 다리와 구부러지고 있는 손가락을 쳐다보고는 공포에 질려 몸을 숙였다. 양쪽 손의 가운뎃손가락 두 개가 구부러지고 있었다. 거의 손바닥에 맞닿을 정도로 계속 구부러지고 있었다.
"얘야, 옷을 입어!"
어머니가 귀에다 대고 말했다.
"의사를 불러오라고요!"
옷을 입으라고? 겨우 옷 이야기나 하다니! 자기가 벌거벗고 있는 게 무슨 문제가 된담!
"어머니, 날 잡아가게 내버려 두지 마세요!"
그의 어머니가 전화를 하려고 전화기 앞에 서 있는 그를 잡아당겼다.
"문을 모두 잠가요! 그 사람들이 무슨 짓을 할지 모르잖아요!"
그는 빠르고 속삭이는 듯이 말했다. 마비가 다시 오기 시작하자 그는 무슨 일이 일어나고 있는지 알았다. 그는 환자였다! 평생을 이렇게 하고 있어야 될 처지였다!
"어머니, 그들이 뭘 하려는지 알잖아요. 어머니에게 물 한 방울도 주지 않고 죄수복을 입혀 놓을 거라고요! 그리고 날 죽일 거고요!"

제38장 307

"파커 박사님이세요? 전 브루노 부인이에요. 이 근처에 있는 의사 좀 소개해 주시겠어요?"

브루노는 비명을 질렀다. 코네티컷 주의 이 시골까지 어떻게 의사가 온담?

"어머…… 니……."

그는 숨이 막혔다. 말을 할 수가 없었다. 혀를 움직일 수도 없었다. 이제는 성대 쪽으로 마비가 왔다!

"아아아압!"

브루노는 어머니가 자기 위에다 덮어 주려고 하는 가운에서 헤어나려고 몸부림을 쳤다. 허버트야 자기를 보고 좋을 대로 입을 벌리고 서 있으라지!

"찰스!"

그는 미친 듯이 자기 손을 입 쪽으로 가져가려고 했다. 거울이 있는 쪽으로 뛰어갔다. 얼굴은 새파랗게 되어 있었고, 입 언저리는 마치 누구에게 얻어맞기라도 한 듯이 부어 있었으며, 입은 끔찍할 정도로 헤벌어져 있었다. 게다가 그 손! 이제 다시는 술잔을 들지도, 담배에 불을 붙이지도 못할 것이다. 차를 운전할 수도 없게 될 것이다. 화장실에조차도 혼자 갈 수 없게 될 것이다!

"이걸 마시거라!"

물론 마셔야지, 술, 술. 굳어진 입술로 억지로 받아 마시려고 애를 썼다. 그러나 술은 그의 얼굴을 태우고 가슴으로 흘러 내려가 버릴 뿐이었다. 그는 좀더 움직여 보려고 했다. 어머니에게 문을 잠그라고 하고 싶었다. 오, 주여, 만일 이게 사라져 버린다면 평생을 감사하겠건만! 그는 허버트와 어머니에게 떠밀려 침대에 누웠다.

그는 숨이 막혔다. 어머니의 옷을 잡아당겨 자기 위로 넘어지게 했다. 오, 적어도 무언가를 붙들 수는 있었다.

"나…… 데…… 리고 가지 마!"

가까스로 숨을 내쉬며 그가 말하자 그의 어머니는 그러지 않겠다고 그를 안심시켰다. 그녀는 문을 모두 잠그겠다고 말했다.
 제러드. 브루노는 생각했다. 제러드가 여전히 자기를 조사하고 있으며, 앞으로도 계속해서 감시할 것이다. 제러드만이 아니라 군대만큼 많은 사람들이 조사하러 다니고, 타이프를 두드려 대고, 이리저리 뛰어다니면서 점점 더 많은 것을 알아내고 있을 것이다. 지금쯤엔 산타페에서 정보를 얻고 있을 거고, 언젠가는 제러드가 모든 정보를 끼어맞추게 될 것이다. 어느 날엔가 제러드는 오늘 아침처럼 불쑥 쳐들어와서는 자기를 찾아내어 물어뜯기 시작할 것이고, 자기는 모든 것을 말해 버릴지도 모른다. 그는 사람을 죽였다. 그렇기에 자기도 죽게 될 것이다. 아마도 거기에는 대항할 수 없을 것이다. 브루노는 천장 한가운데 붙어 있는 것을 뚫어져라 쳐다보았다. 그것은 로스앤젤레스의 할머니 댁에서 본 세면대의 둥그런 크롬 마개를 생각나게 했다. 왜 그런 생각이 들었을까? 주사 바늘이 잔인할 정도로 찌르는 바람에 그는 놀라서 정신이 들었다.
 어두워진 방 한구석에서 젊고 신경질적으로 보이는 의사가 그의 어머니와 이야기를 하고 있었다. 그는 기분이 좀 나아진 것 같았다. 이제는 자기를 붙잡아 가지는 않을 것이다. 이젠 괜찮았다. 그는 그냥 아팠을 뿐이다. 그는 조심스레 시트 바로 아래에서 손가락이 펴져 있는 것을 바라보았다.
 "거이."
 그는 나지막하게 말해 보았다. 혓바닥이 여전히 딱딱했지만 그래도 말할 수가 있었다. 그때 의사가 밖으로 나가는 것이 보였다.
 "어머니, 난 유럽에 가고 싶지 않아요!"
 어머니가 가까이 왔을 때 그가 말했다.
 "알았다, 얘야. 안 갈 거야."
 그녀는 침대 한쪽에 조용히 앉았고, 브루노는 금방 기분이 나아졌다.
 "의사가 난 갈 수 없다고 말한 건 아니죠, 예?"

마치 가고는 싶지만 가지 않을 작정인 것처럼! 그가 두려워하고 있는 게 무엇이지?

이런 발작이 또 일어나는 것은 그리 두렵지 않았다. 브루노는 어머니의 어깨에다 손을 올려놓고 있다가 루틀리지 오버벡이 저녁식사 때 올 거라는 생각이 들자 손을 치워 버렸다. 자기 어머니와 그가 연애중이라고 그는 확신하고 있었다. 어머니는 실버 스프링즈에 있는 그의 작업실로 자주 찾아갔으며, 한번 가면 아주 오랫동안 머물렀다. 브루노는 그것을 받아들이고 싶지는 않았지만, 너무나 뻔한 일인데 별 수 있겠는가? 첫번째 연애인 데다, 아버지도 이제 죽고 없는데 어머니가 못할 리가 없지 않겠는가? 그러나 하필이면 왜 그 따위 바보를 골라야 했을까? 그늘진 방에서 그녀의 눈은 이제 더 어둡게 보였다. 어머니는 아버지가 죽은 이후로는 계속 좋지 않았다. 브루노는 이제야 깨닫게 되었다. 어머니는 앞으로도 저럴 것이고, 다시는 자기가 좋아했던 대로 젊어지지 않을 것이다.

"너무 슬픈 표정을 짓지 마세요, 어머니."

"애야, 이제는 그만 마시겠다고 내게 약속해 주겠니? 의사 말로는 죽음의 시초라고 하더구나. 오늘 아침 일은 경고였단 말이야, 알겠니? 네 체력이 다했다는 경고란 말이다!"

그녀는 술을 마셨다. 루즈를 칠하고 선을 그린 부드러운 입술이 갑작스레 그에게 너무 가까이 다가와 있었기에 브루노는 참을 수가 없었다.

그는 눈을 꼭 감았다. 만일 약속을 한다면 그는 거짓말을 하게 된다.

"제길, 난 술 때문에 정신착란에 걸리진 않아요, 안 그래요? 한 번도 그런 거 걸린 적 없었어요."

"그러나 이번은 심했잖아. 의사 선생님이랑 이야기를 해봤다. 너의 신경 조직을 좀먹어 들어가고 있는 중인데, 그게 널 죽일지도 모른다고 했어. 그래도 무슨 말인지 모르겠니?"

"알아요, 어머니."
"약속할래?"

그녀는 브루노가 다시 눈을 꼭 감는 것을 보았고, 그는 어머니가 한숨을 내쉬는 소리를 들었다. 비극은 오늘 아침이 아니라 브루노가 혼자서 처음으로 술을 마셔대던 몇 년 전에 이미 일어난 것이라고 그녀는 생각했다. 그 비극은 첫 술잔에서 시작된 것도 아니었다. 첫 잔은 첫번째로 맛보는 안식처가 아니라 최후의 것이기 때문이다. 다른 모든 일의 실패가 비극의 시작임이 틀림없었다. 그녀와 남편의, 그의 친구들의, 그의 희망의, 그의 흥미의 좌절이 진정 그 원인이었다. 그리고 그녀가 아무리 애서 보았지만 어디서 왜 시작되었는지를 알아낼 수가 없었다. 찰스는 언제나 모든 것이 갖춰져 있었고, 그녀와 남편은 그가 관심을 보이는 것은 무엇이고 다 해주며 밀어 주었기 때문이다. 지나간 세월 중의 어디에서 그게 시작되었는지 그것을 찾아낼 수만 있다면······. 그녀는 자기 자신이 한 잔 해야 할 필요를 느끼면서 자리에서 일어났다.

브루노는 잠깐 눈을 떠 보았다. 졸음이 기분좋게 밀려오는 것을 느꼈다. 그는 자신이 방을 반쯤 건너가고 있는 것을 보았다. 마치 TV화면에 비치고 있는 자기를 보고 있는 것 같았다. 그는 적갈색 양복을 입고 있었다. 메트카프에 있는 섬이었다. 자기의 좀더 젊고 가느다란 몸이 미리엄 쪽으로 구부러지더니 그녀를 땅으로 덮쳐 버리는 것을 보았다. 그 이전과 그 이후를 구별지어 갈라 버리는 불과 얼마 동안의 짧은 순간들을 보았던 것이다. 자기가 특이하게 움직였으며, 그 순간에는 희한하게도 멋진 생각들을 했었던 것으로 여겨졌고, 그와 같은 순간은 이제 다시는 오지 않을 것만 같았다. 마치 저번날 요트를 함께 탔을 때 거이가 파미라를 세웠을 당시의 자기 이야기를 해주었던 것처럼 그렇게 생각되었다. 브루노는 두 사람 모두가 그처럼 비슷한 시기에 그런 특별한 순간들을 지녔다는 게 기뻤다. 때때로 그는 후회 없이 죽을 수도 있을 것만 같았다. 왜냐하면, 언제 다시 메트카프에서 보낸 그 날 밤 같은 일을 할 수 있겠는가 싶었기 때문이다. 때로는 지금처럼 그의 에너지가 맥이 빠져 버릴지도 모르고, 뭔가가……, 아마도 호기심 같은 것이 죽어가고 있다고 여겨지기도 했다. 그러나 그는 상관하지 않았다. 지금은 자기가 꽤나 현명한 듯이 여겨졌고, 정말 만족스러운 것 같았기 때문이다. 어제 그는 세계 일주를 하고 싶었다. 왜 그랬을까? 자기가 늘 그래 왔다고 말할까? 말하다니, 누구에게? 그는 지난 달에 유명한 생물학자인 윌리엄 비비에게 편지를 보내어 사람을 안에 태우지 않고 처음으로 시험해 보는 새로운 배디스페어(구형 잠수장치)에 자신이 타겠다고 자원한 적이 있었다. 이유가 무엇이었던가? 메트카프에서의 그 날 밤에 비하면 모든 것이 흐리멍덩했다. 거이와 비교해 보면 그가 알고 있는 모든 사람이 멍청했다. 무엇보다도 가장 멍청하고 바보 같은 것은 자기가 유럽 여자들을 보고 싶어했다는 사실이다! 그렇게 되면 아마도 캡틴의 창녀들이 자기를 괴롭혔을 거다. 그래서 어쨌다는 건가? 많은 사람들이 섹스가 과대 평가되고 있다고 생각한다. 어떠한 사랑도 영원히 지속될 수는 없는 거라고 심리학자들은 이야기한다. 그러나 거이와 앤에 대한 자기의 사랑에 대해서는 그런 식으로 말해서는 정말 안 된다. 그들에 대한 사랑은 영원히 계속될 것같이 여겨졌지만, 왜 그런지 그 이유를 알지는 못했다. 거이가 앤에게 너무 둘러싸여 버려 다른 것을 보지 못하기 때문만도 아니었다. 단순히 거이가 지금 돈이 많아서도 아니었다. 아직 자기가 무엇인지 생각해낼 수조차 없는, 눈에 보이지 않는 어떤 것이었다. 때로는 자기가 거의 생각해냈다고 느껴지기도 했다. 아니, 그는 스스로 해답을 원하지 않았다. 순전히 과학적인 정신에 입각해서 말이다.

  금으로 된 던힐 라이터를 찰칵거리며 열었다 닫았다 하면서 미소를 띠고는 옆으로 돌아다보았다. 여행사 직원은 오늘이고 다음 날이고 간에 자기를 만나지 못할 것이다. 집이 유럽보다도 훨씬 더 편안했다. 게다가 거이가 여기에 있었다.

제 39 장

제러드가 숲속에서 그를 뒤쫓고 있었다. 그는 장갑 조각들과 외투 조각, 권총까지도 포함한 모든 단서들을 그에게 흔들어댔다. 제러드는 이미 거이를 손아귀에 넣고 있었기 때문이다. 거이는 숲속에서 꼼짝도 못하게 손이 뒤로 묶여 있었고, 오른손에서는 피가 철철 흐르고 있었다. 만일 자기가 그에게 가지 않는다면, 거이는 피를 너무 흘려 죽어 버릴 것이다. 제러드는 달려오면서 킬킬거리고 웃어댔다. 마치 재미있는 농담이나 계략이라도 만들어 놓은 것처럼. 하지만 결국엔 모든 걸 알아낼 것이다. 조금 뒤면 제러드가 저 못생긴 손으로 그를 붙들고 말 것이다.

"거이!"

그러나 그의 목소리는 너무 약하게 들렸다. 게다가 제러드는 거의 그를 붙들 정도로 가까이 와 있었다. 일종의 게임이었다. 마침내 제러드는 그를 붙들고 말았다!

온 힘을 다 써 가며 브루노는 일어나 앉으려고 애를 썼다. 악몽이 무거운 바위처럼 그의 머릿속에서 미끄러지며 빠져 나갔다.

제러드! 언제 여기에 와 있었나!

"왜 그러지? 나쁜 꿈이라도 꾸었나?"

자줏빛에 가까운 핑크색 손이 그에게 다가왔다. 브루노는 피하려고 몸을 돌리다 침대에서 떨어져 바닥으로 굴러 버렸다.

"꼭 알맞게 일어났군, 응?"

제러드는 크게 웃었다.

브루노는 부서질 정도로 이를 악물었다. 그는 목욕탕으로 뛰어들어가 문을 열어 놓은 채 한잔 마셨다. 거울에 비친 그의 얼굴은 지옥에서 전투라도 한 것처럼 보였다.

"방해를 해서 미안하네만, 새로운 사실을 발견했다네."

그는 자기가 약간의 승리점을 따냈다는 것을 팽팽하고 높은 음성으로 이야기했다.

"자네 친구인 거이 하인즈에 관한 일이야. 방금 자네가 꿈 속에서 찾은 사람 말일세. 내 말이 맞지?"

손 안에 있던 잔이 부서져 버려서, 브루노는 꼼꼼하게 그 조각들을 주워 모아 깨진 유리잔 속에다 넣었다. 그는 다시 지겹다는 듯이 비틀거리며 침대로 돌아왔다.

"찰스, 자네 그 사람을 언제 만났지? 작년 12월은 아니야."

제러드는 시가에 불을 붙이면서 책상에 기대어 서 있었다.

"자넨 1년 반 전에 그를 만났지? 그 사람과 함께 산타 페로 가는 기차를 타지 않았었나?"

제러드는 대답을 기다리고 있었다. 그는 자기 팔 아래에서 뭔가를 끄집어내더니 침대 위에다 던졌다.

"기억하겠나?"

산타 페에서 가져온 거이의 플라톤 책이었다. 여전히 포장이 된 채였고, 주소는 반쯤 지워져 있었다.

"그럼요. 기억하고 있어요. 우체국에 가는 길에 잃어버렸었죠."

브루노는 밀쳐 버렸다.

"라 폰다 호텔 선반 위에 있더군. 어떻게 플라톤 책을 다 빌리게 되었지?"

"기차에서 주운 거예요."

브루노는 올려다보았다.

"그 속에 거이의 주소가 있더군요. 그래서 부쳐 주려고 생각했죠. 식당차에서 발견했어요. 정말이에요."

그는 똑바로 제러드를 쳐다보았는데, 제러드는 무슨 의미라도 있는 듯한 날카로운 눈으로 계속해서 브루노를 쳐다보고 있었다.

"찰스, 그를 언제 만났었지?"

제러드는 다시 물었다. 거짓말을 하고 있음을 알면서 아이에게 바른 말을 하라고 묻고 있는 듯이 꾹 참고 있는 태도였다.

"12월이에요."

"자넨 물론 그의 아내가 살해당한 사실을 알고 있겠지?"

"그럼요, 신문에서 읽은걸요. 그런 다음엔 파미라 클럽을 세운 기사도 읽었죠."

"게다가 자넨 그 6개월 전에는 그 사람 수중에 있었을 책을 주웠으니 꽤 재미있다고 생각했고?"

브루노는 머뭇거렸다.

"그래요."

제러드는 뭐라고 투덜거리면서, 불쾌한 듯한 미소를 약간 지으며 아래를 내려다보았다. 브루노는 은근히 불안해졌다. 전에 저와 같이 투덜거린 뒤에 미소짓는 것을 본 적이 있었다. 그가 아버지에게 무엇에 관해 거짓말을 했을 때, 거짓말이 분명했으나 마구 우겨댔을 때, 그의 아버지가 투덜거리며 못 믿겠다는 듯이 짓던 바로 그 미소였다. 그 미소는 그를 부끄럽게 만들었다. 브루노는 자기 눈이 제러드에게 용서해 달라고 간청하고 있다는 것을 알아차리고는, 얼른 창문 밖으로 시선을 돌려 버렸다.

"그럼, 자네는 거이 하인즈가 누군지 알지도 못하면서 메트카프에 그런 전화를 걸었단 말이로군?"

제러드는 책을 집어 들었다.

"무슨 전화요?"

"전화를 여러 번 했잖아."

"내가 곤란했을 때 한 번이었죠."

"여러 번이었어. 무슨 이유였나?"

"저 빌어먹을 책 때문이에요!"

만일 제러드가 그를 대단히 잘 알고 있다면, 그런 짓은 브루노가 할 만한 종류의 일이었음을 알았을 것이다.

"그의 아내가 살해당했다는 것을 들었을 때 전화를 했던 걸 거예요."

제러드는 고개를 가로저었다.

"자네는 그 여자가 살해되기 전에 전화했어."

"그래서 어쨌다는 거죠? 그랬을는지도 모르죠."

"그래서 어쨌다는 거냐고? 내가 하인즈 씨에게 물어 봐야만 할 것 같군. 살인에 대한 자네의 관심을 고려해 보건대, 살인이 있고 난 뒤에는 그에게 전화하지 않았다고 말할 수 있지, 안 그런가?"

"살인이라면 구역질이 나요!"

브루노는 소리를 질러 버렸다.

"오, 그래. 찰스, 난 믿네. 그 말을 믿어!"

제러드는 걸어나가 홀을 내려가 그의 어머니 방 쪽으로 갔다.

브루노는 샤워를 하고 조심스럽게 옷을 입었다. 제러드가 매트레빈에 관해 훨씬 더 열을 냈던 게 기억났다. 브루노 생각에 제러드는 계산서를 보고 알아낸 게 분명했다. 자기는 라 폰다 호텔에서 메트카프에게는 두 번밖에 전화를 걸지 않았다. 거이의 어머니가 잘못 알았을 거라고 말할 수도 있었다.

"제러드가 뭘 물어 보던가요?"

그는 어머니에게 물어 보았다.

"뭐 별로. 내가 네 친구 중 하나에 관해 아는지 알고 싶다더구나. 거이 하인즈라는 사람 말이다."

그녀는 머리를 위쪽으로 빗어 올리고 있었다. 머리카락이 그녀의 조용하고 지친 듯한 얼굴 주위로 아무렇게나 뻗어나왔다.

"그 사람 건축가가 아니니, 응?"

"난 그 사람을 그다지 잘 몰라요."

브루노는 어머니의 뒤를 따라 거닐었다. 자기가 그래 주길 바랐던 것처럼 어머니는 로스앤젤레스에 있을 때 신문을 오려놓았던 일을 잊어버리고 있었다. 하느님, 감사합니다. 파미라의 사진이 나왔을 때 자기가 거이를 안다고 그녀에게 떠들어대진 않았으니!
 "제러드는 작년 여름에 네가 그 사람에게 전화한 적이 있느냐고 묻더구나. 전화라니, 그게 무슨 말이니?"
 "아, 어머니, 제러드가 엉터리로 우겨대는 데는 넌더리가 났다고요!"

제40장

　그 날 아침 얼마 뒤에 거이는 지나간 여러 주 동안의 어느 때보다도 뿌듯한 느낌을 가지고 '핸슨 앤드 내프 설계 사무소'를 걸어나왔다. 그 회사에서 거이는 맡아 본 일 가운데 가장 복잡한 병원 설계도의 마지막 부분을 복사하고 있는 중이었다. 건축자재에 관한 최후의 승낙이 떨어진 데다가, 그 날 아침 일찍 거이는 밥 트리처에게서 전보를 받았던 것이다. 그 전보는 거이를 옛친구에 대해 감사하고 좋아하게 만들어 주었다. 밥은 캐나다의 새로운 앨버타 댐 건설을 위한 기술자들의 자문 위원으로 뽑혔는데, 그 일은 지난 5년 동안이나 그가 고대해 왔던 것이었다.
　거이가 문 쪽으로 걸어나가자, 양쪽으로 부채꼴 모양으로 펼쳐져 있는 긴 탁자의 여기저기에서 설계사들이 고개를 들고 쳐다보고 있었다. 거이는 미소짓고 있는 지배인에게 고개를 끄덕여 인사해 주었다. 아주 조그마한 자만심이 자기 속에서 빛나고 있는 것을 그는 알아차렸다. 어쩌면 단순히 새로 산 양복 때문인지도 모른다는 생각이 들었다. 자기가 태어나고 나서 세 번째로 마련한 양복이었던 것이다. 앤이 바둑판 무늬가 있는 남회색 옷감을 골라 주었다. 오늘 아침에는 앤이 그 옷에 받쳐 매라고 토마토 색이 나는 모직 넥타이를 골라 주었는데, 그것은 거이가 좋아하면서도 오래된 것이었다. 그는 엘리베이터 문 사이에 걸려 있는 거울을 들여다보며 넥타이의 매듭을 바로 고쳤다. 검고 더부룩하게 나 있는 한쪽 눈썹에 회색털 한 오라기가 삐죽 솟아나와 있었다. 놀라움으로 인해 눈썹이 약간 치켜올라갔다. 그는 그 회색털을 눌러 붙였다. 그가 자기에게서 지금껏 처음으로 본 희끗한 털이었다.
　설계사 한 명이 사무실 문을 열었다.

"하인즈 씨, 아직 가시지 않아 다행이군요. 전화가 왔습니다."

오래 걸리지 않기를 바라면서 거이는 다시 들어갔다. 10분 뒤에 앤과 점심을 함께 하기로 약속해 두었기 때문이다. 설계 제작실에서 떨어져 있는 빈 사무실에서 그는 전화를 받았다.

"여보세요, 거이? 잘 들어요. 제러드가 플라톤 책을 찾아냈어요…… 예, 산타 페에서요. 하지만 저, 별다른 일은 없을 거예요……."

거이가 다시 엘리베이터로 왔을 때에는 이미 5분은 지나 있었다. 그는 플라톤 책이 언젠가는 발견되리라는 것을 항상 염두에 두고 있었다. 우연히 발견된 것은 아니라고 브루노가 말했다. 브루노가 틀릴 수도 있다. 그러므로 브루노는 잡혀갈지도 모른다. 그런 생각이 믿기 힘든 일이라는 듯이 거이는 얼굴을 찌푸렸다. 하긴 지금까지 그것은 다소 믿기 힘든 일로 여겨졌었다.

햇빛 속으로 다시 나왔을 때 그는 순간적으로 다시 새로 산 양복을 의식했고, 그러한 자신에 저절로 터져 나오는 분노로 주먹을 움켜 쥐었다.

"내가 기차 안에서 그 책을 주운 거로 해요, 아시겠어요?" 하고 브루노가 말했었다.

"내가 메트카프에서 전화를 했다고 하면, 그건 책 때문인 거고요. 하지만 12월까지 우린 만나지 않은 거예요……."

거이가 전에 들은 목소리보다 더 빨리 말을 했고, 더 걱정스러운 듯했다. 너무 빈틈이 없었고, 너무 괴로운 듯했기에 마치 브루노의 목소리가 아닌 것 같았다. 거이는 방금 전에 브루노가 자기에게 꾸며내서 말해 준 것을 되새겨 보았다. 그는 마치 자기와는 상관없는 일이고, 양복을 해 입으려고 별 관심도 없이 고른 천조각이라도 되는 것처럼 느껴졌다. 아니 거기에 함정은 없지만, 그러나 반드시 오래 가지는 않을 거다. 만일 누군가가 기차에 함께 있는 그들을 기억하고 있다면……. 예를 들어, 브루노의 콤파트먼트로 음식을 날라다 준 웨이터가 기억하고 있다면…….

거이는 호흡을 가다듬으려고 애를 쓰며 걸음을 늦추려 해보았다. 그는 조그마한 원반 같은 겨울 하늘의 태양을 올려다보았다. 그의 검은 눈썹이 회색털과 하얀 상처를 지닌 채 이글거리는 빛을 분산시키며 그를 보호해 주었다. 앤은 거이의 눈썹이 최근에 더 더부룩해졌다고 말했다. 15초 동안만 똑바로 태양을 바라보고 있다면 각막이 타 버려 눈이 멀게 된다는 이야기를 어디선가 들은 기억이 났다. 앤이 역시 그를 보호해 주었다. 그의 일도 그를 보호해 주고 있었다. '새 양복, 바보 같은 새 양복.' 거이는 갑자기 자신이 어딘지 모자라고, 멍청하고, 무기력한 것처럼 여겨졌다. 죽음이 그의 뇌리 속으로 암시를 던져주고 있었다. 그의 마음을 빼앗고 있었다. 자기가 아마 너무나도 오랫동안 그 공기로 호흡하고 있었기에 이제는 꽤나 익숙해져 버린 듯했다. 뭐, 그렇다면 이제 그는 두렵지 않았다. 그는 지나칠 정도로 어깨를 죽 폈다.

그가 레스토랑에 도착했을 때 앤은 아직 와 있지 않았다. 그때 앤이 일요일에 집에서 찍었던 스냅 사진을 가지러 갈 거라고 말한 것이 생각났다. 거이는 호주머니에서 밥이 보낸 전보를 꺼내어 읽고 또 읽어 보았다.

앨버타 자문 위원으로 막 임명되었다네. 자네를 추천했어. 거이, 이번엔 다리야. 가능한 한 빨리 다른 일을 끝내 놓게. 자네가 맡게 될 게 거의 확실해. 편지를 쓰도록 할게.

'자네가 맡게 될 게 거의 확실해.' 자기의 삶을 어떻게 설계해 왔는가는 제쳐두고, 어쨌든 그는 다리를 설계할 수 있는 능력만은 틀림없이 가지고 있었다. 거이는 마티니 잔을 조금도 흔들리지 않게 꼭 붙들고 생각에 잠긴 채 한 모금 마셨다.

제 41 장

"난 또 다른 사건 하나를 건드려 보고 있네."

제러드는 책상 위에 있는 타이프로 쳐진 보고서에 시선을 던지면서 기분좋은 듯이 말했다. 그는 브루노를 바라보지 않았다.

"거이 하인즈의 첫번째 부인의 피살에 관한 거지. 아직 미결이야."

"예, 나도 알고 있어요."

"난 자네가 그 일에 관해 꽤 많은 것을 알고 있으리라고 생각하네. 자, 이제 자네가 알고 있는 모든 것을 말해 주지 그래?"

제러드는 자리에 앉았다.

플라톤 책을 손에 넣었던 월요일 이후로는 줄곧 그 사건으로 제러드가 쫓아다녔으리라는 것을 브루노는 알 수 있었다.

"사실은 아무것도 모르죠, 안 그런가요?"

"자넨 어떻게 생각하나? 거이와 그 이야기를 꽤 많이 했을 텐데."

"그다지 특별하게는. 전혀. 그런데 그건 왜 묻는 거죠?"

"자네가 살인에 상당히 관심이 있기 때문이야."

"무슨 말을 하려는 겁니까? 내가 살인에 꽤 관심이 있다니요?"

"오, 찰스, 그러지 말게. 만일 내가 자네를 잘못 본 게 아니라면, 자네 부친이 하신 이야기만으로도 분명해!"

제러드는 못 참겠다는 듯이 갑자기 소리를 질렀다.

브루노는 담배를 피우려고 손을 내밀었다가 그만두었다.

"그 일에 관해 거이와 이야기를 해보았었죠."

그는 차분히 점잖게 말했다.

"아무것도 모르던걸요. 그는 심지어 그 당시의 자기 아내가 살해당했다는 것도 잘 몰랐어요."

"그럼, 자네 생각으로는 누구 짓일 것 같은가? 하인즈 씨가 범행을 음모한 것이라는 생각을 해본 적은 있나? 그가 어떻게 그 일을 저지르고 달아났을까 하는 것에 흥미를 느끼진 않았었나?"

다시 제러드는 차분한 태도로 바뀌어 마치 날씨에 관해 이야기하고 있기라도 한 것처럼 손을 머리 뒤로 가져가서 등을 의자에 기댔다.

"물론 난 그가 했다고는 생각하지 않아요."

브루노가 대답했다.

"당신은 그 사람의 인물됨됨이나 그릇의 크기를 알지 못하고 있는 것 같군요."

"생각할 만한 가치가 있는 크기를 가진 것이라곤 총의 구경뿐이야, 찰스."

제러드는 수화기를 집어들었다.

"아마도 자네가 내게 처음으로 말해 준 사람이 될 테니까. 하인즈 씨를 들여 보내 주게."

브루노가 자리에서 벌떡 일어나는 것을 제러드는 지켜보았다. 홀 가까이로 오고 있는 거이의 발자국 소리를 들으면서 제러드는 잠자코 브루노를 주의깊게 보고 있었다. 브루노는 제러드가 이런 짓을 언젠가는 하리라는 것을 알고 있었다고 자신에게 타일렀다. 그래서 어쩌자는 건가? 어쨌다는 건가, 어쨌다는 거야?

거이는 신경이 곤두서 있는 것처럼 보였지만, 평소의 그의 서둘러 대며 신경질적인 듯한 태도가 그런 그의 태도를 은폐해 주고 있다고 브루노는 생각했다. 거이는 제러드에게 인사를 하고 나서 브루노 쪽으로 고개를 끄덕거려 보였다.

제러드는 남은 의자를 권했다.

"당신에게 여기까지 와 달라고 부탁드린 것은 다름이 아니라, 하인즈 씨, 당신에게 몇 가지 간단한 질문을 해보고 싶어서입니다. 당신과 찰스는 주로 어떤 이야기를 했었나요?"

몇 년도 더 된 것 같은 상자에서 제러드가 담배를 꺼내어 거이에게 권하자 거이는 순순히 받았다.

초조한 듯한 표정으로 인해 거이의 양미간이 모아졌다.
"가끔 파미라 클럽에 관한 이야기를 내게 하더군요." 하고 거이는 대답했다.
"그리고 그 밖에 또 무엇에 관해서?"
거이는 브루노를 보았다. 브루노는 턱을 괴고 손톱을 물어뜯고 있었다. 너무도 아무렇지 않은 듯이 태연하게 행동을 하고 있었기에 안심이 되었다.
"잘 모르겠군요." 하고 그는 대답했다.
"당신 부인의 살해 사건에 관해 이야기를 하던가요?"
"예."
"그 살인에 관해 그가 어떤 식으로 당신에게 말했습니까?"
제러드는 부드럽게 덧붙였다.
"당신 부인의 살해 사건 말입니다."
거이는 자기의 얼굴이 달아오르는 것을 느꼈다. 그는 브루노를 힐끗 보았다. 이야기의 대상에서 제외시킨 채 그 사람 앞에서 그에 관한 이야기를 할 경우 어느 누구도 자기처럼 그럴 거라고 거이는 생각했다.
"종종 내게 누가 그런 짓을 했는지 아느냐고 묻더군요."
"그래서 당신은 알고 있나요?"
"아뇨."
"당신은 찰스를 좋아합니까?"
제러드의 살찐 손가락이 어울리지 않게 약간 떨렸다. 그는 책상에 놓인 사건 기록부 위의 성냥갑을 만지작거리고 있었다.
거이는 기차에서 성냥갑을 만지작거리다가 스테이크 위에다 떨어뜨려 버렸던 브루노의 손가락이 생각났다.
"예, 좋아하고 있습니다."
거이는 당황한 듯이 대답해 버렸다.
"그가 당신을 못살게 괴롭히진 않던가요? 여러 번에 걸쳐 당신에게 추근거리진 않았나요?"

"그러지 않았다고 생각합니다."

"그가 결혼식에 왔을 때 당신은 성가시다고 생각하지 않았습니까?"

"아뇨."

"찰스가 자기 아버지를 미워한다는 이야기를 한 적이 있었던가요?"

"예, 그랬었죠."

"자기가 아버지를 죽이고 싶다고 당신에게 말한 적은 없었나요?"

"없었습니다."

거이는 똑같은 어조로 대답했다.

제러드는 책상에서 갈색 종이로 포장되어 있는 책을 꺼냈다.

"여기 찰스가 당신에게 부치려고 했던 책이 있습니다. 지금 드리지 못해 죄송하군요. 내가 나중에 필요로 하게 될는지도 몰라서요. 어떻게 해서 찰스가 당신 책을 가지고 있게 되었습니까?"

"기차에서 자기가 주웠다고 그러더군요."

거이는 제러드의 잠에 빠져있는 듯한 수수께끼 같은 미소를 살폈다. 제러드가 자기 집에 왔을 때 그런 비슷한 미소를 본 적은 있었지만, 지금의 그 미소와는 달랐다. 그 미소는 혐오감을 불러일으키게끔 계산된 것이다. 일종의 직업적인 무기였다. 앞으로 계속 날마다 저 미소와 마주쳐야만 할 것이라는 생각이 들었다. 무심결에 그는 브루노를 돌아다보았다.

"기차에서 서로 만나지는 못했습니까?"

제러드는 거이에게서 시선을 돌려 브루노를 보았다.

"못 봤습니다." 하고 거이가 말했다.

"내가 찰스의 콤파트먼트로 두 사람의 식사를 날라다 준 웨이터와 이야기를 나누었는데도요?"

거이는 제러드를 계속해서 바라보고 있었다. 이렇게 드러나 버린 수치심은 죄보다는 쉽게 소멸된다는 생각이 들었다. 심지어 그가 똑바로 앉아 제러드를 바라보고 있을 때조차도 그는 수치감이 사라져 가는 것을 느꼈다.

"그래서 어쨌다는 거예요?"

브루노가 날카롭게 물었다.

"난 당신들 두 사람이 왜 그토록 힘들게 필요 없는 수고를 하는지 궁금하다는 걸세."

제러드는 재미있다는 듯이 머리를 갸우뚱거렸다.

"몇 개월 뒤에 만났다고 이야기하면서 말이지."

지나가는 시간이 그들을 괴롭히도록 내버려두고서 제러드는 기다리고 있었다.

"내게 대답을 해주지는 않겠죠? 좋아요, 대답은 분명합니다. 말하자면, 추측해 보는 것이긴 하지만 대답은 하나죠."

세 사람 모두가 대답을 생각하고 있는 중이라고 거이는 생각했다. 자기와 브루노를, 브루노와 제러드를, 그리고 제러드와 자신을 이어주면서 지금 그 대답이 공중에서 떠 있는 것이 보였다. 아무도 생각해낼 수도 없는 일이어서 영원히 해결 못한 채 남아 있으리라고 브루노가 선언했던 그 대답이.

"찰스, 자넨 추리 소설을 그렇게 많이 읽었던 사람이 아닌가. 내게 말해 주겠나?"

"당신이 무슨 말을 하려는지 모르겠네요."

"그 뒤 얼마 지나지 않아 당신 부인이 살해당했습니다, 하인즈 씨. 또 몇 달도 안 되어 찰스의 아버지가 살해되었고요. 내게 첫번째로 분명히 떠오른 추측은 당신 두 사람 모두가 이 살인이 일어나리라는 것을 알고 있었다는 겁니다."

"오, 거짓말!"

브루노가 말했다.

"그리고 그 살인에 대해 서로 이야기했습니다. 물론 순전히 추측일 뿐입니다. 당신들이 기차에서 만났다는 것도 하나의 가정이었지요. 두 사람은 어디선가 만났죠?"

제러드가 웃어 보였다.

"하인즈 씨?"
"예, 그래요. 우리는 기차에서 만났습니다."
거이가 대답했다.
"그런데 왜 그 사실을 인정하지 않으려 했습니까?"
제러드는 반점투성이의 손가락으로 그를 가리켰다. 거이는 제러드의 단조로운 말 속에서 겁을 주는 힘을 느꼈다.
"나도 모르겠습니다."
"그건 찰스가 당신에게 자기가 아버지를 죽이고 싶다고 이야기했었기 때문이 아닙니까? 그리고 하인즈 씨, 당신은 그걸 알고 있었기에 불안해했었죠?"
제러드가 승리를 거둔 것인가? 거이는 천천히 말했다.
"찰스는 자기 아버지를 죽이는 일에 관해서는 아무런 말도 하지 않았습니다."
제러드의 시선은 브루노의 긴장한 듯한 능글맞은 웃음을 포착할 수 있게끔 제때에 미끄러지듯 옮아갔다.
"물론 순전히 추측입니다." 하고 제러드가 말했다.
거이와 브루노는 함께 그곳을 나왔다. 제러드가 함께 내보낸 것이다. 그들은 긴 블록을 함께 걸어 지하철과 택시가 있는 조그마한 공원 쪽으로 갔다. 브루노는 방금 두 사람이 나온 길고 좁다란 건물을 돌아보았다.
"괜찮아요. 저 사람은 여전히 아무것도 몰라요." 하고 브루노가 말했다.
"당신이 어떤 쪽으로 생각하더라도, 그는 아무것도 모르고 있어요."
브루노는 무뚝뚝하게 말했지만 태도는 차분했다. 문득 거이는 제러드가 공격해 올 때 브루노가 얼마나 침착했었는지를 깨달았다. 거이는 언제나 브루노가 어떤 압박을 받으면 히스테릭하게 되리라고 생각해 왔었다. 거이는 레스토랑에서 만났던 날의 그 난폭하고도 무모한 동료의식을 느끼면서, 자기 옆에 있는 브루노의 구부리고 있는 키 큰 모습을 슬쩍 바라보았다. 하지만 할 말이 없었다. 분명히 제러드는 자기가 알아낸 정보를 모두 이야기하지는 않았을 거라는 사실을 브루노도 알고 있어야 한다고 거이는 생각했다.
"우습죠?"
브루노가 말했다.
"제러드는 우릴 찾는 게 아니에요. 다른 사람을 찾고 있어요."

제42장

　제러드는 철장 사이로 손가락을 집어넣고는 조그마한 새에게 흔들어댔다. 새는 겁에 질려 새장의 반대쪽으로 달아나 날개를 퍼득이고 있었다. 제러드는 부드럽게 단조로운 음조로 휘파람을 불었다.
　방 한가운데서 앤은 불안한 듯이 그를 지켜보고 있었다. 그녀는 제러드가 방금 거이가 거짓말을 했다고 이야기하고는 새장 쪽으로 가서 카나리아를 겁먹게 만든 게 싫었다. 15분 전부터 앤은 제러드를 좋게 여기지 않고 있었다. 첫날 그가 찾아왔을 때 괜찮다고 생각한 자신의 판단이 틀렸다는 데 화가 났다.
　"이름이 뭐죠?"
　"스위티예요."
　앤은 당황한 듯이 고개를 약간 돌려 피해버렸다. 새로 산 악어 가죽 구두는 그녀를 더욱 우아하게 만들어 주었다. 그녀는 오늘 오후에 구두를 사면서 저녁때 거이가 보면 마음에 들어 할 것이고, 식사 전에 칵테일을 마실 때 거이를 미소짓게 만들어야 하고 생각했었다. 그러나 제러드가 오는 바람에 다 망쳐 버렸다.
　"남편이 작년 6월에 브루노를 만난 사실을 왜 말하려 하지 않았는지 생각나는 게 있습니까?"
　미리엄이 살해된 그 달이라는 생각이 다시 들었다. 작년 6월이라면 그 밖에는 아무런 일도 없었다.
　"그이에게는 힘겨운 달이었어요." 하고 말했다.
　"그이의 전부인이 죽었던 달이죠. 아마 그이는 그 달에 있었던 거의 모든 일을 잊어버리려 했을 거예요."
　제러드가 조그마한 사실을 지나치게 확대 해석하고 있다고 여기면서 앤은 얼굴을 찡그렸다. 하지만 거이는 그 후로 6개월 동안 찰스를 만나지도 않았으니 그게 그다지 문제가 되지는 않을 거라고 생각했다.

"이번 경우엔 그게 아니죠."

제러드는 다시 자리에 앉으면서 아무렇지도 않은 듯이 말했다.

"내 생각으로는 찰스가 기차에서 남편에게 자기 아버지 이야기를 했던 것 같습니다. 아버지가 죽었으면 좋겠다고 말을 했겠죠. 어쩌면 어떻게 죽일 거라는 것까지 이야기했는지도 모르죠."

"거이가 그런 말을 듣고 있었으리라고는 상상할 수도 없어요." 하며 앤이 그의 말을 가로막았다.

"그거야 모르죠."

제러드는 부드럽게 계속 이야기했다.

"잘 모르기는 하지만, 난 찰스가 그의 아버지의 피살에 관해 사전에 알고 있었던 게 틀림없다고 생각합니다. 그리고 그 날 밤 기차에서 당신 남편에게 털어놓았을지도 모르죠. 찰스는 그럴 수 있는 젊은이죠. 그리고 남편은 그 일에 잠자코 있었을 테고, 그때부터는 죽 찰스를 피하려고 했을 겁니다, 안 그래요?"

이 이야기는 상당히 많은 것을 말해 주고 있다고 앤은 생각했다. 그러나 또한 거이를 위험하게 만드는 말이 될 수도 있었다. 제러드는 거이를 공범으로 만들고 싶어하는 것처럼 보였다

"남편이 그 정도로까지 찰스를 그냥 내버려두지는 않았으리라 확신해요."

앤은 단호하게 말했다.

"만일 찰스가 남편에게 그런 이야기를 했었다면 말입니다."

"아주 좋은 점을 지적해 주셨습니다. 그러나……."

제러드는 마치 자기가 천천히 생각에 잠기거나 한 것처럼 희미하게 말을 중단해 버렸다.

앤은 제러드의 반점투성이인 대머리 꼭대기를 바라보고 싶지 않았다. 그래서 그녀는 커피 탁자에 올려져 있는 타일로 된 담배 상자를 빤히 쳐다보고 있다가 결국에는 한 개비를 끄집어냈다.

"하인즈 부인, 혹시 남편의 전부인을 살해한 사람이 누구인지 남편이 의심하고 있는 사람이 있습니까?"

앤은 화가 난 듯이 연기를 내뿜어 버렸다.

"분명히 없어요."

"저, 만일 그 날 밤 기차에서 찰스가 살인에 관해 이야기를 꺼냈다면, 철저하게 이야기에 들어갔다면 말입니다. 그리고 만일 당신 남편에게 자기 아내의 생명이 위험하다고 생각할 만한 이유가 있었다면, 그리고 그걸 찰스에게 언급했다면…… 그 땐, 그들은 같은 비밀을 갖게 되고, 심지어는 공동의 위험에 처하게 될 수도 있죠. 단지 하나의 추측에 불과합니다만……."

그리고는 서둘러 덧붙였다.

"하지만 수사관들은 언제나 추측과 가정을 해야만 하죠."

"난 남편이 그런 말을 했을 리 없다는 것을 알아요. 그 소식이 도착했을 때 나는 멕시코 시티에서 남편과 함께 있었어요. 그리고 그 일이 일어나기 며칠 전에는 뉴욕에서 함께 지냈고요."

"올해 3월엔 어땠죠?"

제러드는 여전히 똑같이 차분한 말투로 물었다. 그는 비어 있는 하이볼 잔을 집어 앤이 채워 주기를 기다렸다.

3월. 찰스의 아버지가 살해된 달이라는 것을 기억하면서, 그 무렵의 거이가 안절부절못하던 것을 떠올리며 앤은 제러드에게 등을 돌린 채 바에 서 있었다. 거이가 싸우고 왔던 게 2월이었던가, 아니면 3월이었나? 그리고 거이는 그때 찰스 브루노와 싸웠던 것이 아닐까?

"3월경에 당신 모르게 이따금 남편이 찰스를 만났을 수도 있다고 생각합니까?"

물론 그게 모든 걸 설명해 주리라고 앤은 생각했다. 거이는 찰스가 자기 아버지를 살해하려는 것을 알고는 그를 막으려고 애쓰다가 술집에서 싸움을 했는지도 모른다.

"내 생각으로는 그랬을 수도 있을 것 같네요."

그녀는 불확실하게 말했다.

"잘 모르겠어요."

"기억이 나신다면 말씀해 주십시오, 하인즈 부인. 3월경에 남편이 어떻게 행동하셨나요?"

"그이는 안절부절못했어요. 난 그이가 무엇 때문에 그렇게 신경이 곤두서 있었는지 알 것도 같아요."

"무엇 때문입니까?"

"일 때문이었죠."

거이에 관한 한 더 이상의 말을 그녀로서는 할 수가 없었다. 제러드는 그녀가 말한 모든 것을 자기가 만들어내고 있는 희미한 그림 속에 짜넣어, 그 속에서 거이를 찾아내려고 애를 쓰고 있다고 앤은 느꼈다. 잠시 동안 침묵이 흘렀다. 마치 서로가 침묵을 먼저 깨뜨리지 않으려고 경쟁을 하고 있는 것 같았다.

마침내 제러드가 시가를 가볍게 두드리면서 말했다.

"만일 찰스에 관해서 그 무렵에 있었던 일이 떠오르는 게 있다면 내게 말씀해 주시겠습니까? 밤이나 낮이나 상관없이 어느 때든지 연락해 주십시오. 전갈을 받아 줄 사람은 항상 대기하고 있으니까요."

그는 자기 명함에다 다른 이름을 적어서 앤에게 건네 주었다.

앤은 문에서 돌아서서 제러드가 마신 잔을 치우려고 곧장 커피 탁자로 갔다. 앞쪽 창을 통해 제러드가 마치 졸고 있는 사람처럼 차 앞쪽에서 고개를 숙이고 앉아 있는 것을 보았다. 그때, 제러드가 무언가를 기록하고 있다는 생각이 떠올랐다. 담배 꽁초를 든 채 그녀는 제러드가 그 종이에다 거이가 3월에 자기 모르게 찰스를 만났을지도 모른다는 내용을 적고 있으리라고 생각했다. 왜 자기가 그런 말을 했을까? 그녀는 그 일을 정말 알고 있었다. 거이는 12월부터 결혼식이 있던 날까지 찰스를 만나지 않았다고 이야기를 했었다.

약 한 시간 뒤에 거이가 집에 돌아왔을 때, 앤은 부엌의 오븐에서 거의 다 익은 카세롤을 보고 있었다. 그녀는 거이가 코를 쿵쿵거리며 머리를 드는 것을 보았다.

"새우 카세롤이에요. 이제 꺼내야 될 것 같네요." 하고 앤이 말했다.

"제러드가 집에 왔었어?"

"예, 그가 올 거라는 것을 당신 알고 있었어요?"

"시가를 줘." 하고 그는 간단히 말했다.

제러드는 물론 기차에서 만난 일에 관해서 앤에게 이야기했을 것이다.

"이번엔 무얼 알고 싶어했지?" 하고 그는 물어 보았다.

"찰스 브루노에 관해 좀더 알고 싶어하더군요."

앤은 창으로 슬쩍 그를 쳐다보았다.

"당신이 그 사람을 의심하고 있는지 내게 말한 적이 있었나 하고요. 그리고 3월에 있었던 일에 관해서도 알고 싶어했어요."

"3월에 관해?"

앤이 서 있던 마룻바닥의 약간 올라간 부분으로 거이는 발을 옮겼다. 그는 앤 앞에서 멈추어 섰고, 그녀는 거이의 눈동자가 갑자기 긴장하는 것을 보았다. 그녀는 3월이나 2월의 어느 날 밤부터 그의 광대뼈 위쪽에 생긴 머리카락처럼 가느다란 상처 자국들을 볼 수 있었다.

"그 달에 찰스가 자기 아버지를 살해하려 한다는 것을 당신이 알고 있었는지 알고 싶어하더군요."

그러나 거이는 놀라지도 않고 죄의식도 없이 낯익은 미소를 입가에 지으면서 그녀를 똑바로 바라보고 있을 뿐이었다. 그녀는 옆으로 비켜나가 거실로 갔다.

"끔찍하죠? 살인이라니?"

그녀가 말했다.

거이는 새로 끄집어낸 담배를 자기 시계에다 대고 두드렸다. 앤이 '살인'이라고 말하는 것을 듣는 것은 그에게는 고통스러운 일이었다. 그녀의 머릿속에서 브루노에 대한 모든 기억을 지워 없앨 수 있기를 바랐다.

"당신은 모르고 계셨죠? 예? 거이…… 3월에 말예요?"
"몰랐어, 앤. 당신은 제러드에게 뭐라고 이야기를 했지?"
"당신은 찰스가 자기 아버지를 죽였다고 믿으세요?"
"모르겠어. 가능하다고는 생각해. 그러나 우리와는 상관없는 일이야."

그리고 거이는 얼마 동안은 그게 거짓말이라는 것조차도 깨닫지 못하고 있었다.

"맞아요. 우리와는 상관없는 일이에요."

그녀는 다시 그를 바라보았다.

"또 제러드는 당신이 작년 6월에 기차에서 찰스를 만났다고 이야기하더군요."

"응, 그랬어."

"그런데 그게 무슨 상관이죠?"

"나도 모르겠는걸."

"기차에서 찰스가 이야기한 내용 때문인가요? 당신이 그를 싫어하는 이유도 그 때문인가요?"

거이는 손을 윗도리 주머니에 더 깊숙이 찔러 박았다. 갑자기 그는 브랜디가 마시고 싶었다. 자기가 어떤 생각을 하는지 보여주었다는 것을 그는 알았고, 이제 앤에게 그것을 숨길 수도 없었다.

"앤, 들어 봐."

그는 빠르게 말했다.

"기차에서 브루노는 자기 아버지가 죽었으면 좋겠다고 내게 이야기를 했었어. 하지만 어떤 계획도 말하지 않았고 아무런 이름도 비치지 않았어. 난 그가 그런 말을 하는 게 마음에 들지 않아서, 그 뒤로는 그를 좋아하지 않았지. 난 제러드에게는 이런 말을 하고 싶지 않았어. 브루노가 정말 자기 아버지를 죽였는지, 그렇지 않은지를 나는 모르기 때문이야. 그건 경찰이 알아낼 일이거든. 때로는 사람들이 그런 식으로 잘못 말해 버리는 바람에 무고한 사람들이 처형되곤 하잖아."

앤이 자기 말을 믿든 안 믿든 그는 이제 끝났다고 생각했다. 자기가 해온 거짓말 가운데 가장 야비한 것이었으며, 그가 저지른 어떤 일보다도 야비한 것처럼 보였다. 자기가 저지른 죄를 다른 사람에게 뒤집어 씌우다니. 브루노조차도 이런 거짓말은 하지 않을 것이다. 그는 자기 자신이 완전히 비뚤어져 있고, 철저한 거짓말쟁이처럼 여겨졌다. 그는 담배를 벽난로 속에다 집어던져 버리고는 두 손으로 얼굴을 감쌌다.

"거이, 난 당신이 해야 할 일을 하고 있는 중이라고 정말 믿어요."
앤의 목소리는 부드러웠다.
그의 얼굴은 거짓이었다. 그의 온건한 눈, 확고한 듯한 입, 민감한 손, 모두가 거짓이었다. 그는 자기 손을 갑자기 내리고는 주머니 속에다 집어넣어 버렸다.
"브랜디를 좀 마셔야겠어."
"3월에 당신과 싸움을 한 사람이 찰스가 아니었나요?"
그녀는 바에 서서 물어 보았다.
이 일도 거짓말을 해서는 안 될 이유는 없었다. 그러나 그는 그럴 수가 없었다.
"아냐, 앤."
자기를 곁눈질로 슬쩍 훔쳐보는 그녀를 보고 거이는 앤이 자기를 믿지 않고 있다는 사실을 알았다. 그녀는 아마 자기가 브루노를 막으려고 싸웠다고 생각할 것이다. 그녀는 자기를 자랑스럽게 여기고 있을지도 모른다! 이런 식으로 그녀는 언제나 자기를 두둔해 주어야만 하는 건가? 자기는 원하지도 않는데. 만사가 언제나 그에게는 그토록 수월해야 하는 건가? 그러나 어떻든 앤은 이 대답으로는 만족하지 않을 것이다. 자기가 말을 해줄 때까지 그녀는 다시 묻고 또 물을 것이라는 점을 그는 알고 있었다.
그 날 저녁, 거이는 그 해 처음으로, 그리고 새 집으로 온 뒤 처음으로 불을 피웠다. 앤은 소파 베개에 머리를 대고 긴 마석 위에 누워 있었다. 거이를 고독하고 불안한 힘으로 채워 주면서 가느다란 향수에 찬 가을의 냉기가 공기 중에 퍼져 있었다. 그것은 그가 젊었을 때의 가을의 힘처럼 기운차지 않고, 마치 그의 생명이 죽어가고 있으며, 게다가 그가 박차를 가하고 있는 것처럼 절망과 격분으로 뒤덮여 있었다. 자기 앞에 아무것도 두려운 게 없다는 사실보다도 자기 목숨이 다해 가고 있음을 더 잘 입증해 줄만한 게 그에게 또 뭐가 있을까? 브루노와 자기가 기차에서 만났다는 사실을 알았으니, 지금쯤 제러드는 모든 것을 추측해낼 수도 있지 않겠는가? 그의 살찐 손가락으로 시가를 입으로 가져가다가 어느 날, 아니면 어느 밤 어떤 순간에 그의 머릿속에서 생각이 떠오르게 될 것이 아닌가? 제러드와 경찰은 무엇을 기다리고 있는 건가? 거이는 때때로 제러드가 사소한 사실들을 모두 긁어 모아, 두 사람 모두에게 불리한 증거를 가지고 갑자기 덮쳐 그들을 파멸시켜 버릴 것이라는 느낌이 들곤 했었다. 그러나 아무리 자기를 파멸시킨다 할지라도 자기가 세운 건물을 파괴해 버리지는 못하리라고 생각했다. 또다시 정신이 몸에서, 심지어는 그의 마음에서 떨어져 나가는 이상하고도 쓸쓸한 고독감을 느꼈다.

그러나 브루노와의 비밀이 결코 발견되지 않는다면? 자기가 저지른 일에 치를 떨고 괴로워하는 순간들이 늘 지속되고는 있지만, 그때마다 그는 그 비밀에서 어떤 매력적인 향수 같은 걸 느끼곤 했었다. 아마도 그것이 바로 자기가 제러드나 경찰을 두려워하지 않는 이유이리라는 생각이 들었다. 그는 여전히 경찰은 그 비밀을 밝힐 수 없음을 믿고 있었기 때문이다. 그들의 모든 부주의함에도 불구하고, 브루노의 무수한 힌트에도 불구하고 여지껏 아무도 추측해내지 못했다면, 그것을 알아낼 수 없게끔 만드는 어떤 힘이 있는 게 아니겠는가?

앤은 잠이 들었다. 그는 불빛으로 인해 은빛처럼 창백해 보이는 앤의 이마의 부드러운 곡선을 바라보고 있었다. 그리고 나서 입술을 그녀의 이마로 가져다 키스를 했다. 그녀가 깨어나지 않게끔 아주 조용히. 그의 마음속의 고통이 그 자신을 말로 옮겨 주고 있었다.

"난 당신을 용서해요." 하고. 그는 앤이 이 말을 해주길 바랐다. 다른 사람이 아닌 바로 앤만이.

그의 마음속에서는 그의 죄를 지탱하고 있는 한쪽이 절망적으로 무거워 측량할 수조차 없을 정도였다. 그럼에도 불구하고 또 다른 한쪽으로 하찮은 무게의 자기 변호를 끊임없이 함으로써 그는 균형을 잡으려 했다. 거이는 자기 스스로 변호를 함으로써 또 죄를 범했다고 생각했다. 그러나 아직은 그렇게까지는 믿지 않았다. 만일 자기 속에 있는 악을 완전히 보완해 주는 어떤 것이 있음을 믿는다면, 또한 그는 그 악을 드러내려고 끊임없이 강요하고 있는 것 역시 존재하고 있음을 믿어야만 했던 것이다. 그러므로 때때로 자기 자신이 한편으로는 자기가 저지른 범죄를 즐기고, 거기서 어떤 만족감을 얻고 있지나 않는지 의아해했다. 사람을 죽이는 것 자체에서 어떤 중요한 기쁨을 얻고 있는 게 아니라면, 인류가 끊임없이 일어나는 전쟁을 묵인하고, 전쟁이 터졌을 때 전쟁에 대한 영원한 열광을 지니고 있는 것을 달리 어떻게 설명할 수가 있겠는가? 그리고 그와 같이 의아해하는 기회가 너무 자주 찾아왔었기에, 그는 자기가 그런 기쁨을 지녔다는 것을 사실로서 받아들였다.

제 43 장

 지방 검사 필 하월랜드는 빈틈없고 수척한 모습이었으며, 제러드가 희미한 데 비해 날카로운 윤곽을 지니고 있었다. 그는 담배 연기 사이로 참을성 있게 미소를 지어 보이고 있었다.
 "그냥 내버려두는 게 어때? 내가 장담하지만, 애당초부터 거기엔 껄끄러운 데가 있었어. 우리는 그의 친구들까지도 샅샅이 훑어 내렸는데 아무것도 없었어, 제러드. 게다가 사람의 성격만 가지고 체포할 수는 없잖은가."
 제러드는 다시 다리를 꼬고는 공손한 미소를 지었다. 집무 시간이었다. 다른 덜 중요한 면담을 하는 것과 똑같은 식으로 미소를 짓고 여기에 앉아 있다는 사실이 그는 만족스러웠다.
 하월랜드는 손가락 끝으로 책상 모서리에다 타자를 친 종이를 밀었다.
 "관심이 있다면 보게. 12명의 새로운 이름이 여기 있어. 고(故) 새뮤얼 씨의 친구들이 제공해 준 것이네."
 하월랜드는 지겹다는 듯이 조용히 말했다. 그리고 제러드는 그가 지금 일부러 지겨워하고 있는 체하고 있음을 알고 있었다. 왜냐하면 그는 지방 검사로서 많은 부하 직원들을 마음대로 다룰 수 있었고, 훨씬 좋은 올가미를 훨씬 멀리 던질 수 있었기 때문이다.
 "찢어 없애도 좋습니다."
 하월랜드는 웃어 보임으로써 자기가 놀란 것을 감추려 했지만, 그 크고 짙은 눈에 나타난 갑작스런 호기심을 숨길 수는 없었다.
 "난 자네가 벌써 점찍어 놓은 사람이 있는 걸 아네. 물론 찰스 브루노겠지."
 "물론입니다."

제러드는 소리를 내며 웃었다.

"단지 또 다른 살인 사건의 범인으로 그를 찍었을 뿐이죠."

"한 사건만? 자넨 언제나 말해 왔었지 않은가? 그 사람은 네댓 개 범죄는 충분히 저지를 만하다고 말이야."

"그렇게 말한 적은 없는데요."

제러드는 조용히 부인했다. 그는 편지처럼 세 번 접힌 많은 종이를 무릎 위에다 반듯하게 펴고 있었다.

"누구지?"

"궁금하십니까? 모르시겠습니까?"

제러드는 시가를 이 사이에다 문 채 빙긋 웃었다. 그는 가까이 있던 의자를 끌어당겨서 종이를 그 위에다 펼치기 시작했다. 아무리 자기가 가지고 있는 종이가 많을지라도 제러드는 한 번도 하월랜드의 책상을 이용하지 않았고, 하월랜드도 이제는 굳이 권유해서 귀찮게 할 필요가 없다는 것을 알고 있었다. 하월랜드는 직업상뿐만 아니라 개인적으로도 자기를 싫어하고 있음을 제러드는 알고 있었다. 하월랜드는 자기가 경찰에게 비협조적이라고 늘 불평했었다. 경찰은 한 번도 그와 협력한 적이 없었고, 오히려 장애가 되곤 했다. 하지만 제러드는 지난 10년 동안 경찰은 손도 못 댄 중요한 사건들을 많이 해결해 왔었다.

하월랜드는 그의 가늘고 긴 다리로 일어나서 제러드 쪽으로 천천히 걸어가서는 자기 책상 앞에 기댄 채 주춤거렸다.

"이 많은 종이들이 그 사건에 어떤 희망이라도 던져 주는 건가?"

"경찰이 힘들어하고 있는 것은, 융통성이 없어 편협된 생각만 하고 있으니 그런 겁니다." 하고 제러드는 큰소리를 쳤.

"이번 사건은 다른 많은 사건들과 마찬가지로 이중의 복선이 있죠. 융통성 없이는 그냥 해결될 수 없는 성질의 것입니다."

"누구이며 언제야?"

하월랜드는 한숨을 쉬었다.

"거이 하인즈라는 이름을 들어 본 적이 있습니까?"

"그럼. 지난 주에 심문했지."

"그의 아내 말입니다, 작년 6월 11일 텍사스 주의 메트카프였죠. 목이 졸려 살해되었습니다. 기억나십니까? 경찰은 그 사건을 해결하지 못했죠?"

"찰스 브루노가 그랬나?"

하월랜드는 얼굴을 찌푸렸다.

"찰스 브루노와 거이 하인즈가 6월 1일 남쪽으로 가는 기차에 함께 탔다는 사실을 아십니까? 하인즈 부인이 살해되기 10일 전이었죠. 자, 이 사실에서 당신은 무엇을 끄집어낼 수 있습니까?"

"자네는 그들이 작년 6월 전부터 서로 알고 있었다는 것을 말하려는 건가?"

"아뇨, 난 그들이 기차에서 서로 알게 되었다는 걸 말하는 겁니다. 나머지는 당신이 연결시켜 보시겠어요? 잃어버렸던 연결선은 내가 주었으니까."

지방 검사는 희미하게 웃었다.

"자네는 찰스 브루노가 거이 하인즈의 부인을 살해했다고 말하고 있는 거군."

"분명히 그렇습니다."

제러드는 종이에서 얼굴을 들었다.

"그 다음 문제는 증거가 뭐냐는 거죠? 여기 있습니다. 당신이 원하는 전부죠."

제러드는 혼자서 카드놀이라도 한 것처럼 길게 펼쳐져 있는 종이를 가리켰다.

"저 밑에서부터 읽어보세요."

하월랜드가 읽고 있는 동안, 제러드는 구석에 가서 물 한 잔을 들고 와서는 피우고 있던 담배 꽁초의 불로 새 담배에 불을 붙였다. 메트카프에서 찰스가 만났던 택시 운전사에게서 최종적인 진술이 오늘 아침에 도착했다. 그 일 뒤로는 제러드는 아직 한잔도 마시지 않았지만,

하월랜드의 곁을 떠나자마자 아이오와행 기차의 라운지에서 서너 잔 마실 작정이었다.

그 종이들은 라 폰다 호텔 보이의 진술, 미리엄 하인즈가 살해된 날 찰스가 산타 페 역을 떠나 동부행 열차를 타고 가는 것을 보았다는 에드워드 윌신이라는 사람에게서, 찰스를 메트카프 호수의 유원지로 태워다 준 택시 운전사에게서, 그리고 찰스가 독한 술을 찾았던 노변의 술집 주인에게서 얻어낸 진술들에 사인까지 되어 있는 서류였다. 게다가 메트카프로 장거리 전화를 한 전화요금 청구서도 첨부되어 있었다.

"하지만 당신도 이미 알고 있었다고 믿습니다." 하고 제러드는 이야기했다.

"대부분은 그렇지."

하월랜드는 여전히 읽어 내려가면서 침착하게 대답했다.

"당신은 또한 그가 그 날 메트카프까지 24시간에 걸친 여행을 했다는 것도 알고 계시죠?" 하고 제러드는 물었지만, 그는 실은 빈정거리느라 기분이 상당히 좋은 상태였다.

"그 택시 운전사는 정말로 찾아내기 힘들었어요. 시애틀까지 뒤쫓아가야만 했거든요. 그러나 일단 우리가 그를 찾아내고 나니 굳이 기억해 보라고 재촉할 필요도 없었답니다. 사람들은 찰스 브루노 같은 젊은이는 잊어버리지 않거든요."

"그래서 자네는 찰스 브루노가 너무 살인을 좋아해서 그 전 주에 기차에서 만난 어떤 사람의 아내를 살인할 정도라고 말하고 있는 게 아닌가? 자기가 보지도 못한 여자를 말이야? 아니면 그가 그녀를 본 적이 있던가?"

하월랜드는 재미있다는 듯이 이야기했다.

제러드는 다시 소리를 내며 웃었다.

"물론, 그는 본 적이 없었죠. 하지만 우리의 찰스는 계획이 있었거든요."

'우리'라는 말이 미끄러져 나왔지만 제러드는 신경쓰지 않았다.

"이제 아시겠어요? 너무나도 쉽고 뻔하죠? 그리고 이건 단지 진실의 절반일 뿐입니다."

"제러드, 앉게. 과로해서 심장병이라도 나겠네."

"당신은 알 수 없을 겁니다. 왜냐하면 당신은 찰스가 어떤 사람인지 알지도 못했었고, 지금도 알지 못하니까요. 그가 대부분의 시간을 여러 가지 잡다한 종류의 완전 범죄를 꾸미는 데 보내고 있다는 사실에 당신은 흥미가 없었어요."

"그래, 알겠네. 자네가 주장하려는 나머지는 뭐야?"

"거이 하인즈가 새뮤얼 브루노를 살해했다는 겁니다."

"오, 이런!"

하월랜드는 신음 소리를 냈다.

제러드가 몇 년 전 어떤 사건에서 실수를 범한 이후로 하월랜드가 자기에게 보여 줬던 경멸조의 미소를 다시 지어 보였을 때 제러드는 자기도 그렇게 씩 웃어 주었다.

"난 아직 거이 하인즈의 조사를 완결짓지는 못했습니다."

제러드는 시가를 뿜어대면서 일부러 솔직한 체하며 말했다.

"난 서두르지 않고 천천히 해나가고 싶습니다. 그리고 바로 그 점이 내가 여기에 온 이유이기도 하고요. 당신도 나와 함께 서두르지 않고 여유를 가지고 수사해 나가도록 하기 위해서입니다. 당신이 가진 정보망을 모두 동원하더라도 그런 식으론 어떻게 찰스를 잡을 수 있을지 모르겠더군요."

하월랜드는 자기의 검은 구레나룻을 쓰다듬었다.

"자네가 말하는 것을 듣고 있으면, 15년 전에 자네는 벌써 은퇴했어야 했다고 믿는 내 생각을 확신할 수 있어."

"오, 지난 15년 동안에 난 여러 사건을 해결했습니다."

"거이 하인즈 같은 사람을 잡는 것 말인가?" 하며 하월랜드는 다시 웃었다.

"찰스 같은 사람만 넘겼는 줄 알아요? 잘 들어 둬요. 거이 하인즈가 그의 자유로운 의사로 그런 짓을 했다고 나는 말하는 게 아닙니다. 찰스가 자발적으로 나서서 그의 부인에게서 그를 자유롭게 해준 대가로 그런 범행을 하도록 강요한 겁니다. 찰스는 여자들을 싫어하죠. 그게 바로 찰스의 계획이었습니다. 교환. 단서도 없이 말이죠. 동기도 없는 거죠. 오, 마치 난 그가 이야기하는 걸 듣고 있는 것 같군요! 그러나 찰스도 인간입니다. 그는 거이 하인즈에게 너무 관심이 많아 그를 내버려두지 못했죠. 그리고 거이 하인즈는 너무 겁에 질려 아무런 저항도 할 수 없었던 겁니다. 그렇게 된 거예요."

제러드는 자기 말을 강조하느라 머리를 급히 움직였고, 그의 턱은 떨렸다.

"하인즈는 강요당한 겁니다. 너무나 끔찍하게도, 아무도 알지 못할지도 모르죠."

제러드가 너무나도 진지한 태도를 보였기에 하월랜드의 미소는 당장 사라져 버렸다. 그 이야기는 너무나도 희미한 가능성밖에 없었지만, 그래도 여전히 가능성이 있기는 했다.

"흠."

"그가 털어놓지 않은 한은 말이죠."라고 제러드가 덧붙였다.

"그런데 자넨 어떻게 그가 이야기를 하도록 만들 생각인가?"

"그가 자백할지도 모르죠. 너무 지쳐 버렸으니까요. 그러나 그렇지 못하다면 사실을 들춰 가며 그에게 맞설 겁니다. 내 조수들이 바쁘게 찾아다니고 있지요. 하월랜드, 한 가지만 약속해 주세요."

제러드는 의자 위에 놓여 있는 서류를 손가락으로 가리켰다.

"당신과 당신 졸개들이 이 진술들을 확인하러 다닐 때, 거이 하인즈의 어머니에게는 묻지 마세요. 하인즈가 미리 알게 되는 건 원치 않거든요."

"하인즈를 잡기 위해 덮칠 기회만 엿보는 고양이와 쥐 게임이로군." 하고 말하며 하월랜드는 웃었다. 그는 몸을 돌려 그다지 중요하지도 않은 전화를 걸었고, 제러드는 하월랜드에게 정보를 넘겨주어 찰스와 거이 하인즈의 훌륭한 구경거리를 보지 못해야만 하는 데 화가 치민 채 기다리고 있었다.

"자, 자네는 내가 어쨌으면 좋겠나? 이것들을 가지고 그놈을 덮쳐 설득시킬까? 그가 견디다 못 해 거이 하인즈와 짠 훌륭한 계획을 몽땅 털어놓게 하면 어떨까?"

하월랜드는 긴 한숨을 내쉬었다.

"그러면 안 되죠. 난 그가 자백당하는 걸 원치 않습니다. 난 정정당당하게 깨끗이 해내고 싶어요. 하인즈를 좀더 조사할 시간이 필요해요. 한 며칠 더, 어쩌면 몇 주가 걸릴지도 모르겠습니다만, 그런 다음 두 사람 모두에게 증거를 들이 댈 겁니다. 난 이제 찰스에 관한 이 사건을 당신에게 넘기겠어요. 지금부터는 개인적으로 이 사건에서 손을 떼는 거죠. 적어도 그들이 아는 한은 말입니다. 난 휴가로 아이오와 주에 가게 될 겁니다. 난 진짜 갈 거고, 찰스가 이 사실을 알도록 할 겁니다."

제러드의 얼굴은 커다란 미소로 빛나고 있었다.

"사람들을 그냥 붙들고 있기는 힘들 걸세."

하월랜드가 유감스러운 듯이 말했다.

"특히 자네가 거이 하인즈에 대항할 충분한 증거를 얻을 때까지 줄곧 기다리고 있어야 하는 경우에는 더 그렇지."

"말이 나온 김에 덧붙인다면……."

제러드는 모자를 집어들고는 하월랜드에게 흔들었다.

"저 서류들을 다 가지고도 당신은 찰스를 잡을 수 없을 테지만, 난 지금까지 내가 가진 것만 가지고도 거이 하인즈를 잡을 수 있어요."

"오, 자넨 우리가 거이 하인즈를 붙잡을 수 없을 것이라는 말이지?"

제러드는 경멸적인 빛을 미묘하게 드러내며 하월랜드를 보았다.

"아니, 당신은 그를 붙드는 데 관심이 없잖아요, 안 그런가요? 당신은 그 사람이 범인이 아니라고 생각하고 있으니까."

"제러드, 휴가나 다녀오게!"
제러드는 자기 서류들을 차곡차곡 챙겨서 주머니에 넣기 시작했다.
"난 자네가 그걸 두고 갈 거라고 생각했는데."
"오, 만일 당신이 필요할 거라고 생각한다면요."
　제러드는 공손하게 서류를 넘겨주고는 몸을 돌려 문 쪽으로 걸어갔다.
"자네가 얻어낸 것으로 거이 하인즈를 잡을 수 있는지 말해 주겠나?"
　제러드는 오만한 소리를 냈다.
"그 사람은 죄의식 때문에 고통스러워하고 있어요." 하고 말하며 제러드는 나가 버렸다.

제44장

"이 세상에서 말이죠." 하고 브루노가 말했다.

눈에서 눈물이 솟구치기 시작해서 브루노는 자기 발 아래에 있는 긴 마석 위로 시선을 떨구었다.

"오늘 밤 난 여기 말고는 어느 곳도 가고 싶지 않았어요, 앤."

그는 팔꿈치를 벽난로 선반에다 대고 기댔다.

"그렇게 말해 주시니 고마워요."

앤은 웃어 보이며 X자형 다리로 된 식탁에다 치즈와 안초비 카나페 접시를 갖다 놓았다.

"따뜻할 때 하나 먹어 보세요."

삼킬 수 없으리라는 것을 알았지만 브루노는 하나를 집었다. 식탁은 멋있게 보였다. 2인용으로, 회색 린넨과 커다란 회색 접시가 올려져 있었다. 제러드는 휴가를 떠났다. 거이와 자기가 그를 물리친 것이다! 만일 앤이 거이에게 속해 있지만 않았다면 자기가 앤에게 키스하려 했을지도 모른다고 브루노는 생각했다. 브루노는 몸을 죽 펴고 소매를 바로 고쳤다. 앤과 함께 있을 때는 자기가 완벽한 신사라는 것이 대단히 뿌듯하게 여겨졌다.

"그래, 거이는 거기 일이 마음에 든다고 합니까?"

브루노가 물었다. 지금 거이는 캐나다에서 앨버타 댐 대공사 일을 맡고 있었다.

"그 따위 엉터리 심문이 모두 끝나 너무 기뻐요. 거이도 이제 일하면서 걱정하고 있을 필요가 없게 되었어요. 내 기분을 아실 거예요. 정말 축하할 만한 일이에요!"

브루노는 웃었다. 그 속엔 조심스레 말하고 있는 자신에 대한 웃음이 포함되어 있었다.

앤은 벽난로 선반 옆에 서서 안절부절못하는 브루노의 모습을 빤히 쳐다보면서, 거이가 그를 미워함에도 불구하고 지금 자기가 느끼는 것처럼 거이도 브루노의 매력을 느꼈을까 하고 궁금해했다. 하지만 그녀는 여전히 찰스 브루노가 그의 아버지를 살해했는지 아닌지는 알 수 없었다. 그녀는 자기 생각을 결정짓기 위해 온종일 그와 함께 보냈다. 브루노는 그녀가 어떤 질문을 하면 농담조로 대답을 하면서 빠져나갔고, 어떤 질문에 대답할 때는 진지하고 조심스러웠다. 그는 마치 자신이 미리엄을 만나 본 적이라도 있는 것처럼 그녀를 싫어했다. 거이가 그에게 미리엄에 관하여 그 정도로 많은 이야기를 해주었다는 사실에 앤은 약간 놀랐다.

"당신은 왜 거이와 기차에서 만났다는 이야기를 아무에게도 하지 않으려고 했나요?"

"내가 꺼린 것은 아니었어요. 실수로 처음에 우리가 학교에서 만났다고 농담하며 다닌 거죠. 그 뒤에 문제가 생긴 거예요. 제러드는 그걸 알아내려고 야단이었고요. 솔직히 말해서, 좀 안 좋게 보였기 때문인 것 같아요. 그 뒤 얼마 안 있어 미리엄이 죽었으니까요. 거이가 우연히 마주치게 된 사람들에게 미리엄 이야기를 해주려 하지 않았던 것은 꽤 잘한 일 같아요." 하며 브루노는 웃으면서, 손뼉을 한 번 치더니 안락의자에 앉았다.

"내가 수상한 사람이었기 때문은 결코 아니었죠!"

"하지만 아버지가 살해당한 일을 심문하는 것과 그건 전혀 상관이 없잖아요?"

"물론입니다. 그런데 제러드는 이치를 따져 생각하려 들지 않거든요. 아마 그 사람은 발명가가 되는 게 좋았을 텐데!"

앤은 얼굴을 찌푸렸다. 단지 사실대로 말하는 게 안 좋게 보일 것 같았기 때문에 찰스가 지어낸 말을 거이가 그냥 두었다는 사실을 앤은 믿을 수가 없었다. 기차에서 찰스가 자기 아버지를 싫어한다고 말했기 때문이라는 것조차도 역시 믿을 수 없었다. 그녀는 거이에게 다시 물어 보아야겠다고 생각했다. 그에게 물어 봐야 할 것이 너무도 많았다. 가령, 만나 보지도 않았으면서 미리엄에 대해 찰스가 가진 혐오감에 관해서도 알고 싶었다. 앤은 부엌으로 들어갔다.

브루노는 술잔을 든 채 앞쪽으로 난 창문으로 다가갔다. 시커먼 하늘에 붉은빛과 푸른빛을 교대로 깜박이면서 비행기가 날아가고 있었다. 그게 마치 손끝을 어깨에 올렸다가 다시 팔을 펴며 체조를 하고 있는 사람처럼 보인다는 생각이 들었다. 브루노는 거이가 저 비행기를 타고 집에 오는 길이기를 바랐다. 그는 새로 산 손목 시계의 먼지가 낀 핑크색 표면을 보았다. 기다랗게 금으로 새겨진 숫자를 보면서, 이런 현대식 디자인의 시계를 거이도 아마 가지고 있을 거라고 생각했다. 이제 세 시간만 지나면 그는 앤과 24시간을 함께 지내게 된다. 그는 전화도 하지 않고 어젯밤에 차를 타고 들이닥쳤었는데, 시간이 너무 늦었기 때문에 앤은 그냥 묵고 가라고 말했다. 브루노는 파티가 있었던 날 밤에 들어갔던 방에서 잠을 잤다. 앤은 그가 잠들기 전에 따뜻한 고기 수프를 갖다 주었다. 앤은 자기에게 너무 잘해 주었으며, 그도 그녀를 진정으로 사랑했다! 그는 발끝으로 창가 부근을 만지작거리다가 앤이 부엌에서 접시를 들고 나오는 것을 보았다.

"거이는 당신을 대단히 좋아하고 있어요."

식사를 하면서 앤이 말했다.

브루노는 자기들이 하던 이야기를 거의 잊어버리고는 그녀를 바라보았다.

"그를 위해서라면 내가 하지 않을 일이라고는 하나도 없어요! 난 거이와 굉장히 이어져 있는 것 같아요. 마치 형제처럼 말이죠. 내 생각엔 그게 우리가 기차에서 서로 알고 난 바로 다음부터 그에게 모든 일이 생기기 시작했기 때문인 것 같아요."

비록 브루노는 우스울 정도로 쾌활했지만 거이에 대한 그의 감정은 정말로 순수했다. 브루노는 탁자 한쪽 끝에 올려져 있는 거이의 담배 파이프의 곡선을 손가락 끝으로 따라갔다. 가슴이 두근거렸다. 알이 꽉 찬 토마토가 아름다웠지만, 브루노는 감히 한 번 더 깨물 수가 없었다. 포도주도 마찬가지였다. 브루노는 하룻밤을 더 묵고 갔으면 하는 충동을 느꼈다. 자기가 몸이 좋지 않다면, 오늘 밤 하루 더 지내고 갈 수 있지 않을까? 하지만 그가 새로 이사한 집은 앤이 생각하고 있는 것보다는 가까웠다. 브루노는 토요일에 커다란 파티를 열 생각이었다.
"거이가 이번 주말에는 꼭 돌아오겠죠?" 하고 그는 물어 보았다.
"그럴 거예요."
앤은 무언가 생각에 잠긴 채 샐러드를 먹고 있었다.
"하지만 거이가 파티에 가고 싶어할지는 잘 모르겠네요. 그이는 일을 하는 중일 때는 보통 요트를 타는 것밖에는 어떤 것도 그다지 좋아하지 않거든요."
"아, 나도 요트를 좀 타고 싶군요. 함께 가도 괜찮다면 말입니다."
"함께 가요."
그때서야 그녀는 기억이 났다. 찰스는 이미 인디아 호를 타 본 적이 있었다. 브루노는 거이와 함께 탔었고, 뱃전에다 움푹 팬 홈을 생기게 해놓았었다. 갑자기 그녀는 마치 지금까지 무언가가 자기가 기억해내는 것을 방해하고 있기라도 했던 것처럼 여겨져 어리둥절하고 속은 것 같은 느낌을 받았다. 그리고는 또다시 생각에 잠겨 있는 자신을 발견했다. 찰스는 아마 무슨 짓이라도, 아무리 잔인한 짓이라도 할 수 있을 테고, 또 모든 사람에게 순진하고 수줍은 듯한 똑같은 미소를 지어 보이면서 속일 수도 있을 거라는 생각이 들었다. 제러드만 제외하고는……. 그는 자기 아버지를 죽였을 수도 있다. 그런 일이 가능하지 않다면, 제러드가 그런 식으로 추측하지도 않았을 것이다. 자기는 지금 살인자와 마주보고 앉아 있는지도 모른다. 갑자기 마치 달아나기라도 하듯이 자리에서 불쑥 일어서면서 앤은 공포가 확 밀려오는 것을 느꼈다. 그녀는 접시를 치우기 위해 얼른 나갔다. 브루노는 자기가 미리엄을 얼마나 싫어하고 있는지를 소름끼치고 잔인할 정도로 재미있어 하면서 이야기했었다. 아마 미리엄을 살해하는 것을 즐겼는지도 모른다는 생각이 들었다. 브루노가 미리엄을 죽였는지도 모른다는 희미한 의심이 마치 바람에 날려가는 낙엽처럼 그녀의 머리를 스치고 지나갔다.
"그러니까 당신은 거이를 만난 뒤 산타 페로 여러 번 갔던 거군요?" 그녀는 부엌에서 마치 중얼거리듯이 말했다.
"그래요."
브루노는 커다란 녹색 안락의자에 다시 깊숙이 앉았다. 앤이 찻숟가락을 떨어뜨려서 타일 바닥에 시끄럽게 부딪치는 소리가 났다. 이상한 일은 찰스는 무엇을 말하고 무엇을 물어 보든지 별 상관이 없는 것처럼 보이는 것이라고 그녀는 생각했다. 어떤 것도 그를 놀라게 하지는 못할 것이다. 그러나 그것이 그에게 말을 거는 것을 더 쉽게 만드는 것이 아니라, 오히려 자기를 더욱 불안하게 만들어서 빠져나가고 싶다는 느낌이 들게 했다.
"메트카프에 가 본 적이 있으세요?"
앤은 자기 목소리가 칸막이 벽 부근에서 크게 울리는 것을 들었다.
"아뇨." 하고 브루노는 대답했다.
"아뇨, 못 가봤습니다. 난 언제나 한번은 가보고 싶었답니다. 당신은요?"
브루노는 벽난로 선반 위에 올려놓은 커피를 마셨다. 앤은 소파 위에 앉아 있었다. 그녀가 고개를 뒤로 젖히고 있어서 조그만 주름이 달린 칼라 위로 보이는 목의 곡선이 아주 가볍게 보였다. 앤은 자기에겐 빛과 같은 존재라고 거이가 말한 적이 있었던 게 브루노는 생각났다. 만일 자기가 앤의 목도 졸라 죽여 버린다면, 그때는 거이와 그는 정말 함께 지낼 수 있을 것이다. 브루노는 그런 생각을 한 자기에게 얼굴을 찡그리고 나서 다시 웃어 보이고는 발을 옮겼다.
"뭐가 우스운 거죠?"
"그냥 잠시 뭘 좀 생각했죠." 하며 그는 미소를 지었다.
"거이가 늘 말하던 모든 것의 이중성에 관해 생각해 봤어요. 긍정적인 것과 부정적인 것이 나란히 있다는 거죠. 모든 결정 사항에는 거기에 반대되는 이유가 있죠."

그는 자기가 거칠게 숨을 내쉬고 있음을 갑자기 깨달았다.

"모든 것에 양면성이 있다는 말이죠?"

"오, 아닙니다. 너무 간단해요!"

여자들은 어느 때는 정말 조심스러워!

"사람들, 감정들, 모든 것이요! 이중성이죠! 각자 한 사람 속에는 두 사람이 있어요. 정확히 당신과 반대되는 사람도 있지요. 마치 보이지 않는 당신의 일부처럼 말입니다. 이 세상 어딘가에 있지요. 그리고 덤불 속에서 기다리지요."

거이가 한 말을 자기 입으로 옮기는 것은 브루노를 감동시켰다. 거이는 그 두 사람은 또한 운명적인 적(敵)이기도 하다고 말했다. 거이는 그 두 사람을 거이 자신과 브루노를 의미하고 있었다. 그래서 브루노는 그 말을 듣고 싶어하지 않았다.

앤은 소파 등받이에서 천천히 고개를 들었다. 마치 거이가 말하는 것처럼 들렸지만, 거이는 한 번도 그녀에게 그와 같은 이야기를 한 적이 없었다. 앤은 지난 봄에 받아 본, 이름을 밝히지 않은 편지 생각이 났다. 찰스가 쓴 게 분명했다. 거이가 숲덤불 이야기를 했을 때도 찰스를 말한 게 틀림없다. 거이가 그토록 난폭하게 대한 사람은 찰스밖에는 아무도 없었다. 증오와 헌신이 엇갈리며 번갈아 오도록 하는 사람은 바로 찰스임이 분명했다.

"모두 선하고 악하다는 것이 아니라, 그게 어떻게 행동 속에서 잘 나타나느냐 하는 거죠." 하며 브루노는 쾌활하게 이야기해 나갔다.

"그건 그렇고, 내가 거지에게 1,000달러를 준 일을 잊어버리지 말고 거이에게 말을 해야 합니다. 나는 항상 이야기를 해왔었지요. 내 돈이 생기면 1,000달러는 거지에게 주겠다고 말입니다. 그래서 난 그대로 했죠. 하지만 거지가 내게 감사나 한 줄 아세요? 그 돈이 진짜라는 걸 증명하는 데 20분이나 걸렸다고요! 내가 은행에 가서 100달러짜리로 바꿔 와서 줘야만 했다니까요! 그러더니 마치 내가 미쳤다고 생각하는 것 같더라고요!"

브루노는 시선을 떨군 채 머리를 가로저었다. 그는 잊지 못할 경험이 될 것이라 믿었다. 그리고 얼마 뒤 자기가 그 거지를 다시 보게 되었을 때 그는 브루노를 유감스럽다는 듯이 바라보았다. 여전히 똑같은 길 한구석에서 구걸하면서. 브루노가 자기에게 또 1,000달러를 가져다 주지 않았다고 책망하듯이!

"내가 무슨 이야기를 하고 있었죠?"

"선과 악에 관한 것이었어요." 하고 앤이 말해주었다.

그녀는 브루노에게 넌더리가 났다. 앤은 거이가 브루노에 관해 갖는 모든 느낌을 이해할 수 있었다. 그러나 그녀는 여전히 왜 거이가 브루노를 참고 있는지는 알 수가 없었다.

"아, 그랬었죠. 선과 악은 행동 속에서 나타나죠. 그러나 가령 살인자들을 예로 들어 봅시다. 법정에서 그들을 벌한다고 그 사람들이 더 선하게 되지는 않을 거라고 거이는 그러더군요. 모든 사람은 자기 자신이 법정이 되어 충분할 정도의 벌을 자신에게 가해야 한다고요."

브루노는 웃었다. 브루노는 너무 긴장해 있었기에 지금 그녀의 얼굴을 제대로 볼 수가 없었지만, 그는 앤에게 자기와 거이가 나누었던 이야기들을, 조그만 비밀에 이르기까지 모든 것을 말해 주고 싶었다.

"양심이 없는 사람들은 자신들을 벌을 주지도 않겠죠, 안 그래요?" 하고 앤이 물어 보았다.

브루노는 천장을 올려다보았다.

"그 말이 맞아요. 어떤 사람들은 너무 멍청해서 양심도 없고, 또 다른 어떤 사람들은 너무 사악하기 때문에 양심이라는 걸 지닐 수도 없죠. 보통 멍청한 작자들은 결국 잡히게 마련이죠. 그러나 거이의 부인을 죽인 살인자와 우리 아버지를 죽인 살인자 둘을 예로 들어 봐요." 브루노는 진지하게 보이려고 애를 썼다.

"그들 두 사람은 아마 틀림없이 상당히 영리한 사람들일 거예요. 그렇게 생각되지 않아요?"

"그러니까 그 살인범들은 양심은 있으나 붙들릴 가치는 없다는 거 아닌가요?"

"아, 그런 말은 아니죠. 그럼요, 물론 아닙니다! 하지만 그들이 조금도 고통을 받지 않는다고는 생각지 말아요. 그들 나름대로 고통을 당하고 있으니까요!"

브루노는 다시 웃었다. 그는 정말로 너무 긴장하고 있었기 때문에 자기가 무슨 말을 하고 있는지 알 수 없었다.

"그 범인들은 단순한 미치광이들은 아니죠. 거이의 부인을 죽인 살인범이라고 경찰이 말하는 그런 미치광이는 아닙니다. 그것은 수사 당국이 가짜 범죄학에 관해서 얼마나 모르고 있는가를 보여 주고 있는 증거죠. 그런 범죄는 사전에 계획을 짠 겁니다."

브루노는 청천벽력과도 같이 다음 사실이 기억났다. 자기가 미리엄을 죽일 때는 전혀 계획을 짜지도 않았으며, 단지 아버지의 살해 계획만 짰었다는 사실이 생각난 것이다. 후자는 방금 브루노가 이야기한 논점을 충분히 예증해 주고 있었다.

"왜 그러시죠?"

앤은 자기의 차가워진 손가락을 이마에 갖다 댔다.

"아무것도 아니에요."

브루노는 거이가 만든, 벽난로 한쪽의 바에서 하이볼을 가져다가 앤에게 주었다. 브루노는 자기 집에도 이것과 똑같은 바가 있었으면 좋겠다고 생각했다.

"지난 3월에 거이는 대체 어디서 얼굴에다 온통 긁혀 가지고 온 거죠?"

"긁혔다뇨?"

브루노는 앤을 돌아다보았다. 앤이 자기의 긁힌 상처에 관해서는 알지 못한다고 거이가 말했었던 것이다.

"긁힌 정도가 아니에요. 벤 자국이었어요. 게다가 머리에는 타박상까지 입었고요."

"난 못 봤는걸요."

"거이가 당신과 싸운 게 아닌가요?"

브루노는 눈에다 핏발을 세우고 이상하게 눈을 번쩍이면서 그녀를 빤히 바라보았다. 그녀는 이제 미소를 짓고 있을 만큼 자신을 속이려 들지도 않았다. 그녀는 확신했다. 그녀는 찰스가 방을 가로질러 뛰어와서는 자기를 두들겨 팰지도 모른다는 생각이 들긴 했지만, 시선을 브루노에게 고정시킨 채 바라보고 있었다. 만일 자기가 제러드에게 그 이야기를 했더라면, 그 싸움이 찰스가 살인범을 알고 있다는 사실의 증거가 되리라고 그녀는 생각했다. 그때 앤은 찰스의 얼굴에서 미소가 되살아나는 것을 보았다.

"아닙니다!"

그는 웃으면서 자리에 앉았다.

"어디서 긁혔다고 하던가요? 3월에 난 거이를 만나지도 않았는걸요. 그 당시에 난 이곳에 없었지요."

브루노는 일어났다. 그는 갑자기 위가 좋지 않음을 느꼈다. 그 질문들이 아니라, 그의 위가 문제였다. 지금 그가 또다시 발작을 일으키게 되면 어쩌겠는가? 아니면 내일 아침에라도 그런다면? 그는 기절해서는 안 되었고, 앤이 아침에 일어나서 자기가 발작하는 것을 보아서도 안 되었다!

"빨리 집에 가는 게 좋겠군요." 하고 그는 중얼거리듯이 말했다.

"왜 그러죠? 어디가 아파요? 얼굴이 창백한데요."

그녀는 자기를 걱정하고 있는 게 아니었다. 브루노는 앤의 목소리로 알 수 있었다. 그의 어머니말고는 어떤 여자가 그를 걱정해 준 적이 있는가?

"앤, 정말 너무 고마웠어요, 종일…… 하루 종일 말입니다."

앤이 그에게 외투를 가져다 주자 브루노는 비틀거리며 문을 열고 나가 차를 세워둔 모퉁이 쪽으로 이빨을 덜덜거리며 걷기 시작했다.

몇 시간 뒤에 거이가 집에 왔을 때에는 온 집 안이 어두웠다. 그는 거실을 기웃거리다가 담배꽁초가 벽난로 옆 바닥에 떨어져 있는 것과 담배 파이프의 휘어진 부분이 비스듬히 탁자 끝에 놓여 있는 것, 소파 위의 조그마한 베개가 움푹 들어가 있는 것 등을 발견했다. 앤과 테디, 아니면 크리스나 헬렌 헤이번이 이렇게 괴상하게 어질러 놓을 리는 없었다. 자기가 모르는 사람?

거이는 응접실로 뛰어 올라갔다. 브루노는 그곳에 없었지만, 그는 침대 탁자 위에 마구 둘둘 말아놓은 신문과 그 옆에 1다임과 2페니가 놓여져 있는 것을 보았다. 새벽이 밝아오고 있었다. 마치 저번 날 그 새벽처럼. 그가 창문에서 등을 돌려버리자, 억누르고 있던 숨소리가 마치 흐느낌처럼 새어 나왔다. 이런 짓을 해서 앤은 어쩌겠다는 건가? 어떤 때보다도 지금은 참아내기 힘들었다. 그 자신의 반은 캐나다에 있었고, 나머지 절반은 이곳에 있었던 것이다. 브루노에게 꽉 잡힌 채. 브루노는 경찰에게는 흔적도 남기지 않았다. 경찰은 그를 어쩌지 못할 것이다! 그러나 그의 행동은 이번에는 너무 지나쳤다. 이제 더 이상 참는다는 것은 불가능했다.

거이는 침실로 가서 앤 옆에 무릎을 꿇고 키스를 해서 앤을 깨웠다. 앤의 팔이 자기를 두르는 것을 느낄 때까지 거이는 겁에 질린 듯이 거칠게 그녀에게 키스를 해댔다. 앤의 가슴을 덮고 있는 침대 시트를 구겨 놓으며 그는 얼굴을 묻었다. 마치 사방에서, 그들 두 사람의 온 사방에서 고함을 지르며 흔들어대는 폭풍이 몰아치고 있는 것처럼. 앤만이 유일하게 폭풍의 영향을 받지 않는 것처럼 여겨졌다. 또한, 그 한가운데에 있는 앤의 숨소리는 온전한 정신을 지닌 세상의 정상적인 맥박을 유일하게 가르쳐 주고 있는 것 같았다. 그는 눈을 감은 채 옷을 벗었다.

"당신이 보고 싶었어요."

이것이 앤이 말한 첫마디였다.

거이는 침대 발치 가까이에서, 주먹을 쥐고 있는 손을 잠옷 호주머니에 찔러 박은 채 서 있었다. 여전히 그는 긴장하고 있었고, 조금 전의 그 모든 폭풍우가 이제는 자기 속으로 모아져 그가 폭풍의 중심이 된 것만 같았다.
 "난 사흘 동안 여기 있게 될 거야. 보고 싶었어?"
 앤은 침대에서 조금 몸을 일으켰다.
 "왜 날 그런식으로 쳐다보는 거죠?"
 거이는 대답하지 않았다.
 "난 단지 한 번 그를 만났을 뿐이에요, 거이."
 "대체 왜 그를 만났지?"
 "왜냐하면……."
 앤의 뺨이 그녀의 어깨 위에 생긴 점만큼이나 붉게 달아올랐다. 거이의 수염이 그녀의 어깨에다 긁어 놓은 자국이었다. 거이는 전에는 이런 식으로 앤에게 말하지 않았다. 그녀가 자기의 질문에 대해 이치를 따져 가며 말대꾸를 하자 거이는 화가 치밀어 올랐다.
 "왜냐하면 그가 지나가다가 들렸기 때문이에요."
 "언제나 지나다가 들르는군 그래. 그는 언제나 전화를 걸고."
 "왜요?"
 "그가 여기서 잤잖아!" 하고 거이는 소리를 질렀다.
 앤이 고개를 약간 들어올리자 그녀의 눈썹이 가늘게 떨렸다.
 "그래요. 그저께 밤이었어요."
 그녀의 흔들리지 않는 음성이 거이에게는 도전적으로 들렸다.
 "늦게 왔더군요. 그래서, 내가 자고 가라고 했던 거예요."
 거이는 캐나다에 있을 때, 브루노가 단지 앤이 거이에게 속해 있다는 이유만으로 그녀에게 접근할지도 모르며, 앤은 거이가 말해 주지 않는 일을 알아내려고 브루노를 부추길지도 모른다는 생각을 했었다. 브루노가 정도를 지나쳤기 때문이 아니라, 단지 브루노의 손이 앤에게 다가갔고, 앤도 그것을 그냥 내버려두었으리라는 생각 때문에—게다가 앤이 그걸 허용하고 있는 바로 그 이유 때문에 거이는 무척 괴로웠다.

"그리고 어제 저녁에도 왔잖아?"
"그게 왜 그리도 당신을 못살게 구는 일이죠?"
"그는 위험한 사람이기 때문이야. 반은 미치광이란 말이야."
"난 그게 당신을 못살게 구는 이유가 아니라고 생각해요."
앤은 전과 같이 똑같이 느릿하고 흔들리지 않는 목소리로 말했다.
"난 당신이 왜 그 사람을 감싸고 도는지 모르겠어요. 거이, 내게 편지를 보냈던 사람도 브루노였고, 지난 3월에 당신을 거의 미치게 하다시피 만든 사람도 바로 브루노라는 것을 당신이 왜 인정하지 않는지 모르겠다고요."
거이는 자신의 죄를 방어하느라 굳어져 버렸다. 그는 브루노를 변호해야겠다고 생각했다. 브루노를 변호해야지! 브루노가 앤에게 편지를 보냈다는 사실을 인정했을 리가 없다는 것을 거이는 알고 있었다. 단지 앤도 제러드처럼 다른 여러 가지 사실들을 가지고 조립하며 맞추고 있는 중인 것이다. 제러드는 포기했지만 앤은 결코 그러지는 않을 것이다. 앤은 알아낼 수 없는 조각들을 가지고 맞추어 나가고 있었고, 그 조각들은 그 사건의 그림을 만들어낼 만한 것들이었다. 그러나 그녀는 아직 그 그림을 찾지 못했다. 시간이 좀 걸릴 것이다. 좀더 많은 시간이……. 거이를 괴롭히고 고통스럽게 만들 더 많은 시간이! 거이는 지치고 굳어 버린 채 창문 쪽으로 몸을 돌렸다. 너무나도 지쳐 버려 얼굴을 가릴 수도, 머리를 숙일 수도 없었다. 어저께 브루노와 어떤 이야기들을 했었는지 앤에게 물어 보고 싶지는 않았다. 거이는 그들이 무슨 이야기를 했는지를, 앤이 얼마나 많은 것을 알아냈는지를 정확하게 '느낄 수' 있었던 것이다. 갑자기 그는 이런 식으로 숨기고 있음으로써 고통을 받기로 된 어떤 일정한 시간이 있는 것처럼 여겨졌다. 그 기간은 모든 논리적인 예상을 뛰어넘어 근근히 이어져 왔다. 마치 목숨이 치명적인 병과 대항해내는 것과 같았다. 그것뿐이었다.
"거이, 내게 말해 주세요."
앤은 조용히 말했다. 이제는 그에게 부탁하는 식이 아니었다. 그녀의 목소리는 또 다른 일정한 길이의 시간을 알려 주는 종이 울리는 소리였을 뿐이다.

"말해 주시겠어요?"

"당신에게 이야기하게 될 거야."

그는 여전히 창을 바라보면서 대답했다. 그는 자신이 무슨 말을 하고 있는지 알고 있었고, 자기를 믿었다. 밝은 빛과 같은 것이 그를 가득 채워 주었다. 거이는 앤이 자기의 얼굴 반쪽에서, 자기의 완전한 존재 속에서 그것을 보아야만 한다는 확신이 들었다. 비록 얼마 동안 창문턱에 비치는 햇빛에서 눈을 뗄 수는 없었지만, 그의 첫번째 생각은 자기가 그 사실을 그녀와 함께 알고 있어야 한다는 것이었다. 그 밝은 빛은 암흑을 들어 올려 주며, 마음을 괴롭히던 무거운 짐도 동시에 덜어 주는 것이라고 그는 생각했다. 그는 앤에게 이야기할 것이다.

"거이, 이리 오세요."

앤은 팔을 벌리며 그에게 내밀었고, 그는 그녀 옆에 앉아 그녀에게 팔을 두르고 꼭 안았다.

"아기가 생길 거예요." 하고 그녀는 말했다.

"우리 기뻐하도록 해요. 거이, 기뻐해 주실 거죠?"

거이는 그녀를 쳐다보면서, 갑자기 행복감과 놀라움으로 부끄러워하고 있는 앤과 함께 즐겁게 웃어대고 싶었다.

"아기라고!"

그는 속삭였다.

"당신이 여기 있는 며칠 동안, 우리 뭘 할까요?"

"앤, 언제지?"

"오래 걸리지는 않을 거예요. 아마 5월일 것 같아요. 내일 우리 뭘 하죠?"

"요트를 타러 가도록 하지. 너무 파도가 거칠지 않다면 말이야."

그리고 어리석게도 음모를 꾸미고 있는 듯한 자기 목소리 때문에 거이는 크게 웃어 버렸다.

"오, 거이!"
"뭐야, 울고 있는 거야?"
"당신이 웃는 소리를 들으니 너무너무 좋아요!"

제 45 장

　토요일 아침에 브루노가 전화를 걸어 거이가 앨버타 일을 맡게 되어 축하한다고 말했다. 브루노는 앤과 함께 저녁 파티에 올 수 있는지 물었다. 브루노는 우쭐거리는 목소리로 그를 다그쳤다.
　"내 개인 전화로 걸고 있는 거예요, 거이. 제러드는 아이오와 주로 돌아갔다고요. 이봐요, 거이, 당신에게 새로 이사온 집을 보여 주고 싶어요."
　그리고 나서 브루노는, "앤 좀 바꿔 주시겠어요." 하고 말했다.
　"앤은 지금 나가고 없어."
　거이도 수사가 끝났다는 것을 알았다. 경찰에서 그에게 통고를 했고, 제러드도 고마웠다는 말과 함께 그 사실을 알려 주었다.
　거이는 밥 트리처와 함께 아침을 먹고 있던 거실로 되돌아왔다. 밥은 거이보다 하루 일찍 뉴욕에 비행기로 왔었고, 거이는 주말 동안 밥을 초대했다. 그들은 앨버타에 관한 이야기며, 함께 댐 일을 맡은 사람들 이야기며, 지형이나 연어 낚시 등 머리에 떠오르는 대로 이야기를 나누었다. 밥이 캐나다식 불어 사투리로 이야기해 준 농담에 거이는 큰소리로 웃었다. 그 날은 상쾌하고 맑은 11월의 아침이었다. 앤이 시장을 보고 돌아오면 차를 타고 롱아일랜드에 가서 배를 타기로 되어 있었다. 거이는 마치 소년처럼 밥과 함께 휴가를 보내는 게 너무나도 신이 났다. 밥은 캐나다와 그곳의 일을 상징하고 있었다. 거이는 자기가 새 일거리를 맡은 것이, 브루노가 결코 따라 들어올 수 없는 자기만의 큰방으로 들어가 버린 것처럼 느껴졌다. 그리고 곧 아이가 생기게 된다는 사실은 거이에게 무한한 자비심과 신비로운 우월감을 느끼게 해주었다.
　앤이 막 문으로 들어왔을 때 전화가 걸려 왔다. 거이가 일어섰지만 앤이 전화를 받았다. 그는 막연하게 브루노가 언제나 전화를 거는 적당한 때를 정확히 알고 있다는 생각이 들었다. 그런데 믿을 수 없게도 화제가 그 날 오후 요트 타러 가는 이야기로 흘러가고 있었다.

"그럼 함께 가도록 해요." 하고 앤이 말했다.

"오, 당신이 꼭 뭘 가져와야겠다고 자꾸 그러시면 맥주가 좋을 것 같군요."

거이는 밥이 자기를 이상하다는 듯이 빤히 바라보고 있는 것을 알았다.

"무슨 일인가?"

밥이 물었다.

"아무것도 아닙니다."

거이는 다시 앉았다.

"찰스예요. 거이, 그가 와도 괜찮지요?"

앤은 시장 바구니를 들고 재빨리 방으로 건너 걸어가 버렸다.

"목요일 날, 우리가 가게 되면 자기도 함께 가고 싶다고 그러더군요. 하지만 실제로는 내가 그를 부른 셈이에요."

"괜찮아."

거이는 여전히 그녀를 바라보면서 말했다. 앤은 오늘 아침 쾌활하고 행복감에 도취되어 있었기에 누구의 부탁도 거절하지 못할 것처럼 보였다. 그러나 브루노를 부른 데에는 그 이상의 뭔가가 있다는 것을 거이는 알고 있었다. 앤은 그들 두 사람이 다시 함께 있는 것이 보고 싶었던 것이다. 그녀는 기다리고 있을 수가 없었다. 오늘조차도. 거이는 신경질이 나는 것을 느끼고는 재빨리 자신에게 말했다.

'그녀는 알지 못하고 있어. 알 수도 없지. 어쨌든 이 모든 건 다 내가 절망적으로 만들어 놓은 구렁텅이잖아. 모든 게 다 내 잘못인걸.'

거이는 이렇게 해서 화를 가라앉혔다. 그는 종일 똑같은 상태로 자신을 억제하기로 마음먹었다.

"이봐, 자넨 옛날처럼 그렇게 커피광은 아니군. 그 땐 하루에 10잔도 더 마셨지?"
 밥이 자기 커피잔을 들고 만족스러운 듯이 마시며 말했다.
 "네, 그랬었죠."
 거이는 잠을 자기 위해서 커피를 완전히 끊었다가, 요즘엔 아예 싫어졌다.

 거이는 헬렌 헤이번을 데려가기 위해서 맨해튼에서 잠시 멈추었다가 트리보로 다리를 건너 롱아일랜드로 갔다. 겨울 햇살은 해변가를 맑게 비추고 있었고, 물결이 이는 위로 신경질적인 빛이 번쩍이기도 했다. 인디아 호는 빙산처럼 닻을 내리고 있다는 생각을 하며, 거이는 그 요트의 흰색이 여름을 수놓았던 때를 기억해 보았다. 그가 주차장 모퉁이를 돌았을 때, 브루노의 밝은 남색 자동차가 보였다. 브루노가 탔던 회전목마가 선명한 남색이었다고 말한 것이 거이는 기억났다. 그게 바로 그 차를 산 이유라고 생각되었다. 거이는 브루노가 선창 차고 아래에 서 있는 것을 보았다. 그의 머리만 빼고는 브루노의 모든 것이 보였다. 길고 검은 외투, 조그만 구두, 주머니에 손을 넣고 있는 팔, 걱정스러운 듯 기다리고 있는 낯익은 모습.
 브루노는 맥주꾸러미를 집어들고는 쑥스러운 미소를 띠며 차 가까이로 걸어왔다. 그러나 멀리에서도 거이는 금방이라도 폭발해 버릴 것 같은 울적한 기분을 느낄 수 있었다. 그는 그의 차와 똑같은 남보라색 머플러를 두르고 있었다.
 "안녕하세요, 거이. 그동안 당신을 만나고 싶었습니다."
 브루노는 앤에게 도와 달라는 듯이 그녀를 슬쩍 보았다.
 "만나서 반가워요!" 하고 앤은 말했다.
 "이쪽은 트리처 씨이고, 이쪽은 브루노 씨⋯⋯."
 브루노는 인사를 했다.
 "거이, 오늘 밤 파티에 올 수 없겠어요? 꽤 큰 파티예요. 여러분 모두 오세요, 어때요?"

브루노의 희망적인 미소는 헬렌과 밥도 포함시켰다.
헬렌은 바쁘다고 말하고는, 그렇지만 않다면 자기는 정말 가고 싶다고 했다. 차를 잠그면서 거이가 헬렌을 슬쩍 쳐다보니, 그녀는 브루노의 팔에 기댄 채 신발을 갈아 신고 있었다. 브루노는 떠날 것 같은 태도로 맥주꾸러미를 앤에게 건네 주었다.
헬렌의 블론드 눈썹이 당황한 듯이 찌푸려졌다.
"당신도 우리랑 함께 가는 거 아닌가요?"
"난 옷도 제대로 입지 않았는데요."
브루노는 조심스럽게 미안하다는 의사를 나타냈다.
"오, 요트 위에 방수복이 많이 있어요." 하고 앤이 말했다.
그들은 선창가에서 거룻배를 타야만 했다. 거이와 브루노가 서로 젓겠다고 완강히 버텼다. 결국에는 헬렌의 제안으로 둘이 모두 노를 젓기로 했다. 거이는 깊숙이 크게 노를 저었고, 브루노는 배 중간에서 거이와 나란히 앉아 조심스럽게 보조를 맞추었다. 그들이 인디아 호 가까이 다가감에 따라 브루노가 이상하게도 흥분해 가고 있는 걸 거이는 느낄 수 있었다. 브루노의 모자가 두 번이나 바람에 날아갈 뻔했다. 브루노는 나중엔 일어서서는 모자를 바다 속에다 멋지게 던져 넣어 버렸다.
"난 모자는 정말 싫어해요!"
거이를 힐끗 보면서 브루노가 말했다.
물이 이따금 조타실까지 튀어 올라왔는데도 브루노는 방수복을 입으려 들지 않았다. 돛을 올리기에는 바람이 너무 불고 있었다. 인디아호는 밥이 키를 잡고 엔진이 가동되어 후미로 들어갔다.
"거이에게 건배!" 하고 브루노가 소리쳤다.
오늘 아침 전화로 이야기한 뒤에 거이가 느꼈던, 그 괴상하고도 억눌린 듯 발음이 똑똑하지 않은 바로 그 목소리였다.
"축하해요, 축하!"
브루노는 아름답게 과일로 장식한 은색 술병을 들고 와서는 앤에게 주었다. 그는 언제 옳은 시간을 쳐야 하는지 알 수 없는 약간 이상하고도 강력한 시계 같았다.
"나폴레옹 브랜디죠. 최고급이에요."
앤은 거절했지만 헬렌은 벌써 추위를 느끼는지 약간 마셨고, 밥도 마셨다. 거이는 방수복을 입은 채 앤의 장갑 낀 손을 붙잡고 있었다. 거이는 브루노에 관해서도 앨버타에 관해서도, 바다에 관해서도, 어떤 것에 관해서도 생각하지 않으려고 애썼다. 그는 브루노를 기분좋게 해주려고 애쓰고 있는 헬렌과 배의 조타륜 앞에서 약간 당황한 듯이 미소를 짓고 있는 밥의 모습에서 역겨움을 느꼈다.
"누구 '포기 포기 듀'라는 노래 아는 사람 없어요?"
소매에 튄 물방울을 털어내면서 브루노가 물었다. 은색 술병을 딴 뒤로 브루노는 자기 주량을 넘게 마셔서 취기가 돈 듯했다.
브루노는 난처했다. 어느 누구도 더 이상은 그가 특별히 가져온 술을 마시려 하지 않았고, 아무도 노래를 부르고 싶어하지도 않았기 때문이다. '포기 포기 듀'는 처량하고 울적하게 만든다고 헬렌이 말해서 브루노의 기분을 짓뭉개 버렸다. 그는 그 노래를 무척 좋아했다. 그는 노래를 부르거나 소리를 지르거나, 아니면 무슨 짓이라도 하고 싶었다. 언제 또 그들이 모두 함께 지금처럼 모일 수 있겠는가? 자기와 거이, 앤, 헬렌, 그리고 거이의 친구. 그는 몸을 비틀면서 모퉁이에 있는 자기 의자에서 일어나 주위를 둘러보았다. 굽이치는 파도 위로 나타났다가 사라지는 가느다란 수평선이 보였고, 그들 뒤로는 육지가 멀어지고 있었다. 그는 돛대 꼭대기에 걸린 삼각기를 보려고 애를 썼지만, 돛대가 흔들리는 바람에 머리가 어지러웠다.
"언젠가는 거이와 난 젤라틴 공 같은 이 세상을 리본으로 묶어 버릴 거예요!" 하고 큰소리쳤지만 아무도 귀를 기울여 주지 않았.
헬렌은 손을 공 모양으로 내저으며 앤에게 이야기를 하고 있었고, 거이는 모터에 관해 밥에게 무어라 설명을 해주고 있었다. 거이가 몸을 굽혔을 때 그의 이마의 주름이 여느 때보다 더 깊은 것처럼 보였고, 눈은 보통 때보다 더 슬퍼 보인다고 브루노는 생각했다.
"아무것도 생각하지 말아요!"
브루노는 거이의 팔을 흔들었다.
"오늘 같은 날 그렇게 심각해하고 있어야만 하나요?"
헬렌은 거이가 언제나 심각해한다고 무어라 늘어놓기 시작했으나, 브루노가 크게 웃는 바람에 그녀의 소리는 들리지도 않았다. 헬렌은 거이가 왜 심각해하는지 전혀 모르고 있었기 때문이었다. 브루노는 앤의 미소에 고마워하며 자기도 웃어 보여 주고는 다시 술병을 꺼냈다.
그러나 여전히 앤은 마시려 하지 않았고 거이도 마찬가지였다.
"거이, 난 특별히 이걸 당신에게 주려고 가지고 온 거라고요. 난 당신이 좋아하리라고 생각했는데."
브루노는 마음이 상한 듯이 말했다.
"거이, 좀 마셔 봐요." 하고 앤이 말했다.
거이는 잔을 받아 조금 마셨다.
"거이에게 건배! 천재 친구, 그리고 나의 파트너에게!" 하고 말하면서 브루노는 뒤따라 마셨다.
"거이는 천재예요. 다들 알고 있죠?"
브루노는 다른 사람들을 둘러보다가, 갑자기 그들 모두를 바보 멍텅구리라고 부르고 싶었다.
"그럼요." 하고 밥이 동의하며 말했다.
"당신은 거이의 오랜 친구이니까, 당신을 위해서 건배!"
브루노는 잔을 들어올렸다.
"고맙소. 대단히 오래된 친구죠. 가장 오래된 친구 사이예요."
"얼마나 오래 되었는데요?"
브루노는 도전적으로 말했다.
밥은 거이를 힐끗 보면서 웃었다.
"한 10년 남짓 되지요."
브루노는 얼굴을 찡그렸다.

"난 거이를 일생 동안 줄곧 알았어요." 하고 브루노는 부드러우면서도 위협적으로 말했다.

"물어 봐요."

거이는 자기가 꼭 붙들고 있는 손을 앤이 빼려 한다는 것을 느꼈다. 그는 밥이 킬킬거리며 웃고 있는 것을 보았다. 거이는 어찌해야 좋을지 몰랐다. 땀이 흘러내려 그의 이마를 싸늘하게 만들었다. 언제나 그랬던 것처럼 냉정함이 조각조각 떨어져 나가 그에게서 떠나가 버렸다. 왜 그는 항상 이번 한 번만 더 참자고 하며 브루노에게 기회를 주는가?

"거이, 어서 저분에게 내가 당신의 가장 절친한 친구라고 말해줘요."

"그래."

거이가 말했다. 거이는 앤이 긴장한 미소를 지은 채 잠자코 있음을 의식했다. 이제 그녀가 모든 것을 알게 된 것은 아닐까? 단지 자기와 브루노가 인정하기를 기다리고 있는 게 아닐까? 그리고 나서는 갑자기 마치 지난번 금요일 저녁 다방에서 보낸 순간 같다고 생각했다. 그때 거이는 자기가 하려는 일을 모두 앤에게 이미 이야기해 버렸다고 느꼈던 것이다. 거이는 자기가 그녀에게 말하려 했다는 것을 기억해냈다. 그러나 아직까지도 그녀에게 말하지 않았다. 거이는 브루노가 또다시 자기 주위에서 맴돌고 있다는 것이 자기가 머뭇거리고 있는 것을 통렬히 비난하는 것이라고 여겨졌다.

"그래요, 난 분명히 미쳤죠!"

브루노는 1인치 정도 떨어져 의자에 앉아 있는 헬렌에게 소리를 질렀다.

"온 세상 위에 올라타고 채찍을 휘둘러 댈 만큼 미쳤죠! 내가 세상을 채찍질했다고 생각하지 않는 사람이 있다면, 난 그와 사적으로 문제를 해결해 볼 거예요!"

브루노는 웃어댔다. 그 웃음이 자기 주위의 흐리멍덩하고 멍청한 얼굴들을 당황하게 만들고, 그들을 자기와 함께 웃게끔 속이는 것을 그는 보았다.
"원숭이들!"
브루노는 신이 나서 그들에게 내뱉었다.
"저 사람은 누구야?"
밥이 거이에게 속삭이듯이 물었다.
"거이와 난 슈퍼맨이라고요!"
"당신은 슈퍼맨 같은 술꾼이에요." 하고 헬렌이 말했다.
"그렇지 않아요!"
브루노는 한쪽 무릎까지 밀어 제쳐 버렸다.
"찰스, 진정해요!" 하고 말하며 앤은 여전히 웃어 보이려고 했다. 브루노는 씩 웃었다.
"내가 술을 마시는 것에 관해 그녀가 한 말에 반대하는 것뿐이에요!"
"이 두 사람이 무슨 말을 하고 있는 거야?" 하고 헬렌이 물었다.
"두 사람 다 증권 시장에서 돈을 벌어 본 적 있어요?"
"증권 시장? 욱—!"
브루노는 말을 중단해 버렸다. 자기 아버지 생각이 났던 것이다.
"이—후—우! 난 텍사스 인이다! 거이, 메트카프에서 회전목마에 타 본 적이 있어요?"
브루노는 거이의 발을 툭 쳤지만 그는 일어나지도 않았고, 브루노를 쳐다보지도 않았다.
"좋아요. 앉을게요." 하고 브루노가 말했다.
"하지만 당신은 날 실망시켰어요. 당신은 날 지독하게 실망시켰다고요!"
브루노는 빈 술병을 흔들더니 요트 밖으로 던져 버렸다.
"저 사람 울고 있어요." 하고 헬렌이 말했다.
브루노는 일어나서는 조타실 밖으로 걸어나가 갑판 쪽으로 걸어갔다. 그는 모두에게서 벗어나 멀리 걷고 싶었다. 심지어는 거이에게서 조차도 멀리 가 버리고 싶었다.

"저 사람, 어디로 가는 거죠?"

앤이 물었다.

"가게 내버려 둬."

담배에 불을 붙이면서 낮은 소리로 거이가 말했다.

그때 물이 첨벙 하는 소리가 나서 거이는 브루노가 요트 밖으로 떨어졌다는 것을 알았다. 다른 사람들이 말도 꺼내기 전에 거이는 조타실을 나왔다.

거이는 방수복을 벗어 던지려고 애쓰면서 고물 쪽으로 뛰어들었다. 하지만 뒤에서 밥이 팔을 붙들고 놓아주지 않았다. 거이는 돌아서서 주먹으로 밥의 얼굴을 갈겨 버리고는 갑판에서 몸을 던졌다. 그러자 사람들 말소리와 배가 흔들리는 소리가 그치고, 거이의 몸이 물 위로 떠오르기 시작할 때까지 괴롭고 고요한 순간이 찾아왔다. 그는 아주 느린 동작으로 방수복을 벗었다. 물은 너무 차가워서 거이를 얼려 버리기라도 할 것만 같았다. 그는 물 위로 몸을 쑥 올려 보았다. 브루노의 머리가 믿을 수 없을 만큼 멀리서 보였고, 마치 반쯤 물속에 잠긴 이끼에 덮인 바위 같았다.

"거이, 저 친구에게까지 갈 수 없어!"

밥의 목소리가 울려 퍼지더니 갑자기 그의 귓전에 부딪치는 파도 때문에 끊어져 버렸다.

"거이!"

브루노가 물 속에서 불렀다. 죽어가는 탄식의 소리였다.

거이는 욕을 퍼부었다. 간신히 브루노에게까지 갈 수 있을 것 같았다. 그는 열 번째로 팔을 저어 나가고 나서는 다시 몸을 올려 보았다.

"브루노!"

그러나 이제 그는 보이지 않았다.

"저기예요, 거이!"

앤이 요트의 고물에서 가리켰다.
거이는 브루노를 볼 수 없었지만, 생각을 더듬어 헤엄쳐 나아가 팔을 넓게 벌리고는 팔을 최대로 멀리까지 뻗치고 물 속을 더듬었다. 파도가 그를 밀쳤다. 마치 악몽 속에서 움직이고 있는 것처럼 느껴졌다. 그 잔디 위에서처럼. 거이는 파도 속에서 다시 나와 헐떡거리며 숨을 쉬었다. 인디아 호는 다른 곳에 멈춰서 돌고 있었다. 왜 자기가 있는 쪽으로 방향을 돌리지 않고 있지? 그들은 상관하지도 않고 있는 것이다. 그들은 타인이었다!

"브루노!"

어쩌면 덮쳐오고 있는 파도에 가려서 보이지 않을는지도 모른다. 그는 계속해서 저어 나아가다가 자기가 방향을 잃어버린 걸 깨달았다. 파도가 그의 머리를 후려쳤다. 거이는 거대하고 사나운 바다를 저주했다. 그의 친구는 어디에 있는가? 그의 형제는 어디로 사라져 버렸는가?

그는 다시 물 속으로 들어갔다. 가능한 한 깊숙이 내려가서 우스꽝스러울 정도로 팔을 넓게 폈다. 그러나 모든 공간을 뒤덮고 메꾸어 버린 회색의 말없는 허공만이 있는 것처럼 느껴졌다. 거기서 자기는 단지 의식을 지닌 조그마한 점 하나에 불과했다. 참아내기 힘든 외로움이 그 자신의 생명까지 집어삼키려 밀려들면서 점점 더 가까이 다가왔다. 그는 필사적으로 눈을 떴다. 회색은 갈색이 되어 있었다. 자기는 흔들리는 마룻바닥 위에 놓여 있었다.

"그를 찾았어?"

몸을 일으켜 세우면서 거이는 불쑥 말했다.

"지금이 몇 시지?"

"거이, 그냥 누워 있게."

밥의 목소리였다.

"거이, 그는 물 속에 가라앉았어요." 하고 앤이 말했다.

"우리가 보았어요."

거이는 눈을 감고 울어 버렸다.
한 사람씩 차례로 그들 모두가 선실을 나가 그에게서 떠나갔다. 앤 마저도.

제46장

앤을 깨우지 않도록 조심하면서 거이는 침대에서 나와 거실로 내려왔다. 그는 커튼을 치고 불을 켰다. 녹색 커튼 사이에서 새벽이 마치 은빛이 도는 엷은 자주색 무형 물고기처럼 미끄러져 들어오고 있었다. 새벽을 몰아낼 수 있는 것은 아무것도 없었다. 그는 새벽을 기다리면서 어둠 속에 잠겨 있었다. 결국에는 침대 발치 너머로 새벽은 그에게 오게 될 것이라는 사실을 그는 알고 있었고, 또 어느 때보다도 그는 기계적으로 움직이는 것을 두려워하고 있었다. 왜냐하면 브루노가 그의 죄의 절반을 지고 있었다는 사실을 이제야 알게 되었기 때문이다. 이전에도 견뎌내기 힘들었는데, 이제 그가 어떻게 그것을 혼자서 버텨낼 수 있겠는가? 그는 자기가 해낼 수 없다는 사실을 알고 있었다.

거이는 브루노가 그렇게 갑자기, 그렇게 조용히, 그토록 격렬하게, 그리고 그토록 젊은 나이로 죽은 것이 부러웠다. 그리고 그렇게 쉽게, 브루노가 항상 말한 그런 식으로 간단하게 죽었다는 것도. 어떤 전율이 온몸에 퍼져 나갔다. 그는 안락의자에 굳은 듯이 박혀 앉아 있었다. 얇은 잠옷 아래의 그의 몸은 딱딱하게 긴장해 있었다. 거이는 항상 긴장을 깨뜨려 온 용솟음치는 어떤 에너지에 의해 자리에서 벌떡 일어나 자기가 무엇을 하려는지도 깨닫지 못하고서 작업실로 올라갔다. 그는 책상 위에 올려져 있는 매끈한 제도용지들을 바라보았다. 밥에게 주려고 스케치를 해서 남겨둔 게 네댓 장 놓여져 있었다. 그는 의자에 앉아 종이 제일 왼쪽 구석에서부터 천천히, 그러다가 점점 빨리 써 내려갔다. 미리엄의 일, 기차, 전화가 걸려온 일, 메트카프에 간 브루노, 그가 보낸 편지, 권총, 그리고 그것을 어떻게 없앴는지, 그리고 금요일 밤의 일 등을 차례로 적었다. 마치 브루노가 여전히 살아 있기라도 한 것처럼, 그를 이해할 수 있는 데 도움이 될 만한, 자기가 알고 있는 모든 세부 사항을 자세히 적었다. 커다란 종이 세 장이 빽빽할 정도로 적어 놓았다. 그는 종이를 접어 커다란 봉투에 넣고는 봉했다. 아주 오랫동안 그는 봉투를 빤히 바라보며 다소간의 안도감을 맛보면서, 이제 그에게서 떨어져 나온 그 죄악에 놀라워하고 있었다. 이전에 여러 번에 걸쳐 격렬하게 휘갈겨서 자기 죄를 인정하는 글을 쓰긴 했지만, 그것은 아무도 보게 되지 못하리라는 것을 알면서 적은 것이었고, 또 한 번도 그것을 그대로 둔 적이 없었다. 하지만 이 편지는 앤에게 보내는 것이었다. 앤이 봉투를 뜯게 될 것이다. 그녀의 손이 이 종이를 쥐고, 그녀의 눈은 한마디 한마디씩 읽어 나가게 될 것이다.

거이는 손바닥을 자기의 뜨겁게 충혈된 눈 위에 갖다댔다. 편지를 쓰느라 보낸 시간은 그를 지치게 만들어 무척 졸음이 왔다. 그의 생각은 한 곳에 고정되지 못하고 떠돌아다녔으며, 방금 자기가 적어놓은 사람들—브루노, 미리엄, 오웬 마크맨, 새뮤얼 브루노, 아더 제러드, 맥코슬랜드 부인, 그리고 앤—의 이름이 자기 마음속 언저리에서 어지럽게 왔다갔다했다. 미리엄. 이상하게도 그녀는 이전의 어느 때보다도 지금 그에게는 더 살아 있는 한 인간처럼 여겨졌다. 그는 앤에게 미리엄을 묘사해 주려고 애를 썼으며, 그녀를 평가해 보려고도 애써 보았다. 자기 자신에게 있어서의 그녀의 가치를 평가해 본 것이다. 미리엄은 앤의 기준이나 다른 어떤 사람들의 기준으로 볼 때에도 하나의 인간으로서의 상당한 가치를 지니지는 않았다는 생각이 들었다. 그러나 미리엄도 인간이었다. 새뮤얼 브루노도 한 인간으로서의 가치를 지니지 못하고 아들에게서 미움을 사고, 아내에게서 사랑을 받지 못했던 냉혹하고 탐욕스럽게 돈만 모은 인물이었다. 누가 그를 진정으로 사랑해 주었던가? 누가 진정으로 미리엄의 죽음이나 새뮤얼 브루노의 죽음으로 가슴아파 했던가? 만일 누군가 가슴아파 한 사람이 있었다면, 아마도 미리엄의 가족일 테지? 거이는 증인석에 앉아 있었던 그녀의 오빠를 머릿속에 떠올렸다. 미리엄의 오빠는 눈이 사악하고 잔인한 증오로 가득 차 있었지 슬픔을 담고 있지는 않았다. 그리고 미리엄의 어머니도 그 사악한 죄가 어느 누구에게로 떨어지든지 상관하지 않는, 슬픔과는 관계없이 아무런 감동도 받지 못하는 인물이었다. 설사 그가 진심으로 미리엄의 가족들을 만나러 가서, 그들에게 증오의 대상을 마련해 준들 그게 무슨 소용이 된단 말인가? 그들의 기분을 조금이라도 낫게 해주게 될까? 아니면 자기 기분을? 그는 그럴 것 같지는 않다고 여겼다. 만일 누군가가 진정 미리엄을 사랑했었다면—그것은 오웬 마크맨이리라.

거이는 눈에서 손을 치웠다. 그 이름이 기계적으로 그의 머릿속에서 맴돌았다. 그는 편지를 쓸 때까지도 전혀 오웬에 관해 생각해 본 적이 없었다. 오웬은 표면에 나서지 않고 뒤에 가려져 있는 희미한 모습으로 느껴졌었다. 거이는 그를 미리엄만큼의 가치도 갖지 못한 사람으로 여겨 왔었다. 그러나 오웬이 그녀를 사랑했던 것은 틀림없다. 오웬은 미리엄과 결혼하려고 했었다. 그녀는 그의 아이를 임신하고 있었다. 오웬이 그의 행복을 온통 미리엄에게 걸고 있었다고 한다면……, 거이에게는 미리엄이 이미 시카고에서 죽은 존재라고 여겨졌던 이후의 몇 달 동안 그가 느꼈던 그 슬픔을 오웬도 느꼈다고 한다면……. 거이는 법정 심문 때의 오웬 마크맨에 관해 세심한 부분에 이르기까지 모든 것을 기억해내려고 애를 썼다. 거이가 질투 때문에 범행을 저질렀을지도 모른다는 말이 나오기 전까지의 오웬의 비굴한 태도와 그의 침착하고도 간단한 대답들이 기억났다. 그의 머릿속에서 어떤 생각이 진행되고 있었는지 상상하기는 사실 불가능했다.

"오웬."

거이는 그 이름을 불러 보았다.

그는 천천히 자리에서 일어섰다. 길고 거무스름한 얼굴을 지니고 크고 구부정했던 사람이 오웬 마크맨이었다고 생각하는 순간에도 거이의 머릿속에는 어떤 느낌이 맴돌고 있었다. 자기가 마크맨에게 가서 모든 것을 다 말해버려야겠다고 문득 느낀 것이다. 자기가 그 사실을 누구에겐가 털어놔야 할 의무가 있다면, 그것은 바로 마크맨이 아닐까? 마크맨이 자기를 죽이려 한다면 죽을 것이고, 그가 원한다면 경찰을 부르든, 무슨 짓을 하든 내버려두리라. 어떻든 그는 오웬에게 모든 사실을 털어놔야만 한다. 갑자기 아주 급히 필요한 일 같았다. 당연했다. 그것이 유일하게 그가 해야 할 일이고, 또 지금 당장 해야 할 일이기도 했던 것이다. 그 일을 끝낸 뒤, 즉 그의 개인적인 의무를 다하고 난 뒤에는 법이 가하는 어떠한 처벌도 달게 받을 것이다. 그때는 자기도 준비가 되어 있을 것이다. 브루노의 죽음에 관한 조사에 답변을 마치고 난 뒤에 오늘 기차를 탈 수 있으리라. 경찰에서는 오늘 아침 앤과 함께 역으로 와 달라고 했다. 재수만 좋다면 오늘 오후에는 비행기를 탈 수 있을지도 모른다. 오웬이 어디에 살고 있더라? 휴스턴이었다. 오웬이 여전히 그곳에서 살고 있다면 꼭 만나게 되겠지. 공항까지 앤을 데려가서는 안 된다. 그가 계획했던 대로 앤이 자기가 캐나다에 갈 거라고 생각하고 있도록 해두어야만 한다. 아직까지 그는 앤이 모르고 있어 주길 바랐다. 오웬의 일이 더 급했다. 그것은 그를 바꾸어 줄 수 있을 것처럼 보였다. 아마도 낡고 오래 되어 초라해진 외투를 벗는 것과 같을 것이다. 거의는 이제 자신이 알몸으로 있는 듯 여겨졌고, 더 이상 아무것도 두렵지 않았다.

제47장

거이는 휴스턴행 비행기 통로의 보조 좌석에 앉았다. 통로에서 빠져 나와 비행기 실내의 균형미를 망쳐 놓은 의자처럼 자기 자신도 영 잘 못되어 있다고 여겨져서, 거이는 자신이 가엾고 신경이 곤두선 존재로 생각되었다. 잘못 판단했을 수도 있고, 또 필요 없을지도 모르긴 하지만 그는 지금 자기가 하고 있는 일은 꼭 해야만 하는 것임을 확신하고 있었다. 지금까지 오는 데 자신이 겪었던 여러 고통들이 그의 결심을 더욱 굳게 만들어 주었다.

제러드가 브루노의 죽음에 대한 조사를 듣기 위해 경찰서에 왔었다. 그는 아이오와 주에서 비행기를 타고 달려왔다고 했다. 찰스가 죽은 것은 참으로 안된 일이지만, 찰스는 무슨 일에 있어서도 주의를 하고 다닌 적이 한 번도 없었다고 그는 말했다. 게다가 그런 일이 거이의 요트에서 생긴 것도 참으로 안된 일이라고 했다. 거이는 아무런 감정의 동요도 없이 조사에 응할 수 있었다. 그는 육신이 사라진 것에 대해 조사하는 일이 너무나도 부질없는 것처럼 여겨졌다. 거이는 제러드가 나타난 사실에 더 마음이 어지러웠다. 그는 제러드가 텍사스까지 자기를 따라 오지 않기를 바랐다. 다행히도 거이는 아직 캐나다행 비행기표는 취소해 두지 않았는데, 그 비행기는 오후에 좀더 일찍 떠나 버렸다. 그래서 그는 거의 네 시간 동안이나 공항에서 비행기를 기다려야만 했다. 그러나 그는 안전했다. 제러드가 자기는 오늘 오후 기차로 아이오와로 돌아갈 생각이라고 말했던 것이다.

그럼에도 불구하고, 거이는 다시 한 번 승객들을 둘러보았다. 첫번째보다 더 천천히, 더 주의 깊게 주위 사람들을 살펴보았다. 그에게 조금이라도 관심 있어 하는 것처럼 보이는 사람은 하나도 없었.

무릎에 올려진 서류를 들여다보느라 몸을 굽히자 그의 양복 안주머니에 넣어 두었던 두터운 편지가 바삭거리는 소리를 냈다. 그가 보고 있는 서류들은 앨버타 공사의 각 부분별 보고서였는데, 밥이 거이에게 준 것들이었다. 거이는 잡지를 읽고 싶지도, 창밖을 내다보고 싶지도 않았다. 그러나 그는 자기가 암기해야 하는 보고서의 각 사항들을 기계적으로, 그리고 체계적으로 암기했다. 그러다가 영국 건축학 잡지에서 찢어내어 복사지 사이에 끼워 놓은 종이 하나를 발견했다. 밥이 붉은 연필로 기사의 한 문단에 동그라미를 쳐 둔 것이었다.

거이 다니엘 하인즈는 매우 촉망받는 건축가로, 미국 남부에서 태어난 인물이다. '피츠버그 백화점'으로 유명한 매끈한 2층 건물이 그의 27살 때의 첫 작품이다. 하인즈는 이 건물에서 자신이 확고히 펴 오던 우아함과 기능의 원칙을 마음껏 보여 주었고, 이를 통하여 그의 예술은 현재의 수준으로 발전해 왔다. 하인즈의 특이한 천재성을 정의해 보면, 우선 그 영원히 이해할 수 없고 꿈 같은 용어—즉, '우아함'이라는 것에 주로 초점을 맞추어야만 한다. 지금까지 하인즈는 한 번도 그 용어를 현대 건축에서 떼어놓은 적이 없다. 우리 세대에 그 자신의 독특한 '우아함'이란 개념으로 고전적인 미를 이루어 놓았다는 사실이 바로 하인즈의 업적이라 할 수 있다. 그가 세운 플로리다 주 팜 비치에 있는 파미라 그룹의 본관 건물은 '미국의 파르테논 신전'이라 불리고 있을 정도이다…….

그 페이지 제일 아래에 별표를 달아 놓은 구절은 다음과 같았다.

이 기사가 쓰여진 이후에 하인즈는 캐나다의 앨버타 댐 건설의 고문 위원회의 임원으로 추대되었다. 다리를 세우는 것이 언제나 그의 관심을 사로잡고 있었다고 그는 말한다. 앞으로 3년 동안 이 일은 그를 매우 기쁘게 해줄 것이라고 그는 생각하고 있다.

"'기쁘게'라고?"

거이가 말했다. 어떻게 그들은 그런 단어를 적어 놓게 되었을까?

거이가 탄 택시가 휴스턴의 대로(大路)를 지나갈 때 시계가 9시를 치고 있었다. 공항의 전화번호부에서 거이는 오웬의 이름을 찾아내고는, 자기 가방을 검사받은 뒤 택시를 잡았다. 그다지 간단하지는 않으리라는 생각이 들었다. 저녁 9시에, 그것도 혼자 살고 있는데 낯선 사람이 찾아오면 선뜻 의자를 내주고 그 사람이 하는 말을 기꺼이 들어주려고 할까? 오웬은 집에 없을지도 모르고, 지금은 그곳에서 살고 있지 않을지도 모른다. 아니, 어쩌면 휴스턴에는 아예 없을지도……. 그를 찾는 데 며칠이 걸릴지도 모른다.

"이 호텔 앞에 세워 주시오."

거이는 차에서 내려 방을 예약했다. 평범하고 검소한 태도가 그의 기분을 한결 편하게 해주었다.

그곳은 조그만 아파트 건물이었다. 오웬 마크맨은 클레번 가(街)에서 살고 있지 않았다. 아래층 홀에 있던 사람들이 그를 쳐다보았고, 특히 그들 중의 관리인은 거이를 대단히 의심스러운 듯이 쳐다보면서 가능한 한 아무 것도 알려 주지 않으려 했다. 어느 누구도 오웬 마크맨이 어디 있는지 몰랐다.

"당신은 경찰이 아니죠, 경찰인가요?"

결국에는 관리인이 이렇게 물었다.

본의 아니게 그는 웃어 버렸다.

"아닙니다."

거이가 나가고 있을 때 어떤 남자가 계단에서 그를 부르더니 조심스러워하며 내키지 않는다는 듯이 이야기를 해주었다. 마을 중심에 있는 어떤 카페에 가면 마크맨을 찾을 수 있을지도 모른다는 것이다.

마침내 거이는 그를 어떤 가게에서 찾아냈다. 오웬 마크맨은 여자 둘과 함께 카운터에 앉아 있었다. 오웬 마크맨은 의자에서 일어나 몸을 똑바로 세우고 그의 갈색 눈을 크게 떴다. 거이가 기억하고 있는 것보다 오웬의 기다란 얼굴은 더욱 침울해 보였고, 또 그다지 잘생기지도 않은 것처럼 보였다. 그는 커다란 손을 짧은 가죽 윗도리의 주머니에 조심스럽게 넣었다.

"날 기억하시죠?" 하고 거이가 말했다.

"그렇소."

"잠시 이야기 좀 나눠도 될까요? 잠깐이면 됩니다."

거이는 주위를 둘러보았다. 자기 호텔로 데려가는 게 제일 좋겠다고 생각했다.

"라이스 호텔에 방 하나를 얻어 놓았지요."

마크맨은 천천히 아래위로 한 번 더 거이를 훑어본 뒤 한참 만에야, "좋습니다." 하고 말했다.

계산대를 지나치면서 거이는 술이 올려져 있는 선반을 보았다. 마크맨에게 술 한잔 정도 대접하는 게 좋겠다는 생각이 들었다.

"당신, 스카치를 좋아합니까?"

거이가 스카치를 사자 마크맨은 약간 마음이 풀리는 것 같았다.

"콜라가 좋아요. 하지만 거기다 뭘 더 넣으면 맛이 더욱 좋죠."

거이는 콜라도 몇 병 샀다.

두 사람은 말없이 호텔까지 차를 타고 가서, 침묵을 지키며 엘리베이터로 올라가 방으로 들어갔다. 어떻게 시작해야 좋을는지 거이는 고민스러웠다. 말을 꺼내는 방법은 많았다. 거이는 그 방법들을 전부 뿌리쳐 버렸다.

오웬은 안락의자에 앉아서 무관심한 듯하면서도 의심스러운 눈길을 보내며 스카치와 콜라를 섞어 놓은 잔을 맛보고 있었다.

거이는 머뭇거리면서 말을 하기 시작했다.

"만일……."

"만일?"

오웬이 물었다.

"만일 누가 미리엄을 죽였는지 알게 되면 어쩌실 겁니까?"

마크맨의 발이 마룻바닥에 털썩 하고 떨어지더니, 그는 의자에서 몸을 일으켜 세웠다. 그의 찌푸린 눈썹이 눈 위로 검고 강한 선을 만들었다.

"당신이 그랬소?"

"아닙니다. 그러나 누가 그랬는지는 알고 있죠."

"누굽니까?"

찌푸리고 앉아서 지금 어떤 기분을 느끼고 있을까 하고 거이는 생각해 보았다. 증오? 분노? 원한?

"난 알고 있죠. 그리고 경찰에서도 곧 알게 될 겁니다."

거이는 잠시 주춤했다가 말을 이었다.

"뉴욕에서 온 찰스 브루노라는 사람입니다. 그는 어제 죽었습니다. 물에 빠져 죽어 버렸지요."

오웬은 다시 약간 뒤로 기대어 앉았다. 그리고는 그의 잔을 한 모금 마셨다.

"당신은 어떻게 알았습니까? 그가 자백을 했나요?"

"난 압니다. 그동안 그 사실을 알고 있었습니다. 그게 바로 내가 그 사건이 내 탓이라고 느끼는 이유죠. 그를 배신하지 않기 위해서 그랬답니다."

거이는 한 모금 마셨다. 한마디 한마디가 힘이 들었다. 왜 자기는 이토록 조심스럽게 조금씩 자신을 드러내고 있는 거지? 사실을 모두 털어놓으면 기쁨과 위안을 얻게 되리라 여겼던 그 생각은 다 어디로 가 버렸는가?

"그게 바로 내가 나 자신을 책망하는 이유죠. 난……."

오웬이 어깨를 으쓱하는 바람에 거이는 말을 중단해 버렸다. 그는 오웬이 잔을 다 비우는 것을 바라보고 나서 또 한 잔을 만들어 가져다 주었다.

"그게 바로 내가 나 자신을 책망하는 이유죠." 하고 그는 다시 한 번 말했다.

"당신에게 모든 상황을 이야기해 드려야만 되겠군요. 대단히 복잡하답니다. 저, 나는 기차에서 찰스 브루노를 만났답니다. 메트카프로 내려가던 길에 말입니다. 미리엄이 죽기 바로 전인 6월이었지요. 난 그때 이혼하려고 가던 중이었어요."

그는 한 모금 들이켰다. 자기가 이전에는 누구에게도 말한 적이 없던 이야기가 그 자신의 의지로 쏟아져 나왔다. 그리고 이제는 그 말들이 너무나도 평범한 듯 여겨졌고, 심지어는 수치스럽게까지 느껴졌다. 그의 목에서 쉰 듯한 소리가 나왔으나 그것을 없애버릴 수가 없었다. 거이는 오웬의 길고 거무스름하면서도 조심스러워하는 듯한 얼굴을 찬찬히 살폈다. 그의 찡그린 얼굴이 지금은 상당히 펴져 있었다. 오웬의 다리가 다시 꼬아져서, 거이는 지난번 심문 때 오웬이 신고 나왔던 회색 녹비 작업화가 기억났다. 지금 신고 있는 신발은 평범한 갈색 구두로, 옆쪽에 고무가 달린 것이었다.

"그리고……."

"그래서요?"

오웬이 재촉했다.

"난 미리엄의 이름을 그에게 말해 주었습니다. 내가 그녀를 싫어한다고 이야길 했답니다. 브루노는 살인을 할 계획을 가지고 있었지요. 이중 살인이었습니다."

"저런!"

오웬은 나지막한 소리를 냈다.

'저런!' 이라고 오웬이 내뱉은 말은 브루노를 생각나게 해주었다. 그 순간 거이는 갑자기 무시무시하고 끔찍한 생각이 퍼뜩 떠올랐다. 자기도 브루노가 자기에게 쓴 똑같은 덫으로 오웬을 잡을 수 있고, 오웬도 다른 사람을 걸려들게 하여, 덫에 걸려들고 덫을 놓고 하는 과정이 무한히 계속될 수도 있겠다는 생각이었다. 거이는 몸을 떨면서 주먹을 쥐었다.

"내 실수는 그에게 말을 해버렸다는 사실입니다. 낯선 사람에게 내

사적인 일을 말해 버렸다는 겁니다."
 "그 사람이 당신에게 자기가 그녀를 죽일 거라고 이야기했던가요?"
 "아뇨, 물론 그런 말은 하지 않았죠. 그건 그가 생각했던 일이죠. 그 사람은 미쳐 있었답니다. 정신병자였죠. 난 그에게 집어치우고 입 다물라고 했어요. 그리고 그를 피해 버렸지요!"
 거이는 그 콤파트먼트가 생각났다. 그는 기차를 떠나 플랫폼으로 가고 있었다. 기차의 무거운 문이 쾅 닫히는 소리가 들렸다. 그때서야 그에게서 벗어났다는 생각이 들었다!
 "당신이 그 사람더러 그런 짓을 하라고 말하진 않았죠?"
 "안 했어요. 그는 자기가 그렇게 할 것이라고 말하지도 않았습니다."
 "한 잔하시는 게 어때요? 좀 앉으시지요."
 오웬의 느릿하고도 쉰 목소리가 방 안을 다시 안정되게 만들었다. 그의 목소리는 마른 땅 위에 굳게 박힌 묵직한 바위 같았다.
 거이는 앉고 싶지도 않았고, 마시고 싶지도 않았다. 그는 브루노의 콤파트먼트에서 지금처럼 스카치를 마셨었다. 지금은 이 모든 일이 끝나는 시점이므로, 그는 시작했을 때처럼 그렇게 하고 싶지는 않았다. 그는 단지 예의상 자기에게 내민 스카치 소다수 술잔을 만지작거렸다. 그가 몸을 돌려 뒤로 돌아섰을 때 오웬은 자기 잔에 술을 더 붓고 있었다. 자기가 거이 모르게 술을 더 부으려 한 게 아니라는 것을 보여 주기라도 하려는 듯 그는 계속 따르고 있었다.
 "그런데 만일 그 사람이 당신이 말하는 것처럼 미치광이였다면……."
 오웬이 천천히 말했다.
 "아니, 법정에서도 결국엔 미치광이의 짓이었다고 결론을 내리지 않았던가요?"
 "그랬죠."
 "내 말은, 그 일이 있은 뒤 당신의 기분을 이해할 수 있어요. 하지만 당신 말대로 단순한 대화였을 뿐이라면 왜 그토록 자신을 책망하는지 모르겠군요."

거이는 믿을 수 없다는 듯이 오웬을 빤히 쳐다보았다. 오웬에게는 아무 상관이 없다는 건가? 아무래도 오웬은 모든 것을 제대로 이해하지 못하는 것 같았다.

"하지만 말입니다."

"당신은 그 사실을 언제 알았나요?"

오웬의 갈색 눈이 분명치 않게 보였다.

"사건이 일어난 지 약 3개월 뒤였습니다. 하지만 말입니다, 만일 나만 아니었다면 지금쯤 미리엄은 살아 있었을 겁니다."

거이는 오웬이 고개를 숙이고 다시 한 잔 마시는 것을 지켜보았다. 그는 오웬의 커다란 입 속으로 미끄러져 들어가고 있는 콜라와 스카치를 뒤섞은 구역질나는 것을 볼 수 있었다. 오웬은 어쩔 생각일까? 갑자기 벌떡 일어나 잔을 내던지고는 브루노가 미리엄에게 했던 것처럼 자기에게 덤벼들어 목을 졸라댈까? 거이는 오웬이 그대로 계속 앉아 있으리라고는 생각할 수 없었지만, 시간이 계속 흘러도 오웬은 움직이지 않았다.

"저, 당신에게 이것도 말해야겠군요." 하고 거이가 말했다.

"난 당신이 그 일을 가장 가슴아파 한 사람이라고 생각했습니다. 가장 고통받은 사람이라고 말입니다. 미리엄의 아이는 당신 아이였고, 당신은 그녀와 결혼할 생각이었습니다. 당신은 그녀를 사랑했어요. 그리고 바로 당신이······."

"젠장, 난 그 여자를 사랑하지 않았어요."

오웬은 얼굴 표정 하나 바꾸지 않고 거이를 바라보았다.

거이는 오웬을 다시 바라보았다. 그녀를 사랑하지 않았어? 사랑하지 않았다고? 그의 머릿속은 휘청거렸다.

"그녀를 사랑하지 않았다고요?"

"그렇소. 당신 말 그대로요. 하지만 난 그녀가 죽기를 바랐던 것은 아닙니다. 그리고 그 사건을 막기 위해서라면 무슨 짓이라도 했을 겁니다. 그러나 사실은 그녀와 결혼하지 않게 되어 상당히 기뻐했죠. 결혼하자는 것은 미리엄의 생각이었습니다. 그것이 그녀가 아이를 가진 이유랍니다. 난 그게 남자의 잘못이라고는 말하지 않겠습니다. 당신은 어때요?"

오웬은 술이 취한 채 진지하게 거이를 바라보며 기다리고 있었다. 그의 커다란 입은 증언석에서와 똑같이 꼭 다문 채 고르지 않은 선을 만들고 있었고, 그는 거이가 무슨 말을 하기를, 미리엄과 그의 행동에 관해 판단해 주기를 기다리고 있었다.

거이는 약간 초조한 듯한 태도로 몸을 돌려버렸다. 그는 평형상태를 유지할 수 없었다. 아이러닉하다는 것밖에는 어떤 생각도 할 수 없었다. 아이러닉한 것만 제외하고는 자기가 지금 이곳에 있을 이유도 없었다. 아이러닉한 이유를 제외하고는, 관심도 없어 하는 낯선 사람을 위해 호텔 방에서 자기가 땀을 흘리며 괴로워하며 자학하고 있을 이유도 없었다.

"그렇게 생각 안 해요?"

오웬은 옆 테이블 위의 술병을 집으면서 계속 물었다.

거이는 한마디도 할 수 없었다. 어떤 격렬하고 알 수 없는 분노가 그의 마음속에서 일고 있었다. 그는 넥타이를 풀고 와이셔츠 칼라의 단추를 풀었다. 그리고는 에어컨디셔너 대신 열어놓은 창문을 슬쩍 바라보았다.

오웬은 어깨를 으쓱해 보였다. 열어젖힌 셔츠와 지퍼를 내린 가죽 윗도리 때문에 오웬은 꽤나 맘 편히 앉아 있는 듯이 보였다. 거이는 오웬의 목을 마구 두드려 주고, 그를 때려서 뻗어 버리게 만들고 싶은 분노가 치솟았다. 무엇보다도 저 편안해하며 의자 깊숙이 앉아 있는 것을 끌어내 버리고 싶었다.

"이봐요."

거이는 침착하게 말했다.

"난……."

그러나 방 한가운데서 이야기하고 있는 거이는 보지도 않은 채, 오웬이 똑같은 순간에 단조로운 목소리로 입을 열었다.

"……두 번째였죠. 이혼한 지 두 달 뒤에 결혼했어요. 그런데 곧 문제가 생겼습니다. 미리엄이었다면 달랐을지도 모르겠지만, 어떻든 그 여자도 끔찍했다고 말할 수 있어요. 집에다, 커다란 아파트였는데, 두 달 전에 루이자는 거기다 불을 질러 놓은 뒤에 나가 버렸죠."

오웬은 계속 단조로운 목소리로 이야기해 나가면서, 팔꿈치에 있는 병을 들어 자기 잔에다 스카치를 더 따라 부었다. 거이는 무례함이, 모욕감이 자기 자신에게로 향하고 있는 것을 느꼈다. 거이는 법정에서의 자신의 행동을 기억했다. 한마디로 피살자의 남편으로는 여길 수 없는 행동이었다. 오웬이 무엇 때문에 그런 자기에게 예의를 갖추겠는가?

"끔찍한 일은 말입니다, 남자 쪽이 항상 나쁘게 되는 거죠. 왜냐 하면 여자들이 더 말을 많이 하거든요. 루이자만 해도 그래요. 그 여잔 그 아파트로 되돌아올 수 있었고, 식구들도 그 여자를 환영했어요. 하지만 난……."

"이것 봐요!"

더 이상은 참을 수 없어서 거이가 소리쳤다.

"난, 나도 사람을 죽였어요! 나도 살인자라고요!"

오웬의 발이 다시 바닥에 떨어지면서, 그는 다시 몸을 똑바로 하고 앉았다. 마치 오웬은 자기가 달아나든지, 아니면 자기를 방어해야 한다고 생각하는 것처럼 거이와 창문을 번갈아 가며 바라보았다. 그러나 그의 얼굴에 나타난 놀라움과 공포는 너무 약해서, 그것 자체도 거이의 심각함을 흉내내기 위한 것처럼 보였다. 오웬은 탁자 위에 잔을 올려놓으면서, "어떻게요?" 하고 물었다.

"들어 봐요!"

거이는 다시 소리질렀다.

"이것 봐요, 난 죽은 사람이에요. 난 지금 죽은 것이나 다름없어요. 나는 곧 자수할 작정이니까요. 당장에 말입니다! 왜냐하면 난 사람을 죽였거든요. 이해할 수 있어요? 너무 무관심한 듯한 표정 짓지 말아요. 그리고 그 의자 뒤로 다시 기대지도 말아요!"

"내가 이 의자에 뒤로 기대면 왜 안 됩니까?"

오웬은 이제 두 손으로 술잔을 붙들고 있었다. 방금 콜라와 스카치를 가득 채웠었다.

"내가 살인자이고, 어떤 사람의 목숨을 없애버렸는데 당신에게는 그게 아무렇지도 않나요? 어느 누구도 그럴 권리가 없는 일을 저질렀는데도?"

오웬은 고개를 끄덕였는지도 모른다. 아니면 그러지 않았을 수도 있었다. 어쨌든 그는 다시 천천히 술을 마셨다.

거이는 그를 빤히 쳐다보았다. 입 밖으로 내뱉을 수 없을 만큼 뒤죽박죽된 수천 수만 마디의 말이 그의 피를 막히게 하고, 주먹을 쥔 손에서 팔 위로 열이 솟구쳐 올라가는 것 같았다. 그 단어들은 오웬을 욕하고 저주하는 것이었고, 그 날 아침 자기가 고백을 하며 썼던 문장이며 구절들이었다. 지금 이들 단어와 구절과 문장들은 안락의자에 앉아 있는 술취한 멍청이가 들으려 하지 않기 때문에 뒤죽박죽이 되어 점점 난잡해지고 있었다. 술에 취한 멍청이는 무관심한 체해 보이려고 마음먹은 것 같았다. 자기가 살인자처럼 보이지 않아서인가 하는 생각이 들었다. 깨끗한 흰색 셔츠에 실크 넥타이를 매고 짙은 남색 바지를 입고 있어서, 어쩌면 자기의 긴장한 얼굴조차 누구에게도 살인자처럼 보이지 않을지도 모른다.

"그게 잘못된 거라고요." 하고 거이는 큰소리로 말했다.

"어느 누구도 살인자가 어떻게 생겼는지는 몰라요. 살인자도 다른 사람과 똑같다고요!"

거이는 주먹을 쥔 손등을 이마에 올렸다가 다시 내려놓았다. 마지막 말이 터져 나오려고 했기 때문이다. 그는 그 말을 막을 수가 없었다.

그것은 정확히 브루노의 말과 똑같았다.
 갑자기 거이는 술을 마셨다. 연거푸 세 잔을 계속해서 들이켜 버렸다.
 "술친구를 만나게 되어 기뻐요." 하고 오웬이 중얼거렸다.
 거이는 오웬 맞은편에 있는 깨끗한 녹색 커버 침대에 앉았다. 갑자기 그는 피곤함을 느꼈다.
 "그게 아무런 상관도……."
 그는 다시 시작했다.
 "그게 당신에겐 아무런 상관도 없다는 겁니까? 아무 일도 아니란 말이죠?"
 "당신이 내가 만나 본 사람 중에 다른 사람을 죽인 첫 남자는 아니에요. 여자도 마찬가지고요." 하고 그는 킬킬거리며 웃었다.
 "내겐 자유로워지려는 여자들이 더 많은 것처럼 보이는데요."
 "난 자유롭지 못할 겁니다. 난 자유롭지 않아요. 난 냉혹하게 살인을 했어요. 아무런 이유도 없었어요. 그게 더 나쁠지도 모른다는 걸 모르겠어요? 난 단지……."
 그는 자기 내부에 그런 일을 저지를 만한 비뚤어진 성격이 있었기 때문에 그런 짓을 저질렀고, 숲 속의 벌레 하나 때문에 그런 짓을 한 거라고 말하고 싶었다. 그러나 그는 오웬에겐 그 말이 이해되지 않으리라는 것을 알았다. 오웬은 실질적인 사람이었기 때문이다. 오웬은 너무 실질적이었기에 그를 때리거나, 그에게서 도망가거나, 경찰을 부르겠다고 하며 자신을 협박하려 들지 않을 것이다. 의자에 파묻혀 앉아 있는 게 훨씬 더 편안할 테니까.
 오웬은 마치 거이가 정말 무슨 말을 하고 있는 건지 곰곰이 생각하고 있기라도 한 것처럼 머리를 흔들었다. 그의 눈썹은 거의 절반쯤은 눈을 덮고 있었다. 그는 몸을 비틀며 뒷주머니에서 담배 주머니를 꺼냈다. 그리고는 담배 마는 종이를 셔츠 주머니에서 꺼냈다.
 거이는 조용히 오웬이 꼼지락거리는 것을 바라보고 있었는데, 마치 몇 시간이나 걸린 듯이 여겨졌다.
"여기 있습니다."
거이가 자기 담배를 내놓으며 말했다.
오웬은 의심스러운 듯이 그것을 쳐다보았다.
"무슨 종류죠?"
"캐나다제예요. 꽤 좋아요. 한 대 피워 보세요."
"고맙습니다만, 난……."
오웬은 이빨로 담배 주머니를 열었다.
"우리 상표가 더 좋아요."
그는 적어도 담배를 끄집어내는 데 3분을 소요했다.
"그 일은 마치 내가 총을 들고 공원에 나가서 아무에게나 들이대고는 쏘아 버리는 것과 똑같은 일이었답니다."
거이는 의자 속에서 자기 말을 받아 적는 기계 같은 무생물에게 이야기하고 있는 것 같았다. 그러나 자기의 이 말이 결코 먹혀 들어갈 것처럼 여겨지지 않는다 해도 그는 계속 이야기해 나가기로 마음먹었다. 오웬이 이 호텔 방에서 지금 자기에게 총을 갖다 대는 일은 없을까?
"난 그 일을 할 수밖에 없도록 협박당했습니다. 경찰에게도 그렇게 말할 겁니다. 하지만 그게 어떤 차이점을 생기게 하는 것은 아니지요. 중요한 점은 내가 그 일을 저질렀다는 사실이니까요. 당신에게 브루노의 계획을 말해 드려야겠군요."
적어도 오웬은 그를 바라보고 있었다. 그러나 그의 얼굴은 진지하게 듣고 있는 것과는 거리가 멀었고, 단지 기분좋게 술에 취해 있는 것같이 보였다. 하지만 거이는 그것 때문에 자기 말을 중단해 버리고 싶지는 않았다.
"브루노의 계획은 우리 두 사람이 상대방을 위해 서로 살인을 하자는 것이었죠. 그는 미리엄을 죽이고, 나는 그의 아버지를 죽여야 한다는 거였답니다. 그런 다음, 그는 텍사스에 와서 나도 모르게 미리엄을 죽였지요. 나에게 알려 주지도 않고, 게다가 나의 동의도 구하지 않고 서 말입니다."

자기의 단어 선택이 끔찍했지만, 오웬은 적어도 귀를 기울이고는 있었다. 적어도 그 단어들은 밖으로 튀어나오고 있었다.

"난 그 사실을 몰랐었죠. 게다가 그런 일이 있으리라고는 생각도 해 보지 않았거든요. 몇 달 뒤까지는 말입니다. 그 뒤에 그는 날 괴롭히기 시작했지요. 그는 나에게 미리엄의 피살을 내 책임으로 몰겠다고 말하기 시작했습니다. 만일에 내가 자기 계획의 남은 절반을 해치우지 않는다면 말이죠. 아시겠어요? 그 일이란 게 바로 그의 아버지를 죽이는 일이었지요. 그의 대략적인 아이디어는 동기 없는 살인에 기초를 둔 거였어요. 아무런 개인적인 동기가 없이 저지르는 살인 말입니다. 그러면 우리는 개인적으로 추적을 당하지도 않게 되겠죠. 우리가 서로 만나지만 않는다면 말이죠. 그러나 그건 또 다른 문제입니다. 문제는 바로 내가 그를 죽였다는 겁니다. 난 그때 무너져 버렸죠. 브루노는 편지와 협박으로 날 무너뜨렸어요. 그는 또한 날 미쳐 버리게 만들었습니다. 그리고 말입니다, 난 누구든지 무너질 수 있다고 믿어요. 난 당신을 허물어뜨려 버릴 수도 있어요. 똑같은 상황이 주어진다면, 나도 당신을 덫에 걸리게 해서 누군가를 죽이게끔 만들 수 있다는 말입니다. 아마 브루노가 내게 사용했던 방법과는 다른 것을 택할지도 모릅니다만, 그러나 당신도 그런 짓을 저지르게 될 수도 있습니다. 어쨌든 나는 경찰에게 몽땅 털어놓을 겁니다. 아마 그들은 내가 협박에 말려들지 말았어야 했다고 말할 겁니다. 그러나 난 조금도 개의치 않습니다. 아시겠어요? 난 지금 누구와도 맞설 수 있습니다. 아시겠어요?"

거이는 오웬의 얼굴을 들여다보려고 몸을 구부렸으나, 오웬은 자기를 보지 않는 것처럼 여겨졌다. 오웬의 머리는 손에 받친 채 비스듬히 축 늘어져 있었다. 거이는 몸을 똑바로 세웠다. 그는 오웬에게 자기를 쳐다보라고 할 수가 없었다. 오웬은 중요한 점을 이해하지 못하고 있었다. 그러나 그것 또한 별 문제가 되지 않았다.

"난 받아들일 겁니다. 그들이 내게 무얼 원한다 하더라도 말입니다. 난 내일 경찰에게 똑같이 이야기할 겁니다."

"당신이 그 사실을 증명할 수 있어요?" 하고 오웬이 물었다.

"뭘 증명한다고요? 내가 사람을 죽인 것에 대한 증명 말인가요?"

술병이 오웬의 손가락에서 빠져나가 마룻바닥 위로 떨어져 버렸다. 그러나 그 속엔 술이 거의 남아 있지 않았기에 아무것도 쏟아지지 않았다.

"당신은 건축가죠, 맞죠?" 하고 오웬이 물었다.

"이제 기억나는군요."

그는 술병을 서툴게 바로 세우더니 그대로 마룻바닥 위에다 놓아두었다.

"그게 무슨 상관이죠?"

"난 사실 좀 궁금하답니다."

"궁금하다니, 뭐가?"

거이는 초조하다는 듯이 물었다.

"당신이 약간 머리가 돈 듯이 이야기하기 때문이죠. 만일 당신이 나의 솔직한 생각을 듣고 싶다면 말입니다. 당신이 뭐 꼭 그렇다고 말하는 것은 아닙니다만……."

그리고 나서 오웬은 모호한 말을 내뱉었다. 이제야 자기가 한 말에 대해 화가 나서 오웬이 자기에게 다가와 한 대 치지나 않을는지 거이는 조심했다. 그러나 오웬은 의자에 뒤를 기대고 이전보다 더욱 깊숙이 앉았다.

거이는 오웬에게 이야기해 줄 내용을 머릿속에서 찾아보았다. 그는 자기 말을 죄다 들은 사람이 전처럼 다시 무관심하게 빠져나가 버리도록 내버려두고 싶지 않았다.

"이봐요, 당신이 알고 있는 사람 중에 살인을 했던 사람을 보면 어때요? 당신은 어떤 식으로 그 사람들을 다루죠? 그들에게 어떻게 행동을 합니까? 당신이 다른 사람과 함께 지내는 것과 똑같이 그들과 함께 시간을 보내나요?"
 거이가 하도 진지하게 물어 보는 바람에 오웬은 생각하려고 애쓰는 것처럼 보였다. 마침내 그는 미소를 짓고서는 눈을 껌벅거리며 말했다.
 "그냥 살게 내버려 두지요."
 분노가 다시 거이를 움켜잡았다. 그의 마음과 몸을 뒤흔드는 격렬한 죄악과도 같았다. 그의 기분은 말로 표현할 수도 없었다. 아니면 너무 많은 말을 해야 했기에 꺼낼 수조차 없는지도 모른다. 그 단어는 저절로 그의 이빨 사이로 튀어나왔다.
 "이런, 바보 병신!"
 오웬은 의자 속에서 약간 꿈틀거렸으나 여전히 조용하게 앉아 있었다. 그는 웃어야 할지 얼굴을 찡그려야 할지 모르고 있는 것 같았다.
 "그게 내 일과 무슨 상관이죠?" 하고 그는 단호하게 물었다.
 "무슨 상관이라니? 당신도…… 이 사회의 일부가 아닙니까!"
 "그렇다면 뭐 사회에서 알아서 할 일이죠."
 오웬은 손을 느릿느릿 흔들면서 대답했다. 오웬은 스카치 병을 바라보고 있었는데, 그 속에는 술이 반 인치 가량만이 남아 있었다.
 '무슨 상관이냐고?' 하고 거이는 생각했다. 그게 정말 오웬의 진심일까, 아니면 그가 술에 취했기 때문일까? 아니, 오웬의 진심이 틀림없다. 지금 그가 거짓말을 할 이유가 없기 때문이다. 그때 거이는 기억이 났다. 브루노가 자기를 귀찮게 쫓아다니기 전에는, 자기가 브루노를 의심하고 있었어도 자신의 태도 또한 이것과 똑같았던 것이다. 이것이 대부분의 사람들의 태도인가? 만일 그렇다면, 도대체 사회란 무엇인가?
 거이는 오웬에게 등을 돌리고 돌아섰다. 그는 사회가 무엇인지 잘 알고 있었다. 그러나 자신과 관련시켜 생각해 봤을 때 사회란 법이고 냉혹한 규율이라는 것을 그는 깨달았다. 사회란 오웬과 같은 사람이었고, 자기 자신과 같은 사람이었으며, 예를 들어 팜 비치의 브릴하트 같은 사람이기도 했다. 브릴하트라면 그를 신고할 수 있을까? 아니다, 거이는 브릴하트가 자기를 신고할 거라고는 상상조차 할 수 없었다. 모든 사람들은 다른 사람들에게 미루고, 그 사람은 또 다른 사람에게 미루어서 나중엔 아무도 그 일을 하려 들지 않을 것이다. 그럼, 자기 자신은 규율을 지키려 했을까? 그를 미리엄이 계속 얽어매었던 것이 그 규율 중의 하나가 아니었던가? 살해당한 것이 사람이었기에 관심을 둔 게 아니었던가? 오웬에서부터 브릴하트에 이르기까지 여러 사람들이 자기를 저버리려 하지 않는다면, 더 이상 자기는 신경쓸 필요가 없는 게 아닐까? 오늘 아침에 자기는 왜 경찰에 자수하고 싶어했던 걸까? 이게 도대체 무슨 자기 학대란 말인가? 그는 자신을 포기하지 않을 것이다. 구체적으로 무엇이 이제 그의 양심에 영향을 주고 있는가? 어떤 인간이 그를 고발하겠는가?

"끄나풀을 제외하고는." 하고 거이는 말했다.

"경찰 끄나풀이 날 고발할 것 같아요."

"맞아요." 하고 오웬이 동의했다.

"더럽고 구역질나는 경찰 끄나풀."

그는 크게 안심하는 듯이 웃었다.

거이는 얼굴을 찌푸린 채 허공을 바라보고 있었다. 그는 방금 자기 앞 저 멀리에서 번쩍 하고 떠오른 생각에다 자신을 맡겨 버릴 수 있는 굳건한 근거를 찾으려고 애쓰고 있었다. 법률은 사회가 아니라고 말하기 시작했다. 사회란 그 자신과 오웬과 브릴하트 같은 사람이었고, 그들은 사회의 다른 일원의 목숨을 앗아갈 권리를 갖지 못하는 사람들이었다. 그러나 법률은 그럴 수 있었다.

"그러나 법은 적어도 사회의 뜻으로 여겨지지요. 아니, 그것까지는 아닐지도 모르죠. 어쩌면 총체적인 것일지도 모르겠고요." 하고 그는 덧붙였다.

거이는 언제나처럼 자기가 어떤 요지에 이르기 전에 이중적인 입장을 취하여 가능한 한 분명히 뜻을 전하려고 하다가 오히려 일을 복잡하게 만들고 있다는 것을 깨달았다.

"흠―." 하고 오웬이 중얼거렸다.

그는 머리를 다시 의자에 기대고 있었다. 검은 머리카락은 이마 위에 흐트러져 있었으며, 눈은 거의 감겨져 있었다.

"아니에요. 사람들은 대개 살인자에게 어떤 형태로든 제재를 가하려고 하지요. 그걸 바로 법이 대신하게 되어 있는 것 아닌가요?"

"제재라는 것을 너무 믿지 말아요." 하고 오웬이 말했다.

"그건 그렇지 않아요! 전 남부 지역에 악명을 주는 거지요, 불필요하게 말이오."

"내 말은, 만일 사회가 다른 사람의 생명을 빼앗을 권리를 갖지 못했다면, 그때는 법도 또한 그렇다는 겁니다. 법은 계속 전수되어 내려온 규칙들이 모인 것이어서 어느 누구도 거기에 대항할 수 없다는 것을 고려해 볼 때, 어떤 사람도 손을 댈 수 없다는 말입니다. 그러나 결국 법이 다루고 있는 것은 바로 인간들입니다. 난 지금 당신과 나 같은 사람에 관해 말하고 있는 겁니다. 내 경우는 약간 특이하지요. 바로 지금 나는 단지 내 경우만을 이야기하고 있습니다. 그러나 그것이 유일한 올바른 논리지요. 오웬, 당신은 그걸 알고 있나요? 논리가 언제나 적용되는 것은 아니랍니다. 인간에 관한 한은 말입니다. 사람들이 건물을 짓고 있는 동안에는 대단히 잘 적용이 되죠. 건축 자재는 늘 그렇게 움직이니까. 그러나……."

그의 주장은 담배 연기 속에서 폭발했다. 그가 이야기를 계속해 나가는 것을 막는 벽이 있었는데, 그건 그가 더 이상은 생각할 수가 없었기 때문이다. 그는 크고 분명하게 말했으나, 오웬은 들으려고 애를 쓰는지는 모르지만 실제로는 듣고 있지 않다는 것을 거이는 알고 있었다. 게다가 아직까지도 오웬은 5분 전처럼 그의 죄에 대한 질문에 무관심해하고 있었다.

"배심원은 어떨까요?" 하고 거이가 물었다.

"무슨 배심원?"

"배심원이 열두 명의 사람인가, 아니면 법률의 조직체인가 하는 문제 말입니다. 재미있는 점이에요. 난 그게 언제나 재미있는 점이라고 생각하죠."

그는 병에 남아 있던 것을 자기 잔에다 따라 붓고는 마셨다.

"그러나 난 그게 당신에게 재미있을 거라고는 생각지 않아요. 안 그런가요, 오웬? 당신에게 재미있는 것은 뭐죠?"

오웬은 잠자코 있었고, 움직이지도 않았다.

"아무것도 당신에게 재미있는 게 없죠, 맞죠?"

거이는 오웬의 커다랗고 닳아빠진 갈색 구두를 바라보았다. 그냥 카펫 위에 축 늘어져 있었는데, 갑자기 그 신발이 모든 인간들의 멍청함의 본질처럼 느껴졌다. 거이는 자기도 모르는 사이에 오웬의 신발 옆쪽을 걷어차고 말았다. 그래도 여전히 오웬은 움직이지 않았다.

'일!' 거이는 생각했다. 그렇다. 그는 돌아가서 해야 할 '일'이 있었다. 나중에 생각하기로 하자. 그건 나중에 다시 생각하도록 하자. 그에겐 해야 할 일이 있다!

그는 시계를 보았다. 12시 10분이었다. 그는 여기서 자고 싶지는 않았다. 오늘 밤 비행기가 있는지 궁금했다. 틀림없이 있을 것이다. 그렇지 않으면, 기차를 타고 갈 수도 있고.

그는 오웬을 흔들었다.

"오웬, 일어나요. 오웬!"

오웬은 뭐라고 중얼거렸다.

"당신은 집에 가서 자는 게 좋을 것 같은데요."

오웬은 일어나 앉아서 똑똑히 말했다.

"나도 어떻게 할까 하고 생각하고 있었소."

거이는 침대에서 그의 외투를 집어다 주었다. 그는 주위를 휘둘러보았지만 가져온 것이 아무것도 없었기에 내버려둔 것도 하나도 없었다. 지금 공항에다 전화를 거는 게 좋을 것 같다는 생각이 들었다.

"화장실이 어디죠?"

오웬이 일어섰다.

"별로 몸이 안 좋아서."

거이는 전화가 어디 있는지 찾을 수가 없었다. 침대 탁자 옆에 선이 있었다. 그는 침대 아래로 선을 따라가 보았다. 전화가 바닥에 떨어져 있었다. 거이는 전화가 바닥에 떨어진 적이 없었다는 사실을 즉각 알아차렸다. 왜냐하면 전화기가 침대 발치 가까이로 끌려와 있었고, 수화기는 오웬이 앉아 있던 의자를 겨냥하여 소름끼치게 놓여져 있었던 것이다. 거이는 수화기를 천천히 자기 쪽으로 잡아당겨 보았다.

"이봐요, 어디에도 화장실이 없는데?"

오웬이 안쪽 방의 문을 열고 말했다.

"홀에 내려가 보면 있을 거예요."

그의 목소리가 떨리고 있었다. 그는 수화기를 들어서 귀 가까이로 가져가 보았다. 아무 소리도 들리지 않았다.

"여보세요?"

"여보세요, 안녕하세요, 하인즈 씨?"

저쪽 목소리는 성량이 풍부하고, 예의바르며, 조금도 퉁명스럽지 않았다.

거이는 한마디도 않고 수화기를 던져 버렸다. 그것은 마치 요새가 함락되는 것과 같았고, 그의 머릿속에서 거대한 건물이 산산조각으로 부서져 내리는 것과도 같았다. 그것은 가루처럼 빻아지더니 말없이 바닥에 떨어졌다.

"기계를 설치할 시간이 없었소. 그러나 나는 당신 방문 밖에서 이야기의 대부분을 들었소. 들어가도 됩니까?"

제러드가 뉴욕 공항에다 부하를 풀어놓았다가 대절한 비행기로 따라온 게 틀림없다고 생각했다. 그럴 수도 있었다. 바로 그거였다. 게다가 자기는 숙박부에다 자기 이름을 그대로 적어 놓았을 정도로 멍청했었다.

"들어오시오." 하고 거이가 대답했다.

그는 전화를 똑바로 해놓고 일어나서 그 자리에 박힌 듯이 문 쪽을 바라보고 서 있었다. 이전에는 한 번도 그런 적이 없었는데 그의 가슴이 심하게 고동치고 있었다. 그는 자기가 쓰러져 죽기 전의 서곡이 틀림없다고 생각했다. '뛰어, 어서! 그가 들어오자마자 달려드는 거야!' 하고 그는 생각했다. 이게 바로 마지막 기회였다. 그러나 그는 움직일 수가 없었다. 자기 뒤쪽 구석의 세면대에다 오웬이 토하고 있는 것을 어렴풋이 깨달았다. 그때 문에서 두드리는 소리가 나서 거이는 문 쪽으로 갔다. 결국에는 이런 식으로 되어야만 하는 거였다는 생각이 들었다. 마치 기습처럼, 다른 사람과 함께 있을 때, 자기를 조금도 이해하지 못하고 방 한구석에서 토하기나 하고 있는 낯선 사람과 함께 있을 때, 자기의 생각도 아직 정리하고 있지 못하고, 또 절반밖에 이야기하지 못한 상태에서 이렇게 끝나게 되어 있다는 느낌이 들었다. 거이는 문을 열었다.

"안녕하세요." 하고 제러드가 말을 하면서, 언제나 그랬던 것처럼 모자를 쓰고 팔은 매달아 둔 것처럼 축 늘어뜨린 채 들어왔다.

"누구죠?" 하고 오웬이 물었다.

"하인즈 씨의 친구입니다."

제러드는 가볍게 대답을 하고 나서, 그 전과 같이 심각하고 둥그스름한 얼굴로 거이를 힐끗 쳐다보고는 눈을 찡긋해 보였다.

"내 생각에는 당신이 오늘 밤 뉴욕에 가실 것 같은데, 안 그래요?"

거이는 제러드의 낯익은 얼굴과 그의 뺨 위에 난 커다란 사마귀와 자기에게 찡긋해 보인 빛나고 생기 있는 눈을 쳐다보았다. 제러드도 역시 법이었다. 제러드도 그의 편이었다. 그는 브루노를 잘 알고 있었기 때문이다. 이전에는 한 번도 그런 생각이 났던 적이 없었다. 그는 또한 자기가 제러드와 맞서야 한다는 것을 알고 있었다. 그것은 그 모든 것의 일부분이었고, 언제나 그래 왔었다. 그것은 피할 수 없는 것이고, 지구가 돌고 있다는 사실만큼이나 운명적인 것이었다. 그리고 자기가 거기서 자유로워질 수 있는 어떠한 궤변도 없었다.

"그렇죠?" 하고 제러드가 말했다.
 거이는 무슨 말인가를 하려고 애를 썼다. 그러나 자기가 말하려고 생각했던 것과는 전혀 다른 말이 튀어나오고 말았다.
 "날 데려가시오."

<끝>

작품 해설

<낯선 승객(Strangers on a Train, 1950)>은 미국의 여류 작가 패트리셔 하이스미드(Patricia Highsmith, 1921~1995)의 처녀작임과 동시에 출세작이며 걸작이다. 기상천외한 구성과 범인의 성격이나 심리의 뛰어난 묘사가 무명의 한 여류 작가를 일약 현대 미국의 대표적인 추리작가로 부각시켰다.

이 소설은 그 이듬해 앨프리드 히치콕이 영화화함으로써 더욱 유명해졌다.

하이스미드의 명성을 전세계적으로 유명하게 한 것은 <태양은 가득히>라는 제목의 프랑스 영화이다.

<재간꾼 리플리(The Talented Mr. Ripley, 1955)>라는 작품이 불어로 번역되어 프랑스에서 1957년도의 외국 소설 부문의 추리 문학 대상을 받았고, 이것이 르네 끌레망 감독, 알랑 드롱 주연으로 <태양은 가득히>라는 영화로 만들어진 것이다.

1964년에는 <정월의 두 얼굴(The Two Faces of January)>이 영국의 CWA(범죄작가협회)의 최우수 외국 소설상을 받았다.

하이스미드는 미국에서보다 영국이나 유럽에서 높은 평가를 받고 있으며, 그녀 자신도 미국을 떠나 영국에서 살다가 파리로 옮겨 오랫동안 그곳에 거주했다.

그녀의 후속 작품으로서는 '리플리 물'로서 <지하의 리플리(Ripley under Ground, 1970)>, <리플리의 도박(Ripley's Game, 1974)>, <리플리를 따라간 사나이(The Boy Who Followed Ripley, 1980)> 세 편이 현재 나와 있고, TV 영화로 된 <강아지의 몸값(A Dog's Ransom, 1972)>은 사회파적 경향을 띤 수작이다.

<낯선 승객>은 1969년에 워너 브라더스 영화사에서 재영화화하였는데, 이 영화에서는 원작의 두 남자를 남자와 여자로 바꿔놓았다. 범인

남자와 여자의 관계가 이 영화에 서스펜스를 더 보태 주고 있다.
　하이스미드 여사는 서스펜스 소설의 대표적인 작가로서 전 세계적으로 알려져 있다. 그녀는 탐정을 주인공으로 하지 않고 오히려 범인을 주인공으로 하고 있는 점이 특이하다.
　그러한 뜻에서 영국의 작가 및 비평가 줄리언 시몬즈는 <추리소설의 역사>에서 현대의 범죄작가로서 하이스미드를 첫째로 꼽고 있는 것이다.
　패트리셔 하이스미드는 1921년에 미국 텍사스 주 포트 워스에서 태어났다. 그녀가 여섯 살 때 부모가 뉴욕으로 이사가서 줄리어 리치먼 고등학교와 버나드 대학을 나왔다. 대학 4학년 때는 교지를 편집했으며, 스물 세 살에 작가가 되기로 마음먹었다.
　앞에서 소개한 그녀의 세 번째 작품인 <재간꾼 리플리>는 미국추리작가협회로부터 에드거 앨런 포 상을 수여받았다.
　피아노, 그림 조각에 상당한 조예가 있으며, 작품전을 가지기도 했었다.

추리 문학의 여왕
"애거서 크리스티"

한 번 읽기 시작하면 도저히 눈을 뗄 수 없는 추리소설!!

애거서 크리스티는 추리문학에 대한 공로로 영국 엘리자베스 여왕으로부터 <데임> 작위를 수여 받았습니다. 최고의 추리문학으로 평가되고 있는 그녀의 작품은 **전세계 인구 3분의 1**에 해당하는 사람들이 읽었으며, 지금도 변함 없이 온 세계인의 사랑을 받고 있습니다.

※추리문학에 20여년을 공들인 **해문출판사**에서는 크리스티의 전작품을 80권으로 완간, 인기리에 판매하고 있습니다.

1. 그리고 아무도 없었다
2. 오리엔트 특급살인
3. 0시를 향하여
4. 죽음과의 약속
5. 나일강의 죽음
6. ABC 살인사건
7. 스타일즈 저택의 죽음
8. 애크로이드 살인사건
9. 장례식을 마치고
10. 3막의 비극
11. 예고 살인
12. 주머니 속의 죽음
13. 커 튼
14. 백주의 악마
15. 움직이는 손가락
16. 엔드하우스의 비극
17. 푸른 열차의 죽음
18. 메소포타미아의 죽음
19. 애국 살인
20. 화요일 클럽의 살인
21. 누 명
22. 13인의 만찬
23. 회상 속의 살인
24. 위치우드 살인사건
25. 삼나무 관
26. 구름 속의 죽음
27. 부머랭 살인사건
28. 테이블 위의 카드
29. 비밀 결사
30. 끝없는 밤
31. 목사관 살인사건
32. 갈색 옷을 입은 사나이
33. 검찰측의 증언
34. 세 번째 여자
35. 명탐정 파커 파인
36. 침니스의 비밀
37. 죽음을 향한 발자국
38. 쥐 덫
39. 프랑크푸르트행 승객
40. N 또는 M
41. 골프장 살인사건
42. 세븐 다이얼스 미스터리

43. 깨어진 거울
44. 빅 포
45. 벙어리 목격자
46. 포와로 수사집
47. 서재의 시체
48. 크리스마스 살인
49. 마지막으로 죽음이 온다
50. 창백한 말
51. 할로 저택의 비극
52. 마술 살인
53. 잊을 수 없는 죽음
54. 부부 탐정
55. 수수께끼의 할리 퀸
56. 맥긴티 부인의 죽음
57. 버트램 호텔에서
58. 죽은 자의 어리석음
59. 비뚤어진 집
60. 죽은 자의 거울
61. 잠자는 살인
62. 코끼리는 기억한다
63. 패딩턴발 4시 50분
64. 헤이즐무어 살인사건
65. 파도를 타고
66. 바그다드의 비밀
67. 리스터데일 미스터리
68. 엄지손가락의 아픔
69. 핼로윈 파티
70. 히코리 디코리 살인
71. 4개의 시계
72. 복수의 여신
73. 크리스마스 푸딩의 모험
74. 패배한 개
75. 카리브해의 비밀
76. 리가타 미스터리
77. 죽음의 사냥개
78. 비둘기 속의 고양이
79. 헤라클레스의 모험
80. 운명의 문

felidae 펠리데

고양이 추리 소설

기이하고 초현실적인 이야기

● 발간당시 각 언론사 논평

"올해 최고의 추리소설!"
-독일 슈테른(Stern)지

"고양이에 의한, 고양이들에 대한, 놀라울 정도로 초현실적인 살해 사건 이야기"
-영국 선데이 메일(Mail on Sunday)

"천재적인 플롯, 생생한 감동, 한 순간도 지루할 틈이 없다"
-영국 선데이 타임즈(Sunday Times)

나는 읽고 또 읽었다. 그리고 두려움에 몸서리를 쳤다. 이 남자가 품고 있던 끔찍한 생각이 나를 사로잡았다. 그것은 죄책감과 공포, 그리고 광기였다. 아니, 어쩌면 니체(Nietzsche)가 표현했던 그대로이리라. "오랫동안 지옥을 들여다보고 있으면, 지옥도 너를 들여다보기 시작한다……."

〈본문 중에서〉

아키프 피린치 지음 / 이지영 옮김 / 양장본 / 320면 / 값 9,000